Anne Laureen

STERNE ÜBER TAURANGA

Roman

BASTEI LÜBBE TASCHENBUCH
Band 16 468

1. Auflage: September 2010

Bastei Lübbe Taschenbuch in der
Bastei Lübbe GmbH & Co. KG

Originalausgabe

Copyright © 2010 by Bastei Lübbe GmbH & Co. KG, Köln
Lektorat: Regina Maria Hartig
Titelbild: © shutterstock/Marc von Hacht
Umschlaggestaltung: Gisela Kullowatz
Satz: Urban SatzKonzept, Düsseldorf
Gesetzt aus der Garamond
Druck und Verarbeitung: CPI – Ebner & Spiegel, Ulm
Printed in Germany
ISBN 978-3-404-16468-4

Sie finden uns im Internet unter
www.luebbe.de
Bitte beachten Sie auch:
www.lesejury.de

Der Preis dieses Bandes versteht sich einschließlich
der gesetzlichen Mehrwertsteuer.

Prolog

12. Februar 1894, Pazifischer Ozean

Sie fragte sich, wann es endlich aufhören würde. Vier Tage schon dauerte der Sturm, und noch immer war kein Wetterumschwung in Sicht. Den Urgewalten schutzlos ausgeliefert, stöhnte und ächzte die *RMS Madeleine* wie ein verletztes Tier.

Ob das die Strafe für meine Kühnheit ist?, sinnierte Ricarda Bensdorf, während sie in einer Ecke ihrer Kabine kauerte, die Beine fest an die Brust gezogen.

Das lange blonde Haar fiel unordentlich über ihre Schultern, das graue Reisekleid war zerknittert und mit Flecken übersät. Eigentlich war es nicht ihre Art, sich gehen zu lassen, doch unter diesen Umständen lohnte es nicht, sich umzuziehen. Der Sturm würde alle Bemühungen wieder zunichtemachen.

Die Unterkunft der jungen Frau befand sich in einem ähnlich unordentlichen Zustand wie ihr Äußeres. Der Inhalt ihrer Taschen lag auf dem Boden, in alle Himmelsrichtungen verstreut. Ricarda hatte den Versuch aufgegeben, ihre wenigen Besitztümer vor dem Umherfliegen zu bewahren. Lediglich einen lederbezogenen Kasten mit ihrem Stethoskop hielt sie in den Händen – alles durfte verloren gehen, nur das nicht.

Noch wenige Tage zuvor hatte es den Anschein gehabt, als könne sie die Überfahrt bei gutem Wetter hinter sich bringen. Sie hatte ein spiegelglattes blaues Meer und dramatische Spiele aus Wolken und goldenem Licht bewundert, wie es sie ausschließlich in diesen Breiten gab. Neuseeland war nicht mehr weit, und Ricarda hatte zu träumen begonnen. All die wunderbaren Schätze des Landes, die sie bislang nur aus Büchern kannte, würde sie schon bald mit eigenen Augen sehen: grüne Ebenen, schneebedeckte Hügel, weite Strände, fremdartige Tiere und Pflanzen, Menschen mit bronzefarbener Haut und seltsamen Riten.

Doch dann hatten sich die Wolken zu einer dunkelgrauen Decke verdichtet, durch die kein Sonnenstrahl mehr drang. Das Heulen des Sturms übertönte schon bald das Stampfen der Maschinen, Wellen donnerten gegen den Schiffsrumpf und überspülten das Oberdeck. Die dort gelagerte Ladung war weggerissen worden, und das Gerücht, dass zwei Seeleute über Bord gegangen seien, machte die Runde. Und nicht allein das ängstigte Ricarda. Immer wenn sich der eiserne Koloss unter einem riesigen Brecher aufbäumte, ächzten alle Teile und es ertönte eine markerschütternde Kakophonie.

Was könnte den Untergang noch aufhalten?

Man hatte den Passagieren gesagt, dass sie ruhig bleiben sollten. Dass ihre Sicherheit gewährleistet sei, wenn sie sich an die Weisungen des Kapitäns halten würden. Aber Ricarda bezweifelte das.

Als das Tosen für einen Augenblick nachließ, hörte sie ein lautes Weinen am Ende des Ganges. Es klang verzweifelt.

Ricarda überlegte, ob sie nachsehen solle. Vielleicht hat sich ja jemand verletzt? Sie hatte schon einigen Mitreisenden geholfen und war deshalb auf dem Dampfer als *German nurse* bekannt. Es gab zwar einen Schiffsarzt, aber aus Angst vor hohen Honorarforderungen konsultierten die Passagiere vom Zwischendeck ihn eher selten. Ricarda hatte mit Absicht nicht erzählt, dass sie in Wirklichkeit eine ausgebildete Ärztin war, denn sie fürchtete, auf das gleiche Unverständnis wie in Deutschland zu stoßen. Von einer Krankenschwester ließ man sich gern versorgen, denn sie verletzte nicht die geltende Ordnung, nach der Frauen sich nicht mit Männern gleichstellen sollten. Ricarda hätte sich natürlich bedeckt halten, in ihrer Kabine bleiben und nichts von ihrem medizinischen Wissen preisgeben können, aber der Berufseid, den sie abgelegt hatte, verpflichtete sie zu helfen. Also nahm sie in Kauf, dass man sie für eine Krankenschwester hielt. Allerdings schwor sie sich, dass sich das in Neuseeland ändern würde.

Ricarda wusste, dass es unvernünftig wäre, die Kabine zu verlassen. Doch das Weinen hörte und hörte nicht auf, und so gab sie sich einen Ruck. Sie öffnete das Kästchen auf ihrem Schoß, legte sich das Stethoskop um den Hals und stand auf. Die Hoffnung, dass es auf dem Gang vernünftiges Licht geben würde, hatte sie nicht. Die Beleuchtung war bestimmt ganz ausgefallen. In den vergangenen Stunden hatten die Lampen so stark geflackert, dass Ricarda das Licht in ihrer Kabine gelöscht und sich mit der Dunkelheit begnügt hatte.

Als Ricarda nach der Türklinke griff, ertönte ein dumpfes, metallisches Geräusch, das ihr durch und durch ging. War das eine Warnung? Resolut straffte sie die Schultern und trat auf den Gang, der doch noch schwach beleuchtet war. Sie suchte Halt an dem Handlauf an der Wand, während sie vorsichtig einen Fuß vor den anderen setzte. Hinter den Kabinentüren konnte sie leise Stimmen vernehmen. Wahrscheinlich beten alle um ihr Seelenheil, dachte sie.

Ricarda erreichte schließlich die Tür, hinter der sie das Weinen vermutete. Das Schild mit der Nummer 9 hing schief – möglicherweise war es schon beim Ablegen nicht mehr richtig befestigt gewesen und der Sturm hatte das Übrige besorgt.

Das Weinen war inzwischen in ein Schluchzen übergegangen. Ricarda bezweifelte, dass das ein gutes Zeichen war. Als sie die Kabinentür vorsichtig öffnete, wohl wissend, dass ihr Eindringen die Bewohner überraschen würde, sah sie eine Frau, die sich über einen Mann beugte. Leichenblass und mit starrem Blick lag er da. Ricarda ahnte, was das zu bedeuten hatte, doch sie kam nicht mehr dazu, etwas zu unternehmen – denn plötzlich bäumte sich das Schiff so heftig auf, dass sie den Halt verlor und zurück in den Gang geschleudert wurde. Ihr Kopf prallte gegen eine Wand, Sterne flimmerten vor ihren Augen. Sie wollte sich aufrichten, aber ein Schwindel erfasste sie, bevor alles in Dunkelheit und Stille versank.

Teil eins
Rückkehr nach Berlin

1

Die Dampflokomotive stieß ein lang gezogenes Pfeifen aus, als sie sich mit ihrer Waggonlast dem Lehrter Bahnhof näherte. Zuvor war der Zug an rußgeschwärzten Häusern vorbeigefahren, an Arbeiterunterkünften mit notdürftig geflickten Fenstern, an Wäscheleinen, auf denen vergraute Wäsche zum Trocknen aufgehängt war.

Berlin hat sich nicht verändert, dachte Ricarda.

Sie stand am Fenster ihres Abteils, und mit den vorbeifliegenden Eindrücken kehrten die Erinnerungen zurück. Erinnerungen an ein Mädchen mit langen blonden Zöpfen und gestärkter weißer Schürze, das nur zu gern in die Arbeiterviertel von Berlin lief, um dort mit den Kindern zu spielen, obwohl es doch ins feine Charlottenburg gehörte. Erinnerungen an eine junge Frau, die hart darum gekämpft hatte, ihren Traum zu verwirklichen, und nun ihr Ziel erreicht hatte. Diesmal würde sie für immer nach Berlin zurückkehren und das gewünschte Leben führen.

Die bis fast zum Bersten vollgepackte, rot geblümte Teppichstofftasche stand neben ihr auf dem Sitz. Einer der mitreisenden Herren hatte darauf bestanden, ihr das schwere Gepäckstück von der Ablage zu holen, obwohl sie es auch allein geschafft hätte. Sie war vielleicht von zierlicher Gestalt, dennoch besaß sie eine Körperkraft, die schon so manchen ins Staunen versetzt hatte.

Wahrscheinlich werde ich mich jetzt wieder daran gewöhnen müssen, dass die Männer versuchen, mir alles abzunehmen – die Taschen, die Arbeit, das Denken.

Nicht, dass es in der Schweiz anders gewesen wäre. Sie erinnerte sich noch gut an die verstörten Blicke, die sie geerntet hatte, sobald sie über ihr Medizinstudium sprach. Auch ihre Kommilitonen hatten sie zunächst wie einen Paradiesvogel behandelt.

In der Schweiz war es Frauen zwar seit einigen Jahren erlaubt zu studieren, aber nur wenige Einheimische, sondern vorwiegend Ausländerinnen nutzten diese Möglichkeit. Medizinstudentinnen waren allerdings eher selten anzutreffen, Ricarda war in ihrem Jahrgang die einzige gewesen. Ihr großes Vorbild war Marie Heim-Vögtlin, die als erste Schweizerin das Medizinstudium abgeschlossen hatte, promoviert wurde und nun eine gut gehende Praxis in Zürich führte.

Schon als Kind hatte Ricarda davon geträumt, Ärztin zu werden. Als Siebenjährige hatte sie die Arzttasche ihres Vaters untersucht und die merkwürdigen Instrumente darin bewundert. Danach hatte sie ihrem Vater mit kindlichem Ernst erklärt, dass sie einmal das Gleiche machen wolle wie er.

Heinrich Bensdorf hatte gelacht, seine Kleine auf den Arm gehoben und ihr einen Kuss auf die Wange gedrückt. »Das ist nichts für Mädchen, schon gar nicht für meine kleine Prinzessin«, waren seine Worte gewesen.

Doch die Faszination war geblieben, und Ricarda, die an jenem Abend mit glühenden Wangen im Bett gelegen und wegen ihres Vorsatzes sogar die geliebten Kekse zur Nacht vergessen hatte, war mehr und mehr überzeugt davon, dass sie Ärztin werden würde. Ein Leben als Prinzessin war ihr noch nie wünschenswert erschienen – nicht einmal, als sie Zeuge eines Defilees des Kaiserpaares und seiner Kinder wurde. Sie wollte Ärztin werden, wollte mitten im Leben stehen und kranke Menschen heilen.

Heinrich Bensdorf und seine Frau hofften, dass sich dieser Wunsch verlieren werde. Aber das tat er nicht, im Gegenteil: Ricarda begann sich nachts in die Praxis, die zum Wohnhaus gehörte, zu schleichen und die medizinischen Bücher ihres Vaters zu studieren. Einmal erwischte er sie dabei. Anstatt sie zu schelten, hatte er nur die Stirn gerunzelt und das Buch aufgehoben, das ihr beim schreckhaften Aufspringen vom Schoß geglitten war.

»Du meinst es also ernst?«

Ricarda hatte genickt.

»Und wie viele von den Büchern hast du schon gelesen?«

»Zehn. Vielleicht auch mehr.«

Der Vater hatte sie nachdenklich angesehen. »Und hast du auch verstanden, was dort geschrieben steht?«

»Nein, leider nicht alles, Vater.«

»Nun, ich denke, wenn du älter wirst, wirst du es schon verstehen.«

Insgesamt war ihr Vater der sanftere Elternteil. Ihre Mutter, geplagt von Migräneanfällen und anderen Unpässlichkeiten, hatte ihr nur wenig Aufmerksamkeit gewidmet. Ricardas Entschluss, der mit den Jahren immer stärker und fester geworden war, hatte sie stets lautstark missbilligt. Letztlich war es auch ihr Vater gewesen, der sich entgegen seiner inneren Überzeugung hatte erweichen lassen und einem Studium der Medizin zugestimmt hatte. Es war ihm unmöglich, seinem einzigen Kind den Lebenstraum zu verwehren.

Die Bilder der Erinnerung wurden fortgewischt, als der Zug in den Bahnhof einfuhr. Rauch hüllte die Gleise ein und umschloss die Wartenden einen Moment lang wie Nebel. Ricarda versuchte zu erkennen, ob jemand von ihrer Familie auf dem Perron war, um sie abzuholen, doch sie entdeckte kein bekanntes Gesicht. Sie hatte ihren Eltern ihre Ankunftszeit telegrafiert, rechnete aber eigentlich nicht damit, dass sie auf dem Bahnsteig erwartet würde.

Als der Zug vollständig zum Stehen gekommen war, griff

Ricarda ihre Tasche und verließ das Abteil. Im Gang hatte sich eine Schlange gebildet. Eine Gruppe Studenten unterhielt sich lautstark, während sich hinter ihr weitere Reisende aufreihten. Es dauerte nicht lange, bis sich einige davon über das Verhalten der Studenten empörten. Ein Lächeln huschte über Ricardas Gesicht. Als sie nach Zürich gereist war, hatte sie solch ein Verhalten auch empörend gefunden, aber mit der Zeit hatte sie sich daran gewöhnt. Jetzt amüsierte sie sich darüber, denn sie kannte den Grund für ihre Ausgelassenheit. Wenn ich keine Frau wäre, würde ich mich ihnen wohl anschließen, in ein Lokal einkehren und das Ende des Semesters feiern. Doch so etwas ziemte sich nicht für eine Frau, nicht einmal in dem Land, in dem sie studieren durfte. Und erst recht nicht in Preußen.

Als Ricarda ausstieg, erfasste Zugluft ihre Röcke, ein eisiger Hauch strich über ihre Wangen. Ein paar Haarsträhnen lösten sich aus ihrer Frisur und umwehten ihren Kopf wie federleichte Bänder.

Zu Hause. Endlich!

Das Wetter in Zürich unterschied sich nur unwesentlich von dem in Deutschland, dennoch war die Luft in Berlin anders. Sie roch anders. Spree und Havel verliehen ihr etwas Sumpfiges. Und obwohl die Fabrikschlote die Stadt in Rauch hüllten, wehte auch ein Hauch frischer Landluft von den märkischen Feldern herbei, die die Metropole umgaben. All das bildete den Geruch ihrer Kindheit, den Ricarda unter tausenden erkennen würde.

Sie strich das blaugraue Reisekostüm glatt, das aus einem schlicht geschnittenen Rock und einer kurzen Jacke mit gebauschten Ärmeln bestand, zog den Schal ein wenig fester und richtete ihren Mantel. Hinter ihr ertönte ein schrilles Pfeifsignal, das die Reisenden aufforderte, die Türen hinter sich zu schließen. Wenig später setzte sich die Lok schnaubend und ächzend in Bewegung, aber Ricarda achtete nicht mehr darauf. Sie trat aus dem Portal und ließ den Blick über den Bahnhofsvorplatz schweifen.

»Fräulein Ricarda!«, rief plötzlich eine Stimme hinter ihr.

Als sie herumwirbelte, entdeckte sie den Kutscher Johann, der schon vor ihrer Geburt in den Diensten der Familie Bensdorf gestanden hatte. Er strahlte. Sein Haar war seit ihrem letzten Zusammentreffen noch weißer geworden, aber seine Augen waren noch immer die eines jungen Mannes.

»Guten Tag, Johann, wie geht es Ihnen?«, rief Ricarda und umarmte den Kutscher. Seinem Mantel entströmte der vertraute Duft nach Pferd und dem Rasierwasser, mit dem er nicht nur sein Kinn behandelte, sondern auch sein prächtiges Haar zu glätten versuchte.

Ihre Mutter missbilligte engen Kontakt mit dem Personal, aber Johann war für Ricarda beinahe so etwas wie ein Großvater. Manchmal hatte er sie heimlich auf dem Kutschbock sitzen lassen, wenn ihre Eltern nicht da waren und sie es geschafft hatte, dem Kindermädchen für einen kurzen Augenblick zu entwischen. Er hatte ihr die Pferde gezeigt und einiges dazu erklärt. Manchmal hatte er ihr auch Geschichten aus dem Krieg erzählt, in dem er als junger Mann gedient hatte. Liebend gern hätte sie jetzt vorn bei ihm gesessen, aber sie hielt es für besser, den Platz einzunehmen, der kein Getuschel bei der feinen Berliner Gesellschaft hervorrufen würde. Sie hatte ohnehin schon oft Empörung geweckt, weil sie es gewagt hatte zu studieren.

»Ist das alles, was Sie an Gepäck haben?«, fragte der Kutscher und deutete auf ihre Tasche.

Ricarda nickte. »Ja, den Rest habe ich per Post aufgegeben, er wird wohl im Laufe der Woche eintreffen.«

»Oder gar nicht«, neckte Johann sie, während er ihr die Tasche abnahm und auf einen der Sitze hievte.

»Was sollte man einer armen Studentin schon stehlen?«, fragte sie und nahm auf den Lederpolstern Platz. Johann hatte das Verdeck zur Hälfte aufgeklappt, sodass sie sich bei der Fahrt die Stadt ansehen konnte.

»Ich denke, Sie sind jetzt eine richtige Ärztin, Fräulein Ricarda?«, bemerkte er und schwang sich auf den Kutschbock.

»Das stimmt.« Ein Lächeln schlich sich auf Ricardas Gesicht. Mehr denn je wurde ihr bewusst, welchen Schritt sie gewagt und bewältigt hatte. Sie hatte etwas geschafft, was den Frauen in Preußen in der Regel verwehrt blieb. Hier war ihnen sogar verboten, einen Hörsaal zu betreten. Die meisten jungen Mädchen taten das, was die Mütter für sie geplant hatten: heiraten, Kinder gebären und sich auf Bällen und in Salons zu Tode langweilen.

»Nun gut, Frau Doktor, ich nehme an, Sie wollen schnurstracks nach Hause.«

»Ja bitte, Johann«, antwortete sie, aber ihre Stimme klang nicht freudig. Sie wusste, was sie erwartete. Das Wiedersehen mit ihrem Vater würde mit Abstand das Beste an ihrer Heimkehr sein.

»Also gut, dann los!« Johann ließ die Peitsche über den Köpfen der Pferde knallen, und der Landauer fuhr an.

2

Ein Jahr war es her, seit Ricarda ihr Elternhaus das letzte Mal gesehen hatte. Die wunderschöne Villa in Charlottenburg glich einem Palast – als kleines Mädchen hatte Ricarda sie tatsächlich für ein Schloss gehalten. Das weiß getünchte, im klassizistischen Stil gehaltene Gebäude erstreckte sich über zwei Stockwerke; ein Flügel war sogar von einem Turm gekrönt. Weitläufige Blumenrabatten umgaben das Haus, das nach hinten hinaus einen Park besaß. In dessen Mitte befanden sich ein künstlich angelegter See und ein Pavillon. Dort hatte Ricarda früher oft gesessen und Pflanzen studiert und gezeichnet.

Im vergangenen Winter war sie hier gewesen, um sich ein paar Tage Ruhe zu gönnen. Sie hatte sich mit ihrem Vater über Fortschritte in der Medizin unterhalten, auf Bällen getanzt und Schlittenfahrten außerhalb von Berlin unternommen. Nie hatte sie sich so frei und lebendig gefühlt.

Äußerlich hatte sich nichts am Bensdorf'schen Anwesen geändert, und doch legte sich eine Last auf Ricardas Brust, als die Kutsche durch das Tor in dem hohen Eisenzaun fuhr. Es war, als hätte sie das Korsett zu fest geschnürt.

Sie brauchte Johann nicht zu fragen, wo ihre Mutter war. Da sie die Kutsche nicht in Anspruch genommen hatte, würde sie mit der Organisation des Haushalts, mit Vorbereitungen zur nächsten Wohltätigkeitsveranstaltung oder mit einer ihrer Gesellschaften beschäftigt sein.

Nachdem der Landauer gehalten hatte, stieg Ricarda aus.

Der Hausdiener Martin lief ihr entgegen, um sie zu begrüßen. »Die gnädige Frau schickt mich, ich soll Ihnen ausrichten, dass sie Sie im Salon erwartet.«

»Danke, Martin.« Ricarda unterband den Versuch des Dieners, die Tasche an sich zu nehmen, und ging forsch voran. Ihre Schritte hallten vom Marmorfußboden der Eingangshalle wider, der mächtige Kronleuchter über ihrem Kopf klimperte leise in dem Luftzug, der ihr und Martin folgte.

Die Bensdorfs waren eine Berliner Ärztedynastie. Im 17. Jahrhundert hatte sich hier der erste einer langen Reihe von Medizinern niedergelassen, und bis auf wenige Ausnahmen hatte die Familie immer wieder gute Vertreter dieses Standes hervorgebracht. Ricardas Vorfahren hatten schon in dem Lazarett gearbeitet, das auf Order von König Friedrich Wilhelm I. später Charité genannt wurde, und viele hervorragende Ärzte der Familie wirkten in diesem Spital an wichtigen Entdeckungen mit. Ricardas Vater war ein Freund von Dr. Koch, der das Königlich Preußische Institut für Infektionskrankheiten gegründet hatte. Über die Jahre waren die Bensdorfs zu einer der angesehensten Familien Berlins geworden, zu einem Mittelpunkt der Gesellschaft.

Eigentlich sollten meine Eltern stolz auf mich sein, weil ich die Tradition weiterführe, ging es Ricarda durch den Kopf.

Sie durchquerte den Flur, und je näher sie dem Salon kam, desto schwerer erschien ihr die Tasche. Ihre Hände wurden feucht, und ihr Puls beschleunigte sich. Bald stand sie vor der hohen, doppelflügeligen Schiebetür, hinter der sich das Reich ihrer Mutter befand. Zwei große Bleiglasscheiben waren in die Tür eingelassen. Es war eine kunstvolle Arbeit aus verschiedenfarbigem opakem Material, die zwei große blaue Iris darstellte. Wie die Glasfenster einer Kirche, dachte Ricarda nun. Tatsächlich hütete Susanne Bensdorf ihren Salon wie ein Heiligtum.

Schon als Kind war es Ricarda schwergefallen, diese Räume zu betreten, die das Innere des Herzens ihrer Mutter widerzuspiegeln schienen – auch dort hatte sie nie wirklich Zugang gefunden. Das Studium hatte es Ricarda nicht einfacher gemacht. Vielleicht lässt sie mich nun ganz außen vor, überlegte sie ängstlich.

Ein vertrauter Geruch strömte ihr entgegen. Jasmin. Lebhafte Stimmen waren hinter der Tür zu vernehmen. Mutter trinkt mit ihren Freundinnen Tee, vermutete Ricarda, und sie versuchte sich innerlich gegen die missbilligenden Blicke der Gäste zu wappnen.

Die Stimmen verstummten plötzlich. Vermutlich hatten die Frauen eine Silhouette vor der Tür bemerkt und warteten jetzt darauf, dass die Besucherin hereinkam. Ricarda fasste sich ein Herz, klopfte an und trat ein.

Wie immer thronte die Hausherrin in der Mitte des Raumes, vor ihr ein chinesisches Tischchen, auf dem eine Teekanne aus feinem Porzellan nebst einer Gebäckplatte und drei Gedecke standen.

Sie trug ein Nachmittagskleid aus grünem Musselin, ihr Haar war sorgsam zu Locken onduliert und hochgesteckt. In den Ohren funkelten zwei Saphirohrringe, die Ricarda noch nie gesehen hatte. Die glänzenden Steine wetteiferten mit Susanne Bensdorfs hellen Augen, die nie ihre Kühle verloren – auch dann nicht, wenn sie die Tochter erblickten.

Susannes beste Freundinnen, Frau von Hasenbruch und Frau Heinrichsdorf, saßen bei ihr, ebenfalls aufgeputzt, als würde der Kaiser jeden Augenblick durch die Tür schreiten.

Edith von Hasenbruch entstammte einer bürgerlichen Familie, doch sie hatte es geschafft, die Aufmerksamkeit eines Grafen zu erregen, der sie prompt zu seiner Frau gemacht hatte. Sie war eine gutaussehende Frau, die Ricarda vielleicht sympathisch gefunden hätte, wenn da nicht dieser harte Zug um die Lippen gewesen wäre, der ihr etwas Grausames verlieh.

Marlene Heinrichsdorf dagegen wirkte mit ihren Kleidern in

gedeckten Farben und der Hochsteckfrisur wie eine freundliche Gouvernante. Aber dieser Anblick täuschte. Sie be- und verurteilte ihre Umgebung genauso scharf wie die beiden anderen Damen, nur dass sie ihre Opfer subtiler anging. Die Arztgattin gab sich so freundlich und mitfühlend, dass es schwerfiel, die Beleidigungen hinter dieser Fassade zu erkennen.

Ricarda hatte stets vermieden, mit diesen Frauen in einem Raum zu sein. Sie hielt sich lieber im Labor auf und forschte, als sich im Salon wegen ihrer beruflichen Ambitionen rechtfertigen zu müssen.

»Ricarda, Liebes!« Susanne Bensdorf erhob sich. Ihr elegantes Kleid raschelte, als sie mit kleinen Schritten auf ihre Tochter zuging.

Freut sie sich wirklich, mich zu sehen?, wunderte sich Ricarda.

Auf dem porzellanfarbenen Gesicht ihrer Mutter lag ein verhaltenes Lächeln, die Spuren, die die Zeit hinterlassen hatten, waren sorgsam übertüncht.

»Guten Tag, Mutter«, sagte Ricarda, während sie sich umarmen ließ. Das ist auch neu, dachte sie verwundert. Mutter hat mich bisher nur selten umarmt.

Ihr Vater war derjenige, der sie oft in seine Arme schloss und sie in ihren Kindertagen manchmal überschwänglich auf seine Schultern gesetzt hatte.

»Lass dich anschauen, mein Kind!«, sagte nun diese Frau, die ihrer Mutter lediglich äußerlich zu gleichen schien, und nahm ihre Hände.

Ricarda befürchtete, dass sie so etwas sagen würde wie »Du bist aber groß geworden!« oder »Du hast dich verändert!«, jene nichtssagenden Sätze, mit denen entfernte Verwandte bisweilen um sich warfen.

Doch ihre Mutter sah sie nur für einen Moment an, bevor sie die Hände wieder sinken ließ, nach dem Dienstmädchen klingelte und fragte: »Wie war deine Reise? Stell die Tasche ab! Rosa soll das Gepäck auf dein Zimmer bringen.«

Noch während sie ihre Tochter zu dem Tisch führte, an dem die Gäste warteten, erschien Rosa.

»Rosa, kümmern Sie sich um die Tasche meiner Tochter! Und bringen Sie noch ein weiteres Gedeck!«

Als das Dienstmädchen die Tür hinter sich geschlossen hatte, entstand ein Augenblick der Stille.

»Ihre Mutter hat uns erzählt, dass Sie studiert haben«, begann Frau von Hasenbruch, während sich Frau Heinrichsdorf noch ein wenig zurückhielt und sich darauf beschränkte, Ricarda zu mustern.

Als würde sie nach Anzeichen für eine ansteckende Krankheit suchen, dachte Ricarda. »Ja, das habe ich, Medizin«, antwortete sie, leicht überrascht. Haben Mutters Freundinnen das erst heute erfahren?

»Ist es nicht ein wenig ungewöhnlich, dass eine Frau studiert? Und noch dazu in diesem Bereich?«

»Ja, leider, Frau von Hasenbruch. Dabei ist ein Studium für Frauen genauso sinnvoll wie für Männer. Ich wollte außerdem die Familientradition wahren.«

Ricarda wusste, dass sie ein gefährliches Terrain betreten hatte, denn die Gäste teilten die Ansicht ihrer Mutter, dass eine Frau ins Haus und zu einem Mann gehöre. Der Verweis auf die Familientradition verschlechterte ihre Position zusätzlich. Sie rieb damit Salz in die Wunden ihrer Eltern, denen ein Sohn versagt geblieben war, der die Linie der illustren Mediziner der Familie hätte fortführen können.

Wieder breitete sich ein unangenehmes Schweigen aus.

»Und was gedenken Sie nun zu tun?«, fragte Frau Heinrichsdorf mit alarmierender Freundlichkeit.

Darum geht es hier also wirklich, wurde Ricarda mit einem Mal klar. »Zunächst werde ich mich von der Reise erholen und dann auf das Weihnachtsfest vorbereiten. Außerdem gibt es einige gesellschaftliche Verpflichtungen, denen ich nachkommen muss.«

Sie wollten natürlich eigentlich wissen, ob sie vorhatte, das erlernte Wissen anzuwenden und zu arbeiten, oder ob sie jetzt – endlich – Ausschau nach einem Bräutigam halten würde.

»Immerhin, gesellschaftlichen Pflichten nachzukommen ist weitaus angemessener für eine junge Frau als das, was diese Suffragetten tun, die neuerdings überall Unruhe stiften«, sagte Frau Heinrichsdorf mit einem verstohlenen Blick zu ihrer Gastgeberin.

Ricarda hatte bereits von »diesen Suffragetten« gehört, die für die Rechte der Frauen kämpften, und sie bewunderte sie. Auch wenn das Frauenwahlrecht, für das diese sich einsetzten, den Freundinnen ihrer Mutter nichts bedeuten mochte, erschien es ihr nur legitim, dass die Frauen über die Geschicke ihres Landes mitbestimmen sollten.

Die Gräfin musterte sie von der Seite.

Ricarda schwieg und schaute zu ihrer Mutter, die ihre goldgerandete Teetasse an die Lippen hob und tat, als unterhielte sie sich über etwas so Belangloses wie das Wetter.

Ricarda fühlte sich plötzlich hilflos vor Wut. Sie hätte den aufgeblasenen Frauen, die in ihrem Leben selten etwas Nützliches zustande brachten, am liebsten entgegengeschleudert, dass nichts falsch daran sei, wenn Frauen für ihr Recht zu wählen oder zu studieren eintraten. Doch sie brachte die Worte nicht hervor. Nicht, weil ihr der Mut fehlte, sondern weil sie wusste, dass jedes einzelne vergeblich sein würde.

Sie blickte hilfesuchend zur Tür. Wo bleibt Rosa bloß mit dem Gedeck?, fragte sie sich.

»Vielleicht sollten wir ein weniger unangenehmes Thema anschneiden«, unterbrach ihre Mutter schließlich die Stille.

Ist sie froh, dass ich sie nicht blamiert habe?, sinnierte Ricarda, als sie einen zufriedenen Zug um die Lippen ihrer Mutter bemerkte.

Da sich Rosa offensichtlich Zeit ließ, ergriff sie die Gelegenheit, um sich zu verabschieden, bevor sie die Contenance verlieren und diese Giftnattern noch den Skandal bekommen würden, den sie herbeisehnten. »Entschuldigen Sie bitte, ich möchte mich jetzt ein wenig ausruhen. Ich fürchte, mir fehlt nach der langen Reise die Konzentration, um eine unterhaltsame Gesprächspartnerin zu sein.« Damit erhob sie sich von ihrem Platz.

Die beiden Gäste hüstelten verlegen, und das Gesicht ihrer Mutter glich einer Maske.

»Liebes, dein Tee...«, protestierte sie schwach.

»Danke, aber im Moment brauche ich nur Ruhe.«

»Natürlich, sicher doch, Kind.« Ihre Mutter lächelte nachsichtig.

Nachdem Ricarda sich mit einem Kopfnicken verabschiedet hatte, verließ sie den Salon. Als sie die Tür hinter sich zugezogen hatte, lehnte sie sich gegen die Wand und schloss die Augen. Sie war erschöpft wie nach einer Prüfung.

Rosa tauchte vor ihr auf, in der Hand das gewünschte Gedeck.

»Bringen Sie das zurück in die Küche, Rosa, es wird nicht mehr gebraucht!«

Doch das Dienstmädchen blieb wie versteinert stehen und schien nicht so recht zu wissen, was von ihm erwartet wurde.

»Nun gehen Sie schon, ich brauche das Gedeck wirklich nicht.«

Noch einen Moment verharrte Ricarda an der Wand, bevor sie sich von ihrem Platz löste und auf ihr Zimmer in der ersten Etage zusteuerte. Während sie sich vornahm, den Salon in den nächsten Tagen zu meiden, ertönte eine warme Männerstimme.

»Ricarda!«

Ihr Vater stand auf der halben Treppe. Er trug einen eleganten Gehrock zu dunklen Hosen. Das Hemd darunter war blütenweiß und gestärkt, die Schuhe blank poliert.

»Vater!«

Ricarda rannte ungestüm die Stufen zu ihm hinauf.

Heinrich Bensdorf breitete die Arme aus und fing sie auf. »Ich dachte mir, ich mache heute ein wenig eher Schluss, wenn meine Tochter nach so langer Zeit heimkehrt.«

Sie schmiegte das Gesicht an die Schulter ihres Vaters. Wenigstens er verhält sich wie immer. Und er roch so wie immer. Seinem Anzug entstieg ein leichter Karbolgeruch, der sich mit dem Duft von Kölnisch Wasser mischte. Das graue Haar kitzelte ihre Wange, und für einen Moment fühlte sie sich in ihre Kindheit zurückversetzt.

»Es ist so schön, dich wiederzusehen«, sagte sie und drückte ihn an sich. »Dich habe ich von allen am meisten vermisst.«

»Dass das ja nicht deine Mutter hört, es wird sie kränken!«

Sie weiß es ohnehin, dachte Ricarda, korrigierte sich jedoch schnell: »Ich habe euch beide vermisst. Ein Jahr kann furchtbar lang sein.«

»Das stimmt, aber jetzt bist du hier. Du hast dein Diplom und bist eine richtige Ärztin.«

»Du hättest sehen sollen, wie schwer sich die Herren Professoren bei meiner Prüfung getan haben. Beinahe zwei Stunden haben sie mir alle möglichen abwegigen Fragen gestellt.«

»Und du hast sie beeindruckt.«

»Sie haben mir immerhin ein magna cum laude gegeben. Soweit ich weiß, haben das in meinem Jahrgang nur fünf andere geschafft.«

Bensdorf fasste sie an den Schultern, lächelte und sagte: »Ich bin stolz auf dich. Wir beide sind es.«

Ein Lächeln huschte über Ricardas Gesicht.

»Warst du schon bei deiner Mutter?«

Sie nickte. »Da komme ich gerade her. Sie hat Besuch, und die Damen waren ziemlich schockiert darüber, dass ich studiert habe. Sie vermuten, dass ich jetzt eine dieser Frauenrechtlerinnen bin, die Hosen tragen und Männer verschrecken.«

Ihr Vater schüttelte leicht den Kopf.

Ricarda seufzte. »Wenigstens werden sie zu Hause etwas zu erzählen haben.«

»Was hältst du von einem kleinen Spaziergang?«, fragte er sie unvermittelt.

»Sehr viel«, antwortete sie und hängte sich bei ihrem Vater ein. Es ist wirklich schön, wieder zu Hause zu sein, dachte sie.

3

Den Rest des Tages verbrachte Ricarda auf ihrem Zimmer. Der Spaziergang hatte ihr gutgetan, und sie hätte ihn noch eine Weile fortsetzen können. Doch ein Laufbursche war erschienen und hatte ihren Vater zum Geheimrat Hohenfels gerufen. Ihn plagte wieder einmal das Asthma, kein Wunder bei dieser Witterung. Ricarda hätte ihrem Vater beinahe vorgeschlagen, ihn zu begleiten, aber wahrscheinlich hätte der Geheimrat dann vor Schreck einen Herzanfall bekommen. Konservativ, wie er war, würde er keine Ärztin an seinem Krankenlager dulden.

Ricarda machte sich daran, ihre Tasche auszupacken. Sämtlichen Kleidern, die sie vor der Abfahrt gereinigt und fein säuberlich gefaltet hatte, haftete noch der Geruch der Universität und des Sektionssaales an. Andere mochten ihn unangenehm finden, bei Ricarda weckte er Erinnerung an eine wechselvolle Zeit. Sie würde darauf bestehen, dass die Sachen nicht noch einmal gewaschen wurden, auch wenn ihre Mutter gewiss darauf drängen würde.

Als sie ihre Kleidung auf dem Bett ausgebreitet hatte, hängte sie das Diplom, das sie zum Abschluss erhalten hatte, an die Wand. Sie hatte es gleich am Tag nach der Abschlussfeier rahmen lassen, damit es in ihrer Tasche keinen Schaden nahm. Liebevoll strich sie mit dem Finger über das Glas.

Als der Abend über der Villa hereinbrach, stand Ricarda mit klopfendem Herzen vor dem Spiegel und betrachtete sich.

Das Reisekostüm hatte sie gegen eines ihrer besten Kleider

ausgetauscht, das sie während der Studienzeit zu Hause gelassen hatte. Es bestand aus blauem Taft, der geheimnisvoll raschelte, wenn sie sich bewegte. Das Mieder war Ton in Ton mit feinen Blumenranken bestickt, eine schmale weiße Spitze zierte die Knopfleiste und verlieh Ricarda eine jugendliche Frische. Eigentlich ein wenig übertrieben für ein schlichtes Abendessen, dachte sie.

Sie hatte dieses Kleid aber bewusst gewählt, denn sie wollte ihre Eltern bereits heute mit ihrem Vorhaben konfrontieren.

Sie hätte damit durchaus noch warten und erst ein paar friedliche Tage mit ihnen verbringen können, aber Ricarda brannte darauf, endlich ihren Lebenstraum zu verwirklichen. Sie fürchtete zwar, dass sie schlimmstenfalls auf wenig Gegenliebe für ihren Vorschlag stoßen würde, musste es jedoch versuchen. Immerhin war sie bereits vierundzwanzig Jahre alt, und die Zeit würde für sie nicht anhalten. Nachdem sie noch einmal den Sitz ihres Kleides und ihrer Frisur überprüft hatte, betrat sie den Korridor.

Von unten strömte ihr ein wunderbarer Duft entgegen, bei dem Ricarda das Wasser im Mund zusammenlief. Wie schön! Zur Feier des Tages hatte ihre Mutter die Köchin offenbar angewiesen, einen Braten zuzubereiten.

Während ihrer Studienzeit hatte Ricarda ihr Leibgericht nicht gerade häufig genossen. Ihre Pensionswirtin hatte nur Studenten beherbergt, die nicht besonders viel einbrachten. Also gab es meist Eintopf mit Schmalz oder Hühnchen, nur an Feiertagen durften ihre Herbergsgäste sich manchmal an einem Braten erfreuen. Doch der war nicht einmal halb so gut gewesen wie der, den Ella zauberte.

Ricarda ging die Treppe hinunter. In der Tür zum Esszimmer blieb sie stehen, überwältigt von dem Anblick, der sich ihr bot.

Die Tafel war festlich gedeckt und mit einem Strauß rosaroter Rosen dekoriert, die durch kleine Perlenstränge miteinander verbunden waren. Drei Gedecke standen bereit.

Da sie wusste, dass ihre Eltern die beiden Enden des Tisches für sich beanspruchten, setzte sie sich auf den Platz in der Mitte einer Längsseite. Auf dem Goldrandteller lag eine Serviette aus Damast, die von einem rosengeschmückten Ring zusammengehalten wurde. Nachdem sie ihn berührt hatte, wanderte ihr Blick zu dem Bild über dem Kamin, in dem ein Feuer prasselte.

Es zeigte Johann Bensdorf, ihren Urgroßvater, der an seinem Schreibtisch saß und den Betrachter direkt ansah. Er trug eine Perücke, wie sie im 18. Jahrhundert üblich gewesen, heute jedoch nur noch in Gerichtssälen zu finden war. Das Blau seines Gehrocks stach auch nach all den Jahren aus dem dunklen Hintergrund hervor.

Es ist fast das Blau, das ich gerade trage, dachte Ricarda. Was er wohl dazu sagen würde, dass seine Urenkelin in seine Fußstapfen getreten ist?

Im nächsten Moment vernahm sie Schritte und eine Frauenstimme. Wenige Augenblicke später traten ihre Eltern durch die Flügeltür.

»Ricarda, du bist schon hier?«, wunderte sich ihr Vater und geleitete ihre Mutter zur Tafel. Den Regeln des Anstands folgend, zog er für seine Frau den Stuhl zurück, damit sie sich setzen konnte, bevor er seinen Platz einnahm.

»Ja, ich wollte euch nicht warten lassen. Außerdem habe ich in Zürich auch immer sehr zeitig zu Abend gegessen.«

Der Vater lächelte und winkte das Dienstmädchen herbei, das unauffällig in der Tür erschienen war. »Rosa, Sie können den ersten Gang auftragen.«

»Sehr wohl, Herr Bensdorf.« Nach einem Knicks verließ Rosa den Raum.

Einen Moment lang herrschte klammes Schweigen. Ricarda blickte ratlos von ihrer Mutter zu ihrem Vater. Was mochte dieses Schweigen bedeuten? Sonst hatte ihr Vater doch immer ziemlich lebhaft über seine Arbeit berichtet. Irgendetwas schien ihren Eltern auf der Seele zu liegen.

»Nun, ich denke, wir sollten anstoßen, mein Kind. Auf deine Rückkehr.«

Damit erhob Heinrich Bensdorf sich, ging zur Anrichte, auf der in einem Sektkühler eine Flasche Champagner stand, und goss jedem von ihnen ein Glas ein. Dann prostete er Ricarda zu. »Auf den erfolgreichen Abschluss deines Studiums und deine glückliche Rückkehr.«

Ricarda lächelte dankbar. Es war schon eine Weile her, dass sie Champagner getrunken hatte. Da sie nicht viel Alkohol vertrug und heute Abend einen klaren Kopf brauchte, stellte sie ihr Glas nach einem Schluck wieder beiseite.

Trotz des anregenden Getränks wurde es erneut still.

Ricarda räusperte sich und fragte: »Nun, Vater, wie war es denn beim Herrn Geheimrat?«

Augenblicklich fiel die Starre von ihm ab.

»Besser, als ich nach der dringlichen Anforderung erwartet hätte. Natürlich verbietet mir die Schweigepflicht, über sein Leiden Auskunft zu geben. Aber ich glaube, er wird noch einige Winter durchstehen.«

»Gut zu hören«, antwortete Ricarda, und bevor das Schweigen wieder eintreten konnte, setzte sie hinzu: »Hast du mal wieder mit Doktor Koch gesprochen?«

»Natürlich. Wir sehen uns seit der Eröffnung seines Institutes aber nicht mehr so häufig, denn Robert hat ein neues Verfahren zur Desinfektion entwickelt. Er erprobt es gerade. Außerdem redet er seit Wochen vom Reisen. Die Arbeit wird ihm keine Zeit dazu lassen, doch wie ich ihn kenne, wird er an dem Gedanken festhalten.«

Bevor Ricarda fragen konnte, wohin er zu reisen plante, wurde der erste Gang aufgetragen, Kürbissuppe mit Muskat und Butter. Sie liebte diese Suppe.

»Welche Pläne hast du für die nächste Zeit?«, fragte Heinrich Bensdorf.

Ricarda atmete tief durch. Jetzt war es so weit, ihren Entschluss zu verkünden. »Ich möchte mich bei der Charité bewerben. Für eine Assistenzzeit. Ich habe zwar schon eine in Zürich absolviert, aber an einem Frauenklinikum, das keineswegs solche Möglichkeiten bietet wie die Charité.«

Ihrer Mutter entglitt der Löffel. Er landete scheppernd auf dem Tellerrand, etwas Suppe spritzte auf ihr Kleid. Susanne Bensdorf räusperte sich, rückte den Löffel wieder zurecht und griff nach der Serviette, um sich abzutupfen. Obwohl sie den Kopf gesenkt hielt, erkannte man, dass ihr das Blut aus den Wangen gewichen war.

Ricarda schaute nicht zur Seite, doch sie wusste, dass auch das Dienstmädchen, das darauf wartete, abräumen zu dürfen, betreten den Kopf senkte. Hilfesuchend blickte Ricarda ihren Vater an. Sie wartete auf einen Funken Verständnis, vielleicht in Form seines Lächelns, das er aufzusetzen pflegte, wenn er seiner Tochter eine bestimmte Idee nicht ausreden konnte. Doch diesmal war seine Miene wie aus Wachs gegossen.

»Was ist?«, fragte sie und legte ihren Löffel ebenfalls beiseite. Du hättest es wissen müssen!, ging ihr durch den Kopf. Zurücknehmen konnte sie nichts mehr. Was sie sagen wollte, hatte sie gesagt. Jetzt musste sie die Konsequenzen hinnehmen. »Ist es euch nicht recht, dass ich arbeiten will?«

Wieder blickte sie zu ihrer Mutter, die den Kopf noch immer gesenkt hielt und mit der Serviette hantierte. Der Fleck ließ sich dadurch sicher nicht entfernen, aber so brauchte sie ihrer Tochter wenigstens nicht in die Augen zu schauen.

Nun ergriff Heinrich Bensdorf das Wort. »Wir haben dir das Studium ermöglicht, damit du deinen guten Verstand nicht ungenutzt lassen musst...«, begann er, und Ricarda kannte ihn gut genug, um seinen Satz vollenden zu können.

»... Aber ihr habt nicht damit gerechnet, dass ich diesen Beruf auch ausüben will, oder?«, warf sie ein, bevor ihr Vater weitersprechen konnte. Das war respektlos, aber sie hatte ohnehin schon alles verdorben.

»Wir sind davon ausgegangen, dass du dein Studium beendest und dann heiratest, ja.«

»Heiraten?« Ricarda schnaufte empört und warf die Serviette neben den Teller. Der Appetit war ihr vergangen, und sie hatte das Gefühl, einen Stein verschluckt zu haben.

»Ja, du wirst heiraten«, bekräftigte er. »Deine Mutter und ich haben beschlossen, dass es das Beste für dich ist.«

Ricarda fiel aus allen Wolken. »Ich soll also in einem Haushalt versauern?«, entgegnete sie, und es fiel ihr schwer, ruhig zu bleiben. »Du, der du mich zum Studium ermuntert hast, willst, dass meine einzige Aufgabe in der Zukunft das Vorbereiten von Empfängen ist? Dass ich in einem Salon langweilige Teestunden abhalte und mit der Tapete an der Wand eins werde, während mein Mann tun und lassen kann, was er will?«

Sie wusste, dass dieser Hieb ihre Mutter treffen würde, doch das war ihr gleichgültig. Wahrscheinlich stammte dieser Vorschlag ohnehin von ihr und sie hatte ihren Mann auf ihre Seite gezogen.

»Wie redest du mit deinem Vater?«

»Ich rede mit ihm wie mit jemandem, der Verrat an seiner Tochter begeht!«

»Ricarda!« Ihr Vater schlug mit der flachen Hand auf den Tisch, sodass die Gläser und Teller leise klirrten. »Ich dulde keine Beschuldigungen und Frechheiten von dir, ob du nun studiert hast oder nicht! Du bist immer noch meine Tochter und wirst tun, was ich für dich für richtig halte!«

Ricarda starrte ihn fassungslos an. War der Mann, der an diesem Tisch saß, wirklich ihr Vater oder ein dreister Doppelgänger, den ihre Mutter engagiert hatte, um ihre Tochter dorthin zu lenken, wo sie sie haben wollte?

Heinrich Bensdorf musterte seine Tochter unnachgiebig. Ricarda wurde klar, dass sie ihn durch nichts von seinem Standpunkt abbringen konnte. Dieses Mal nicht. Vielleicht hätte sie etwas sagen sollen, aber ihr fiel nichts ein. Sie konnte nur daran denken, dass sie die Forderung zu heiraten von ihrer Mutter erwartet hätte – von ihrem Vater allerdings nicht.

Wortlos sprang sie auf und stürmte zur Tür hinaus.

In den nächsten Tagen würde man sie wahrscheinlich mit Missachtung strafen, aber das würde sie nicht von ihrem Ziel abbringen. Es bedeutete nur, dass sie jetzt härter kämpfen musste.

Noch spät in der Nacht saß Ricarda am Schreibtisch und schrieb im Schein ihrer Petroleumlampe an ihrer Bewerbung. Aus Gewohnheit trug sie dabei ihr Korsett, denn sie hatte das Gefühl, dass es sie bei ihrem Vorhaben stützen würde. Ansonsten trug sie nur ihr Leibchen und ihre Spitzenunterhosen. Ihre Schuhe standen vor dem Bett, das Kleid lag unordentlich über dem Stuhl daneben. Es hatte ihr kein Glück gebracht.

Kratzend bewegte sich die Feder über das Blatt, wobei Ricarda aufpassen musste, dass sie nicht kleckste, was mit dem abgenutzten Schreibgerät aus ihren Studientagen gar nicht so einfach war. Außerdem musste sie sich mäßigen, um den Federhalter in ihrer noch immer schwelenden Wut nicht allzu heftig in das Tintenfass zu stoßen.

Als sie den Abschnitt, in dem es um ihre Ausbildung ging, beendet hatte, lehnte sie sich zurück und betrachtete ihr Werk.

Eigentlich hatte sie andere Pläne gehabt. Nach ein paar Tagen Erholung wollte sie in aller Ruhe ihre Unterlagen sammeln und ihr Schreiben in Schönschrift verfassen.

Jetzt saß sie hier, übermüdet und mit brennenden Augen und tintenbeschmierten Fingern wie eine Schülerin am Mädchengymnasium, die in den Karzer gesteckt worden war. In ihrem

Inneren rumorte es. Hätte sie damit rechnen sollen, dass ihre Eltern nun nur daran dachten, sie zu verheiraten?

Wahrscheinlich schon. Sie hatte sich vermutlich etwas vorgemacht. Ihr Examen hatte an der Einstellung ihrer Eltern nichts geändert: Eine Frau brauchte einen Mann an ihrer Seite, sonst galt sie nichts. Ricarda seufzte. Mit zitternden Fingern setzte sie die Feder erneut auf das Papier. Es war bereits der dritte Versuch. Bei allen anderen hatte sie sich verschrieben, die Blätter zusammengeknüllt und einfach auf den Boden geworfen.

So hatte sie es auch in ihrem Studentenzimmer gehalten, während sie ihre Hausarbeiten geschrieben hatte. Ihre Mutter wäre über die Papierkugeln sicher entsetzt, doch seit dem Streit im Esszimmer hatte sich niemand blicken lassen. Ricarda musste sich also keinen Zwang antun. Sie bedauerte nur, dass es hier kein Bildnis ihrer Eltern gab, sodass sie mit den Knäueln keine Zielübungen machen konnte. Wie kindisch!, schalt sie sich sogleich. Sieh lieber zu, dass du die Bewerbung endlich fertigstellst!

Seltsamerweise erinnerte sie sich plötzlich wieder an ihren ersten Tag im Hörsaal. Die Kommilitonen hatten sie unentwegt angestarrt. Der Professor hatte sich zwar bemüht, ungerührt zu dozieren, doch die Stille im Auditorium war unnatürlich gewesen. Ricarda hatte gewusst, dass es an ihr lag; sie hatte die bohrenden Blicke in ihrem Rücken förmlich gespürt. Sie waren ihr wie gewaltsame Berührungen vorgekommen. Und wochenlang hatte sie Getuschel und spitze Bemerkungen ertragen müssen.

Was mochte erst geschehen, wenn ihre Bewerbung auf den Tisch des Leiters der Charité flatterte? Würde auch sie Befremden oder gar Belustigung auslösen?

Zweifelnd sah Ricarda zum Fenster, gegen das sich die Dunkelheit schmiegte, nur unterbrochen vom Licht der Gaslaternen, deren Leuchtkörper wie die Perlen einer Kette über der Straße zu schweben schienen. In der Fensterscheibe spiegelte sich Ricardas Gesicht, das von der Lampe auf dem Schreibtisch beleuchtet wurde. Würden die Männer jemals akzeptieren, dass hinter ihrer schönen Fassade ein guter Verstand steckte? Würden sie je akzeptieren, dass Frauen nicht nur Gebärmaschinen und Mittel zur Befriedigung ihrer Lust waren?

»Oh nein«, stöhnte Ricarda, als ein Tropfen Tinte auf ihren dritten Entwurf kleckste, genau auf die Stelle, an der sie ihr Studium in Zürich aufgeführt hatte.

Sie würde das Schreiben also noch einmal aufsetzen müssen. Wütend warf sie den Federhalter von sich, der dabei eine Tintenspur auf der Tischplatte hinterließ, und knüllte das Blatt zusammen. Wollte das Schicksal nicht, dass sie heute Nacht noch fertig wurde?

Die Bewerbung musste das Haus verlassen haben, bevor ihr Vater ihr ihren zukünftigen Mann vorstellen konnte. Denn mit einem eigenen Gehalt wäre sie nicht mehr erpressbar mit der Zuwendung ihrer Eltern. Und vielleicht würde auch jeder von ihrem Vater erwählte Heiratskandidat die Flucht ergreifen vor einer »Suffragette«.

Diese Vorstellung heiterte Ricarda auf. Sie ergriff ein neues Blatt, wischte die Spitze des tropfenden Federhalters mit Löschpapier ab und begann von Neuem.

4

Am nächsten Vormittag wachte Ricarda erst spät auf. Kurz wähnte sie sich noch in Zürich, doch als sie die leuchtend weißen Gardinen und die gediegenen Blumentapeten sah, wusste sie wieder, wo sie sich befand.

Seufzend erhob sie sich. Auf dem Boden waren noch immer die zusammengeknüllten Papierstücke verstreut, auf dem Schreibtisch lag ihre Bewerbung, die sie in der vergangenen Nacht noch fertigbekommen hatte – ohne Tintenflecke.

Dennoch würde sie sie vorsichtshalber noch einmal durchsehen, damit man sie nicht wegen eines Formfehlers zurückweisen konnte.

In Zürich war ihr genau das bei einer ihrer ersten Hausarbeiten widerfahren. Die Aufgabe war korrekt gelöst gewesen, doch der Anatomieprofessor, der ihr alles andere als freundlich gesinnt war, hatte Ricardas Beitrag mit dem Hinweis auf die unzureichende Form zurückgewiesen. Nicht, dass sie Krähenfüße auf das Blatt gemalt hätte, lediglich der Rand auf dem Papier hatte nicht die richtige Breite besessen.

Es hatte sie sehr viel Geduld und Überredungskünste gekostet, um den Dekan dazu zu bringen, für sie einzutreten. Doch erst nachdem sie den Text in die verlangte Form gebracht hatte, hatte der Professor ihn angenommen und mit einer Eins benotet – wohl auch deshalb, weil er es sich nicht mit dem Dekan verscherzen wollte.

Jetzt gab es allerdings niemanden, den die Professoren an der Charité fürchten mussten. Wäre ihr Vater auf ihrer Seite gewesen, hätte es noch anders ausgesehen, aber er war es nicht. Vielleicht würde er den Kollegen, die ihn auf die Bewerbung seiner Tochter ansprachen, sogar empfehlen, diese abzulehnen ...

Aber Ricarda verbot sich solche Spekulationen. Wer nichts wagte, hatte bereits verloren, ein Grundsatz, den Ricarda sich während ihres Studiums angeeignet hatte und dem sie treu bleiben wollte.

Sie entledigte sich ihrer Nachtwäsche und ging zum Waschtisch, wo eine Waschschüssel und ein Wasserkrug standen. Im Spiegel betrachtete sie sich. Sie hatte einen schlanken Körper, beinahe etwas zu schlank für den geltenden Geschmack, was ihr aber den Komfort einbrachte, ihr Korsett nicht allzu eng schnüren zu müssen. Ihre Brüste waren fest und klein, ihre Taille schmal und ihre Hüften sanft gerundet.

Sie war sicher, dass sie vielen Männern gefallen würde, doch sie wollte nur einen Mann, den sie liebte. Von ganzem Herzen liebte. Und den sie begehrte. Auf jeden Fall keinen, den ihr Vater für sie ausgesucht hatte.

Ein richtiges Bad wäre Ricarda angenehmer gewesen, hätte aber eine Reihe von Anweisungen und eine gewisse Wartezeit vorausgesetzt.

Also wusch sie sich mit dem kühlen Wasser, das ihr am ganzen Körper Gänsehaut einbrachte, allerdings auch den letzten Rest Müdigkeit vertrieb. Als sie fertig war, trocknete sie sich ab und trat an den Kleiderschrank. Dort holte sie ein frisches Leibchen und eine frische Unterhose hervor und entschied sich für ein Kleid, das sie häufig während der Vorlesungen getragen hatte. Es war schlicht, verlieh ihr jedoch genau die Seriosität, die sie heute brauchte.

Nachdem sie sich ein Rosinenbrötchen aus der Küche geholt hatte, verließ sie mit ihren Bewerbungsunterlagen die Villa. Sie hätte sich von Johann fahren lassen können, aber sie zog es vor zu laufen. In Zürich hatte es keinen Kutscher gegeben, und es fiel ihr auch nicht schwer, darauf zu verzichten.

Bis zur Charité war es ein gutes Stück Weg. Die Straßen waren an diesem Vormittag gut gefüllt. Menschen aller Couleur waren unterwegs: elegant gekleidete Damen an den Armen ihrer Kavaliere, Dienstmädchen mit gestärkten Schürzen und Körben unter dem Arm; Laufburschen, Arbeiter in blauen Jacken und mit schmutzigen Gesichtern, eine Horde Kinder, die kreischend aus einem der Hinterhöfe stürmte.

Ricarda liebte es, durch Menschenmengen zu wandeln. Sie betrachtete die Gesichter der Menschen und versuchte sich vorzustellen, welche Geschichte sich hinter jedem einzelnen verbarg.

Schließlich verließ sie die Birkenallee und bog auf die Invalidenstraße ein. Nach einer Weile konnte sie das Hauptgebäude der Klinik sehen. Seit ihrer Gründung vor fast zweihundert Jahren hatte sich hier so einiges getan. Bauten waren hinzugekommen, neue Abteilungen eröffnet worden.

Entschlossen strebte Ricarda auf das Pförtnerhaus zu.

Ein paar Männer kamen ihr entgegen, und der Karbolgeruch, der sie umwehte, wies darauf hin, dass es Ärzte waren. In der Annahme, dass Besucher des Hospitals nicht verstehen würden, was sie sich im Fachjargon erzählten, plapperten sie munter über Gallensteine und Blasenleiden. Ricarda, die jedes Wort verstand, schmunzelte und setzte ihren Weg fort.

»Was kann ich für Sie tun, Fräulein?«, fragte der Pförtner im Tonfall eines Mannes, dem eingeschärft worden war, den heimischen Dialekt nicht bei der Arbeit zu benutzen.

»Ich würde gern einen Brief für Professor Gerhardt abgeben. Kann ich ihn bei Ihnen hinterlegen?«

»Nee, Fräulein, da jeh'n Sie mal selbst zu ihm, sonst bin ick wieder schuld, wenn was wegkommt.«

Für einen Moment war das Berlinerische wieder da, was Ricarda lächeln ließ.

»Sein Büro ist im Hauptgebäude?«

Der Pförtner nickte. »Erstes Stockwerk. Ist nicht zu übersehen.«

Ricarda bedankte sich und machte sich auf den Weg. Seit Kindertagen kannte sie die Geschichte der Charité, angefangen von der Gründung im Jahre 1772 bis zum heutigen Tag. Eine moderne Medizin wollte man schaffen. Eine Medizin, in der hoffentlich auch Platz für Frauen ist, sinnierte Ricarda – und das nicht nur als Patientin.

Auch im Verwaltungsflügel des Hauptgebäudes schlug ihr der vertraute Geruch nach Karbolsäure, Chlor und Formalin entgegen. Die Mauern waren damit vollgesogen. Sie eilte an Ärzten und Krankenschwestern vorbei und stieg die Treppe, die unter ihren Füßen leise knarrte, zum ersten Stock hinauf. Hier überdeckte der Geruch von Bohnerwachs alle anderen Gerüche.

Das Büro des Direktors war wirklich nicht zu übersehen. Auf einem blank polierten Messingschild neben der Tür waren Titel und Name eingraviert. Ricarda verharrte unschlüssig davor. Ein wenig zitterten ihre Hände nun doch. Wenn Professor Dr. Gerhardt da war, was sollte sie ihm sagen?

Als auf dem Flur Stimmen laut wurden, klopfte sie und trat nach Aufforderung durch eine Frauenstimme ein.

Die Sekretärin war eine schlanke Frau mit streng zurückgekämmtem Haar. Trotz ihres Kleids wirkte sie geschlechtslos, wie es wohl von arbeitenden Frauen erwartet wurde. »Sie wünschen?«, fragte sie, während sie Ricarda von Kopf bis Fuß musterte.

Ricarda streckte ihr den Umschlag entgegen. Diese Frau sollte gar nicht erst glauben, dass sie sich einschüchtern ließe.

»Ich möchte, dass Sie diesen Umschlag Herrn Professor Dr. Gerhardt geben. Er ist nicht zufällig in seinem Büro, oder?«

Erst im nächsten Augenblick wurde sich Ricarda ihrer Kühnheit bewusst. Was, wenn sie das bejahte?

»Tut mir leid, aber der Professor macht gerade Visite.«

Ricarda wusste nicht, ob sie enttäuscht oder erleichtert sein sollte.

»Gut, dann wäre ich Ihnen sehr dankbar, wenn Sie ihm den Umschlag auf den Schreibtisch legen würden.«

»Das werde ich.« Die Sekretärin lächelte.

Nachdem Ricarda sich bedankt hatte, verließ sie das Büro.

Im Gang lehnte sie sich für einen Moment gegen die Wand und atmete tief durch. Sie hatte es gewagt! Welchen Ausgang die Sache auch nehmen würde, sie hatte ihre Bewerbung abgegeben. Hieß es nicht, dass das Glück auf Seiten der Mutigen ist?

Männerstimmen holten sie in die Gegenwart zurück. Drei Herren in dunklen Anzügen betraten den Flur, ihre Schritte hallten beinahe im Gleichklang über das Parkett. Ricarda ging ihnen entgegen.

Einer der Männer war der Direktor. Ricarda hatte ihm auf einem der Bälle einmal die Hand geschüttelt, nachdem ihr Vater sie miteinander bekannt gemacht hatte. Aber das lag über ein Jahr zurück. Bestimmt würde er sich nicht an sie erinnern. Obwohl er nicht besonders hochgewachsen war, strahlte er Autorität aus. Sein graues Haupthaar war schütter, sein Vollbart hingegen wirkte imposant. Er redete in eindringlichem Ton mit seinen Begleitern, offensichtlich zwei jüngere Ärzte.

Ricarda hätte sich gewünscht, dass der Professor sie wiedererkennen würde, doch er war zu sehr in das Gespräch mit seinen Kollegen vertieft. Keiner von ihnen schien sie wahrzunehmen. Das würde sich ändern, wenn sie erst einmal selbst im weißen Kittel durch die Flure lief! Sie machte sich keine Illusionen: Wahrscheinlich würde sie auch hier für alle ein Paradiesvogel sein.

Als sie das Klinikgelände verließ, fühlte sie sich seltsam leicht und aufgeregt. Vielleicht würde der Professor ihren Brief gerade in diesem Augenblick öffnen und ihn sich anschauen.

»Na, Frolein, sin' Se Ihren Brief losjeword'n?«, fragte der Pförtner.

Hufschlag und das Knarren von Droschkenrädern verschluckten ihre Antwort beinahe, aber er schien sie trotzdem zu verstehen.

»Auf Wiedersehen!«, rief er ihr nach.

Ricarda war überzeugt, dass sie die Tore der Charité schon bald wieder durchschreiten würde – als Assistenzärztin.

Auf dem Weg durch die Stadt kaufte sich Ricarda voller Überschwang ein Schächtelchen Pralinen und schlenderte an den Auslagen der Geschäfte vorbei. Der Himmel hatte aufgeklart, die Sonne schwebte als weiß leuchtender Ball über den Dächern Berlins. Vor dem Schaufenster eines Damenausstatters machte sie Halt und betrachtete das ausgestellte Modell, ein blaues Kleid mit weißem Kragen, Puffärmeln und einem Rock, der eine Hand breit über dem Knöchel endete. Für ihre Mutter wäre das wohl ein Skandal, aber gerade deswegen nahm sich Ricarda vor, dieses Modell zu kaufen, sobald sie ihren Dienst in der Charité angetreten hatte – als Zeichen für ihre neue Zukunft.

Auf dem letzten Stück des Rückwegs wurde das Wetter wieder grau; es war, als wisse Petrus, was Ricarda in ihrem Elternhaus erwarten würde. Sie blieb einen Moment lang vor dem Tor stehen, sah den Kutscher, der gerade die Lampen ihres Landauers putzte, und die beiden Stallknechte. Hinter den Fenstern herrschte die übliche Reglosigkeit.

Sie werden es dir nie verzeihen, dass du sich gegen sie stellst, dachte Ricarda. Wenn sie es erfahren, wird es ein Donnerwetter geben.

Als sie die Eingangshalle betrat, schien sich eine Last auf sie zu legen, die ihr den Atem nahm. Um dieses Gefühl zu vertreiben, zog sie entschlossen die Handschuhe aus und lief die Treppe hinauf.

»Ricarda!«

Der Ruf ließ sie in ihrer Bewegung erstarren. Als sie den Kopf hob, erblickte sie ihre Mutter. Sie trug ein dunkelblaues Kleid mit weißen Verbrämungen, das ihr das strenge Aussehen einer Gouvernante verlieh.

»Geruhst du, mit uns zu essen, oder soll Rosa dir das Mittagessen aufs Zimmer bringen?«

Die Stimme ihrer Mutter klang kalt, und am liebsten hätte Ricarda sie ignoriert. Doch das konnte sie nicht so einfach.

»Ich werde natürlich mit euch essen«, antwortete sie so höflich wie möglich. Warum ihre Mutter das wohl wissen wollte? Erwartete man von ihr nicht mehr, dass sie an den Familienmahlzeiten teilnahm? Und würde es heute erneut zu einer Szene kommen?

»In Ordnung«, sagte ihre Mutter nur und musterte ihre Tochter einen Moment, als wolle sie aus den Falten ihres Kleides herauslesen, wo sie gewesen war und was sie dort getrieben hatte.

Dann wandte sie sich um, und Ricarda zog sich in ihr Zimmer zurück.

Das Essen verlief genau so, wie Ricarda es erwartet hatte. Das Schweigen hing wie eine Gewitterwolke über der Tafel und bewirkte, dass der Tafelspitz, den Ella zubereitet hatte, plötzlich fad schmeckte. Während Ricarda nach dem Weinglas griff, blickte sie zu ihrem Vater und las aus seinen versteinert wirkenden Zügen, dass er von dem, was er am vergangenen Abend gesagt hatte, nicht abrücken würde.

Was würdet ihr sagen, wenn ich euch erzähle, dass ich meine

Bewerbung abgegeben habe?, ging ihr durch den Kopf, während sie ihr Glas in der Schwebe hielt, als könne sie sich nicht entscheiden, ob sie einen weiteren Schluck nehmen solle oder nicht. Niemandem schien es aufzufallen. Ihre Eltern kratzten weiter mit ihrem Besteck auf den Tellern herum. Ricarda spürte, dass etwas in der Luft lag, und nahm sich vor, schnell zu essen, um dieser Stille möglichst bald zu entkommen. Sie setzte das Glas ab und machte sich über ihren Teller her, obwohl sie kaum Appetit hatte. Das Unwohlsein in ihrer Magengrube war stärker.

Sie hatte kaum drei Bissen gegessen, als ihr Vater sich räusperte.

»Ich habe erfahren, dass du heute in der Charité warst«, sagte er unvermittelt, und Ricarda schluckte das letzte Stück Tafelspitz vor Schreck beinahe unzerkaut hinunter. Sie traute sich nicht zu husten. Von wem hatte ihr Vater das erfahren? Hatte Professor Gerhardt gleich einen Laufburschen zu seiner Praxis geschickt, nachdem er den Umschlag geöffnet hatte?

»Ich war zufällig dort, es ist ein Wunder, dass wir uns nicht über den Weg gelaufen sind«, fügte er grimmig hinzu, als könne er Gedanken lesen. »Du hast deine Bewerbung bei Professor Gerhardt abgegeben. Er hat mich darüber informiert, als wir im Gang aufeinandergetroffen sind.«

Ricarda erwartete, dass ihre Mutter nun wieder etwas fallenlassen würde, doch auf ihrer Seite des Tisches blieb alles ruhig. In diesem Augenblick wusste Ricarda selbst nicht, was sie sagen sollte.

»Du wirst sie zurückziehen«, fügte Heinrich Bensdorf bestimmt hinzu, ohne eine Erwiderung abzuwarten.

Doch wenn er geglaubt hatte, dass sein stechender Blick Ricarda einschüchtern würde, hatte er sich getäuscht. Er erreichte damit genau das Gegenteil. In Ricardas Brust schien sich eine Faust zusammenzuballen. Es wunderte sie selbst, dass sie in ruhigem Ton antworten konnte: »Das werde ich nicht tun, Vater. Ich habe es dir und Mutter bereits gesagt, ich will nicht, dass die Zeit in Zürich umsonst war. Keine Sorge, ich werde heiraten, aber wann und wen, das bestimme ich selbst. Die Zeiten, in denen Töchter wie Zuchtpferde gehandelt werden, sollten doch eigentlich vorbei sein.«

Jetzt war es an ihrem Vater, sprachlos zu sein. Er starrte Ricarda mit einer Fassungslosigkeit an, die sie noch nie zuvor an ihm gesehen hatte. Langsam stieg Heinrich Bensdorf die Röte über den Stehkragen und breitete sich in seinem Gesicht aus. Er starrte seine Tochter noch immer reglos an, und sie erwiderte den Blick furchtlos. Innerlich zitterte sie zwar, aber das ließ sie sich nicht anmerken.

»Wenn das so ist, dann entschuldigt mich bitte«, sagte er und erhob sich. »Ich habe noch einiges zu tun.« Damit warf er die Serviette neben den Teller und verließ den Raum.

Ricarda sah ihm noch einen Moment lang nach, bevor sie sich ihrer Mutter zuwandte. Susanne aß einfach weiter, als habe es den Disput nicht gegeben. Ricarda wollte ihren Augen nicht trauen. Hatte sie gegen die Wand gesprochen? Hatte ihre Mutter nicht einmal ein begütigendes Wort für sie übrig?

Enttäuscht erhob sie sich, legte die Serviette geräuschlos ab und ging hinaus.

5

Die Wochen vergingen, ohne dass sie von der Charité hörte. Heinrich Bensdorf ließ seine Frau beinahe täglich wissen, dass er am Abend sehr spät erscheinen werde und sie nicht mit dem Essen auf ihn zu warten bräuchten. Damit entzog er sich seiner Tochter, als fürchte er, sie könne ihn doch noch erweichen.

Ricarda vergrub sich ebenfalls in die Arbeit; sie studierte medizinische Bücher und Zeitschriften. Doch meistens schweiften ihre Gedanken ab und kreisten um den einzigen festen Punkt in ihrem Leben – die begehrte Assistenzstelle.

So auch an diesem Morgen kurz vor Weihnachten. Über Nacht hatten sich an ihrer Fensterscheibe Eisblumen gebildet.

Verträumt betrachtete sie die zarten Muster, die bereits mit einem Atemhauch vergingen. Mit dem Finger rieb sie ein Loch in das Gebilde und blickte nach unten. Ihr Vater stieg gerade in die Kutsche. Vielleicht wollte er Dr. Koch einen Besuch abstatten.

Ein Klopfen beendete ihre Vermutungen.

»Herein!«, rief sie und zog den Morgenmantel vor der Brust zusammen.

Es war Rosa, die in der Tür erschien. Sie knickste. »Die gnädige Frau möchte Sie etwas wissen lassen.«

Ricarda zog die Augenbrauen hoch. So weit war es also schon mit der Entfremdung. Ihre Mutter bemühte sich nicht einmal selbst, wenn sie ihrer Tochter etwas zu sagen hatte.

»Was denn?«, fragte Ricarda in abweisendem Ton, was ihr

sofort leidtat. Das Dienstmädchen konnte schließlich nichts dafür.

»Sie lässt Ihnen ausrichten, dass die Herrschaften zum Weihnachtsball der Charité geladen sind und dass man Ihre Teilnahme erwartet.«

Ricarda lächelte schief. Zum Weihnachtsball einladen konnten sie ihre Tochter, aber ansonsten kümmerten sie sich nicht um sie.

»Sagen Sie der gnädigen Frau, dass ich darüber nachdenken werde«, entgegnete sie kühl, denn sie hatte keine Lust, sich auf dem Ball wie ein exotisches Tier begaffen zu lassen.

»Sehr wohl, gnädiges Fräulein.« Rosa knickste erneut.

Ricarda schloss aus Rosas Miene, dass das nicht die Antwort war, die ihre Mutter erwartete. Susanne würde dafür sorgen, dass das Dienstmädchen für diese Nachricht büßen musste, sei es durch unnötige Aufträge oder barsche Bemerkungen. Das war zwar ungerecht, aber dennoch wollte Ricarda nicht freudig zustimmen.

Als die Tür ins Schloss fiel, wandte sie sich wieder dem Fenster zu. Doch die Ankündigung des Weihnachtsballs ließ sich nicht einfach wegwischen wie eine Eisblume. Sie hing wie ein Spinnennetz im Raum, und Ricarda hatte keine Ahnung, wie sie ihm entgehen sollte.

Nachdem sie vergeblich versucht hatte, an etwas anderes zu denken, entschloss sie sich, in die Küche hinunterzugehen und sich dort eine Tasse Kaffee zu holen. Vielleicht würde das anregende Getränk ihre Gedanken klären und ihre Konzentration auf das Wesentliche schärfen.

Ricarda kam genau bis zur Treppe, als das Dienstmädchen hinter ihr erschien.

»Gnädiges Fräulein?« Rosas Gesicht war hochrot.

»Was gibt es denn, Rosa?«

»Die gnädige Frau wünscht Sie im Salon zu sprechen.«

Ricarda atmete tief durch. Wie gut sie ihre Mutter doch kannte! Aber wenn sie Streit haben wollte, sollte sie ihn bekommen.

Sie bedankte sich bei Rosa und spürte deren Blick zwischen ihren Schulterblättern, als sie der Tür mit dem Irisdekor zustrebte.

Sie stand halb offen, als hätte ihre Mutter überprüfen wollen, ob das Dienstmädchen den erteilten Auftrag auch ausführte.

Ricarda verzichtete aufs Anklopfen, obwohl sie wusste, dass solch ein Verstoß gegen die Höflichkeit ihre Mutter echauffieren würde. Furchtlos baute sie sich vor ihrer Mutter auf.

»Du wirst also darüber nachdenken?«, fragte Susanne Bensdorf kühl.

Tatsächlich, es ging um den Weihnachtsball.

»Ja, das sagte ich doch«, entgegnete Ricarda trotzig. »Ich weiß noch nicht, ob ich Zeit dazu finden werde.«

Susanne Bensdorf stellte ihre Kaffeetasse ab. Wie immer war sie ganz die beherrschte Dame, die sich nicht einmal vom Widerspruch einer störrischen Tochter aus der Ruhe bringen ließ.

»Dieser Ball ist eines der bedeutendsten gesellschaftlichen Ereignisse gegen Jahresende«, erklärte sie, als wüsste Ricarda das nicht. »Dort zu fehlen würde unsere Familie nicht gerade in ein gutes Licht rücken. Immerhin hat dein Vater wichtige Verbindungen zu pflegen.«

»Vater und du werden doch sicher hingehen«, erklärte Ricarda, und die Lust, sich mit ihrer Mutter eine ordentliche Szene zu liefern, wuchs. »Wieso sollte es uns in Verruf bringen, wenn ich nicht zugegen bin?«

»Weil du die Tochter des Hauses bist und damit Verpflichtungen hast. Uns gegenüber und auch gegenüber der Öffentlichkeit.«

»Oh, und inwiefern könnte die Öffentlichkeit an mir interessiert sein? Als abschreckendes Beispiel für ein missratenes Kind?

Als rebellische Tochter und vermeintliche Suffragette? Wenn deine Freundinnen mich schon dafür halten, werden es alle anderen ohnehin tun.«

Jetzt hob ihre Mutter den Kopf, und zwar alles andere als beherrscht.

»Wenn du meinst, dass die Öffentlichkeit ein solch schlechtes Bild von dir hat, solltest du alles daransetzen, dass sich das ändert. Ob du Zeit hast oder nicht, du wirst uns zu dem Ball begleiten.«

»Bist du wirklich so versessen darauf, mich vorzuführen, Mutter?«, fragte Ricarda kopfschüttelnd. »Wenn ich dort auftauche, was werde ich mir dann anhören müssen? Sie alle wissen doch sicher, dass ich studiert habe. Gibt es in diesen Kreisen etwas Schlimmeres als das?«

»In diesen Kreisen?«, ereiferte sich Susanne Bensdorf. »Es sind die Kreise, in die du hineingehörst! Wenn es nach mir gegangen wäre, hättest du nie studiert. Es gibt weiß Gott genug junge, gut situierte Männer, die um deine Hand angehalten hätten. Aber du musstest deinen Vater ja mit deinen Flausen anstecken. Gott sei Dank ist er jetzt wieder zur Vernunft gekommen. Und dir würde ich das auch raten.«

Ricarda glaubte nicht, was sie da hörte. Sie wollte etwas erwidern, aber ihr Kopf war wie leergefegt.

»Du wirst mitkommen!«, setzte ihre Mutter in scharfem Ton hinzu. »Und damit ist das Gespräch für mich beendet.«

Sie wandte sich ab, nahm in einem Sessel Platz und tat so, als habe ihre Tochter sich in Luft aufgelöst.

Ricarda stand einen Moment fassungslos da, bevor sie herumwirbelte und aus dem Salon stürmte. Sie hoffte, dass ihre Mutter wenigstens zusammenzucken würde, wenn ihre Tochter die Türen wesentlich heftiger schloss, als es angebracht war.

Mit rasendem Herzen eilte sie zu ihrem Zimmer. Sie brauchte dringend frische Luft. Wütend riss sie die Türen ihres Kleiderschrankes auf, griff nach ihrem Mantel, zog ihn über und rannte aus dem Haus.

Auf den Straßen zum Tiergarten herrschte reges Treiben. Nicht nur einmal musste Ricarda Leuten ausweichen, die mit dem Fahrrad unterwegs waren und sich offenbar nicht um Fußgänger scherten. Sie überquerte den Großen Stern und ließ sich treiben. Während sie einen Fuß vor den anderen setzte und das Knirschen der Sohlen vernahm, wurde ihr wieder leichter zumute.

Als sie schließlich aufblickte, sah sie von weitem die Siegessäule, die nur fünf Jahre vor ihrer eigenen Geburt auf dem Königsplatz errichtet worden war. Anlass war das Ende des deutschdänischen Krieges gewesen, in dem Preußen einige siegreiche Schlachten schlagen konnte. Ricarda war gerade zwei Jahre alt geworden, als man auf der Spitze der Säule die Viktoria errichtet hatte.

Einer plötzlichen Eingebung folgend, steuerte sie forsch darauf zu. Die vergoldete Siegesgöttin, die, von einer frischen Brise umweht, über allen Problemen des irdischen Daseins zu stehen schien, würde ihr vielleicht Kraft und neue Hoffnung schenken.

Den Reichstag bereits im Blick, hörte Ricarda auf einmal aufgeregte Stimmen. Einige Frauen in einfachen Kleidern hatten sich um die Siegessäule versammelt und hielten Schilder in die Höhe.

Wir fordern das Recht zu studieren und *Frauen sind keine Menschen zweiter Klasse* stand auf einigen von ihnen zu lesen, andere forderten das Frauenwahlrecht. Nach einer Weile begannen die Frauen, im Kreis zu marschieren und ihre Forderungen lauthals zu äußern. »Wahlrecht, Studium, Gleichberechtigung!«, tönte es in den Berliner Winterhimmel.

Ricarda fühlte sich nach Zürich zurückversetzt, wo solche Veranstaltungen des Öfteren stattfanden. Dort wurde hauptsächlich um das Wahlrecht gekämpft, denn studieren durften die Frauen in der Schweiz ja bereits.

Hier in Preußen hingegen durften sie nichts weiter als Ehefrauen sein.

Ehe sie es sich versah, wurde Ricarda ein Flugblatt in die Hand gedrückt.

Die Frau, die ihr den Zettel überreichte, sah Ricarda so eindringlich an, dass sie sich bemühen musste, nicht zurückzuweichen.

»Schließ dich uns an, Schwester, denn wir kämpfen dafür, dass es dir besser geht!«, forderte sie. »Wir wollen, dass Frauen wählen und studieren können, wie es in anderen Ländern der Welt bereits möglich ist. In einigen Staaten Amerikas ist es den Frauen bereits erlaubt zu wählen. Auch in Neuseeland, das im Pazifischen Ozean liegt, zum Beispiel. Wenn andere Nationen den Frauen Rechte gewähren, sollte unser Land nicht hintanstehen.«

Ricarda fragte sich, was ihr Vater wohl zu dieser Ansprache sagen würde.

Bevor sie den Frauen jedoch sagen konnte, dass sie in der Schweiz studiert hatte und sich nun als Ärztin hier beworben hatte, ertönte ein schrilles Pfeifen.

Polizisten mit Knüppeln stürmten herbei. Wahrscheinlich hatten sich Passanten oder vielleicht sogar Abgeordnete des Reichstages über diese Versammlung beschwert.

Die Frauen wussten offenbar, was ihnen blühte, denn sie suchten sogleich das Weite. Auch Ricarda begann zu laufen. Sie wollte nicht in die Zelle eines Polizeireviers geraten. Sie versteckte sich hinter einem nahen Gebüsch und beobachtete von dort aus, wie die Gesetzeshüter mit Pickelhauben den Frauen nachjagten.

Augenblicklich zerstreute sich auch die Zuschauermenge; nur einige Plakate, die achtlos auf der Straße lagen, zeugten noch von der Demonstration.

Ricarda blickte zu Viktoria auf und fragte sich plötzlich, warum man einer leblosen Frauenfigur huldigte, während man den Frauen aus Fleisch und Blut einen Großteil der Bürgerrechte verwehrte. Vielleicht weil Frauen im echten Leben keine Schwingen besaßen? Dann war es wohl an der Zeit, dass ihnen welche wuchsen. Zumindest im Geiste.

Wieder zu Hause angekommen, begab sie sich gleich auf ihr Zimmer. Vor dem drohenden Gespenst des Weihnachtsballs konnte sie nicht fliehen, aber nachdem sie eine Weile auf dem Bett gesessen und gegrübelt hatte, stand ihr Entschluss fest.

Sie würde das lästige Ereignis in einen Triumph für sich verwandeln. Ja, sie würde den Leuten zeigen, dass sie keine verzogene Göre war, sondern eine selbstbewusste Frau, die etwas konnte!

Am Abend ging sie hinunter zum Familienessen. Ihr Vater war überraschenderweise zugegen, würdigte sie aber keines Blickes.

»Mutter«, sagte Ricarda, nachdem sie Platz genommen und die Serviette über ihren Schoß gelegt hatte. »Ich möchte dich um Entschuldigung bitten wegen unseres Streites. Ich werde natürlich am Weihnachtsball teilnehmen.«

Susanne Bensdorf wirkte überrascht, während ihr Mann keinerlei Reaktion zeigte. Ungerührt führte er einen Gabelbissen Hühnerfrikassee nach dem anderen zum Mund, obwohl seine Frau den Blick auf ihn geheftet hatte.

»Und was ist mit deiner Bewerbung?«, fragte er schließlich kühl, ohne seine Tochter anzuschauen.

Ricarda ahnte, dass einige seiner Kollegen oder vielleicht sogar der Professor sich befremdet über den Plan seiner Tochter geäußert hatten.

»Ich werde sie natürlich nicht zurückziehen«, entgegnete Ricarda. »Wenn Professor Gerhardt sie ablehnt, werde ich mich seiner Entscheidung beugen. Aber ich will es wenigstens versucht haben. Das bin ich der Familientradition schuldig. Heiraten und Kinder bekommen kann ich immer noch. Wenn auch nur ein Funke von dem Vater, den ich früher kannte, in dir ist, wirst du das verstehen.«

Der Vater sah Ricarda für einen Moment entgeistert an, doch anstatt erneut aufzuspringen, blieb er sitzen und wandte sich nach einer Weile wieder seiner Mahlzeit zu.

Ricarda spürte, dass er für ihre Argumente kein Verständnis aufbrachte. Vielleicht hatte er bereits dafür gesorgt, dass ihre Bewerbung scheitern würde. Aber das musste sie abwarten.

6

Bis zum Weihnachtsball herrschte Waffenstillstand im Hause Bensdorf. Auseinandersetzungen beim Abendessen unterblieben, weil man sich hartnäckig anschwieg. Nach außen hin spielte man den Leuten eine heile Welt vor.

Um sich zu zerstreuen und vor allem, um passend für den Ball gekleidet zu sein, ließ ihre Mutter die Schneiderin kommen und sich ein neues Kleid anfertigen. Als der große Tag schließlich da war, verbrachte sie die meiste Zeit mit Rosa in ihrem Ankleidezimmer.

Heinrich Bensdorf hatte noch Patienten zu versorgen, aber Ricarda war sicher, dass seine Garderobe nicht darunter leiden würde.

Schließlich rückten die Zeiger auf kurz vor sieben Uhr. Der Ball würde erst um acht beginnen, aber die Bensdorfs waren als pünktlich bekannt.

Ricarda betrachtete sich im Spiegel und fragte sich, was sie tun könne, damit keiner der jungen Ärztesöhne, die sie zweifellos auf dem Ball hofieren würden, in ihr die ideale Gattin sähen. Reichte es aus, zu erwähnen, dass sie studiert hatte? Oder musste sie als zusätzliches Geschütz auffahren, dass sie mit den Frauenrechtlerinnen sympathisierte?

Nein, sie durfte den Bogen nicht überspannen. In der Stimmung, in der ihre Eltern sich befanden, würden sie sie wahrscheinlich ohnehin mit dem Erstbesten verloben, der sich ernsthaft für ihre Tochter interessierte. Ricarda betrachtete es als ihre Pflicht, diesen Abend in einen Triumph für sich und alle Frauen zu verwandeln, die mehr als nur Anhängsel der Männer sein wollten.

Sie trug ein schlichtes, aber dennoch stilvolles Kleid aus cremefarbenem Satin, das mit kleinen Perlen bestickt war. Auch ihre Frisur war nicht ausladend. Sie hatte die Haare im Nacken zusammengesteckt bis auf einige lockige Strähnen, die ihr Gesicht schmeichelhaft umspielten. Außer einem Hauch Puder hatte sie keinerlei Schminke aufgetragen, denn ihre Haut war noch immer jugendlich zart.

Sie schlüpfte in die Handschuhe, die bis zu den Ellenbogen reichten und dieselbe Farbe wie das Kleid hatten. Dann warf sie ihr Abendcape über und verließ das Zimmer.

Ihre Eltern erwarteten sie bereits. Ihr Vater trug einen Frack mit Kummerbund und tadellos gestärktem Hemd. Das Kleid ihrer Mutter war bereits unter einem pelzverbrämten Kamelhaarmantel verborgen, doch am Saum blitzte ein wenig türkisfarbene Seide hervor. Sie hatte um ihre Robe ein großes Geheimnis gemacht, das hatte Ricarda mitbekommen, obwohl sie sich wirklich nicht für Mode interessierte. Aus dem Alter, in dem sie die Kleider ihrer Mutter zu tragen wünschte, war sie endgültig heraus.

Ihr Vater musterte sie prüfend. Die Miene ihrer Mutter verriet eine leichte Unzufriedenheit. Wahrscheinlich hätte Susanne ihre Tochter zu gern stärker herausgeputzt gesehen, denn es durfte unter keinen Umständen der Eindruck entstehen, dass die finanziellen Mittel der Familie dazu nicht ausreichten. Da nun keine Zeit mehr fürs Umziehen blieb, hakte sie sich schließlich bei ihrem Mann ein, und gemeinsam verließen alle das Haus.

Johann wartete draußen mit der Kutsche auf sie. Die Luft war von Nieselregen durchsetzt, der jegliche Lockenpracht, die mittels Brennschere geschaffen worden war, zunichtemachen würde. Glücklicherweise hatte Ricarda solche Gerätschaften nicht nötig.

Die Fahrt ging zur Charité, deren Speisesaal als Ballsaal diente.

Sämtliche Ärzte wurden dort mit Freunden und Familienangehörigen erwartet. Es würde einen Weihnachtsbaum und Lebkuchen geben, sodass die Luft einmal nicht von Karbolgeruch erfüllt wäre. Die Patienten blieben von diesen Feierlichkeiten ebenso ausgeschlossen wie das niedere Pflegepersonal. Außer den Ärzten waren nur Honoratioren und vielleicht einige Adlige geladen.

Die richtige Veranstaltung, um einen Mann kennenzulernen, fiel Ricarda ein. *Einen Mann, der meinen Eltern genehm ist ...* Plötzlich fröstelte sie, und ihre Vorfreude verflog. *Wahrscheinlich werden meine Eltern mich heute Nacht verkuppeln,* dachte sie beklommen und wäre am liebsten aus dem Landauer gesprungen.

Die Umrisse der Charité verschwanden in der Dunkelheit. Nur die hell erleuchteten Fenster deuteten darauf hin, dass es hier Mauern voller Leben gab. Als die Kutsche durch das Tor fuhr, konnte man bereits Stimmen aus dem Speisesaal vernehmen.

Ricarda dachte daran, wie sie diesen Weg zuletzt entlanggegangen war – mit dem Umschlag in der Hand. Fast einen vollen Monat wartete sie inzwischen bereits auf eine Entscheidung. *Wann würde das endlich ein Ende haben?*

Das Rondell vor dem Hauptgebäude wirkte wie der Vorplatz eines noblen Hotels. Kutschen und Droschken fuhren vor und brachten immer neue Gäste. Auch Johann brachte den Landauer dort zum Stehen, sodass die Bensdorfs nur wenige Schritte bis zum Eingang zurücklegen mussten.

Eine angenehme Wärme umfing sie, als sie den festlich geschmückten Speisesaal betraten.

Ricarda ließ sich von der prächtig dekorierten Tanne und dem Duft nach Zimt, Glühwein und Gebratenem verzaubern, bis ihr Vater ihr die ersten Kollegen vorstellte und ihr schlagartig bewusst wurde, dass sie sich nicht geirrt hatte mit ihrer Vermutung: Sie sollte hier tatsächlich ihrem zukünftigen Gatten begegnen. So gewissenhaft, wie ihr Vater war, hatte er sicher schon einige Kandidaten ins Auge gefasst. Auf jeden Fall hatte Dr. Rodenstein, dem die ersten Worte der Eltern galten, keinesfalls zufällig seinen Sohn Max im Schlepptau, der vor kurzem approbiert worden war und eine hoffnungsvolle Karriere an der Charité vor sich hatte.

Ricarda konnte ihren Zorn nur mühsam zügeln. Dieser gelackte Popanz hatte sicher keinen besseren Abschluss als sie. Aber sie zwang sich zur Ruhe und lächelte verbindlich. Ihre Stunde würde noch kommen. Bestimmt war Professor Gerhardt ebenfalls anwesend, und wenn es ihr gelang, mit ihm zu sprechen, würde er sich gewiss an ihre Bewerbung erinnern. Und wer weiß, vielleicht würde ihn die weinselige Laune des Ballabends zu einer Zusage verleiten.

Doch erst einmal ging es weiter mit den Vorstellungen und Höflichkeiten. Ricarda bemerkte, dass ihr Lächeln immer steifer und ihr Widerwille immer größer wurden. Schließlich steuerte ein einzelner Mann auf sie zu.

Immerhin einer, der nicht mehr im Fahrwasser seiner Eltern schwimmt, ging es Ricarda durch den Kopf. Er war hochgewachsen und hatte ein angenehmes Gesicht. In seinem Schnauzbart sowie an den dunkelblonden Schläfen zeigte sich ein erster Silberschimmer, obwohl er erst Ende dreißig sein mochte.

»Ricarda, ich möchte dir Doktor Berfelde vorstellen«, sagte ihr Vater freudestrahlend, nachdem die beiden einander begrüßt hatten. Auch die Augen ihrer Mutter leuchteten auf, als sie den jungen Mann sah. »Johann ist in den vergangenen Jahren ein guter Freund geworden und brennt schon lange darauf, dich kennenzulernen, mein Kind.«

Ricarda reichte ihm die Hand und war sofort peinlich berührt. Berfelde musterte sie mit einer Eindringlichkeit, die an

Unhöflichkeit grenzte. Sein Blick glitt über ihr Gesicht, den Hals und die Schultern und machte auch vor ihrem Busen nicht Halt, sodass Ricarda errötete. Sie zwang sich dennoch zu einem Lächeln, als er ihr galant einen Kuss auf den Handrücken hauchte.

»Ich bin entzückt, Ihre Bekanntschaft zu machen, Fräulein Ricarda«, sagte er und lächelte sie an.

Die Höflichkeit hätte geboten, diese Worte zu erwidern, doch Ricarda brachte nichts über die Lippen. Sie erwartete fast schon, dass ihre Mutter sie mit einem Knuff zu einer Antwort ermuntern würde, aber nichts dergleichen geschah.

»Mein lieber Doktor Berfelde«, sagte Susanne Bensdorf nur, stieß ein gekünsteltes Lachen aus und ließ sich von ihm nun ebenfalls die Hand küssen. »Es ist schon eine Weile her, dass Sie uns besucht haben. Vielleicht sollten Sie das bald wieder in Erwägung ziehen.«

Ricarda konnte sich nicht daran erinnern, wann sie dieser Mann schon einmal besucht hätte.

Offenbar war ihr während ihres Aufenthaltes in Zürich so einiges entgangen. Nicht nur die wunderliche Wandlung ihres Vaters, sondern auch das Auftauchen neuer Freunde.

»Das werde ich mehr als nur in Erwägung ziehen, nachdem ich Ihre reizende Tochter kennengelernt habe«, entgegnete Berfelde galant und zwinkerte Ricarda zu.

Nicht mal meine Kommilitonen in Zürich haben das gewagt!, dachte Ricarda empört. Ein Blick aus dem Augenwinkel heraus sagte ihr, dass ihre Mutter überhaupt nichts dagegen hatte.

»Fräulein Ricarda, wenn ich Sie so nennen darf«, hob Berfelde nun an, »man hört, Sie hätten die letzten Jahre mit dem Studium der Medizin verbracht.«

Das letzte Wort hörte sich für Ricarda so an, als meine er »verschwendet«, und sie kämpfte gegen den zornigen Klumpen in ihrer Brust an. »Ja, das habe ich. Und ich fand es sehr erfrischend. Zürich ist eine wunderbare Stadt und dem Fortschritt sehr aufgeschlossen.«

Ricarda hoffte, dass er die Bedeutung zwischen diesen Worten verstand.

Tatsächlich war er einen Moment sprachlos, was Ricarda zu einem echten Lächeln bewog.

»Meine Kommilitonen waren alle sehr freundlich, und nach einer Weile waren auch die Professoren davon begeistert, eine Studentin zu haben«, fuhr sie fort. Berfelde wollte Konversation? Bitte, wenn es um Medizin ging, hatte sie viel zu erzählen. »Außerdem hatte ich die Ehre, Marie Heim-Vögtlin kennenzulernen. Ist Ihnen der Name ein Begriff?«

Offenbar nicht, dazu brauchte Berfelde nicht einmal den Kopf zu schütteln. Sein ratloses Gesicht war Antwort genug. Dass er fast schon ein bisschen hilfesuchend zu ihren Eltern schaute, gab ihr noch mehr Aufwind.

»Ach ja, und wissen Sie übrigens, dass ich meine Doktorarbeit im Bereich der Pharmakologie und Frauenheilkunde geschrieben habe? Sie können sich ja gar nicht vorstellen, wie aufregend das alles für mich war! Ich dachte schon, die Professoren wollen gar nicht mehr aufhören zu fragen bei der Verteidigung, aber letztlich hat es sich für mich gelohnt. Ich habe ein magna cum laude bekommen, können Sie sich das vorstellen?«

Ricarda fand selbst, dass sie sich ein bisschen hysterisch anhörte, aber das war ihr gleichgültig. Ihre kleine Ansprache hatte nicht nur den Effekt, dass sich die Leute in der Nähe nach ihr umdrehten. Berfelde blickte drein, als hätte er soeben ein Magengeschwür bei sich selbst festgestellt.

»Vielleicht sollten wir die Damen jetzt ein wenig allein lassen«, schlug ihr Vater plötzlich vor. »Wir haben noch etwas zu bereden.«

Ricarda hätte zu gern gewusst, was die Herren zu bereden hatten. Wahrscheinlich würde sich ihr Vater für ihr ungebührliches Verhalten entschuldigen, denn es schickte sich nicht, in einer Unterhaltung die Oberhand zu gewinnen und sein Gegenüber, ein männliches schon gar nicht, an die Wand zu reden, wie sie es eben getan hatte.

Berfelde starrte sie immer noch ein wenig verwundert an.

Ricarda lächelte befreit, während sie sagte: »Es war mir wirklich ein Vergnügen, Sie kennenzulernen, Doktor Berfelde.«

Vor lauter Verwirrung vergaß der Arzt sogar den Handkuss zum Abschied.

»Ein wenig freundlicher hättest du dich schon zeigen können«, bemerkte Susanne Bensdorf, nachdem die beiden Männer verschwunden waren.

Bleib ruhig!, ermahnte Ricarda sich. »Hätte ich mich ihm an den Hals werfen sollen, Mutter? Immerhin bin ich ihm heute zum ersten Mal begegnet. Und ich kann nicht behaupten, dass er mir sonderlich sympathisch wäre.«

Eine andere Mutter hätte ihr daraufhin vielleicht etwas Aufmunterndes gesagt, Susanne Bensdorf hingegen versetzte: »Du solltest dich daran gewöhnen, ihn öfter zu sehen. Dein Vater hält große Stücke auf ihn.«

Wenn ich erst einmal in diesem Haus arbeite, werde ich ihm vielleicht öfter über den Weg laufen, dachte Ricarda. Aber dann werde ich es mir verbitten, dass er mich Fräulein nennt. Für ihn werde ich hier Dr. Bensdorf sein, nichts anderes.

»Außerdem schickt es sich nicht für eine Frau, sich mit irgendwelchen Dingen öffentlich zu brüsten.«

»Ich habe mich nicht gebrüstet, Mutter, ich habe mich Doktor Berfelde nur vorgestellt. Meinst du nicht, er sollte wissen, mit wem er es zu tun bekommt, wenn er von nun an öfter bei uns zu Gast ist?«

Susanne Bensdorf warf ihrer Tochter einen tadelnden Blick zu und kniff die Lippen zusammen. »Komm mit, wir holen uns etwas Punsch«, sagte sie schließlich nur und zog Ricarda mit sich.

Eigentlich wäre es die Aufgabe ihres Vaters gewesen, ihnen etwas zu trinken zu holen, aber da auch kein Kellner in Sicht war, begaben sie sich zu dem Stand, an dem Punsch und Glühwein ausgeschenkt wurden.

Währenddessen ließ Ricarda den Blick über die Gäste schweifen, unter denen sie tatsächlich den Professor erkannte. Er löste sich gerade aus einem Pulk von Leuten und wandte sich dem Eingang zu. Wollte er schon gehen? Wurde er zu einem Notfall gerufen? Unruhe erfasste Ricarda. Wenn er jetzt verschwand, würde sie nicht die Gelegenheit haben, ihn zu beeindrucken.

Am Punschstand reichte man ihnen zwei Gläser einer nach Zimt duftenden braunen Flüssigkeit, in der ein Stück Zitrone schwamm. Während sie damit durch den Saal schlenderten, kamen ihnen auch schon die nächsten Bekannten entgegen.

Marlene Heinrichsdorf schwebte am Arm ihres Gatten, Dr. Eusebius Heinrichsdorf, herbei. »Marlene, Liebes!«, begrüßte sie ihre Freundin, und nur das Punschglas in ihrer Hand hielt sie davon ab, sie zu umarmen.

»Susanne!«

Es wurden Küsschen auf die Wange ausgetauscht, und Ricarda wünschte insgeheim, der Punsch würde sich über die Kleider der Frauen ergießen. Doch leider geschah das nicht.

»Doktor Heinrichsdorf, Sie kennen doch sicher noch meine Tochter«, sagte Susanne Bensdorf, während der Arzt sie mit Handkuss begrüßte.

»Aber sicher doch. Fräulein Ricarda.«

Ricarda zuckte zusammen. Warum nannte er sie »Fräulein«? Er musste doch von seiner Frau gehört haben, dass sie inzwischen promovierte Ärztin war.

»Vielleicht solltest du sie besser Fräulein Doktor nennen«, verbesserte Marlene Heinrichsdorf ihren Mann überraschenderweise. Aber ganz sicher nicht, weil sie mit Ricarda sympathisierte. »Immerhin hat sie vor kurzem ihr Examen gemacht.«

Ihr Gatte zog die Augenbrauen hoch. »Wirklich?«

Ricarda verspürte große Lust, ihm die gleiche Rede zu halten wie Berfelde. Aber abgesehen davon, dass sein Interesse nur vorgetäuscht war, hatte er auch nicht die Absicht, ihr Herz mit schmierigen Komplimenten zu gewinnen, wie es offenbar bei dem anderen der Fall gewesen war.

»Ja, ich habe meine Doktorprüfung vor ein paar Wochen abgelegt.« Ricarda hielt es nicht für nötig, ihm das Thema ihrer Promotion zu nennen. Ihr stand nicht der Sinn nach Konversation, auch wenn ihre Mutter ihr nachher bestimmt vorwerfen würde, dass sie doch ein wenig gesprächiger hätte sein können.

Ein unangenehmes Schweigen hüllte sie nun ein, doch die Heinrichsdorfs brachten die Unterhaltung routiniert wieder in Gang.

»Wo ist denn Heinrich?«, fragte Dr. Heinrichsdorf.

Ricarda wurde das Gefühl nicht los, dass er sich in ihrer Gegenwart unbehaglich fühlte. War ihr vielleicht beim Betreten der Charité mitten auf der Stirn ein Horn gewachsen?

»Heinrich hat sich kurz mit Doktor Berfelde zum Gespräch zurückgezogen.«

Bei der Erwähnung dieses Namens blitzten Marlenes Augen wissend auf. Ricarda entging das nicht. Aber eigentlich war es ja auch kein Wunder; da die Arztgattin wöchentlich im Salon ihrer Mutter weilte, wusste sie gewiss mehr über die neuen Freunde ihrer Eltern. Und vielleicht wusste sie noch etwas ganz anderes.

»Entschuldigen Sie mich bitte, ich glaube, der Punsch steigt mir gerade zu Kopf. Ich muss ein wenig frische Luft schnappen«, erklärte Ricarda unvermittelt, und sie spielte ihren Anfall von Unwohlsein so überzeugend, dass ihre Mutter ihr mit einem Nicken erlaubte, die Runde zu verlassen.

In Wirklichkeit wollte Ricarda sich auf die Suche nach Professor Gerhardt machen. Es war jetzt schon eine halbe Stunde her, seit er den Speisesaal verlassen hatte. Vielleicht war er in seinem Büro.

Ricarda stürmte förmlich aus dem Speisesaal. Sie folgte einem hell erleuchteten Gang, bog mal links und mal rechts ab und erreichte schließlich die Treppe, die sie vor Wochen schon einmal erklommen hatte. Ab hier kannte sie den Weg zum Büro des Direktors.

Vielleicht ist der Professor gar nicht dort und du machst dich gerade lächerlich, fuhr ihr durch den Kopf. Entschlossen schob sie den Gedanken beiseite.

Ihre Schritte hallten dumpf durch leere Korridore, deren Fenster den Blick auf das Bettenhaus freigaben. Wie viele Schwestern mochten dort am Lager eines Schwerkranken Nachtwache halten? Auch sie hatte in ihrer Klinikzeit so manchen Menschen bis an die Schwelle des Todes begleiten müssen, hinter der es kein Zurück mehr gab, und sich oft gefragt, ob die Medizin nicht mehr tun könne. Das Wissen war so begrenzt! Es würde ihr niemals leichtfallen, einen Patienten dem Tod zu überlassen, aber sie hatte inzwischen eingesehen, dass Leben und Sterben untrennbar miteinander verbunden waren. Deshalb sollte das Schicksal, das allen drohte, einen nur dazu anregen, möglichst nur das zu tun, was Herz und Gewissen einem diktierten.

Eine Stimme, die Ricarda bekannt vorkam, unterbrach den Fluss ihrer Gedanken. Kein Zweifel, einer der Männer, die sich dort unterhielten, war ihr Vater. Redete er mit Professor Gerhardt?

Ricarda blieb augenblicklich stehen.

»Meine Tochter ist zuweilen ein wenig ungestüm. Das müssen Sie ihrer Jugend anrechnen. Ich denke aber, dass sie eine passable Ehefrau abgeben wird.«

Eine passable Ehefrau! Ricarda erstarrte. Da niemand auf dem Gang zu sehen war, presste sie sich an die Wand und lauschte.

»Ich bin mir sicher, dass ich sie nach meinen Vorstellungen formen kann«, entgegnete der Gesprächspartner ihres Vaters.

Das dunkle Timbre ließ keinen Zweifel zu: Johann Berfelde!

»Auch die ungestümsten Pferde können gebrochen werden und sind dann die besten Reittiere.«

Ricarda stieg die Röte in die Wangen. Das war ja ungeheuerlich! Er verglich sie mit einem Pferd! Unwillkürlich ballte sie die Fäuste. Und ihr Vater widersprach nicht einmal! Am liebsten wäre sie jetzt in das Büro gestürmt, aus dem diese Unterhaltung drang, und hätte den beiden so gar nicht damenhaft klargemacht, was sie von ihren Worten hielt, doch sie war vor Entsetzen wie gelähmt.

»Sie sollten wissen, dass sie vorhat, wirklich als Ärztin zu arbeiten.«

»Das werde ich ihr natürlich untersagen, sobald wir verheiratet sind. Außerdem, glauben Sie, dass diese Bewerbung aussichtsreich ist?«

»Schwer zu sagen. Es wäre möglich, dass Gerhardt in Erwägung zieht, eine Frau in seiner neuen Kinderklinik anzustellen. Viel Schaden anrichten könnte sie dort nicht.«

»Aber das würde dennoch einen Skandal heraufbeschwören.«

»Ja, aber damit würde er sich bei den Suffragetten beliebt machen. Sie müssen bedenken, bei diesen Frauen handelt es sich nicht nur um Abenteurerinnen oder Landstreicherinnen. Es sind auch Gattinnen von Regierungsräten darunter.«

Berfelde lachte auf. »Er wird es sich aber nicht mit den Männern verscherzen wollen. Wenn es nötig ist, werde ich ihm ins Gewissen reden. Ich versichere Ihnen, wenn Ricarda erst einmal meine Frau ist und ihr erstes Kind erwartet, wird sie ihre Flausen schon vergessen.« Das Klirren zweier Gläser verriet, dass die beiden darauf anstießen.

Ricarda schloss die Augen. Ihr Vater konnte doch nicht ernsthaft billigen, dass dieser Berfelde so redete?

Auf einmal wusste sie nicht mehr, auf wen sie mehr böse sein sollte – auf einen Fremden, der sie als Zuchtstute betrachtete, oder auf ihren Vater, der einmal ihr größter Förderer gewesen war und der nun eine Kehrtwende gemacht hatte, die ihm selbst eigentlich Schwindel verursachen sollte. Das Gefühl, verraten worden zu sein, weckte in ihr den Wunsch, sich augenblicklich in Luft aufzulösen. Oder fortzulaufen, so weit weg wie nur möglich.

Daran änderte auch nichts, dass ihre Bewerbung offenbar nicht auf taube Ohren gestoßen war. Ricarda wollte sich allerdings nicht einbilden, dass der Professor sie allen Widerständen zum Trotz einstellen würde. Ihr Vater und auch dieser Berfelde würden sicher alles daransetzen, dass sie scheiterte.

Wie konnte er ihr das nur antun! Tränen schossen ihr in die Augen, und sie wischte sie mit einer wütenden Handbewegung fort.

So leise wie möglich schlich Ricarda zurück zur Treppe. Sie huschte am Ballsaal vorbei, in dem gerade ein Weihnachtslied angestimmt wurde, und folgte dem Gang bis zur Garderobe.

Dort standen einige Männer zusammen, die redeten und rauchten. Glücklicherweise war kein bekanntes Gesicht darunter. Das Letzte, was sie jetzt brauchte, waren irgendwelche Fragen oder Schmeicheleien.

Aber von dieser Runde schien sie das nicht befürchten zu müssen. Die Männer hatten sich um einen von ihnen geschart, der ganz eindeutig die Rolle eines Erzählers einnahm.

»Die Reise war wirklich eine Strapaze, aber es hat sich gelohnt«, erklärte der nun, und Ricarda horchte auf. Sie bewegte sich weiterhin auf die Mäntel zu und registrierte, dass die Garderobenfrau gerade nicht da war.

»Neuseeland ist ein ganz eigentümliches Land«, fuhr der Mann fort, ohne Notiz von der wartenden Zuhörerin zu nehmen. »Die Landschaft besitzt eine raue Schönheit, und ich habe noch nie so viele gegensätzliche Klimazonen in einem Land erlebt. Während man im Norden Vulkane, Dschungel und sonnengelbe Sandstrände vorfindet, gibt es im Süden grüne Ebenen, Fjorde und Schnee. Außerdem kann man dort Menschen antreffen, die von Kopf bis Fuß tätowiert sind und ihre Gäste mit furchtbaren Drohgebärden begrüßen, um deren Friedfertigkeit auf die Probe zu stellen. Ich sage euch, wenn ich gekonnt hätte, wäre ich dort geblieben und hätte dort eine Weile als Arzt gearbeitet. Ich bin sicher, dass es in diesem Paradies allerhand zu entdecken und zu erforschen gibt. Jedenfalls werde ich jede Gelegenheit nutzen, wieder einmal dorthin zu reisen.«

Die Worte hallten in Ricarda wie ein Echo nach. Neuseeland, davon hatte sie doch schon auf dem Plakat der Suffragetten gelesen. Ein Land, das den Frauen seit kurzem gestattete zu wählen. Ein Land von unverwechselbarer Schönheit. Ein Land, das offenbar auch Mediziner brauchte.

Fasziniert betrachtete sie den Arzt und wünschte, an seiner Stelle zu sein. Frei von allen Zwängen, frei zu reisen ...

Niemand würde versuchen, ihm Zügel anzulegen oder ihm »Flausen« auszutreiben. Nur weil er als Mann geboren war, eine zufällige Wahl der Natur, konnte er sich alles erlauben.

Ein schrilles Lachen aus dem Ballsaal holte Ricarda wieder auf den Boden der Tatsachen zurück. Wenn sie noch länger blieb, würde ihre Mutter sie womöglich suchen und finden. Oder ihr Vater und Dr. Berfelde würden aufkreuzen und sie wieder mit in den Ballsaal nehmen. Die Garderobenfrau war längst wieder an ihrem Platz. Und so nutzte Ricarda die Freiheit, die sie sich herausgenommen hatte, holte ihren Mantel und verließ das Gebäude.

7

Trotz ihrer Erschöpfung hatte Ricarda kaum geschlafen. Der Gedanke an Neuseeland und an die Möglichkeit, dort ihren Beruf auszuüben, hatte sie wach gehalten und wirbelte auch jetzt wie Herbstlaub, das vom Wind getrieben wurde, durch ihren Kopf.

Plötzlich klopfte es an der Tür.

»Herein!«, rief Ricarda, die damit rechnete, dass es ihr Vater oder ihre Mutter war, die ihr angesichts ihres gesellschaftlichen Vergehens die Leviten lesen wollten.

Doch es war Rosa, die das Zimmer betrat, in den Händen ein Silbertablett. Aber sie brachte keineswegs das Frühstück, sondern einen Brief.

Ricarda spürte, wie ihr Herz stolperte. Der Umschlag glich dem, den sie vor Wochen in der Charité abgegeben hatte. Augenblicklich sprang sie aus dem Bett, verzichtete auf den Morgenmantel und riss den Brief förmlich vom Tablett herunter. Vor lauter Aufregung vergaß sie sogar das Dankeschön, was ihr jedoch erst auffiel, als die Tür hinter Rosa ins Schloss fiel.

Ricarda lief zum Schreibtisch und griff nach dem Brieföffner. Ihre Hände zitterten so sehr, dass sie den Umschlag eher zerfetzte, als einen geraden Schnitt zu machen. Schon fielen ihr die eigenen Bewerbungsunterlagen entgegen, begleitet von einem Anschreiben.

Sehr geehrtes Fräulein Dr. Bensdorf,

wir haben Ihre Bewerbung für eine Stellung als Ärztin an unserem Hospital zur Kenntnis genommen. Leider müssen wir Ihnen mitteilen, dass wir Sie trotz Ihrer hervorragenden Reputationen nicht berücksichtigen können. Das von Ihnen in Zürich/Schweiz absolvierte Studium wird in Preußen nicht anerkannt.
  So leid es mir tut, bleibt mir nur, Ihnen alles Gute auf Ihrem weiteren Weg zu wünschen.

Hochachtungsvoll,
Prof. Dr. Carl Jakob Gerhardt,
Direktor der Charité Berlin

Ricarda starrte eine Weile auf die Schrift, bis der Anblick in ihren Augen zu brennen begann. Dann ließ sie sich auf ihr Bett sinken. Der Hoffnungsschimmer erlosch jäh wie eine Kerze, die von einem Windstoß ausgepustet wurde. Stattdessen wirbelten wahnwitzige Vermutungen durch ihren Kopf.
  Hatte ihr Vater diesen Brief veranlasst? Hatte er den Professor zu dieser Ablehnung gedrängt, um ihr die »Flausen« auszutreiben? Hatte dieser schreckliche Dr. Berfelde ihn vielleicht sogar unterstützt? Hatten beide gestern Nacht noch auf Professor Gerhardt eingeredet, um ihr diesen Denkzettel zu verpassen?
  Ricarda seufzte. Auszuschließen war es nicht. Nachdem sie eine Weile auf das Blatt gestarrt hatte, erhob sie sich, kleidete sich an und ging hinunter. Sie wusste, dass es keinen Sinn haben würde, ihren Vater zu beschuldigen und ihren Eltern den Brief zu zeigen, aber ihr Trotz befahl ihr, es dennoch zu tun. Die Freude auf ihren Gesichtern würde ihren Zorn und ihren Eifer noch mehr anstacheln.

Sie fand ihre Eltern im Esszimmer, wo sie gerade das Frühstück einnahmen. Ricarda registrierte, dass kein Gedeck für sie bereitstand. Offenbar rechneten sie nicht mehr damit, dass sie zu den Mahlzeiten erschien.

Ricarda räusperte sich, doch weder ihr Vater noch ihre Mutter zeigte eine Reaktion.

»Mutter, Vater«, sagte Ricarda.

Endlich blickten ihre Eltern auf und wandten sich ihr zu.

Die Miene ihres Vaters war abweisend. »Kommst du, um dich für dein gestriges Verhalten zu entschuldigen?«, fragte er scharf.

Als ob du nicht wüsstest, weshalb ich hier bin!, dachte Ricarda, bevor sie sagte: »Ich komme, um euch mitzuteilen, dass meine Bewerbung abgelehnt wurde.« Damit legte sie das Ablehnungsschreiben direkt vor ihren Vater auf den Tisch.

Ungerührt führte er die Kaffeetasse an die Lippen. Entweder überraschte es ihn tatsächlich nicht, oder er hatte sich vorgenommen, seiner Tochter nur noch die kalte Schulter zu zeigen.

»Ist das nicht ein Grund zur Freude für euch?«, fragte sie in herausforderndem Ton. »Ich werde nicht in der Charité arbeiten. Also könnt ihr jetzt in Ruhe fortfahren, mich mit irgendeinem Kerl zu verkuppeln.«

Ricarda wartete nicht auf eine Antwort. Sie wirbelte herum und lief aus dem Esszimmer. Dabei rempelte sie beinahe Rosa an, die vor der Tür wartete. Eine Entschuldigung murmelnd, rannte sie die Treppe hinauf. In ihrem Zimmer warf sie sich aufs Bett und begann zu weinen.

Während draußen vor ihrem Fenster die Menschen in Droschken zu Weihnachtseinkäufen fuhren, saß Ricarda am Fenster und blickte stumpfsinnig hinaus. Rosa brachte ihr die Mahlzeiten wie einer Kranken, aber Ricarda rührte nur die Süßspeisen an, da diese sie wie in Kindertagen ein wenig zu trösten vermochten. Ansonsten dämmerten die Stunden an ihr vorbei. Seit der Absage hatte sie nicht mehr gearbeitet. Auf ihre medizinischen Bücher hatte sich ein zarter Staubfilm gelegt.

Ein Klopfen holte sie aus ihrer Starre. Hatte man das Dienstmädchen wieder zum Staubwischen geschickt? Da konnte es gleich wieder verschwinden.

»Ich habe doch gesagt, hier soll nicht gefeudelt werden, Rosa!«, rief sie, als die Tür geöffnet wurde, ohne sich umzudrehen.

»Ricarda, mein Kind.«

Überrascht blickte Ricarda sich um. Ihre Mutter trug ein streng geschnittenes braunes Kleid, das an die Tracht einer Gouvernante erinnerte. Da ihre Mutter sich zu jedem Anlass passend zu kleiden pflegte, machte Ricarda sich auf eine Predigt gefasst. Seufzend wandte sie sich wieder dem Fenster zu. Sie wollte keine Auseinandersetzung, doch es würde sich nicht vermeiden lassen.

»Doktor Berfelde wird uns am ersten Weihnachtstag besuchen«, hob ihre Mutter mit der gleichen Süße an, mit der sie ihre Tochter im November empfangen hatte.

Ricarda antwortete nur mit einem Nicken. In der Stille der vergangenen Tage war ein Entschluss in ihr gereift. Nun war es, als brächten die Worte ihrer Mutter das sorgfältig aufgezogene Uhrwerk zum Ticken. Mit jeder Umdrehung der Zahnrädchen schwand ihr Selbstmitleid.

»Wir erwarten, dass du erscheinst und dich so verhältst, wie man es von einer Dame deines Ranges erwarten kann.«

Weiter!, dachte Ricarda. Rede nur weiter, Mutter! Damit ich bloß nicht vergesse, dass ihr mich »brechen« wollt.

»Wir gedenken, demnächst deine Verlobung mit Doktor Berfelde bekannt zu geben. Über Weihnachten habt ihr Gelegenheit, euch kennenzulernen. Du kannst dankbar sein, dass er nach all den Fehltritten, die du dir erlaubt hast, gewillt ist, dir eine Zukunft als angesehene Arztgattin zu ermöglichen und damit unsere Familientradition angemessen fortzuführen.«

Dankbar war Ricarda in diesem Augenblick wirklich. Aber nicht für Dr. Berfeldes Wohlwollen. Sie war dankbar für die Worte ihrer Mutter, die ihr den Mut verliehen, die einzige Möglichkeit zu ergreifen, die sie noch besaß. Eine, die sie bereits seit dem Weihnachtsball kannte; aber damals hatte sie sich noch an die Bewerbung geklammert.

»Ich werde euch keine Schande machen, Mutter«, sagte sie, ohne sie anzusehen, und damit gab es nichts, was Susanne Bensdorf hinzuzusetzen hatte.

Schweigend wartete sie noch eine Weile in der Hoffnung auf ein Gespräch mit ihrer Tochter, doch als Ricarda stumm blieb, ging sie hinaus.

Ricarda reagierte nicht auf das Klappen der Tür. In Gedanken war sie bereits woanders. Sie würde Berlin verlassen. Sie würde Preußen und Deutschland verlassen. Eine andere Wahl hatte sie nicht.

Unter dem Vorwand, Weihnachtsbesorgungen zu machen, verließ sie am Nachmittag das Haus und machte sich auf den Weg zur Auswanderungsbehörde.

Ihre Mutter, der sie auf dem Weg nach unten begegnet war, hatte sich erfreut darüber gezeigt, dass ihre Tochter sich wieder »gefangen« hatte.

Ricarda hatte die Komödie mitgespielt, obwohl das ihrer aufrechten Natur widerstrebte. Auch bei der Behörde sah sie sich gezwungen zu täuschen. Da der Name ihres Vaters auch dort bekannt war, nannte sie sich kurzerhand Carla Jensen und gab vor, eine Lehrerin zu sein, die sich mit dem Gedanken trug, nach Neuseeland auszuwandern.

Man blickte sie zwar ein wenig verwundert an, denn ihre Garderobe entsprach nicht gerade einer Lehrerin, erteilte ihr jedoch bereitwillig Auskunft und händigte ihr sogar einen Schiffsfahrplan der Hamburger und Bremer Häfen aus. Da das nächste Schiff nach Neuseeland erst in zwei Wochen abreisen würde, entschied sie sich für die Passage nach England, wo sie an Bord eines Auswandererschiffes gehen wollte.

Da die *DS Anneliese* schon in zwei Tagen in Hamburg ablegen würde, entschied sie sich, von dort loszureisen, und kaufte unverzüglich die Bahnfahrkarten. Schon am nächsten Morgen würde sie in aller Frühe den ersten Zug in die Hansestadt nehmen.

Doch vorher musste sie einen Teil des Geldes abheben, das sich noch auf ihrem Bankkonto befand. Damit sie während des Studiums leben konnte, hatte ihr Vater immer für einen ansehnlichen Kontostand gesorgt. Da sie sparsam gewesen war, würde ihr Erspartes für die ersten Wochen in der Fremde reichen. Vermutlich würde ihr Vater beim Bemerken ihres Verschwindens versuchen, das Konto sperren zu lassen, aber das sollte sie nicht treffen. Sie hatte keine Ahnung vom Bankwesen auf Neuseeland, war aber sicher, dass es dort ebenfalls Banken gab. Und in einem fortschrittlichen Land wie diesem musste es für eine Frau doch möglich sein, ein eigenes Konto zu eröffnen.

Eine Droschke brachte sie zum Bankgebäude. Unter dem Vorwand, eine größere Anschaffung zu planen, hob Ricarda die Hälfte ihres Guthabens ab. Dreitausend Reichsmark würden gewiss genügen, um sich in Neuseeland einzurichten. Die gesamte Summe abzuheben hätte Verdacht erregt und die Bankangestellten sicher bewogen, ihren Vater davon in Kenntnis zu setzen, der die Hoheit über das Konto hatte.

Mit der Droschke ließ Ricarda sich anschließend in die Nähe ihres Wohnhauses fahren, von wo sie den Rest des Weges zu Fuß zurücklegte. Die Tasche mit den Ersparnissen hielt sie so fest im Arm, dass man glauben konnte, darin befände sich tatsächlich ein Geschenk. Dass sie sich selbst ein Geschenk machte, ahnte niemand.

Dennoch schlug Ricarda das Herz bis zum Hals, als sie in ihr Zimmer hinaufging. Nur Rosa kam ihr entgegen. Sie knickste, hatte aber diesmal keine Botschaft von ihrer Mutter. Im Salon war alles ruhig.

Ihr Vater würde ohnehin erst wieder gegen Abend hier sein. Ricarda hoffte nur, dass er nicht durch Zufall erfahren würde, was sie getan hatte. Der Bankangestellte hatte keine Schwierigkeiten gemacht, aber es wäre möglich, dass sich ihr Vater ebenfalls bei ihm blicken ließ. Von dieser Befürchtung durfte sie sich allerdings nicht lähmen lassen.

Sie warf den Mantel und die Handschuhe auf die Bettdecke und ging ohne Umschweife zum Kleiderschrank. Unterwegs hatte sie beschlossen, das Geld in ihre Kleidung einzunähen. Im Indischen Ozean würde es bestimmt noch Piraten geben. Wenn diese wider Erwarten ihr Schiff angriffen, sollten sie ihr Geld nicht in die Finger bekommen. Wenn sie gleich mit der Arbeit begann, konnte sie bis zum Abendessen damit fertig sein. Natürlich musste sie dafür sorgen, dass niemand ihr Zimmer betrat, aber die Weihnachtszeit war eine gute Ausrede für Heimlichkeiten.

Sie beschloss, drei Kleider mitzunehmen: ein blaues, ein grünes und das cremefarbene, das sie auf dem Weihnachtsball getragen hatte. Letzteres sollte sie immer an das erniedrigende Gespräch erinnern, das sie belauscht hatte. Außerdem nahm sie ihr silbergraues und das schwarz-weiß karierte Reisekostüm hervor. Da sie das silbergraue auf der Überfahrt tragen wollte, nähte sie den größten Teil ihres Geldes in dessen Säume ein, eine Summe schob sie hinter das Innenfutter ihres Koffers, und eine weitere verschwand im Saum des blauen Kleides. Eine kleinere Summe verwahrte sie in ihrer Geldbörse, um damit die Schiffspassage und Kleinigkeiten bezahlen zu können.

Beim Abendessen herrschte das übliche Schweigen. Ihr Vater blickte angestrengt auf seinen Teller, während ihre Mutter ein wenig gelöster wirkte. Aber wahrscheinlich würde sie ihrer Tochter erst dann wieder unbeschwert gegenübertreten, wenn ein Ehering an deren Finger steckte.

»Hast du heute Weihnachtseinkäufe getätigt?«, wollte sie wissen, um wenigstens etwas Konversation zu betreiben.

»Ja, ein paar.«

»Du warst aber ziemlich lange fort.«

»Ich hatte mir etwas in den Kopf gesetzt, was ich partout nicht finden konnte.«

»Du hättest mich fragen sollen. Ich kenne so manches Geschäft, das einfachen Kreisen nicht bekannt ist.«

Das glaubte Ricarda ihr sofort. Die Spitze in den Worten ihrer Mutter war ihr ebenfalls nicht entgangen. Susanne Bensdorf war der festen Überzeugung, dass ihre Tochter schon zu lange in den »einfachen Kreisen« verkehrt hatte.

Den aufkeimenden Ärger unterdrückend, lächelte Ricarda. »Dann wäre es doch keine Überraschung mehr gewesen.«

»Da magst du Recht haben.«

Ricarda spürte den prüfenden Blick der Mutter, ließ sich jedoch nichts anmerken, obwohl sie sich wie ein Heißluftballon fühlte, der zu platzen drohte. Dies war – für wie lange wohl? – ihr letzter Abend im Elternhaus, und sie durfte ihn nicht verderben, schon um der Erinnerungen willen. Ricarda schluckte trocken. Eine lähmende Angst befiel sie, und ihr wurde plötzlich eiskalt. Ob sie ihre Eltern jemals wiedersehen würde? Sie musste sich zusammenreißen. Ihre Mutter durfte keinesfalls merken, was in ihr vorging. Ricarda zwang sich zur Ruhe, aß langsam und antwortete ihrer Mutter nur einsilbig, fürchtete sie doch, ihre Stimme könne sie verraten.

Nach dem Essen bat Ricarda Rosa, ihr Kaffee aufs Zimmer zu bringen. Das war nicht ungewöhnlich, denn als Studentin hatte sie sich das des Öfteren gewünscht, wenn sie spätabends noch lernen wollte.

Diesmal jedoch setzte sie sich an den Schreibtisch, um einen Abschiedsbrief zu verfassen. Lange starrte sie auf das leere Blatt, während viele schöne Stunden ihrer Kindheit und Jugend vor ihrem inneren Auge erstanden. Sie würde ihren Eltern eine große Enttäuschung und einen tiefen Schmerz bereiten. Ricarda seufzte. Auch sie würde ihre Eltern vermissen. Aber ihr blieb keine andere Wahl. Es musste ja kein Abschied für immer sein. Entschlossen tauchte sie den Federhalter in die Tinte. Ihr Brief fiel kurz aus. Sie schrieb ihren Eltern lediglich, dass sie in Neuseeland ihr Glück versuchen wolle, und dankte ihnen für alles, was sie für ihre Tochter getan hatten.

Sie schob das zusammengefaltete Blatt Papier in einen der feinsten Umschläge, den sie in der Schublade fand. Dann wandte sie sich mit klopfendem Herzen ihrem Bett zu und zog den Koffer darunter hervor.

Ihre Wangen glühten und ihre Hände zitterten vor Aufregung, als sie Unterwäsche, Bücher, Schreibzeug und Papier, einige Kladden und ihr Diplom darin verstaute. Zuoberst legte sie den Kasten mit ihrem Stethoskop. Es würde sie an den Vater von früher erinnern, der sie gefördert und ihr dieses teure Instrument gekauft hatte, und sie stets ermahnen, ihr Lebensziel nicht aus den Augen zu verlieren.

Es gab noch mehr, was ihr lieb und teuer war, aber Ricarda beschloss, es zurückzulassen. »Mit leichtem Gepäck geht es sich leichter durchs Leben« – diesen weisen Spruch hatte sie vor Jahren gehört und sich zu eigen gemacht.

Als alles bereit war und sie das silbergraue Kostüm angezogen hatte, streckte sie sich auf dem Bett aus. Die Luft um sie herum schien zu flirren. Die Standuhr ließ die Zeit mit beständigem Pendelschwung verrinnen. Das Ticken übertönte ihre Atemzüge und das Pochen ihres Herzens. Die Decke schmiegte sich weich an ihren Rücken. Der Geruch des Kaffees waberte noch immer durch den Raum. Die Geräusche des Hauses waren jetzt, um Viertel nach zwei, verklungen.

Ricarda nahm all diese Eindrücke in sich auf und versuchte sich ihre neue Heimat vorzustellen. Goldenes Licht, atemberaubende Landschaften und die Freiheit. Ob diese Hoffnungen nicht zu schön waren, um wahr zu werden?

Als die Zeiger auf vier Uhr rückten, erhob sich Ricarda. Sie warf einen letzten prüfenden Blick in den Spiegel, richtete ihr Kostüm und zog Handschuhe und Mantel über. Auf eine Kopfbedeckung verzichtete sie; Hüte hatte sie noch nie gern getragen. Sie hatte ihr Haar im Nacken zusammengesteckt, was etwas streng wirkte, aber sie hatte nicht vor, auf der Reise das Herz eines Mannes zu gewinnen.

Mit dem Koffer in der Hand schlich sie sich schließlich aus dem Haus.

Der Morgen war noch fern, die Stadt lag in tiefem Schlaf. Auf dem Gehsteig blickte sich Ricarda noch ein letztes Mal um. Die Fenster erschienen ihr wie tote Augen, die ihr nachsahen, jedoch nicht nachtrauerten. Ricarda murmelte traurig »Lebt wohl!«, bevor sie in der Dunkelheit verschwand.

Teil zwei

Aufbruch in eine neue Welt

1

»Hallo, Miss, alles in Ordnung mit Ihnen?«
Der Klang der Männerstimme zog sie aus der Dunkelheit fort. Ricarda schlug die Augen auf. Zunächst sah sie nur einen diffusen hellen Fleck über sich, doch der verdichtete sich nun zum Gesicht des Schiffsarztes. Wie die meisten Mitglieder der Besatzung war er Engländer, ein freundlicher Mann mit blauen Augen, schütterem blondem Haar und einem Schnurrbart, um den ihn selbst Kaiser Wilhelm beneidet hätte.

Obwohl der Mann sie auf Englisch angesprochen hatte, antwortete Ricarda auf Deutsch.

»Ja, alles in Ordnung.«

Der Arzt sah sie verwundert an, dann lächelte er.

»You're the German nurse!«

Ricarda nickte und antwortete diesmal auf Englisch. »Ja, die bin ich. Was ist passiert?«

»Sie haben sich ein wenig den Kopf angeschlagen, aber es ist nichts weiter passiert. Eine der Passagierinnen hatte mich gerufen.«

Ricarda wollte sich aufrichten, wurde aber von einem stechenden Schmerz im Hinterkopf zurück auf ihr Lager gezwungen. Als sie zur Decke schaute, bemerkte sie, dass dies nicht das Krankenzimmer des Schiffes sein konnte. Der Raum wirkte eher wie eine der Kabinen. Es war ihre Kabine!

Langsam kehrte die Erinnerung zurück. Sie hatte ein Weinen vernommen ... Plötzlich hatte sie wieder das Bild der Frau vor sich, die sich über den bewusstlosen Mann beugte. »Was ist mit dem Mann in Kabine neun?«

Die Miene des Arztes wurde augenblicklich ernst. »Sie wollten ihm helfen, nicht wahr?«

Ricarda nickte. »Ja, ich hörte seine Frau weinen und wollte nachsehen, was los ist.«

»Das ist ehrenhaft von Ihnen. Leider hat der Mann einen Herzinfarkt erlitten und ihn nicht überlebt. Selbst ich hätte nichts mehr für ihn tun können.«

Aber ich hätte ihn vielleicht retten können, dachte Ricarda. Wenn ich nur die Gelegenheit gehabt hätte ...

»Machen Sie sich darüber keine Gedanken, Miss! Manchmal ist die Natur eben unerbittlich. Auch als Arzt kann man nicht jeden retten. Eine bittere Erkenntnis, zugegeben; aber sie holt einen zwangsläufig ein, auch wenn man noch so viel Können besitzt.«

Ricarda wusste nicht, ob sie ihm Recht geben sollte. Sie wusste nur, dass sie sich nicht so schnell geschlagen geben wollte, auch wenn die Natur sie außer Gefecht gesetzt hatte. »Das Schiff«, platzte es aus ihr heraus. »Es bewegt sich nicht mehr so heftig.«

»In der Tat.« Der Doktor lächelte. »Der Sturm hat sich vor einigen Stunden gelegt. Gott sei's gedankt, ich dachte schon, wir würden uns auf dem Meeresboden wiederfinden.«

Die Worte des Arztes waren wie ein Sonnenstrahl, der eine finstere Wolkendecke durchbrach. Der Sturm hatte aufgehört! Das Schiff war nicht geborsten. Die Reise konnte weitergehen.

»Nach ein paar Seemeilen werden wir Land sehen. Dies ist nicht meine erste Reise auf diesem Schiff, müssen Sie wissen. Die bisher turbulenteste vielleicht, aber nicht die erste. Ich würde mein Stethoskop darauf verwetten, dass wir bald da sind.«

Jetzt zog ein Lächeln über Ricardas Gesicht. Neuseeland. Sie würde es schaffen und dort ein neues Leben beginnen.

»Ach, wo wir gerade vom Stethoskop reden.« Der Arzt griff in seine Jackentasche und holte das Instrument, das Ricarda bei ihrem Sturz verloren hatte, hervor. »Das gehört wohl Ihnen.«

Ricarda nickte und streckte die Hand danach aus. »Danke.«

»Ich muss schon sagen, dass es verwunderlich ist, solch ein gutes Stethoskop an einer Krankenschwester zu sehen.«

»Es war ein Geschenk«, erklärte Ricarda, was keine Lüge war. »Von einem Arzt, den ich einst sehr geschätzt habe.«

Bei dem Gedanken an ihren Vater krampfte sich ihr Magen zusammen. Wie mochte er auf ihre Abreise reagiert haben? War er verärgert? Oder hatte er eingesehen, dass er einen Fehler gemacht hatte? Vielleicht würde sie es nie erfahren.

Der Schiffsarzt deutete ihr Schweigen offenbar als den Wunsch, sich auszuruhen.

»Ich werde Sie jetzt erst mal allein lassen. Es haben sich so etliche Leute den Kopf gestoßen, als sich unser Pferdchen aufgebäumt hat.«

Ricarda nickte und verzog das Gesicht, denn das Stechen meldete sich zurück.

Der Arzt bemerkte das offensichtlich, denn er fügte hinzu: »Ich habe Ihnen Schmerzmittel auf den Nachtschrank gelegt, das hilft gegen das Pochen. Ach ja, seien Sie in der nächsten Zeit vorsichtig beim Kämmen, ich musste eine Platzwunde nähen. Es wäre nicht gut, wenn die Zinken in der Naht hängen blieben.«

»Platzwunde?«, fragte Ricarda. »Sie haben vorhin nichts von einer Platzwunde gesagt.«

»Sie haben mich ja gleich nach dem Passagier in Kabine neun gefragt«, entgegnete der Arzt lächelnd. »Die Wunde ist harmlos, aber dennoch musste ich sie nähen. Bevor Sie das Schiff verlassen, sollten Sie sich noch einmal bei mir melden, damit ich Ihnen die Fäden ziehen kann.«

Ricarda nickte. »Danke, Doktor.«

»Keine Ursache. Und lassen Sie es mich wissen, falls Sie etwas brauchen.«

Als der Arzt gegangen war, erhob sich Ricarda vorsichtig von ihrem Lager. Auf dem Nachttisch fand sie tatsächlich das Schmerzpulver. Sie löste den Inhalt eines Päckchens in dem Glas Wasser auf, für das der Arzt ebenfalls gesorgt hatte, und trank es. Der bittere Geschmack löste in ihr den Drang aus, sich zu schütteln, aber Ricarda widerstand mit Rücksicht auf ihren lädierten Kopf.

Anschließend tastete sie sich am Bett entlang zur Kommode. Da sie an der Wand festgeschraubt war, hatten sich bei dem Sturm lediglich die Schubladen geöffnet, aber das kümmerte sie nicht. Sie wollte zu dem Spiegel, der an der Wand angebracht war. Er hing ein wenig schief.

Ricarda erschrak angesichts ihres Spiegelbilds. Das Blut aus der Kopfwunde hatte rostbraune Spuren im Haar und auf der Stirn hinterlassen. Der Verband war beängstigend groß, aber wahrscheinlich sollten die Mullschichten sie nur davon abhalten, sich die Wunde anzusehen. Nachdem sie ihr Gesicht betastet und ihr Haar geordnet hatte, kehrte sie ins Bett zurück.

Was ihre Eltern wohl sagen würden, wenn sie sie so sähen?

Bei der Abfahrt aus Hamburg, als sie an Deck der *Anneliese* stand, um ihrer Heimat Lebewohl zu sagen, hatte Ricarda sich vorgestellt, wie es wäre, die Gestalt ihres Vaters unter den Winkenden zu erblicken. Gleichzeitig hatte sie gewusst, dass das unmöglich war. Jetzt fragte sie sich, wie es ihm ging, und als ihr bewusst wurde, dass sie es wohl nicht erfahren würde, fühlte sie einen Anflug von Schwermut. Doch ein Zurück gab es nicht mehr. Die *Madeleine*, auf der sie sich in Bristol eingeschifft hatte, würde bald in Neuseeland eintreffen.

Die Vorhersage des Arztes bewahrheitete sich. Die See blieb ruhig, und nach ein paar Tagen tauchten die ersten Sturmtaucher auf, ein sicheres Zeichen, dass das Ziel nicht mehr weit war. Tatsächlich gellte der Ruf »Land in Sicht!« nur wenige Stunden später über das Oberdeck, worauf Matrosen und Passagiere an die Reling stürmten.

Ricarda erblickte einen schmalen grauen Streifen, der sich kaum von der Linie des Horizonts unterschied. Aber als sie am nächsten Morgen die Augen öffnete, spürte sie deutlich, dass sich etwas verändert hatte: Die Luft roch anders und war wärmer geworden. Sie erschien Ricarda auch weicher – fast wie ein Schleier, der sinnlich über ihre Haut strich. Ja, kein Zweifel, es war eine andere Luft, die in ihre Lungen strömte. Der allgegenwärtige Geruch nach Kohle, Eisen und Maschinenfett war von etwas durchsetzt, was Hoffnung und Zuversicht verbreitete.

Eine seltsame Lebendigkeit überkam Ricarda, ein Kribbeln, das durch ihre Glieder zog und sie aus dem Bett trieb.

Im runden Kabinenfenster leuchtete ein blauer Himmel. Ricarda schlüpfte in den zartrosa Morgenmantel und trat vor den kleinen Ausblick. Das Meer war von einem so tiefen Blau, wie sie es noch nie zuvor gesehen hatte. Kormorane stießen in das Wasser und tauchten mit glänzendem Gefieder wieder aus den Fluten empor. Keine Frage, sie waren in Landnähe. In wenigen Stunden würde ihre Überfahrt zu Ende sein.

Zwiespältige Gefühle überwältigten Ricarda: Da waren die unbändige Vorfreude und Neugier auf eine unbekannte Welt, aber auch die Angst, dass sie sich etwas Unmögliches vorgenommen hatte. Konnte sie hier erreichen, was ihr in Deutschland versagt bleiben sollte?

Entschlossen schob Ricarda diese Gedanken beiseite. Genug der Grübelei! Jetzt wollte sie erst einmal hinaus an die frische Luft.

Vor lauter Ungestüm wäre sie beinahe im Morgenmantel aus der Kabine gelaufen, doch glücklicherweise besann sie sich noch.

Rasch schlüpfte sie in das schwarz-weiß karierte Reisekleid und in ihre Stiefeletten.

Draußen an Deck waren ein paar Matrosen damit beschäftigt, Taue einzurollen. Graue Dampfwolken stiegen aus den Schornsteinen des Schiffs empor, Möwen kreischten.

Ricarda hätte mit allem gerechnet, aber nicht damit, dass die *Madeleine* bereits in küstennahem Gewässer fuhr. Die Landschaft war eine Überraschung für Ricarda. Insgeheim hatte sie sich nur goldene, von Palmen begrünte Strände vorgestellt, aber als Erstes erblickte sie einen grünen Berg und tiefblaue Fjorde. Hinter zerklüfteten Felsen erstreckte sich Waldland, und nach einer Weile entdeckte sie doch noch einen von Palmen gesäumten Strand.

»Können Sie mir sagen, was das für ein Berg ist?« Das Englisch kam ihr noch immer ein wenig stockend über die Lippen.

Aber der Seemann, der unweit von ihr saß und an einer Pfeife zog, verstand es.

»Das ist der Mount Maunganui, ein erloschener Vulkan. Auf der Nordinsel gibt es eine Menge von diesen Burschen. Ab und zu bricht sogar einer wieder aus. Auch wenn man diese Kolosse erloschen nennt, heißt das noch lange nicht, dass sie wirklich ruhig bleiben.«

Ricarda betrachtete den Kegel. Würde er wirklich Feuer speien? Bisher kannte sie Vulkanausbrüche nur von Bildern, und obwohl es sie doch ein wenig mit Furcht erfüllte, erwachte in ihr der Wunsch, einmal einen zu erleben.

»Und Tauranga liegt direkt am Fuße dieses Vulkans?«

»Nein, auf einer Landzunge daneben. Aber wenn er wieder ausbrechen sollte, werden die Leute dort sehen müssen, dass sie wegkommen.«

Ricarda sagte darauf erst einmal nichts. Sie betrachtete nur skeptisch den Gipfel.

»Keine Sorge, Miss«, setzte ihr Nachbar unvermittelt hinzu. »Das letzte Mal ist schon sehr lange her. Damals wohnten dort nur Maori. Ich glaube, Sie und Ihre Kinder werden vor einem Ausbruch sicher sein.«

Kinder, dachte Ricarda und spürte den leichten Anflug einer Sehnsucht, die bisher immer von ihrem Willen, Ärztin zu sein, überlagert worden war. Werde ich jemals Kinder haben? Aber warum sollte ich nicht heiraten und Kinder bekommen, wenn ich erst einmal eine Praxis habe? Eine Tochter, die in meine Fußstapfen treten kann, wäre doch wunderbar ...

»Vor einigen Tieren sollten Sie sich allerdings in Acht nehmen, die dort herumkriechen.«

»Sie meinen, es gibt Schlangen in Neuseeland?«, entgegnete Ricarda lachend. Sie war als Kind bei einem Ausflug auf das Land einmal einer Kreuzotter begegnet und wusste seitdem, dass die Reptilien harmlos waren, solange man sie in Ruhe ließ.

»Nein, Miss, Schlangen gibt es in Neuseeland nicht, aber allerhand andere Kreaturen. Riesige Insekten, zum Beispiel, und Fledermäuse, die auf dem Boden herumlaufen. Und ehe ich's vergesse: Wale. Haben Sie schon mal einen Wal gesehen?«

»In Büchern«, antwortete Ricarda, worauf der Seemann auflachte und erklärte: »Ich bin früher auf einem Walfänger gefahren, dessen Heimathafen Tauranga war. Ich habe diesen Ungeheuern ins Auge geblickt. Glauben Sie mir, sie können einen Menschen samt Boot verschlucken.«

»Davor habe ich keine Angst«, erwiderte sie, und die Forscherin in ihr nahm sich vor, die Tier- und Pflanzenwelt ihrer neuen Heimat genau zu studieren.

»Sie scheinen mutig zu sein. Ihr Gatte ist ein Glückspilz.«

Ricarda zögerte. Sollte sie ihm erzählen, dass sie nicht verheiratet war? Sie wollte ihn auf keinen Fall zu Avancen ermuntern. Doch dann schalt sie sich für ihre Voreingenommenheit. Als ob jeder Mann gleich ans Heiraten dächte!

»Ich habe keinen Ehemann«, antwortete sie, ohne den Blick von der faszinierenden Landschaft abzuwenden.

»Nun, das wird sich in Neuseeland schnell ändern. Die Männer werden sich nur so darum reißen, Ihnen den Hof zu machen.«

Ricarda bezweifelte das. Neuseeland mochte das Frauenwahlrecht eingeführt haben, doch das bedeutete noch lange nicht, dass dort auch berufstätige Frauen Heiratschancen hatten.

»Wir werden sehen«, entgegnete sie knapp und verabschiedete sich mit einem Lächeln.

2

Jack Manzoni stand vor dem Spiegel und bemühte sich, seine Krawatte zu binden. Dieses neumodische silbergraue Stück Seidenstoff erwies sich als störrischer als jedes Pferd, sodass Jack es bereits in die Ecke werfen und gegen das Halstuch austauschen wollte, das er für gewöhnlich trug. Doch zur bevorstehenden Versammlung der Farmer wäre es unpassend wie das grobe Hemd, die Weste und die Arbeitshose, die er sonst zu tragen pflegte.

Als er es endlich geschafft hatte, einen zufriedenstellenden Knoten zu binden, warf er noch einen letzten Blick auf seine Erscheinung. Der schwarze Gehrock saß perfekt über der passenden Weste und dem blütenweißen Hemd. Seine Beine steckten in schwarzen Reiterhosen. Die Stiefel waren blank gewienert, denn seine Mutter hatte ihn gelehrt, dass man einen Menschen an seinem Schuhwerk erkennt.

Prüfend strich er über die glatt rasierten Wangen und schob sich eine Strähne aus der Stirn. Mutter wäre stolz auf mich, dachte er. Ich habe trotz meiner fünfunddreißig Jahre noch immer das lockige schwarze Haar, das ebenso an ihre italienischen Vorfahren erinnert wie meine hellbraunen Augen und mein olivenfarbener Teint.

Die Versammlung der Geschäftsleute und Farmer fand jedes Vierteljahr im Hotel *Tauranga* statt. Man tauschte sich über Probleme aus, wollte sich aber auch gegenseitig mit den eigenen Erfolgen beeindrucken. Jack Manzoni gehörte zu den größeren Farmern. Sein Grundbesitz umfasste etwa tausend Hektar, wovon ein Großteil allerdings noch von Wald bedeckt war. Einen Teil des Landes hatte er von den Maori erworben und ihnen dafür das Recht gewährt, sich darauf aufzuhalten und zu ihrem eigenen Unterhalt zu jagen, wann immer sie wollten.

Die Konflikte zwischen den Ureinwohnern und den Engländern lagen noch nicht lange zurück. Daher begegneten viele Weiße den Eingeborenen nur mit größtem Misstrauen. Auch Manzonis Vater hatte erlebt, dass es zwischen den Maori und den Siedlern unterschiedliche Auffassungen gab, was das Land betraf. Die Maori betrachteten als Pacht, was die Engländer als Kauf ansahen, wodurch es vorkommen konnte, dass Ländereien mehrfach vergeben wurden. Natürlich hatten die Weißen den eingeborenen Grundbesitzern Betrug unterstellt, denn das war leichter, als sich in die Tücken der Maorisprache hineinzufinden. Die folgenden Unruhen und Kämpfe hatten zu schweren Verstimmungen zwischen den beiden Völkern geführt, und sicher würde es noch eine geraume Zeit dauern, bis man einander wieder mit Sympathie begegnete.

Manzoni glaubte sich auf dem besten Weg dahin. Die Maori auf seinem Land erlaubten ihm den Zutritt zu ihrer Siedlung, und einige der Stammesmitglieder besuchten ihn auf seiner Farm. Ihr Miteinander war von gegenseitigem Respekt geprägt.

Auf dem Weg zur Tür passierte er den Salon, in dem ein Klavier stand, das einst seiner Mutter gehört hatte. Ich sollte mich endlich davon trennen, dachte Jack. Seit Emily tot ist, steht es nur nutzlos herum. Vermutlich ist es vollkommen verstimmt.

Emily, seine Verlobte, war schon seit vielen Jahren begraben, aber immer wenn er das Instrument sah, dachte er wieder an sie und an die herrlichen Töne, die sie dem Instrument entlockt hatte. Weisen von reinster Harmonie und Schönheit. Keine Frau, die ihr nachgefolgt und für eine kurze Zeit sein Herz gewonnen hatte, war musikalisch gewesen. Und keine war so schön gewesen wie Emily.

Jack seufzte. Du hast genug um sie getrauert, ermahnte er sich, konzentrier dich auf die Gegenwart!

Auf der Veranda kam ihm sein Vormann entgegen. Seine Gesichtszüge wirkten angespannt.

»Was gibt es, Tom?«, fragte Manzoni, der wusste, dass irgendwas nicht in Ordnung sein musste. Tom Kerrigan, der eigentlich aus Texas stammte, war kein Miesepeter; nur wenn ihm etwas Kummer bereitete, schaute er so drein.

»Komme grad von der Weide«, antwortete er. »Ein paar unserer Tiere haben die Schafläuse. Hab heut Morgen gesehen, dass sie sich an den Bäumen reiben, das ist immer ein schlechtes Zeichen.«

Manzoni nickte und atmete tief durch. Da hatten sie gerade mal ein Jahr Ruhe gehabt, und jetzt, so kurz vor der Schur, ging es wieder los. Er konnte nur hoffen, dass der Schaden eingedämmt werden konnte, bevor die gesamte Wolle wertlos wurde.

»Wie viele Tiere sind befallen?«, wollte Jack wissen und griff unbewusst nach dem Kreuz, das er um den Hals trug.

Er war nicht besonders gläubig, aber das Kreuz, das seiner Mutter gehört hatte, war wie ein Talisman für ihn, und er hatte es sich angewöhnt, danach zu greifen, wenn schlechte Nachrichten im Anmarsch waren.

»Ich habe fünf gesehen, die sich reiben, ich denke mal, dass es mittlerweile so um die zwanzig sind, die die Viecher im Pelz haben. Ich hab den Jungs schon gesagt, dass sie sich jedes Einzelne vornehmen und die Wolle durchsuchen sollen. Wird 'ne Heidenarbeit, aber so ersparen wir uns Verluste nach der Schur.«

Manzoni war jedes Mal aufs Neue davon beeindruckt, wie gut sein Vormann mitdachte. »Sondert die befallenen Tiere ab, und sperrt sie in das Seitengatter! Und untersucht jedes von ihnen gründlich. Wenn die Sache in Tauranga vorbei ist, werde ich zu Moana gehen und mir ein paar von ihren Kräutern holen.«

Es gab zwar auch chemische Mittel gegen die Läuse, doch die hatten den Nachteil, dass die Wolle nach der Anwendung Verfärbungen zeigte. Das minderte den Preis, und da Jack keiner der Schaf-Barone der Insel war, brauchte er jedes Pfund, das er bekommen konnte. Also würde er es wieder mit dem Heilmittel der Maori versuchen.

Tom Kerrigan war einer der wenigen, die an die Heilkunst der Maori glaubten und sie nicht als Hokuspokus abtaten. Er hatte Manzoni kurz nach seiner Einstellung auf der Farm erzählt, dass die Medizinmänner der Indianer ähnliche Heilmethoden hätten und dass er mal von einem von ihnen gerettet worden sei, als die weißen Ärzte ihn bereits aufgegeben hatten.

»Okay, Boss, wird erledigt. Langweilen Sie sich nur nicht tot bei der Versammlung!«

»Keine Sorge!« Manzoni grinste und blickte seinem Vormann nach, der in Richtung Weide verschwand. Kerrigan war ein Gewinn für seine Farm, und er durfte auf keinen Fall zulassen, dass der Texaner von einem anderen Farmer abgeworben wurde. Eher würde er sein letztes Hemd versetzen, als seinen Vormann ziehen zu lassen.

Jacks Blick schweifte über die mächtigen Kauribäume, die das Anwesen umstanden. Es war schon lange kein Regen mehr gefallen. Wenn das Holz nass wurde, platzte die Rinde an einigen Stellen auf und das Harz verströmte einen betörenden Duft, den es so nirgendwo sonst auf der Welt gab. Nur hier in dem Land, das die Maori *Aotearoa*, das Land der langen weißen Wolke, nannten.

Die Kauri-Bäume waren die Wächter seiner Farm. Zwei von ihnen, deren Kronen miteinander verwachsen waren, bildeten das natürliche Tor zu seinem Anwesen. Sein Vater hatte die Riesen bereits vorgefunden, als er sich hier angesiedelt hatte, und sofern kein Blitzschlag sie traf, würden sie auch Jack überleben.

Vielleicht sogar seine Nachkommen, wenn er denn jemals welche haben würde ...

Das ungeduldige Wiehern der Pferde, die sein Stallbursche bereits eingeschirrt hatte, riss ihn aus seinen Betrachtungen. Die beiden Braunen blickten sich nach ihrem Herrn um, als wollten sie ihn auffordern, endlich auf den Wagen zu steigen.

Eigentlich hätte Jack auch nach Tauranga reiten können, aber da er einige Dinge besorgen wollte, war die Kutsche bequemer. Er kletterte auf den Bock, griff nach den Zügeln und ließ die Peitsche über den Köpfen der Pferde knallen. Geschickt wendete er den Wagen und lenkte ihn durch das Baumtor.

Der Weg in die Stadt führte an seinen Weiden vorbei, die sich wie ein grünes Plaid über sanften Hügeln ausbreiteten. Sein Vater hatte dieses Land zu dem geformt, was es heute war. Zufrieden blickte Jack zu seinen Schafen, die aus der Ferne wie weiße Wölkchen an einem grünen Himmel wirkten. Der Gedanke an die Schafläuse trübte seine Freude zwar ein wenig, aber das Leben war nun einmal voller Herausforderungen. Sich den Parasiten zu stellen würde nicht so unangenehm sein wie das, was ihn heute wieder in der Stadt erwartete. Doch Jack fürchtete auch das nicht; er trieb seine Pferde an, denn er wollte nicht erst ankommen, wenn die Versammlung bereits begonnen hatte.

Froh darüber, der engen Kabine endlich entfliehen zu können, stand Ricarda an der Reling und wartete darauf, dass die Landungsbrücke am hölzernen Steg festgemacht wurde. Ihren Mantel hatte sie über den Koffer gehängt, hier würde sie ihn wohl für eine ganze Weile nicht mehr brauchen. Sollte die Sonne es schaffen, die lockere Wolkendecke gänzlich aufzureißen, würde selbst ihr Kostüm noch zu warm sein.

Der Anblick von Tauranga hatte Ricarda vom ersten Moment an in ihren Bann gezogen. Soweit sie es aus der Ferne erkennen konnte, unterschied sich die Architektur vollkommen von der in Deutschland und der Schweiz. Hinter der Stadt erhob sich eine Landschaft, die sie an einen Dschungel erinnerte.

Zwischen Laubbäumen, die denen ihrer Heimat doch ein wenig ähnelten, stach hier und da eine Palme in den Himmel. Auf ihrer Fahrt in Richtung Hafen waren sie direkt an der Landzunge und dem Mount Maunganui vorbeigekommen. Ricarda war überwältigt gewesen von dem Koloss, der bereits aus der Ferne beeindruckend gewirkt hatte. Die Luft war erfüllt von einem fremdartigen Geruch. Ricarda bildete sich ein, dass es der Geruch von Waltran war, der sogar den Geruch des Brackwassers übertünchte.

Im Hafen herrschte ein reges Treiben; offenbar wurden manche Reisende bereits erwartet. Koffer- und Lastenträger unterschiedlicher Hautfarbe hasteten über den Kai.

»Meine Herrschaften, begeben Sie sich nun bitte von Bord!«, rief eine Stimme, und erst jetzt bemerkte Ricarda, dass sie über dem faszinierenden Anblick das Anlegen verpasst hatte und bereits Passagiere über die Landungsbrücke gingen. Sie reihte sich mit ihrer Tasche in die Warteschlange ein.

Während sie geduldig wartete, brach die Sonne gänzlich durch. Sie war von solch einer Intensität, dass Ricardas Kopfwunde zu kribbeln begann. Da sie gut verheilt war und der Schiffsarzt die Fäden gezogen hatte, hatte sich ein Verband zum Glück erübrigt.

»Ich hoffe, Sie hatten eine angenehme Reise, Miss«, sagte der Offizier, der für die Verabschiedung der Passagiere zuständig war.

Ricarda nickte lächelnd, obwohl ihr plötzlich zum Weinen zumute war.

Ein Gefühl der Verlorenheit stieg in ihr auf. Hier war sie vollkommen auf sich gestellt. Sie hatte an diesem Ende der Welt weder Freunde noch Kommilitonen oder Bekannte. Zudem war ihr Wissen über dieses Land sehr begrenzt. Aber hier war sie frei. Ihre Eltern konnten ihr nun keine Vorschriften mehr machen. Dieser Gedanke fegte alle anderen Empfindungen hinweg und weckte ihre Neugier, die mit jedem Schritt wuchs.

Bald hatte Ricarda den Hafen hinter sich gelassen und eine scheinbar endlose Uferstraße erreicht, an der sich zahlreiche Gebäude mit Firmen wie »Harvey & Kirk«, »M.J. Brennan & Co« oder »Butt Brothers« angesiedelt hatten. Die unterschiedlichsten Geschäfte und Handwerksbetriebe gab es hier. Ricarda bemerkte eine Schlachterei, eine Schneiderei und sogar ein Warenhaus; was die Versorgung mit Gütern anging, brauchte sie sich wohl keine Sorgen zu machen.

Auch auf dieser Straße wimmelte es nur so von Menschen; Reiter und Fuhrwerke versuchten, sich einen Weg durch die Menge zu bahnen. Der dichte Verkehr ähnelte dem in Berlin oder Zürich, wenngleich Ricarda sich hier doch um einige Jahre in der Zeit zurückversetzt fühlte. Die Gehwege bestanden nur aus Holz, und die Fahrbahn war nicht befestigt. Regengüsse und Wagenräder hatten Spuren hinterlassen. Im Moment war der Boden trocken, doch bei Regen würde er sich in eine Schlammgrube verwandeln, in der man sich unweigerlich Schuhwerk und Rocksäume verdarb.

Aber sie war nicht hier, um dem Komfort nachzutrauern, den sie hinter sich gelassen hatte.

Als Erstes musste sie eine Unterkunft finden, eine Pension oder ein Hotel. Suchend sah Ricarda sich um, doch sie konnte nirgends einen Hinweis auf eine Zimmervermietung entdecken. Ihr blieb nichts anderes übrig, als danach zu fragen.

Sie bemerkte eine Gruppe Frauen, die vor einem Laden standen und sich lebhaft unterhielten.

»Entschuldigen Sie bitte, können Sie mir sagen, wo ich ein Hotel oder eine Pension finde?«

Die Frauen hielten sogleich inne und musterten sie von Kopf bis Fuß. Ricarda hatte das fleckige Reisekostüm gegen das saubere ausgetauscht, aber dennoch fühlte sie sich plötzlich unwohl.

»Da gehst du am besten zu Molly, Schätzchen, die bietet Zimmer an und nimmt dich nicht aus. Das *Star Hotel* frisst dir das Fleisch von den Rippen, und im *Tauranga* kann's passieren, dass Wanzen zwischen den Laken kleben. Molly ist schon die Richtige für dich.«

Ricarda war überrascht über die Ausdrucksweise der Frauen. Oder hatte sie sie nur falsch verstanden?

»Wo kann ich denn diese Molly finden?«, fragte sie ein wenig unsicher.

»Geh noch ein Stück den Strand entlang, und bieg bei Spencer's Drugstore links ab. Die kleine Gasse hoch, und dann siehst du es schon.«

Ricarda lächelte. »Vielen Dank.«

»Keine Ursache, Schätzchen!«

Die Damen nahmen die Unterhaltung wieder auf. Doch als Ricarda sich abwandte, hatte sie das Gefühl, dass deren Blicke sich in ihren Rücken bohrten.

Sie stiefelte die Straße entlang, die offenbar Strand hieß, bis ein Schild in großen Lettern »Spencer & Co. – Drugstore« ankündigte. Im Schaufenster standen Haarwuchsmittel, Schmerzpulver, Creme für straffere Haut und Wundertinkturen gegen Zahnweh, Migräne und Ungeziefer neben Waschpulver, Kernseife und Parfüm. Ricarda musste schmunzeln, als sie in einer verschämten Ecke sogar ein Mittel zur Stärkung der Manneskraft entdeckte.

Als sie um die Ecke bog, kamen ihr zwei kläffende Hunde entgegen. Ricarda sprang erschrocken zurück. Die Tiere liefen an ihr vorbei, offenbar jagte eines das andere. Die anderen Passanten schienen so etwas gewöhnt zu sein, denn sie nahmen keine Notiz davon.

Als sie weiterging, ertönte hinter ihr ein schriller Pfiff.

Zunächst glaubte Ricarda, dass jemand anderes gemeint war, doch dann rief eine Männerstimme: »He, Süße, suchst du einen Mann?«

Ricarda wirbelte herum und sah zwei junge Männer, die in Arbeiterkleidung auf einer Veranda saßen. Neben sich hatten sie eine Blechbüchse stehen, die vermutlich eine Mahlzeit enthielt.

Wenn es nach ihrer Erziehung gegangen wäre, hätte Ricarda sich schockiert zeigen müssen oder darauf hinweisen sollen, dass es sich nicht gehöre, so mit einer Dame zu sprechen. Doch wie die beiden da saßen und auf ihre Gunst hofften, fand sie derart komisch, dass sie unwillkürlich lachte und einfach weiterging.

Die Gebäude lagen hier ziemlich weit auseinander, es gab keine Enge wie in Berlin. Zwischen ihnen wucherte das Grün, und in den Baumkronen flatterten bunte Vögel, deren Gezwitscher Ricarda fremd erschien.

Hinter einem weiß gestrichenen Zaun, an dem ein Schild mit der Aufschrift *Molly's Pension* im Wind schaukelte, erhob sich ein zweistöckiges Gebäude mit Veranda, das Ricarda an die englischen Cottages erinnerte, die sie in Zeitschriften bewundert hatte. An den Fenstern hingen Blumenkästen, aus denen sich eine verschwenderische Fülle exotischer Blüten ergoss.

Ricarda gefiel das Haus; sie stieß die Gartenpforte auf und folgte dem Steinweg zum Eingang. Kaum war das Läuten verklungen, öffnete eine hochgewachsene, kräftige Frau die Tür. Ihr Teint ähnelte dem einer Süditalienerin. Das Rot ihrer Haare wirkte jedoch irisch. Ein paar Silbersträhnen in den Locken verrieten ihr Alter.

»Was kann ich für Sie tun, Miss?«, fragte sie, nachdem sie ihre Besucherin ebenfalls von oben bis unten betrachtet hatte.

»Sind Sie Molly?«, fragte Ricarda und vernahm im Hintergrund ein Bellen. Offenbar hatte die Hauswirtin einen Hund. Ein Geruch von unbekannten Kräutern und frischem Brot strömte ihr entgegen. »Ja, die bin ich. Molly Flannigan. Und Sie scheinen gerade erst angekommen zu sein.« Molly blickte auf den Mantel über ihrem Koffer. »Aus Europa, nicht wahr?«

Ricarda nickte. »Ja, aus Deutschland. Ich bin Ricarda Bensdorf. In der Stadt hatte man mir Ihre Pension empfohlen.«

Erneut musterte die Frau sie eine Weile, bevor sie sagte: »Na gut, dann kommen Sie mal rein in die gute Stube!«

Die »Stube« war ein ziemlich großer Raum mit Kamin, Sitzecke und einer Anrichte unter einem der Fenster, die zum Hof hinausgingen. Neben der Treppe nach oben stand ein Holzpult mit einer ledergebundenen Kladde, die wahrscheinlich als Gästebuch diente. Ein Schlüsselbrett an der Wand machte die Rezeption komplett.

»Sind Sie auf der Durchreise, oder planen Sie, länger zu bleiben?«

Eigentlich will ich für immer hierbleiben, dachte Ricarda, antwortete jedoch: »Ich habe eine längere Zeit im Sinn.«

»Sie sehen gar nicht wie eine typische Auswanderin aus. Die meisten von ihnen kommen hier völlig zerlumpt an, und viele landen eher in Wellington. Manche nehmen sich ein Zimmer im *Star* oder *Tauranga*.«

»Davon hat mir die Dame, die Sie empfohlen hat, abgeraten.«

»Scheint einen guten Geschmack zu haben, die Lady. Sie wissen nicht zufällig, wie sie hieß?«

Ricarda schüttelte den Kopf.

»Na ja, ist auch nicht so wichtig. Sie können jedenfalls sicher sein, dass hier nur Leute mit guten Manieren wohnen, andere dulde ich nicht unter meinem Dach.«

Ricarda konnte sich kein Urteil darüber erlauben, wie es im Hotel *Tauranga* aussah, aber sie war mit dem, was sie von dieser Pension sah, zufrieden.

»Die Zimmermiete kostet drei Pfund pro Tag. Frühstück und

Abendessen kriegen Sie bei mir. Die Wäsche müssen Sie allerdings selbst erledigen, meine Mieter teilen sich die Waschküche. Sie ist in dem kleinen Pavillon auf dem Hof. Sonderwünsche beim Essen gewähre ich nur bei Krankheit, ansonsten gibt es für alle nur ein Gericht.«

Molly erlaubte Ricarda, sich umzuschauen, bevor sie fragte: »Und, haben Sie sich entschieden?«

Ricarda ließ den Blick über die Möbel, den Kamin und die Stickbilder an der Wand schweifen. Der Teppich war an einigen Stellen abgetreten, wenn man genau hinsah, konnte man einen Pfad in dem gemusterten Flor erkennen, der wohl von den gewohnten Wegen der Gäste herrührte.

»Ja, ich würde gern bleiben.«

»Gut, dann zeige ich Ihnen Ihr Zimmer. Wenn es Ihnen gefällt, können Sie sich gleich häuslich einrichten.«

Molly nahm einen Schlüssel vom Haken und führte Ricarda in den zweiten Stock. »Komfort wie in einem Luxushotel können Sie hier nicht erwarten, ich vergleiche meine Zimmer eher mit Studentenunterkünften«, erklärte Molly.

»Oh, damit habe ich kein Problem.« Ricarda versagte sich den Zusatz, dass sie studiert habe und genau wisse, was gemeint sei, denn ein brauner Hund mit kurzem Fell und großen Ohren baute sich vor ihr auf, kläffte und wedelte mit dem Schwanz.

»Rufus, aus! Du wirst doch wohl nicht unseren neuen Gast verbellen?«

Ricarda blickte ihn skeptisch an und hoffte, dass der kleine Köter nicht unter ihren Rock schlüpfen und sie in den Knöchel beißen würde. Er wirkte nicht tollwütig, aber aus Erfahrung wusste sie, dass Hundebisse schwere Entzündungen hervorrufen konnten.

»Er tut nichts«, beschwichtigte Molly, die ihre Befürchtungen erraten hatte. »Er ist nur im ersten Moment ein bisschen misstrauisch gegenüber Fremden. Aber daran, dass er mit dem

Schwanz wedelt, erkennt man, dass er Ihnen nicht feindlich gesinnt ist.«

Noch immer kläffend, folgte Rufus den beiden bis zu einer der Zimmertüren. Dort verstummte er und setzte sich vor die gegenüberliegende Tür.

»Sehen Sie, er hat sich schon an Sie gewöhnt«, bemerkte Molly und schloss die Tür auf.

Das Zimmer lag unter der Dachschräge, sodass Ricarda vom Fenster aus die gesamte Straße überblicken und in der Ferne auch den Mount Maunganui sehen konnte. Die Möblierung war einfach: eine Kommode, ein Waschtisch mit Wasserkrug und Schüssel, ein Kleiderschrank, ein Bett und ein Schreibtisch mit Stuhl. Eine verblasste Rosentapete zierte die Wände, die Ricarda schon deshalb gefiel, weil ihre Mutter sie als »Kitsch« bezeichnet hätte.

Da dem Raum jede persönliche Note fehlte, bedauerte Ricarda ein wenig, dass sie nichts mitgenommen hatte, was ihn hätte wohnlicher machen können. Aber sie tröstete sich mit dem Gedanken, dass sie bald ein eigenes Haus haben würde, das sie ganz nach ihrem Geschmack gestalten könnte. Bis dahin würde sie Bilder zeichnen oder kaufen und sie an die Wand hängen. Alles in allem war dieses Zimmer noch wesentlich besser als ihre Studentenbude in Zürich.

3

Im Hotel *Tauranga*, das über ein Pub verfügte, war nicht viel los. Die Lunchzeit war vorbei, die Teestunde noch nicht gekommen. Die meisten Gäste hielten ein Nickerchen oder waren ausgegangen. Die Unternehmer hingegen schätzten diese Zeit, denn sie konnten sich nun ungestört über wichtige Belange unterhalten.

Als Jack Manzoni das Lokal betrat, waren schon etliche Farmer aus der Umgebung anwesend. Sie hatten es sich an ihrem Stammplatz, dem einzigen langen Tisch, gemütlich gemacht.

Manzoni bemerkte als Ersten Peter Dorhagen, einen Deutschen, der sich vor einigen Jahren mit seiner Familie in Tauranga niedergelassen hatte und mit Ackerbau zu Wohlstand gelangt war. Dann sah er Will Stanton, Eric Pryce und Nigel Corman. Ihre Farmen waren kleiner als seine, aber mit ihnen verstand Manzoni sich am besten.

Ein paar Mitglieder ihres Vereins fehlten noch. Ingram Bessett, auf den er gern verzichtet hätte, war jedoch pünktlich erschienen.

Jack hatte den beleibten Spross einer englischen Adelsfamilie, der als Schafzüchter einer seiner schärfsten Konkurrenten war, noch nie gemocht. Bessett besaß eine Villa am Stadtrand und sehr viele Morgen Weideland. Er war für sein hitziges Temperament berüchtigt und ging einem Mann bei Meinungsverschiedenheiten auch schon einmal an den Kragen. Auch Jack hatte Bessetts Fäuste schon zu spüren bekommen. Da er sich gewehrt hatte, war die Auseinandersetzung in eine handfeste Schlägerei ausgeartet, was ihre gegenseitige Abneigung nur noch vertieft hatte.

Nach einem Gruß in die Runde nahm Jack neben Pryce Platz.

»Na, Jack, alter Junge«, grüßte der und klopfte ihm auf den Rücken, »gibt es was Neues auf deiner Farm?«

Manzoni schüttelte den Kopf. In Bessetts Gegenwart würde er ganz bestimmt nichts über die Entdeckung seines Vormanns berichten. Der Engländer würde ihm einen Strick daraus drehen und ihn bei den Abnehmern seiner Wolle anschwärzen.

»Nein, alles beim Alten. Abgesehen von den neuen Lämmern. In diesem Jahr vermehren sich die Merinos wie die Karnickel.« Während er sprach, behielt Jack Bessett aus dem Augenwinkel heraus im Blick und bemerkte, dass der neugierig die Ohren spitzte. »Ich denke, wir werden in diesem Jahr die beste Schur seit langem haben.«

Das war nicht gelogen, vorausgesetzt, sie lösten das Läuseproblem.

»Gratuliere. Ich wünschte, bei uns würde es auch so gut laufen«, seufzte Pryce. »Meine Schafe tun sich im Moment schwer, trächtig zu werden. Unsere Zuchtböcke scheinen keine Kraft mehr zu haben.«

»Wenn du willst, bringe ich dir einen oder zwei von meinen«, schlug Manzoni vor. »Deiner Herde könnte eine Auffrischung bestimmt nicht schaden.«

»Das würdest du tun?«, fragte Pryce überrascht.

»Selbstverständlich!« Manzoni wandte sich Stanton und Corman zu. »Das gilt auch für euch beide.«

»Meine Muttertiere werfen ganz ordentlich«, behauptete Stanton vollmundig, Corman hingegen schien es sich zu überlegen.

»Also vielleicht wäre es wirklich nicht schlecht, mal frisches Blut reinzubringen.«

»Sag mir Bescheid, wenn du dich entschieden hast. Meine Lämmer sind wirklich prächtig in diesem Jahr.«

Wie zufällig wandte Jack sich nun Bessett zu und nickte zum Gruß, weil es die Höflichkeit verlangte.

Ohne eine Regung auf dem feisten Gesicht erwiderte Bessett die Geste.

Jack glaubte dennoch seinem Konkurrenten anzusehen, dass der etwas im Schilde führte. Die Sitzung würde spannend werden.

»Ich denke, wir sollten anfangen. Es ist bereits zehn nach zwei«, sagte Bessett und ließ den Blick über die versammelte Mannschaft schweifen.

»Wo bleibt Peters?«, fragte jemand aus dem Hintergrund.

»Der ist krank, hat sich Fieber durch die Moskitos eingefangen«, antwortete Stanton prompt.

»Gut, dann erkläre ich die Sitzung für eröffnet«, sagte der Engländer und wartete noch einen Moment, bis Ruhe eingekehrt war. »Als Erstes sollten wir heute einen Punkt zur Sprache bringen, der besonders jene von uns betrifft, die Anwesen außerhalb der Stadt haben.«

»Was denn, die Moskitos?«, tönte Stanton und erntete Gelächter.

»Nein, Mr Stanton, die Moskitos sind es nicht, wenngleich diese Sache genauso lästig ist.« Er machte eine Kunstpause.

Während einige ihn gespannt ansahen, deutete Manzoni ein leichtes Gähnen an, um Bessett zu demonstrieren, wie langweilig er sein Geschwätz jetzt schon fand.

Der Großgrundbesitzer tat wie immer so, als sähe er es nicht, obwohl er sich vermutlich schwarz ärgerte.

»Es geht um die Wilden, die immer noch in unseren Wäldern hausen. Es ist eine bekannte Tatsache, dass unser Nachbar Australien schon vor einiger Zeit Umsiedlungen vorgenommen hat. Ich denke, wir sollten so etwas auch anstreben, um mehr Weideland und vielleicht auch Flächen für die Stadt zu erhalten. Wie Sie alle sicher mitbekommen haben, strömen beständig Einwanderer zu uns, und es würde gewiss nicht schaden, wenn wir diesen Land zuweisen könnten.«

Ein Raunen ging durch den Saal.

Doch noch war Bessett nicht fertig. »Ich gedenke, an den Gouverneur zu schreiben, um ihn aufzufordern, diesen Schritt zu erwägen. In Ihrem eigenen Interesse sollten Sie sich mir anschließen.«

Das alte Lied!, dachte Jack. Bessett will die Maori weiter ins Landesinnere zurückdrängen, um Weideflächen für seine eigene Farm zu gewinnen. Sich als Freund der Einwanderer aufzuspielen ist nur ein durchsichtiger Vorwand für die Durchsetzung eigener Interessen. Ich werde diesen Antrag niemals unterstützen.

»Sollte das nicht lieber unser Bürgermeister tun? Soweit ich weiß, sitzen Sie nicht auf seinem Stuhl, Bessett«, sagte er in die Runde.

»Das könnte sich bald ändern, Manzoni. In diesem Jahr wird gewählt, und ich werde mich um das Amt bewerben.«

»Und wer kümmert sich dann um Ihre Schafe?«, rief Richard Rhodes, der zusammen mit seinem Sohn eine Schuhmacherei betrieb, worauf seine Nebenmänner in Gelächter ausbrachen.

»Was das angeht, kann ich Sie beruhigen, Mr Rhodes«, erklärte Bessett gelassen. »Ich bin in der Position, mir genug Personal leisten zu können, das mir die Drecksarbeit abnimmt.«

Mit diesen Worten warf er Jack einen spöttischen Blick zu, den der jedoch ignorierte. Er hatte genügend Männer für seine Schafzucht und außerdem eine Haushälterin, die ab und an nach dem Rechten sah. Überdies trug er sich nicht mit solch hochtrabenden Plänen wie Bessett. Dennoch wurmte Jack der Spott und die despektierliche Anrede, die den anderen zweifellos aufgefallen waren.

»Wie dem auch sei, ich sehe mich als guter Bürger der Stadt

genötigt, bezüglich der Maori dem Gouverneur zu schreiben. Und ich setze auf Ihre Unterstützung, meine Herren.«

Gemurmel brach aus.

»Also was mich angeht: Ich bin mit dem Land, das ich habe, zufrieden«, entgegnete Jack und erntete ein verächtliches Schnauben von Bessett. »Ich habe keinen Ärger mit den Maori auf meinem Grund und brauche auch nicht mehr Land. Bis die Stadt die Grenzen meiner Farm erreicht, wird wohl noch einige Zeit vergehen, und die Flächen rings um Tauranga wurden der Stadt doch schon zur Nutzung überlassen. Ich verstehe Ihr Problem nicht, *Mr* Bessett.«

Der Adlige funkelte ihn an. »Das verwundert mich nicht, Mr Manzoni. Sie hatten ja noch nie einen Blick für das Wesentliche.«

Das war der zweite Hieb unter die Gürtellinie, dachte Jack. Wenn der Kerl so weitermacht, wird er sich noch wundern. Ich werde mich nicht scheuen, die Information zu nutzen, die mir neulich zugespielt wurde, um ihn zur Räson zu bringen.

»Oh, ich denke, Mr Bessett, dass mein Blick sogar sehr klar ist. Und meine Erträge geben mir Recht. Friede mit den Maori bedeutet auch Friede für unser Geschäft. Das hat man bereits im Jahre 1840 erkannt, als das Abkommen von Waitangi unterzeichnet wurde.«

»Ein Abkommen, das nur zu Streitereien geführt hat.«

»Die Streitereien sind durch Missverständnisse entstanden«, hielt Manzoni dagegen. »Aus Fehlinterpretationen der Sprache auf beiden Seiten. Außerdem nutzt es niemandem, die Maori zu verärgern. Ihre Krieger sind angriffslustig, und ich bin sicher, dass der Weidebetrieb nicht mehr möglich ist, wenn unsere Leute ständig damit rechnen müssen, von einem ihrer Speere oder Pfeile niedergestreckt zu werden. Und bevor Sie darüber lachen, denken Sie mal über den Gebrauch von Giften nach. Die vergangenen Unruhen sollten uns gelehrt haben, dass es besser ist, miteinander auszukommen.«

Plötzlich herrschte Stille im Pub. Sogar der Barmann hinter dem Tresen hörte auf, Gläser zu wienern.

»Das heißt also, dass Sie ein Feigling sind!« Mit diesen Worten tat Bessett genau das, was die Anwesenden erwartet hatten. Offenbar legte er es wieder einmal auf einen Streit mit Manzoni an.

Der Halbitaliener musterte ihn schweigend. Aus den Augenwinkeln heraus nahm er wahr, dass die Männer sich auf ihren Stühlen aufrichteten, als rechneten sie mit einer Vorführung, die sie nicht versäumen wollten.

»Nennen Sie es, wie Sie wollen, Bessett. Ich werde mich jedenfalls nicht an Maßnahmen beteiligen, die grundlos einen neuerlichen Konflikt vom Zaun brechen«, gab Manzoni überlegt und ruhig zurück. »Wenn jemand meine Herde und mein Haus bedroht, werde ich mich zu wehren wissen, aber so lange halte ich Frieden mit meinen Nachbarn. Und um Tauranga machen Sie sich mal keine Sorgen! Zwischen den Anwesen ist noch viel Platz für neue Häuser.«

»*Nachbarn!*« Bessett spie das Wort aus, als sei es ein fauler Apfel. »Nur ein Freund dieser gottverdammten Wilden kann sie als ›Nachbarn‹ betrachten.«

»Das stimmt, und ich sehe das nicht als Beleidigung an. Auch wenn sie andere Sitten, andere Götter und eine andere Hautfarbe haben, sind es doch Menschen, Mr Bessett! Immerhin schätzen Sie einige von ihnen als Dienstboten.«

Die anderen rückten unruhig auf ihren Stühlen hin und her, denn sie wussten, dass die Unterhaltung einen Punkt erreicht hatte, an dem sie leicht eskalieren konnte.

»Diesen Leuten hat man in *The Elms* den Katechismus beigebracht, wohingegen die anderen größtenteils noch immer an ihren gotteslästerlichen Riten festhalten. Wenn Sie ein guter Christ wären, würden Sie wissen –«

»Ich bin Christ und habe deshalb nicht vergessen, was das

Gebot der Nächstenliebe verlangt«, fiel Jack seinem Widersacher ins Wort. »Und ich denke, dass wir die Zeiten überwunden haben, in denen Menschen wegen ihres Glaubens verfolgt werden.«

»Das ist Blasphemie!«, donnerte Bessett, wie es ein Reverend nicht besser gekonnt hätte.

»Wenn Sie meinen«, entgegnete Manzoni. Er spürte, wie sich der Zorn in seinem Magen zu einem Klumpen zusammenballte. »Vielleicht sollten Sie mal Ihre Haltung zu den sogenannten ›Wilden‹ überdenken, Bessett. Man munkelt, dass Sie mit Ihren Dienstmädchen das Bett teilen. Eins davon soll sogar schon Ihren Bastard unterm Herzen tragen. Und das ist nicht die feine Art, selbst wenn das Mädchen den Katechismus kennt«, schleuderte er ihm entgegen.

Das Gesicht des Adligen verfärbte sich abwechselnd rot und weiß. Woher wusste Manzoni das? Vermutlich hatte eine der Wilden, die auf seinem Grund lebten, geplaudert …

»Das muss ich mir von Ihnen nicht bieten lassen, Manzoni!« Bessett sprang auf. Er sah aus, als wolle er Jack mit Blicken erdolchen.

»Und was wollen Sie nun tun?«, fragte der spöttisch. »Mich zum Duell fordern? Das wird die Constables Sloane und Reed nicht gerade erfreuen.«

»Setzen Sie sich wieder, Bessett!«, riet ihm sein Nebenmann, und als könne er die Gedanken des Grundbesitzers lesen, fügte er hinzu: »Bei einem Duell würden Sie ohnehin den Kürzeren ziehen.«

Aber Bessett hatte nicht vor, sich zu setzen. Wutschnaubend starrte er den Halbitaliener an, bevor er herumwirbelte und hinausstürmte. Die Fensterscheiben klirrten, und die alten Stiche an der Wand wackelten, als er die Tür ins Schloss warf.

Wenig später hörte man das Knallen einer Peitsche, dem das schmerzvolle Wiehern eines Pferdes folgte.

»Jetzt muss sein Gaul dafür büßen«, raunte jemand, und die Männer schüttelten missbilligend die Köpfe.

»Sie hätten das nicht zur Sprache bringen sollen, Manzoni«, tönte es aus einer Ecke.

»Warum denn nicht? Es ist doch die Wahrheit! Er will uns einreden, dass die Maori Wilde sind, aber er hält sich eines ihrer Mädchen als Mätresse. Ganz schön doppelzüngig, finden Sie nicht?«

Die Männer schwiegen betroffen, und das war genauso gut, als wenn sie ihm Recht gegeben hätten.

»Also, ich denke, wir sind uns darüber einig, dass wir die Maori in Ruhe lassen und uns wichtigeren Dingen zuwenden. Es wäre eine Verschwendung unserer Kräfte, wenn wir Mr Bessetts Vorschlag in die Tat umsetzen würden. Tauranga hat sicher andere Probleme, als Land für die Siedler zu gewinnen«, erklärte nun Rhodes.

Während einige Männer zustimmend auf die Tischplatte klopften, kam von anderen nur ein Geraune oder gar Schweigen.

Es war Manzoni bewusst, dass einige der Anwesenden Bessett aus der Hand fraßen, sich jedoch in Abwesenheit ihres Freundes nicht trauten, den Mund aufzumachen. Und da nur einer in ihrer Runde fehlte, konnte auch niemand behaupten, dass die Versammlung nicht beschlussfähig sei.

Langsam ließ er sich wieder auf seinem Stuhl nieder, bevor er dem Barmann bedeutete, dass er ihm etwas zu trinken bringen solle. Er hatte einen kleinen Sieg gegen Bessett errungen, immerhin etwas an diesem Tag.

Ricarda verging beinahe vor Hunger. Sie hoffte, dass die Wirtin etwas zu essen für sie hatte.

Molly war in der Küche zugange, doch als sie Schritte auf der Treppe hörte, lugte sie durch die Tür. »Kann ich etwas für Sie tun, Miss?«

»Ja, ich frage mich, ob Sie etwas zu essen für mich haben. Meine letzte Mahlzeit habe ich auf dem Schiff eingenommen.« Wie zur Bestätigung begann ihr Magen zu knurren.

Molly lachte. »Natürlich habe ich noch etwas für Sie. Meine Gäste sind keine Esser, die sich an bestimmte Zeiten halten. So halte ich immer etwas bereit für den Fall, dass jemand völlig ausgehungert durch die Tür stürmt. Nehmen Sie im Speiseraum Platz, ich bin gleich bei Ihnen.«

Ricarda bedankte sich und begab sich in den kleinen Raum, in dem vier Tische mit sauberen rot-weiß karierten Decken und eine Anrichte standen. An den Wänden hingen viele kleine Stickbilder.

Ricarda wählte den Tisch am Fenster, von dem aus sie einen guten Blick auf die Straße hatte. Im gegenüberliegenden Wohnhaus wies ein Schild im Fenster darauf hin, dass hier Näharbeiten ausgeführt wurden. Freilaufende Hunde streunten auf dem Grünstreifen umher, der es von dem Nachbargebäude trennte. Diese Gegend gefiel Ricarda. Sie war nicht so herrschaftlich wie ihr Zuhause und wirkte dennoch ordentlich.

»So, Miss, da wären wir«, sagte Molly, während sie ein Tablett heranschleppte, von dem ein köstlicher Duft aufstieg.

»Das ist Süßkartoffelbrei mit Hammelfleisch und einem Gemüse, das die Maori *hua whenua* nennen.«

Ricarda lächelte dankbar. »Die Maori sind die hiesigen Eingeborenen, nehme ich an.«

»Ja. Auf den Neuankömmling mögen sie ein wenig befremdlich wirken mit ihren tätowierten Körpern, aber sie sind ein stolzes Volk, vor dem man sich nicht fürchten muss.«

Ricarda brannte nur so darauf, diese Menschen kennenzulernen.

»Essen Sie! Dieses Mahl würde nicht mal unsere Königin Victoria verschmähen!« Damit füllte die Wirtin Ricardas Teller und wandte sich ab.

»Leisten Sie mir doch ein wenig Gesellschaft!«, bat Ricarda mit einem gewinnenden Lächeln, denn sie war zu neugierig auf ihre Umgebung. »Vorausgesetzt, ich halte Sie nicht von etwas Wichtigem ab.«

»Wenn nicht gleich eine Horde Zimmersuchender hier einfällt, unterhalte ich mich gern ein wenig mit Ihnen.« Molly nahm gegenüber von Ricarda Platz und ließ ihr einen Moment Zeit, damit sie das Essen kosten konnte.

Ricarda war begeistert. Sie gratulierte ihrer Wirtin zu dem zarten Hammelfleisch und dem schmackhaften Kartoffelbrei und Gemüse.

»Was führt Sie in diese Gegend?«, fragte Molly geschmeichelt. »Sind Sie auf der Suche nach einem Mann?«

»Nein, ich möchte eine Arztpraxis eröffnen.«

»Was wollen Sie, Kindchen?«, fragte die Pensionswirtin verblüfft, als hätte sie nicht richtig verstanden.

»Eine Arztpraxis eröffnen.« Ungerührt nahm Ricarda eine weitere Gabel Süßkartoffelbrei.

Molly starrte sie an, als habe sie eine der Pyramiden von Gizeh vor sich. Dann lachte sie auf. »Sie haben entweder sehr viel Humor, oder Sie sind vollkommen verrückt.«

»Warum?«, fragte Ricarda und kam sich im nächsten Augenblick unheimlich naiv vor. Hatte sie denn wirklich geglaubt, hier in ein Wunderland der Emanzipation zu kommen? Offenbar hatte es sich auch bei den hiesigen Frauen noch nicht herumgesprochen, dass man Grenzen, die einem gesetzt wurden, überwinden konnte, sofern man nur genug Starrsinn und Mut aufbrachte. »Ich bin Ärztin, ich kann Ihnen das Diplom zeigen. Ich habe in Europa studiert und denke, dass das reicht, um in Neuseeland zu praktizieren.«

»In Europa dürfen jetzt auch Frauen studieren?«, wunderte sich Molly.

Ricarda hatte plötzlich einen Kloß im Hals. Ob es wirklich stimmte, dass Neuseeland das Frauenwahlrecht eingeführt hatte?

»Ja. In immer mehr Ländern. In der Schweiz beispielsweise oder in Frankreich.«

Molly legte Ricarda noch ein Stück Fleisch nach. »Ich habe als junges Mädchen in London gelebt und davon geträumt, eine Pension zu führen. Meine Mutter hatte in einem Boarding House gearbeitet und mich manchmal mitgenommen. Ich war sofort fasziniert. Leider hätte ich meinen Traum in London nie verwirklichen können. Ich hätte als Näherin oder Dienstmädchen arbeiten müssen; bestenfalls wäre aus mir die Gesellschafterin einer Pensionärswitwe geworden. Zum Glück habe ich einen Mann kennengelernt, der verrückt genug war, Auswanderungspläne zu hegen. Als er genug Geld für unsere Schiffpassage zusammenhatte – nur für das Zwischendeck natürlich –, haben wir uns auf den Weg gemacht. Ich sage Ihnen, das war eine Überfahrt!

Nach unserer Ankunft hat er hier ziemlich schnell Arbeit als Zimmermann gefunden. Wir konnten uns dieses Haus bauen und haben eine Weile glücklich darin gelebt. Doch eines Tages begann George, Blut zu husten. Er ist innerhalb eines Jahres an Lungenkrebs gestorben. Ich blieb trauernd zurück. Aber ich musste für meinen Lebensunterhalt sorgen. Und so dachte ich mir: He, Mädchen, was ist mit deinem Traum? Also habe ich das Haus zu einer Pension umbauen lassen. Und es läuft recht gut.«

Ricarda zog überrascht die Augenbrauen hoch. Molly war noch nicht alt. Ihr Mann musste sehr jung gestorben sein. »Das tut mir leid«, sagte sie und ließ die Gabel sinken.

Molly kniff die Lippen zusammen und zuckte mit den Schultern. »Es ist schon einige Jahre her. Es klingt jetzt vielleicht gemein, aber im Grunde genommen bin ich auch ohne ihn ganz zufrieden. Wenn's einen Himmel gibt, dann schaut George von da oben auf mich herab und sorgt dafür, dass es mir gutgeht.«

Ricarda hätte zu gern wissen wollen, ob Molly jemals daran gedacht hatte, noch einmal zu heiraten. Immerhin war sie eine hübsche Frau, und sicher würde es Männer geben, die sich von ihrer Lebenslust anstecken ließen.

Ein Aufschrei unterbrach ihre Überlegungen. Auf der Straße lag eine Frau. Sie schien von einem Pferd umgeworfen worden zu sein, denn ein Reiter preschte am Ende der Gasse davon.

Noch bevor Molly reagierte, war Ricarda auf der Treppe nach oben; in ihrem Zimmer schnappte sie sich die Arzttasche und stürmte auf die Straße hinunter. Dort hatten sich inzwischen die ersten Schaulustigen eingefunden. Allerdings machte niemand Anstalten, der Niedergetrampelten zu helfen.

»Lassen Sie mich durch, ich bin Ärztin!«, rief Ricarda, und ihre Stimme wirkte wie ein Peitschenknall.

Augenblicklich teilte die Menge sich. Alle starrten sie an, aber das beachtete Ricarda gar nicht. Sie eilte zu der jungen Frau, die bewusstlos und merkwürdig verrenkt dalag. Auf der Stirn klaffte eine blutende Wunde, die wohl von einem Pferdehuf verursacht war.

Sie drehte die Frau vorsichtig herum und hob deren Augenlider an. An den sich verengenden Pupillen erkannte sie, dass die Verletzte noch lebte. Ein dünner Blutfaden sickerte aus ihrem Mund, ein Alarmzeichen, das möglicherweise auf innere Blutungen hinwies. In dem Fall musste die Verunglückte dringend in ein Hospital.

»Holt eine Plane oder eine Decke!«, rief Ricarda, worauf Molly, die sich inzwischen in die erste Reihe der Gaffer vorgearbeitet hatte, sofort ins Haus zurückeilte.

»Vielleicht sollten wir besser Doktor Doherty holen«, meinte einer der Umstehenden.

»Sparen Sie sich die Mühe! Sie können mir ruhig glauben, dass ich Ärztin bin. Die Frau ist bei mir gut aufgehoben.«

Ringsumher raunten sich die Zuschauer etwas zu, doch Ricarda blendete es aus, wie sie es sich zur Gewohnheit gemacht hatte, seit sie unter den hämischen Blicken ihrer Kommilitonen zur Sektion antreten musste.

Als Ricarda den Bauch der Verletzten abtastete, regte diese sich und schlug die Augen auf.

»Was ist passiert?«, fragte sie schwach.

Ricarda unterbrach ihre Untersuchung kurz und lächelte sie beruhigend an. »Sie wurden von einem Pferd überrannt. Bleiben Sie ganz ruhig liegen, ich kümmere mich um Sie!«

Die Augen der Frau weiteten sich ängstlich.

»Keine Sorge, Sie kommen wieder in Ordnung! Darf ich Ihren Namen erfahren?«

»Emma. Emma Cooper.«

»Gut, Miss Cooper, ich bin Doktor Ricarda Bensdorf. Wenn Sie bitte den Mund öffnen würden?«

Ricarda untersuchte die Mundhöhle und bemerkte eine Verletzung an der Innenseite der rechten Wange. Das Blut konnte von dort herrühren, konnte jedoch auch von einer Lungenblessur oder einem Milzriss stammen. Es wäre sicherer, Miss Cooper in ein Hospital einzuweisen.

»Gibt es in der Stadt ein Lazarett?«, fragte sie in die Runde und erntete nur verwunderte Blicke. Verdammt, sprach sie denn so schlecht, dass die Leute sie hier nicht verstanden?

»Es gibt das Hospital!«, rief ein Mann. »Am nördlichen Ende der Cameron Road.«

»Ich will nicht ins Hospital«, erklärte Emma schwach, doch gerade das überzeugte Ricarda vom Gegenteil.

»Keine Angst, Miss Cooper! Ich werde bei Ihnen bleiben, Ihnen passiert nichts. Ich will nur ausschließen, dass Sie etwas Schwerwiegendes haben und womöglich zu Schaden kommen.« Dann wandte sie sich an die Umstehenden. »Gut, könnte dann einer von Ihnen einen Wagen besorgen? Und das bitte schnell, die Verletzte muss ins Hospital.«

»Sie können meinen Wagen nehmen«, tönte eine Stimme über alle Köpfe hinweg. Augenblicklich wirbelten sämtliche Anwesende herum. Ein Mann in feinem Anzug stand zwischen ihnen. Er hatte einen kamelbraunen, breitkrempigen Hut in der Hand, wie ihn kein Berliner tragen würde, weil er damit wie ein Darsteller eines Wildweststückes aussähe. Ricarda fragte sich, ob er wohl auf dem Weg zu einer Feier war. Aber darüber würde sie sich später Gedanken machen – wenn überhaupt. Jetzt war sie erst einmal froh, dass ihr jemand Hilfe anbot, ohne sie minutenlang anzuschauen, als sei sie die heilige Johanna von Orleans.

»Gut, dann fahren Sie den Wagen vor! Und Sie, meine Herren, werden Miss Cooper vorsichtig auf den Wagen heben. Am besten mit Hilfe dieser Decke.« Ricarda hatte Molly bemerkt, die ihr eine Decke entgegenstreckte.

Als sie sich nach dem Fremden umschaute, der sein Fuhrwerk angeboten hatte, war er bereits in der Menge verschwunden. Es dauerte nur wenige Minuten, bis der Wagen herbeirollte, die Menge teilte und neben der Verletzten zum Stehen kam. Es war ein offener Landauer, auf dem Kisten und Päckchen gestapelt waren.

»Legen Sie Miss Cooper hier ab, aber ganz vorsichtig!«, wies sie die Männer an. Als sie die Verletzte auf eine Plane gelegt hatten, die vermutlich bei Regen die Ladung schützen sollte, und mit Mollys Decke zugedeckt hatten, kletterte Ricarda neben Miss Cooper und sicherte sie mit zwei Kisten vor dem Verrutschen.

»Wird es so gehen?«, fragte sie. Als Emma nickte, stieg Ricarda hinüber auf den Kutschbock, wo der Fremde saß.

»Kann's losgehen?«, fragte er, und als Ricarda bejahte, trieb er die Pferde an. Ein Ruck, schon rollte der Wagen an, und erneut teilte sich die Menschenmenge wie das Rote Meer vor Moses.

Er schaukelte ziemlich, bis sie weniger zerfurchten Boden erreichten.

»Übrigens, mein Name ist Jack Manzoni«, erklärte der Kutscher. »Nicht, dass Sie glauben, ich sei ein Strolch, der junge Frauen entführt.«

»Keine Sorge, ich sehe nur einen sehr hilfsbereiten Mann«, erklärte Ricarda schlagfertig. »Ich bin Ricarda Bensdorf.«

»Hab ich schon mitbekommen.« Der Mann lächelte breit. »Klingt europäisch. Sind Sie Deutsche?«

Ricarda blickte ihn überrascht an. »Ja, das bin ich.«

»Ich habe einen Bekannten, der ebenfalls Deutscher ist. Er lebt schon seit einiger Zeit hier, vielleicht sollte ich Sie mal miteinander bekannt machen.«

Ricarda hatte ihn wohl fragend angeschaut, denn er setzte schnell hinzu: »Natürlich nicht, um Sie zu verkuppeln. Er hat eine Frau und zwei Töchter. Aber vielleicht haben Sie irgendwann das Bedürfnis, sich in Ihrer Muttersprache zu unterhalten. Wenngleich ich zugeben muss, dass Sie sehr gut Englisch sprechen.«

»Auf dem Gymnasium, das ich besucht habe, wurde Englisch gelehrt. Und während des Studiums hatten wir britische Gastdozenten. Außerdem habe ich gerade mehr als einen Monat auf einem Schiff verbracht, dessen Besatzung fast ausnahmslos Engländer waren. Da hört man sich mit der Zeit ein.«

Als sie geendet hatte, spürte sie, dass sein Blick noch immer auf ihrem Gesicht ruhte. Ricarda wurde unbehaglich zumute.

»Haben Sie schon immer hier gelebt?«, fragte sie schließlich, um dem Anstarren ein Ende zu bereiten. Wenn er schon etwas über sie wusste, wollte sie auch etwas über ihn erfahren.

»Ja, ich bin sogar hier geboren. Aber falls Sie auf meinen Nachnamen anspielen, der ist italienisch. Mein Vater war Italiener, meine Mutter Engländerin. Ich habe beide Sprachen gelernt, aber in keiner den richtigen Akzent, fürchte ich.«

»Ich finde, Sie sprechen sehr verständlich. Und der Akzent gibt Ihnen etwas ... Außergewöhnliches.«

Wieder betrachtete er sie, sodass Ricarda ihre Komplimente bereute. Was sollte er von ihr denken? Dass sie sich ihm an den Hals werfen wollte?

Manzoni reagiere mit einem Lächeln darauf. »Danke, ich höre öfter, dass ich nicht so bin wie andere. Und darauf bin ich stolz, das können Sie mir glauben.«

Ricarda fiel auf, wie gut er aussah, wenn er lächelte. Gleichzeitig schalt sie sich für diese Beobachtung. Ich werde Mutters strenge Erziehung bestimmt nie ganz ablegen, dachte sie mit einem Anflug von Wehmut.

Als der Wagen durch ein weit geöffnetes Portal in einen Park einbog, verscheuchte Ricarda die Gedanken an ihre Mutter. Neugierig betrachtete sie das zweistöckige Gebäude, das sich am Ende eines Schotterwegs erhob und so gar nicht ihren Vorstellungen von einem Spital entsprach. Der weiße Anstrich blätterte ab und gab den Blick auf Holzbalken frei.

Manzoni fuhr bis zur Treppe einer großen Veranda. Früher mochte es in dem Rondell in der Mitte davor einmal Blumen gegeben haben, doch nun welkte dort nur spärliches Gras.

»Würden Sie mir helfen, Miss Cooper ins Haus zu tragen?«

»Aber sicher doch.« Schon sprang er auf die Ladefläche des Wagens. Dann half er Ricarda herüber. Da sie wusste, dass sie ihre Arzttasche nicht mitnehmen konnte, hängte sie sich ihr Stethoskop gleich um. Dann wandte sie sich ihrer Patientin zu.

Emma war noch immer bei Bewusstsein, wirkte aber matt. Blut war nicht mehr aus ihrem Mund gelaufen, dafür hörte sich ihr Atem seltsam an. Hatte eine gebrochene Rippe die Lunge verletzt?

So vorsichtig wie möglich hoben Manzoni und Ricarda die Verletzte vom Wagen.

Kaum hatten sie einen streng nach Karbol riechenden Flur betreten, stürzten ihnen zwei Krankenschwestern entgegen.

»Was ist passiert?«, fragte die ältere mit französischem Akzent.

»Die Frau ist von einem Pferd überrannt worden. Ist irgendein Kollege anwesend?«

Beide Schwestern blickten erstaunt drein.

»Ich bin Doktor Ricarda Bensdorf. Bitte, rufen Sie einen der Ärzte!«

»Es gibt nur einen, und der ist gerade außer Haus.«

Ricarda fragte sich, wie man ein Hospital führen konnte, wenn es nur einen Arzt gab. Entweder waren die Menschen hier besonders robust oder der Mediziner ein Zauberer.

»Dann werde ich die Frau einweisen und die Erstversorgung sicherstellen«, sagte Ricarda kurz entschlossen. »Bitte führen Sie mich ins Untersuchungszimmer!«

»Aber dazu sind Sie nicht befugt!«, fuhr die Französin sie an.

»Dessen bin ich mir bewusst!«, entgegnete Ricarda. »Aber es besteht ein Verdacht auf innere Blutungen. Sie wollen sich doch nicht den Tod eines Menschen auf ihr Gewissen laden, oder?« Ricardas Ton war scharf geworden.

Ihr Gegenüber sah sie so entsetzt an, als hätte sie ihr eine Ohrfeige verpasst.

»Nun machen Sie schon, Schwester!«, sagte Manzoni, der die Verletzte jetzt ganz auf seine Arme gehoben hatte. »Ich weiß nicht, wie lange ich sie noch halten kann.«

Die Züge der Angesprochenen verhärteten sich. »Gut, kommen Sie mit!«

Sie wandte sich um und lief mit abgehackt wirkenden Schritten zu einer Tür mit einem Messingschild, auf dem »Dr. Preston Doherty« eingraviert war.

Die Einrichtung des Untersuchungszimmers war durchschnittlich, wenn nicht gar bescheiden. Jack Manzoni legte die Verletzte auf einer Liege ab. Bevor Ricarda ihm danken konnte, hatte er sich bereits diskret zurückgezogen. Die Krankenschwestern standen wie angewurzelt an der Tür. Ihren Mienen nach zu urteilen, konnte jeden Augenblick die Decke des Raumes auf Ricarda niederfallen.

Sie beugte sich über Emma und horchte ihre Lunge ab. Das leichte Rasseln, das sie vernahm, deutete darauf hin, dass das Organ gequetscht wurde. »Mindestens zwei gebrochene Rippen«, murmelte sie, nachdem sie den Brustkorb abgeklopft hatte. Noch deutete nichts auf einen Pneumothorax hin, aber zur Vermeidung des Lungenkollapses brauchte die Patientin strengste Bettruhe.

Nun war der Bauchraum an der Reihe. Ricarda tastete ihn mit geübten Fingern ab und wünschte sich insgeheim, es gäbe eine Möglichkeit, in das Innere eines Patienten zu blicken, ohne ihn aufschneiden zu müssen. Aber ihre Fingerkuppen hatten durch die praktische Arbeit eine so hohe Sensibilität entwickelt, dass sie tatsächlich fühlen konnte, ob ein Organ geschädigt war.

»Sie haben Glück gehabt, Miss Cooper«, sagte Ricarda mehr zu sich selbst als zu ihren Zuschauerinnen und der Patientin, die alles reglos hingenommen hatte. »Ich kann keine Schwellung der Milz ertasten. Lediglich der rechte Lungenflügel ist ein wenig in Mitleidenschaft gezogen worden. Ich denke, dass eine Fixierung des Brustkorbes und Schmerzmittel reichen werden.«

Aber die Krankenschwestern rührten sich nicht. Deshalb setzte Ricarda laut hinzu: »Bringen Sie mir bitte feste Mullbinden, damit ich den Brustkorb wickeln kann! Außerdem Nadel und Faden für die Platzwunde auf der Stirn, Jod, Riechsalz und Schmerzpulver.«

Die Schwestern starrten sie nur an. Als Ricarda klar wurde, dass die beiden nicht vorhatten, Anweisungen von ihr entgegenzunehmen, platzte ihr der Kragen. »Verdammt, nun machen Sie schon!«

Die jüngere der beiden setzte sich in Bewegung. Die ältere musterte sie noch immer hochmütig.

Ricarda atmete einmal tief durch und zwang sich zur Ruhe.

Sie kannte diese Sorte Schwestern gut, auch im Züricher Universitätshospital hatte es die eine oder andere davon gegeben.

Inzwischen war das Geforderte herbeigeschafft. Nachdem Ricarda die Stirnwunde ihrer Patientin genäht hatte, legte sie einen engen Verband um deren Brustkorb. Die jüngere Schwester assistierte ihr sogar, während die Französin weiterhin wie ein Zerberus an der Tür verharrte.

Wie würde sie sich verhalten, wenn ich hier angestellt wäre?, fragte Ricarda sich. Würde sie mich dann anders behandeln? Immerhin wäre ich dann kein Eindringling, der widerrechtlich die Räumlichkeiten ihres geschätzten Doktors betreten hat.

»Was ist hier los?«, donnerte plötzlich eine Stimme.

Ricarda richtete sich auf und sah sich um. Ein untersetzter dunkelhaariger Mann mit Schnauz- und Kinnbart stürzte mit puterrotem Kopf auf sie zu. Offenbar hatte man Dr. Doherty doch gerufen, und das bedeutete Ärger.

»Ich war zufällig Zeuge, wie diese Frau hier von einem Reiter überrannt wurde. Ich habe Rippenbrüche diagnostiziert und einen Verband angelegt.«

Doherty starrte sie an, als wollte er sie mit Blicken durchbohren. »Wer zum Teufel sind Sie?«, presste er schließlich hervor.

Ricarda setzte ein gewinnendes Lächeln auf. »Mein Name ist Doktor Ricarda Bensdorf, ich bin erst vor wenigen Stunden hier eingetroffen. Sie sind Doktor Doherty, nicht wahr?«

Der Mann gab ein Schnauben von sich, das sich entfernt nach Zustimmung anhörte.

»Es tut mir wirklich leid, wenn ich in Ihren Zuständigkeitsbereich eingegriffen habe, aber ich wusste nicht, wie lange Sie beschäftigt sein würden. Da habe ich kurzerhand selbst die Versorgung der Patientin sichergestellt; immerhin bin ich Doktor der Medizin.« Ricarda lächelte verbindlich.

Der Arzt starrte sie schweigend an und musterte sie von Kopf bis Fuß. »Das Diplom will ich erst einmal sehen«, fuhr er sie schließlich an. »Und selbst wenn Sie eines haben, bedeutet es noch lange nicht, dass Sie einfach mein Sprechzimmer betreten und jemanden behandeln dürfen. Tun Sie das, wo Sie wollen, aber nicht hier!«

Ricarda atmete tief durch. Der Mann hatte ja Recht, aber wenn es nun wirklich etwas Ernstes gewesen wäre, hätte die Behandlung nicht warten können.

»Ich habe mich bereits dafür entschuldigt, und wenn Sie wollen, entschuldige ich mich noch einmal. Aber ich sehe nicht ein, dass ich etwas Unrechtes getan haben soll. Die Frau war verletzt, und als Ärztin habe ich die Pflicht, sie zu versorgen. Ich konnte das nicht auf der Straße tun, also bin ich hergekommen. Da kein Arzt zugegen war, habe ich die Behandlung übernommen. Jetzt können Sie Ihr kostbares Behandlungszimmer zurückhaben.«

Ricarda sah den Mann unverwandt an. Doherty schien vor Wut zu kochen. Nur die Tatsache, dass sie eine Frau war, schien ihn davon abzuhalten, sie mit Schimpfworten zu überziehen oder sie eigenhändig hinauszuwerfen.

»Verlassen Sie sofort mein Hospital!«, sagte er nur, worauf Ricarda Miss Cooper den Arm tätschelte, ihr ein »Das wird bald wieder« zuraunte und erhobenen Hauptes zur Tür schritt.

Ein spöttisches Lächeln spielte um die Mundwinkel der französischen Krankenschwester, die Ricarda nahezu unverschämt ansah.

Ricarda fühlte eine heiße Wut, doch sie beherrschte sich. Sie strich ihr Kleid glatt, hastete an Zerberus vorbei und verließ das Hospital.

Zu ihrer großen Überraschung wartete ihr Kutscher noch immer mit seinem Wagen vor der Veranda, als hätte er nichts Besseres zu tun.

»Wie geht es dem Mädchen?«, fragte er.

»Nicht besonders. Miss Cooper hat ernsthafte Verletzungen, wird sich aber wieder erholen.«

Jack Manzoni nickte und starrte für einen Moment auf seine Stiefelspitzen. »Sie haben ziemlich viel Courage, Miss.«

»Ich habe nur getan, was ich tun musste.« Eine leichte Brise umwehte Ricarda. Verlegen strich sie sich die Locken aus dem Gesicht. Sie schloss die Augen, atmete tief ein und fühlte sich plötzlich erschöpft.

Ich sollte in die Pension zurückkehren, dachte sie.

Doch irgendwie brachte sie es nicht über sich, das Gespräch zu beenden. Der Mann mit den leuchtenden Augen verwirrte sie. »Ich wüsste zu gern, wer der Kerl war, der sie einfach über den Haufen geritten hat«, setzte sie schließlich hinzu.

»Was wollen Sie mit ihm tun?«

»Ihm die Arztrechnung schicken. Doktor Doherty wird die Patientin sicher nicht umsonst aufnehmen. Miss Cooper hat aber keineswegs einen wohlhabenden Eindruck auf mich gemacht. Außerdem steht ihr Schmerzensgeld zu.«

Der Mann grinste nur.

»Was ist daran so komisch?«, fragte Ricarda trotzig.

»Eigentlich nichts«, gab Manzoni zu. »Ich bin nur erstaunt, dass Sie so denken. Wenn hier jemand von einem Pferd überrannt wird, steht er wieder auf, klopft sich den Staub aus den Sachen und schickt dem Rüpel bestenfalls einen Fluch hinterher.«

»Das Mädchen dort drinnen konnte nicht aufstehen.« Ricarda stemmte die Hände in die Hüften. »Es hat Rippenbrüche, eine gequetschte Lunge, Blutergüsse und Platzwunden. Folgeschäden sind nicht auszuschließen. Und das alles nur, weil jemand nicht mit seinem Pferd umgehen konnte oder keine Augen im Kopf hat.«

Der Mann legte den Kopf zur Seite und betrachtete sie. »Sie sind eine engagierte Ärztin. Jemand, der die Menschen nicht nur als einen Haufen Fleisch und Knochen betrachtet.«

»Haben Sie daran etwa gezweifelt?«

»Ehrlich gesagt habe ich bisher nicht viel von Ärzten gehalten. Aber Sie könnten mich vielleicht vom Gegenteil überzeugen.«

Ricarda spürte, wie ihr unter seinem Blick abwechselnd heiß und kalt wurde. Sie wollte nicht fort von hier, aber bleiben konnte sie auch nicht. »Ich sollte jetzt gehen.«

»Kann ich Ihnen noch irgendwie behilflich sein, Miss?«, fragte Manzoni und deutete auf seinen Wagen. »Ich könnte Sie wieder zurückfahren.«

»Kennen Sie eine gute Wechselstube in der Nähe? Mit meinem deutschen Geld kann ich hier nichts anfangen.«

»Ich würde Ihnen die Bank of New Zealand empfehlen. Sie befindet sich in der Wharf Street. Da haben Sie immerhin die Gewähr, dass man Sie nicht übers Ohr haut. In den Wechselstuben am Hafen stimmt der Kurs nicht immer. Ich halte Sie zwar nicht für eine arme Kirchenmaus, aber ich denke, auch Sie haben nichts zu verschenken. Wenn Sie mögen, fahre ich Sie hin.«

»Das ist sehr freundlich von Ihnen, aber ich habe Ihre Zeit schon viel zu lange beansprucht.«

»Gut, wie Sie wollen, Doktor.« Wenn Enttäuschung in seiner Stimme mitschwang, lenkte sein breites Lächeln davon ab. »Dann viel Glück im Land der weißen Wolke!« Manzoni streckte ihr die Hand zum Abschied entgegen.

Ricarda zögerte, bevor sie sie ergriff.

Aber Jack ließ sich nicht dazu hinreißen, ihr einen Handkuss zu geben. Er drückte Ricarda nur lächelnd die Hand und kletterte dann wieder auf den Kutschbock.

Sie sah ihm nach, als er davonfuhr.

Die Sonne senkte sich bereits dem Horizont entgegen, als Manzoni seine Farm erreichte. Doch er bedauerte den Umweg zum

Hospital nicht. Wann begegnete man denn schon mal einer Frau, die furchtloser war als so mancher Mann? Und auch klüger. Diese Ärztin war nicht nur klug und mutig, sie war auch schön und ziemlich eigenwillig. Damit unterschied sie sich deutlich von den Frauen in seiner Bekanntschaft. Viele Freunde würde Ricarda Bensdorf sich mit ihrem Naturell hier allerdings nicht machen – und Freundinnen schon gar nicht. Aber es kam schließlich nicht darauf an, das zu tun, was andere verlangten oder erwarteten. Es kam darauf an, das zu tun, was einen glücklich machte. Jack seufzte. Ob diese Frau in Neuseeland ihr Glück finden wird? Er beschloss, sie im Auge zu behalten, und schob die Gedanken an die Ärztin beiseite.

Er hatte Kerrigan versprochen, die Kräuter gegen die Schafläuse zu besorgen; also spannte er die Pferde aus und führte nur eines in den Stall. Dann nahm er das Geschenk für Moana, drei Ellen feinen Stoff, vom Wagen und verstaute es in einer Tasche, die er quer über der Schulter trug. Da sein Vater ihm beigebracht hatte, ohne Zaumzeug und Sattel zu reiten, schwang er sich auf den Rücken des anderen Kutschpferdes und tauchte wenig später ins Buschland ein. Ein Fremder liefe selbst am helllichten Tag Gefahr, sich hier hoffnungslos zu verirren. Doch Jack war ein Kind dieses Landes und würde selbst in tiefster Dunkelheit zu dem Stamm finden, der auf seinem Grund wohnte.

Rings um ihn raschelte es im Gebüsch. Paradiesvögel, die sich in den hohen Baumkronen niedergelassen hatten, erfüllten die Luft mit ihrem Gesang. Dazwischen mischten sich das Krächzen von Keas und das Zwitschern von Vögeln, deren Namen er nicht kannte.

Trotz der Dämmerung sah er Fledermäuse, die auf der Suche nach Käfern und anderem Kleingetier über den Waldboden krochen. Meist waren die kleinen Flattertiere schnell genug, um den Pferdehufen auszuweichen.

Nach einer Weile tauchte das Dach des *marae*, des Versammlungshauses der Maori, zwischen den Bäumen auf. Die kunstvollen Holzschnitzereien, die den Giebel zierten, leuchteten im letzten Licht der Abendsonne. Sie zeigten Figuren, Pflanzen und Gesichter von Kriegern, die ihre Zunge weit herausstreckten, um Feinden Angst und Respekt einzuflößen.

Kaum hatte Jack die Grenze des Dorfes erreicht, traten ihm auch schon die Wachen entgegen.

»*Kia ora!*«, rief er ihnen zu und stieg vom Pferd.

Die beiden kräftigen jungen Männer, die Furcht erregende Speere in den Händen hielten, erkannten den Besucher und hießen ihn formlos willkommen.

Da Jack nicht zum ersten Mal hier war, brauchte er den traditionellen Willkommensritus nicht noch einmal über sich ergehen zu lassen. Auf jemanden, der mit den Sitten der Maori nicht vertraut war, konnte dieser Brauch feindselig wirken, obwohl damit nur der Mut und die Absichten des Gastes auf die Probe gestellt wurden.

Aata und Mahora waren hochgewachsen und am Körper sowie zum Teil auch schon im Gesicht tätowiert. Was »Mahora« bedeutete, wusste Manzoni nicht, aber »Aata« war das Maoriwort für einen Bären, und der Träger dieses Namens machte ihm alle Ehre.

»Ich möchte Moana sprechen«, erklärte Manzoni und blickte zwischen den beiden hindurch auf Frauen und Kinder, ohne die Heilerin zu entdecken.

»Moana vor einiger Zeit fortgegangen. Wenn willst, du warten.«

Jack wusste, dass man es ihm als die Ungeduld der Weißen auslegen würde, doch diesmal konnte er die Gastfreundschaft des Stammes nicht annehmen. »Das ist sehr freundlich von euch, aber diesmal bin ich in Eile. Ich werde sie suchen und um ein Gespräch bitten.«

Damit verabschiedete er sich und saß wieder auf. Er lenkte

sein Pferd in großem Bogen um die Siedlung herum und gelangte zu einem Gelände, das er nur zu Fuß betreten durfte. Deshalb machte er seinen Hengst an einem Baum fest.

Er fand Moana an der Stelle, wo sie nachzudenken und zu meditieren pflegte. Hier, in der Nähe des Meeres, fühlte sie sich der Urmutter Papa und dem Urvater Rangi nahe.

Sie saß mit geschlossenen Augen auf einem Felsen; das schwarze Haar, das bereits einen Silberschimmer aufwies, wehte ebenso im Wind wie ihr bunt bedrucktes Gewand. Ihr Kinn war mit einer rankenförmigen Tätowierung verziert, ein *moko*, das nur die ehrenwerten Frauen des Stammes auszeichnete und ihnen angeblich eine besondere Kraft verlieh. Trotz ihres fortgeschrittenen Alters war Moana eine schöne Frau. Als Jack noch ein Kind war, hatte sie, obwohl noch jung an Jahren, bereits das Amt der Heilerin ihres Stammes innegehabt. Die Tochter des Stammesältesten hatte ihren Vater bald an Ansehen übertroffen.

»Komm, *kiritopa*«, sagte die Heilerin, noch bevor sie die Augen öffnete. Sie hatte seinen Schritt erkannt. Obwohl er sich stets bemühte, schaffte Jack es nicht, sich so lautlos zu bewegen wie die Maori, die meistens barfuß gingen oder bestenfalls Sandalen trugen.

»Kiritopa«, bedeutete so etwas wie »Christusträger«. Moana hatte Jack diesen Namen nach seinem ersten Besuch verliehen. Damals war ihr das Kreuz aufgefallen, das er an einem Lederband um den Hals trug, und sie hatte wissen wollen, was es damit auf sich habe. Also hatte er ihr von seinem Glauben erzählt.

Die Heilerin öffnete die Augen und erhob sich. Auf den schroffen Steinen bewegte sie sich anmutig wie eine Gazelle. Vor Jack verbeugte sie sich leicht. »*Haere mai.*«

Auch Manzoni beugte sich vor, bis sich seine Nase und die der Heilerin berührten. Diesen Gruß nannten die Maori *hongi*. Nirgendwo bei den Weißen gab es eine so innige Geste unter Bekannten und Fremden.

»Was dich führen zu mir?«

»Ich habe dir etwas mitgebracht, Moana«, sagte Manzoni, zog das fein säuberlich verschnürte Stoffpaket hervor und reichte es ihr.

Nachdem sie ihn eine Weile angesehen hatte, sagte sie: »Und dazu du haben noch etwas auf Herz.«

Diese Wendung existierte eigentlich nicht in ihrer Sprache, denn das Herz war bei den Maori nicht für die Sorgen zuständig. Aber seit Jack es Moana erklärt hatte, benutzte sie diese Worte gern, weil sie es faszinierend fand, dass das Herz der *pakeha* nicht nur Mut, sondern auch Sorgen in sich tragen konnte.

»Es bedarf keiner Sorge, um dich zu besuchen«, entgegnete Jack, um höflich zu sein. »Doch es gibt etwas, bei dem ich dich um Hilfe bitten möchte.«

»Nun, dann erzähle!«

Sie nahmen auf einem der Steine Platz, und Jack berichtete von den Schafläusen. Vor einiger Zeit, als die Parasiten seine Tiere zum ersten Mal heimgesucht hatten, hatte er noch Schwierigkeiten gehabt, Moana zu erklären, was das für Tiere waren. Mittlerweile hatten sie sich darauf geeinigt, die Läuse »Bluttrinker« zu nennen, denn sie saugten sich mit dem Blut der Wirtstiere voll.

Jack musste wieder an die Verständigungsprobleme denken, die er bereits auf der Sitzung heute Nachmittag angesprochen hatte. »Es geht wieder einmal um die Bluttrinker«, sagte er. »Sie haben einige meiner Schafe befallen.«

»Dann du brauchst *rongoa*.«

Die Bestandteile der *rongoa*, die Moana herstellte, waren nur ihr bekannt. Eines Tages würde sie das Wissen über all ihre Heilmittel an dasjenige ihrer Kinder weitergeben, das ihr Nachfolger werden sollte. Aufzeichnungen über ihre Heilkunst besaßen die Maori nicht; sie tradierten ihr Wissen nur mündlich.

»Ja, am besten wieder etwas, was ich den Tieren ins Futter geben kann.«

Beim ersten Mal hatte sie ihm erklärt, dass den Schafen nur ein Mittel helfen könne, das den Geschmack ihres Blutes verändere. Jack war zunächst skeptisch gewesen, doch das hatte sich gelegt, nachdem er die Kräuterkur ausprobiert hatte. Innerhalb weniger Tage waren die Tiere lausfrei gewesen.

»Das du bekommen. Begleiten mich ins *kainga*.«

Jack schloss sich der Heilerin an. Ein Stück vom heiligen Platz entfernt stießen sie auf Jacks Pferd, das er bei den Zügeln nahm.

»Ich spüre, an dir was anders ist als sonst«, sagte sie plötzlich.

»Ich mache mir Sorgen um meine Herde.«

»Nein, das es nicht sein«, entgegnete die Heilerin lächelnd. »Wegen deiner Herde ich dir helfen, also keine Sorge. Ich meine, dein *mauri* stark. Heute Gutes passiert.«

»Mauri« bezeichnete die Lebenskraft eines Menschen. Jack stellte sie sich wie eine Aura vor, die die Heilerin auf irgendeine Weise wahrnehmen konnte. Es war nicht das erste Mal, dass sie ihn mit der Erfassung seiner Stimmung verblüffte.

»Es wäre möglich. Es war ein sehr guter Tag trotz der Nachricht von den Bluttrinkern.«

»Du hast getroffen *wahine*?«

Offenbar konnte Moana auch Gedanken lesen. »Ja, ich habe heute tatsächlich eine Frau getroffen, eine sehr ungewöhnliche Frau. Sie ist Heilerin so wie du, gehört aber zu den *pakeha*.«

So wurden die Weißen genannt, zu denen Jack auch gehörte. Moana benutzte diesen Begriff allerdings nie, wenn sie von ihm sprach. Für sie war er mittlerweile so etwas wie ein Bruder, auch wenn er in einem anderen Haus lebte und seine Haut blass und nicht tätowiert war.

»Eine Heilerin dir bringen viel *mana*. Du sie heiraten wollen?«

»Nein, nein, Moana, das nicht!«, wehrte er ab, obwohl er zugeben musste, dass dieser Gedanke durchaus reizvoll war.

»Ist nicht hübsch?«

»Doch, das ist sie. Aber ich kenne sie noch nicht.« Er hatte schon seit einiger Zeit keine Beziehung mehr zu einer Frau gehabt, und wenn er ehrlich war, sehnte er sich nicht nur in gewissen Nächten danach, einen warmen Körper neben sich zu haben. Allerdings war Ricarda Bensdorf keine Frau, die man nur für ein paar Nächte zu sich holte. Sie war stark und eigenwillig und würde sich bestimmt nicht durch Komplimente beeindrucken lassen. Für sie musste ein Mann schon etwas Besonderes tun. Sie hatte ihn mit ihrer Schönheit an seine verstorbene Verlobte erinnert, wenngleich Emily blond und zart gewesen war. Und Miss Bensdorf ähnelte mit ihrem Temperament eher den Frauen seiner Familie väterlicherseits als der stillen Emily.

»Dann du sie müssen kennenlernen. Herz wissen früher als Verstand, was gut für dich.«

»Das sagst du so leicht, Moana.« Jack konnte ein Seufzen nicht unterdrücken. Schon oft hatte sich sein Herz geirrt. »Du bist eine glückliche Frau. Immerhin ist Rameka dein Tane, und er hat dich. Er muss ein sehr glücklicher Mann sein.«

»Manchmal er das sein, manchmal aber auch froh, wenn ich Hütte verlasse für Weile.«

»Das ist bei uns nicht anders. Aber wenn man eine Frau liebt, wünscht man sie sich schnell wieder zurück, wenn sie gegangen ist. Das ist bei euch auch so.«

Moanas Lächeln war Antwort genug.

In der Siedlung verschwand Moana in ihrer Hütte, die besonders kunstvoll gestaltet war. Das hohe Ansehen, das Moana bei ihrem Volk genoss, zeigte sich auch in den prächtigen Schnitzereien, die den Giebel zierten.

Die Heilerin hatte ihn eingeladen, ihr Haus zu betreten. Jack hatte die Einladung nicht ausgeschlagen, aber doch höflich darum gebeten, dass er den Besuch später nachholen dürfe, weil er vor Tagesanbruch wieder bei seiner Herde sein müsse. Deshalb wartete er nun draußen und ließ den Blick über den Versammlungsplatz schweifen. Gleich nebenan erhob sich ein *tiki*, eine jener ehrfurchtgebietenden Menschenstatuen aus Holz, die es in dieser Gegend häufiger gab und die Jack noch immer ein Rätsel waren. Die Hütten waren alle in größerem Abstand um diesen Mittelpunkt angeordnet. Nachbarn trafen sich hier zu einem kleinen Plausch, ein paar junge Krieger verdeutlichten sich mit ausschweifenden Gesten die Größe ihrer Jagdbeute. Einige junge Frauen und Mädchen beäugten Jack neugierig von weitem.

Die Maorifrauen hatten bei den Weißen den Ruf, besonders freizügig zu sein, was Männer wie Bessett offenbar weidlich ausnutzten. Jack wäre das niemals in den Sinn gekommen. Nicht etwa, weil er die braune Haut der jungen Frauen nicht attraktiv gefunden hätte, sondern weil er Respekt besaß vor den Eingeborenen, insbesondere vor diesem Stamm, mit dem er eng zusammenlebte. Mehr Aufmerksamkeit als ein flüchtiges Lächeln schenkte er den Mädchen deshalb ganz bewusst nicht, doch das reichte bereits, damit sie die Köpfe zusammensteckten, tuschelten und in Gelächter ausbrachen. Männer mit heller Haut und ohne Tätowierungen begegneten ihnen nur selten. Um ihren Lebensunterhalt zu bestreiten, waren die Ureinwohner nicht auf die Stadt angewiesen. Die Maori ernährten sich von *kumara*, Süßkartoffeln, *puha*, einer Sumpfpflanze, *ika*, Vögeln, und *manu*, Fisch. Außerdem kannten sie verschiedene essbare Wurzeln und Früchte, die es überall auf der Insel gab. Was sie nicht erjagen konnten, bauten sie auf Feldern und in Gärten an. Mehr brauchten sie nicht. Deshalb begaben sie sich nur nach Tauranga, wenn sie etwas bei Behörden regeln mussten oder ein Ereignis ihre Neugierde geweckt hatte. Die Missionare, die in der Nähe der Stadt tätig waren, bemühten sich, ihnen das Christentum nahezubringen, doch die Eingeborenen hielten an ihren Göttern Papa und Rangi fest.

Dennoch war der Einfluss der Weißen nicht aufzuhalten.

Einige Maori sprachen bestens Englisch und arbeiteten als Dolmetscher für die Siedler und kleideten sich bereits wie die Europäer, weil man ihnen eingeredet hatte, dass ihre ursprüngliche Bekleidung schamlos sei. Jack wusste nicht, ob er das gutheißen sollte. Die Eingeborenen lebten in solch paradiesischen Zuständen, dass jede Anpassung an die Welt da draußen nur die Zerstörung ihres Gartens Eden bedeuten konnte, an der Männer wie Bessett bereits arbeiteten. Auch wenn der Engländer seinen Umsiedlungsplan wohl kaum durchsetzen könnte, so war zu befürchten, dass er seine Leute gegen die Maori aufhetzen und Kämpfe provozieren würde, um die Behörden von der Notwendigkeit einer Zurückdrängung der Urbevölkerung zu überzeugen. Bessett war ein gewissenloser Machtmensch, dem man unbedingt Einhalt gebieten musste.

Moana riss Jack aus seinen Grübeleien.

»Hier, Kräuter wie letztes Mal. Geben Tieren noch heute Abend.« Damit hielt sie ihm ein Tuch entgegen, in das sie die Heilkräuter eingeschlagen hatte.

Jack nickte. Noch immer war er versucht, ihr zu danken, aber was das anging, hatten die Maori ihre eigenen Regeln. Sie dankten nicht mit Worten, sie taten zum Dank etwas füreinander. Er hätte der Heilerin den Stoff jetzt überreichen sollen, aber Moana hatte auch so verstanden, dass dieses Geschenk sein Dank für ihre Hilfe war. Er verabschiedete sich freundlich, und als er in die Dunkelheit ritt, hörte er, wie die Dorfmädchen ein Lied anstimmten. Laute, die man am Tag nicht vernehmen konnte, schwebten in der Luft. Überall raschelte es, und fremdartige Rufe ertönten. Jack fühlte sich, als werde er von zahlreichen Augen beobachtet und verfolgt.

Bald konnte er in der Ferne einen Lichtschein erkennen. Die Mannschaftsquartiere seiner Farm waren hell erleuchtet, die Männer, die am Abend von der Nachtwache abgelöst worden waren, begaben sich zur Ruhe.

Obwohl Jack wusste, dass Kerrigan noch auf den Beinen war, wollte er ihn nicht bemühen. Er ritt an der Farm vorbei zu den Weiden und zu dem Gatter mit den abgesonderten Tieren. Dort verteilte er die Kräuter an der Stelle, wo den Schafen stets Grünfutter hingeworfen wurde. Sogleich fraßen einige von ihnen davon. Während Jack die Herde beobachtete, erinnerte er sich an Moanas Worte.

Das Herz weiß früher als der Verstand, was gut für dich ist.

Was die junge Ärztin anging, waren Jacks Herz und Verstand sich einig: Es lohnte sich sicher, Miss Bensdorf näher kennenzulernen. Es war wie damals, als er Emily das erste Mal zu Gesicht bekommen hatte.

Doch alles zu seiner Zeit! Er konnte schließlich unmöglich vor ihrer Tür aufkreuzen und ihr sagen, was er fühlte. Das Schicksal sollte entscheiden. Wenn sie die Richtige für ihn war, würde sie ihm wieder über den Weg laufen. Moana mit ihrem gesunden Menschenverstand würde darüber vielleicht lächeln, aber Jack glaubte ebenso fest an die Macht des Schicksals wie einst seine Mutter.

An diesem Abend hielt es Ingram Bessett nicht in seinem Haus. Sein prachtvolles Anwesen am Rand von Tauranga leuchtete im letzten Abendlicht, als er durch die blühenden Gärten spazierte, die er hatte anlegen lassen. Der Frieden, der dort herrschte, hätte ihn eigentlich besänftigen müssen, doch das Brennen in seinem Inneren ließ ihn nicht zur Ruhe kommen. Gedankenverloren bückte er sich und streichelte seinen Hund, der um seine Füße wuselte. Im Gegensatz zu Menschen sind Hunde doch verlässliche Kreaturen, dachte er. Seine Frau hatte sich wieder einmal mit Kopfschmerzen in ihre Gemächer zurückgezogen, und sein Sohn trieb sich in Wellington herum. Er hatte niemanden, dem er seine Sorgen oder Gedanken anvertrauen konnte. Aber er hatte gelernt, allein zurechtzukommen und seine Entscheidungen ohne Ratgeber zu treffen.

Ein Schmerz fuhr Bessett durch die Glieder, als habe ihm jemand ein Messer in den Leib gerammt, und er richtete sich auf. Dieses verdammte Sodbrennen! Das hatte er nur diesem Manzoni zu verdanken! Aber er würde es diesem Hurensohn schon heimzahlen!

Dessen Weigerung, ihn bei seinem Vorhaben zu unterstützen, war noch nicht mal das Schlimmste. Dass er die Sache mit der Maori zur Sprache gebracht hatte, war wesentlich peinlicher. Das würde er ihm ganz gewiss nie verzeihen. Hatte eine der Maorihexen den Kerl davon in Kenntnis gesetzt?

Vermutlich hatte Taiko eine ihrer Stammesgenossinnen aufgesucht, um sich Klarheit über ihren Zustand zu verschaffen... Offenbar kannten diese Weiber so etwas wie Verschwiegenheit nicht.

Ich hätte es wissen müssen, dachte Bessett.

Schon als er das Mädchen zu sich genommen hatte, wusste er, dass er es in sein Bett holen würde. Und deshalb hatte er Taiko vorsorglich eine eigene kleine Kammer zugewiesen. Die Maorifrauen waren sehr schön – und offenherzig. Allein beim Gedanken an ihre warme Haut regte sich seine Männlichkeit. Taiko war so anders als seine Gattin, die schon seit Jahren Migräne vorschützte, wenn er ihre eheliche Pflicht einfordern wollte. Die Erinnerung an das erste Mal erregte Bessett nur noch mehr.

Seine Frau war damals in der Stadt unterwegs, und die anderen Dienstmädchen hatten in der Küche zu tun, als er Taiko im Schlafzimmer vorgefunden hatte, während sie sein Ehebett richtete. Er hatte eigentlich nur seine Taschenuhr holen wollen, die er auf dem Nachttisch vergessen hatte. Doch als er die Bewegungen ihres schlanken Körpers unter dem Kleid, die Wölbung ihres Hinterteils und die nackten Füße gesehen hatte, war es um seine Beherrschung geschehen.

Er hatte sich die Kleine gegriffen und sie auf das Bett gezwungen. Zu seiner großen Überraschung hatte sie sich kaum gewehrt.

Später erfuhr er, dass sie gewusst hatte, dass dies passieren würde. Sie hatte die kleinen Zeichen und begehrlichen Blicke, die er ihr hatte zukommen lassen, richtig gedeutet.

Durch die Erinnerung wurde Bessetts Begehren übermächtig. Schwanger hin oder her, er musste die Maori jetzt haben. Mit entschlossenem Schritt kehrte er ins Haus zurück. Alles war ruhig. Nur sein schneller Herzschlag dröhnte in seinen Ohren. Mechanisch wie ein Schlafwandler ging er die Treppe hinauf, vorbei an der Schlafzimmertür, hinter der seine Frau mit kalten Lappen auf der Stirn im Halbdunkel lag.

Ohne anzuklopfen, betrat er Taikos Kammer. Splitternackt lag das Mädchen auf der schmalen Pritsche, denn es hatte sich nicht angewöhnen können, ein Nachthemd zu tragen. Taiko schlief so, wie sie es von zu Hause gewöhnt war.

Sie schreckte aus dem Schlaf, als sie seine Schritte hörte. Bessett machte Licht und ging ohne Umschweife zu ihr.

»Ruhig, mein Kätzchen!«, flüsterte er, während er seine Hose öffnete. Der Anblick ihres makellosen, festen Körpers erregte ihn so sehr, dass er aufpassen musste, nicht schon zu kommen, bevor er überhaupt in ihr war. Die Schwangerschaft war ihr kaum anzusehen. Unterhalb des Nabels wölbte sich ihr Bauch ein wenig, aber das machte sie nur noch anziehender. Den Gedanken an das Kind, das in ihr wuchs, beiseiteschiebend, ließ Bessett sich neben sie fallen.

Während er ihr die Zunge in den Mund schob, kam ihm kurz in den Sinn, dass er sie vermissen würde, wenn sie fort war. Aber er würde schon eine andere finden, mit der er seinen Spaß haben konnte. Ein verlockender Gedanke, der Bessetts Begierde ins Unermessliche steigerte. Abrupt löste er die Lippen von Taikos Mund, spreizte ihre Schenkel und drang mit einem heftigen

Stoß in sie ein. Wie es ihrem stummen Abkommen entsprach, gab Taiko kaum einen Laut von sich, während er sich auf ihr bewegte. Nur Bessett grunzte ab und an, und als er glaubte, sein Kopf berste ob des heftigen Pumpens seines Blutes, war es schon vorbei.

Einen Moment noch blieb er auf ihr liegen, und Taiko ertrug die Last wie immer still und mit versonnenem Lächeln.

Bessett konnte sich nicht erinnern, dass seine Jenna je so gelächelt hatte, wenn er sie geliebt hatte. Jenna. Seine Frau durfte keinesfalls erfahren, dass er mit einer anderen einen Nachkommen gezeugt hatte. Schon bald würde die Rundung von Taikos Bauch diesen Verdacht nahelegen ...

Als er sich von ihr erhob, lächelte sie noch immer.

»Du gehst zurück in dein Dorf!«, befahl Bessett mit schneidender Stimme, als er seine Kleider richtete. »Ich erwarte, dass du morgen früh mein Haus verlassen hast.«

Taikos Lächeln erstarb; doch sie blieb stumm. Ihr schönes Gesicht, das von schwarzen Locken umrahmt war, und ihre großen dunklen Augen kündeten von einer Trauer, die jedem das Herz zerrissen hätte. Aber Bessett fühlte nichts.

Nun, da die Lust befriedigt war, dachte er wieder an Manzoni und daran, dass er jetzt endlich Gelegenheit haben würde, sich für das zu rächen, was dieser ihm auf der Versammlung angetan hatte.

4

Nach einer Nacht voller wirrer Träume saß Ricarda am Fenster ihres Zimmers und beobachtete die Sonne, die sich langsam aus den Wolken schob und ihr Licht über die Wipfel ergoss. Nebel hing in den fernen Wäldern wie zartrosa Wattebäusche.

Wie hatte dieser Jack Neuseeland noch genannt? *Land der weißen Wolke?* Ricarda fand diese Bezeichnung sehr passend.

Ihre Gedanken wanderten zu ihrem Helfer vom Vortag. Er war etwas ganz anderes als dieser Dr. Berfelde in Berlin. Niemals hätten ihre Eltern Mr Manzoni als Heiratskandidaten in Erwägung gezogen. Allein vom Aussehen her nicht, denn er hatte etwas Wildes an sich. Nicht dass Ricarda ihn für unzivilisiert hielt, aber jede Faser seines Körpers verströmte eine animalische Kraft, was durchaus anziehend war. Außerdem schien er sie als Frau zu akzeptieren. Ein anderer Mann hätte ein Nein auf den Vorschlag, sie zurück zur Pension zu kutschieren, wahrscheinlich nicht so einfach hingenommen, sondern sie so lange hofiert, bis sie schließlich nachgegeben hätte, nur um ihre Ruhe zu haben. Jack hingegen hatte zweimal gefragt und ihre Antwort respektiert, was ihr sehr gefallen hatte. Sie hoffte, ihn einmal wieder zu treffen.

Heute standen jedoch andere Dinge auf ihrem Plan. Mit dem Geld, das sie am gestrigen Abend noch gewechselt hatte, würde sie eine Weile durchhalten und bei Molly wohnen können. Aber sie hatte dennoch nicht vor, sich auf die faule Haut zu legen. Sie wollte ihre Arbeit so bald wie möglich aufnehmen, denn es bestand Bedarf. Dr. Doherty war unmöglich in der Lage, alle Patienten aus der Stadt und dem Umland allein zu behandeln.

So, wie er sich ihr gegenüber verhalten hatte, würde ihm das zwar nicht gefallen, aber Ricarda hatte nicht vor, sich abschrecken zu lassen. Früher oder später würde er sich schon mit ihr arrangieren und vielleicht auch einsehen, dass es besser war, wenn es zwei Ärzte in Tauranga gab.

Guter Dinge verrichtete sie ihre Morgentoilette und kleidete sich an. Ihr grünes Kleid war vielleicht ein bisschen zu fein für den Tagesanfang, aber Ricarda wollte beim Bürgermeister einen guten Eindruck erwecken. Besser, er hielt sie für reich als für eine Bettlerin. Außerdem mussten ihre Kostüme gewaschen werden, zusammen mit einem ganzen Haufen Unterwäsche, die sie auf der Reise getragen hatte. Das würde sie später erledigen.

Als sie ihr Haar aufgesteckt hatte, ging sie nach unten. Ein betörender Duft zog durch das gesamte Haus. Das Aroma von Kaffee mischte sich mit dem von Gebäck, Honig und Milch. Molly verwöhnte ihre Gäste wirklich. Da tat es Ricarda beinahe leid, dass sie vor lauter Aufregung wohl kaum einen Bissen herunterbringen würde. Aber zumindest etwas Kaffee brauchte sie, um ihren Kreislauf anzuregen.

Alle Tische waren leer. Entweder war sie die Erste oder die Letzte im Frühstücksraum. Sie hatte herausgefunden, dass außer ihr noch zwei Männer bei Molly wohnten. Der eine war ein Professor, der tagsüber die Wälder rings um Tauranga erkundete und nachts seine Erkenntnisse mit der Schreibmaschine festhielt. Der andere war jünger, ein gelangweilter Aristokratensohn, wenn man Molly glauben konnte, der ein wenig Abwechslung suchte.

Ricarda war ihm bereits einmal auf dem Gang begegnet, aber er hatte sie nicht zur Kenntnis genommen.

»Guten Morgen, meine Liebe!«, rief Molly nun. »Wie war Ihre Nacht nach der gestrigen Aufregung?«

»Sehr gut, vielen Dank.« Ricarda setzte sich wieder an den Tisch vor dem Fenster.

»Sie haben ja wirklich für Wirbel gesorgt. Ich hätte gestern zu gern noch gewusst, wie es mit Miss Cooper weitergegangen ist, aber der Professor wollte mir unbedingt seine neueste Entdeckung zeigen: ein seltsames Tierchen, für das wohl noch niemand einen Namen gefunden hat. Ich muss zugeben, Ihre Geschichte hätte mir besser gefallen.«

»Da wäre ich mir an Ihrer Stelle nicht so sicher«, murmelte Ricarda und breitete die säuberlich gefaltete Serviette auf ihrem Schoß aus. »Es hat Ärger gegeben, und ich habe mir in Doktor Doherty nicht gerade einen Freund gemacht, glaube ich.«

»Sie haben immerhin einer Frau das Leben gerettet.«

»Das hätte Doherty zu gern selbst getan.«

»Aber er war nicht da?«

»Ja, so war es. Sagen Sie, gibt es wirklich nur einen Arzt im Hospital?«, fragte Ricarda.

»Soweit ich weiß, ja. Wollen Sie sich dort bewerben?«

Ricarda schüttelte den Kopf. »Nein, eigentlich nicht. Aber ich finde es befremdlich, dass ein Krankenhaus mit einem einzigen Arzt auskommen muss. Wer versorgt denn die Patienten, wenn Doherty Operationen durchführt? Oder wenn ein Unfall passiert und viele auf einmal verarztet werden müssen?«

Molly zuckte mit den Schultern. »Den Fall hat es bisher noch nicht gegeben. Sie müssen wissen, Tauranga hat nicht mal zweitausend Seelen. Die wenigsten Leute lassen sich ins Hospital einweisen, denn das kostet. Die meisten ziehen Hausbesuche vor. Die lässt Doherty sich zwar auch gut honorieren, aber man kann sie sich bei normalem Einkommen wenigstens leisten. Außerdem ziehen es viele Schwerkranke vor, zu Hause zu sterben. Mein seliger George ist auch nicht ins Hospital gegangen, er wusste ja, dass man ihm dort ohnehin nicht helfen kann. Sie müssen wissen, die Leute hier sind sehr robust. Sie haben schon einiges mitgemacht, wenn sie sich hier niederlassen.«

»Kein Wunder, dass das Hospital so leer war«, bemerkte Ricarda.

»Es werden ganz sicher Patienten da gewesen sein, aber dafür hat Doherty seine Schwestern. Eine von denen brüstet sich damit, bei Florence Nightingale gelernt zu haben.«

Dass ihre Wirtin mit diesem Namen etwas anzufangen wusste, verwunderte Ricarda ein wenig. Aber wahrscheinlich hatte sie in ihrer Londoner Zeit von der berühmten Krankenpflegerin gehört.

Molly goss ihr Kaffee ein und stellte einen Korb voller Rosinenbrötchen auf den Tisch. Diese erinnerten Ricarda an die Brötchen, die Ella gebacken hatte, und schon schlich sich das Heimweh an. Doch um es zu vertreiben, musste sie nur wieder an ihre Eltern denken und an den Bräutigam, den sie für ihre Tochter ausgesucht hatten.

»Die Trauben für die Rosinen werden übrigens hier auf der Insel angebaut«, erklärte Molly mit stolzer Stimme. »Ein paar eingewanderte Franzosen haben in Auckland ein Weingut aufgebaut. Noch werden sie von anderen Farmern belächelt, aber ihr Wein und die Rosinen sind gut. Und vor allem billiger, als die aus Europa zu importieren. Einmal im Jahr fahre ich dorthin, um mich mit allem einzudecken, was ich hier brauche. Sollten Sie also einen guten Tropfen benötigen, dann sagen Sie mir Bescheid. Ihr Wein ist nicht nur wohlschmeckend, sondern kann einem ganz schön die Füße weghauen.«

Den hätte sie mir gestern Abend anbieten sollen, dachte Ricarda. Da hätte ich einen kleinen Rausch gut gebrauchen können. Aber jetzt musste sie einen klaren Kopf behalten.

»Und dieser Jack Manzoni ... Ist der auch Farmer?«, fragte sie, während sie eines der Brötchen aufschnitt.

»Der Mann, der Ihnen gestern seinen Wagen angeboten hat?«, fragte Molly zurück.

»Ja, den meine ich.«

Zu den Brötchen gesellte sich nun noch eine Schale Brei und ein Glas Honig.

»Porridge«, erklärte die Pensionswirtin auf Ricardas fragenden Blick hin. »Das beste, was es hier in der Gegend gibt.«

Ricarda hatte Haferbrei noch nie etwas abgewinnen können, auch nicht auf dem Schiff, wo es des Öfteren welchen zum Frühstück gegeben hatte. Auch dieses gräuliche Mus betrachtete sie skeptisch.

»So, so, er hat also Eindruck auf Sie gemacht...« Molly grinste.

Ricarda spürte, wie ihr das Blut in die Wangen schoss. »Es war nur so eine Frage...«

»Na, na, Kindchen, mir machen Sie so leicht nichts vor! Es gibt in der gesamten Stadt kaum eine Frau, die nicht für Jack Manzoni schwärmt. Aber Sie können mir glauben, er ist ein ziemlich harter Brocken. Früher war er mal verlobt – mit einer bildschönen Engländerin. Leider starb sie noch vor der Hochzeit, und ihr Vater hat darauf bestanden, sie in England zu bestatten, in der Familiengruft. So ist dem armen Kerl nicht mal ein Grab zum Trauern geblieben.« Molly hielt inne, als wolle sie Ricarda Gelegenheit geben, das Gesagte zu verdauen. »Danach hatte er wechselnde Affären, aber keine der Frauen hat es an seine Seite geschafft«, fuhr sie schließlich fort. »Er ist ein eingefleischter Junggeselle, und eine Frau muss schon etwas mehr als ein hübsches Gesicht mitbringen, um ihn auf die Dauer zu interessieren.«

Ricardas Wangen glühten regelrecht, was Molly nicht entging.

»Er züchtet Schafe und besitzt eine der größten Farmen vor der Stadt. Einige verschreien ihn als Freund der Wilden, weil er mit den Maori verkehrt. Er hat Feinde in der Stadt, aber die wagen es höchstens, hinter seinem Rücken über ihn zu reden. Sein Vater war nämlich angeblich Kunstschütze in einem Zirkus, bevor er hier mit dem Aufbau der Farm begann. Manzoni soll von ihm gelernt haben, wie man mit der Waffe umgeht. Sie können sich vorstellen, dass niemand, der an seinem Leben hängt, eine Auseinandersetzung mit Manzoni riskiert. Ansonsten gibt es nicht viel über ihn zu sagen.«

Ricarda glich die Worte mit dem, was sie erlebt hatte, ab. Schüchtern war Manzoni nicht, aber er war auch nicht aufdringlich. Er schien Humor zu besitzen, eine Eigenschaft, die sie sehr schätzte. Und allein sein Aussehen würde selbst die Damen in den Berliner Salons dazu bewegen, in seiner Gegenwart ein Taschentuch nach dem anderen fallen zu lassen.

»Vielen Dank, das war doch eine ganze Menge«, meinte Ricarda, während sie sich aus Höflichkeit von Mollys Porridge auftat. Er schmeckte nicht einmal schlecht.

Nach dem Frühstück beschloss Ricarda, den Besuch beim Bürgermeister noch etwas vor sich herzuschieben. Das Government Building in der Willow Street würde sie erst aufsuchen, wenn sie wusste, wie es ihrer ersten neuseeländischen Patientin ergangen war. In der Hoffnung, dass Doherty am Morgen Hausbesuche unternahm, spazierte sie in Richtung Hospital.

Ricarda genoss die Bewegung an der frischen Luft, während die Stadt langsam zum Leben erwachte. Die Sonne war bereits sehr kräftig, und vom Hafen her strömte ein starker salziger Geruch herbei. In den Bäumen des Krankenhausparks zwitscherten und krächzten die Vögel. Ricarda war ein wenig mulmig zumute, als sie durch die Eingangstür trat. Am Empfang war niemand. Das Klappern von Bettpfannen und Stimmen hallte durch das Haus. Die Schwestern waren wohl gerade bei den Patienten.

Da Ricarda nicht wusste, welches Zimmer man Miss Cooper zugeteilt hatte, wartete sie geduldig auf eine der Pflegekräfte.

Nach dem gestrigen Streit wollte sie sich nicht erneut Ärger einfangen. Hier und da lockerte ein kleines Bild die strengen weißen Wände des Warteraumes auf. Alles in allem besaß das Hospital den Charme eines privaten Sanatoriums. Ricarda konnte sich vorstellen, dass Doherty diese Villa als Dank für seine medizinische Betreuung von einer reichen kinderlosen Witwe geerbt und dass es hier früher so manchen Empfang gegeben hatte. Bevor sie diesen Gedanken weiterspinnen konnte, erschien die Schwester mit dem französischen Akzent.

Ausgerechnet Zerberus!, dachte Ricarda, während sie sich um ein freundliches Lächeln bemühte.

»Sie wünschen?«, fragte die Schwester kühl.

»Ich würde gern die Patientin mit den Rippenbrüchen besuchen. Sie wissen schon, die junge Dame, die ich gestern eingeliefert habe.«

Die Nase der Schwester krauste sich. »Bedaure, aber Miss Cooper wurde heute Morgen abgeholt.«

»Abgeholt?« Ricarda zog die Augenbrauen hoch. Hatte Doherty sein Personal angewiesen, sie mit dieser Ausrede abzuwimmeln? Oder war wirklich jemand so rücksichtslos gewesen, das Mädchen trotz der gebrochenen Rippen und der Lungenquetschung auf einen Wagen zu laden und durch die Gegend zu schaukeln?

»Können Sie mir sagen, wohin sie gebracht wurde?«

»Bedaure, aber der Herr Doktor hat uns angewiesen, Fremden keinerlei Auskünfte zu geben.«

Speziell wohl mir nicht, dachte Ricarda und verspürte den Drang, die Frau an der Schürze zu packen und zu schütteln. Aber die Selbstbeherrschung, die sie durch die jahrelang ertragenen Spötteleien während des Studiums erworben hatte, hielt sie davon ab.

»Na gut«, antwortete sie gedehnt, denn sie wusste, dass es nichts bringen würde, eine Szene zu machen. »Haben Sie vielen

Dank!« Damit wandte sie sich ab. Sie würde schon herausfinden, wo Miss Cooper steckte.

Dass Zerberus noch die Dreistigkeit besaß, ihr spöttisch einen schönen Tag zu wünschen, quittierte Ricarda mit einem Achselzucken, bevor sie erhobenen Hauptes das Gebäude verließ.

Die Willow Street war ebenso bevölkert wie die Cameron Road, aus der Ricarda gerade gekommen war. Das Governement Building fand sie auf Anhieb, genau wie Molly es ihr versichert hatte.

Schon die Ausmaße des weiß gestrichenen, zweistöckigen Holzbaus ließen auf ein Verwaltungsgebäude schließen. Mehrere Schornsteine, die ebenfalls schneeweiß waren, ragten in den Morgenhimmel, und aus einigen schlängelte sich trotz der vormittäglichen Wärme Rauch. Das Rathaus erhob sich auf einem Erdwall, was ihm ebenso etwas Majestätisches verlieh wie das von Säulen getragene Vordach über dem Eingang.

Eine Gruppe Menschen hatte sich vor der Treppe versammelt, die zum Portal hinaufführte. Ricarda fühlte sich an die Suffragettendemonstration auf dem Berliner Königsplatz erinnert, obwohl keine Frauen mit Schildern umherwanderten. Nur Männer waren hier zusammengekommen. Ihre Haut war hell, das Haar dunkel, aber vorwiegend kraus, und ihre Gesichter schienen vollständig bemalt zu sein. Die Männer hielten mit Federn geschmückte Stöcke in den Händen und waren seltsam gekleidet: Sie trugen Basträcke zu Anzugsjacken, die offen standen und den Blick auf die nackte, ebenfalls bemalte oder tätowierte Brust freigaben. Ricarda wusste sofort, dass sie Maori vor sich hatte.

Sie hätte die Ureinwohner nur zu gern genauer in Augenschein genommen, aber es gehörte sich auch an diesem Ende der Welt nicht, Menschen anzustarren. Außerdem: Wie würden die

Maori selbst darüber denken? Die Neugierde der Passanten löste bei ihnen offensichtlich Unbehagen aus, und Ricarda wollte sie auf keinen Fall verärgern, denn sie hatte noch immer Mollys Beschreibung im Ohr.

Aber wenn sie die Versammelten schon nicht anstarren durfte, wollte sie wenigstens ihrer klangvollen Sprache lauschen, die voller Vokale war. Ricarda fand nicht den geringsten Hinweis darauf, worüber sie redeten. Während sie langsam die Treppe zum Governement Building emporstieg, fiel ihr wieder ein, dass Molly das Gemüse *hua whenua* genannt hatte. Diese Sprache würde ich zu gern lernen, dachte sie.

Kaum war Ricarda vor dem Portal angekommen, öffnete es sich einen Spalt. »Wollen Sie hier rein, Miss?«, fragte ein junger Mann und trat zurück, um sie einzulassen.

Ob er die Maori durchs Fenster beobachtet und mich dabei bemerkt hat?, fragte Ricarda sich. »Ja, danke, ich möchte zum Bürgermeister«, antwortete sie und fühlte sich unbehaglich dabei. Immerhin waren die Eingeborenen vor ihr da gewesen.

»Kommen Sie!«, sagte der Bursche und schloss die Tür hastig hinter ihr.

»Was wollen die Männer da draußen?«

»Das sind Wilde, Miss, Maori. Sie wollen den Bürgermeister wieder wegen irgendwas sprechen. Meistens kommen sie, um sich zu beschweren.«

»Haben sie denn Grund dazu?« Ricarda missfiel die herablassende Art des jungen Mannes. Immerhin lebten die Maori bereits viel länger in diesem Land. Was gab den Einwanderern also das Recht, auf sie herabzusehen? Sie hütete sich allerdings, diese Ansicht zu äußern.

Der Bursche blieb ihr die Antwort schuldig. »Hier entlang, Miss«, sagte er nur und führte sie durch einen Korridor. Vor einer hohen Flügeltür machten sie schließlich Halt.

»Wen darf ich Mr Clarke denn bitte melden?«

Ricarda nannte ihren Namen und setzte hinzu, dass sie aus Deutschland stamme. Den Grund ihres Besuchs verschwieg sie ihm, denn sie wollte nicht Gefahr laufen, sofort abgewimmelt zu werden.

Der junge Mann klopfte und verschwand im Büro des Bürgermeisters. Ricarda hörte Stimmen, und wenig später schwang die Tür auf.

»Mr Clarke erwartet Sie, Miss Bensdorf.« Damit verabschiedete der junge Mann sich.

Ricarda vermutete, dass er wieder ans Fenster der Eingangshalle zurückkehren würde und dort darauf achtete, dass kein Maori das Gebäude betrat.

Charles Augustus Clarke war ein Mann mittleren Alters, dessen Haar noch bemerkenswert dunkel und dicht war, obwohl er bereits Geheimratsecken hatte. Er trug einen gepflegten grauen Anzug und besaß die Ausstrahlung eines typisch englischen Gentlemans.

»Miss Bensdorf«, sagte er und erhob sich hinter seinem Schreibtisch. Ein überraschter Blick streifte ihr Kleid.

»Mr Clarke.« Ricarda ging geradewegs auf ihn zu und reichte ihm die Hand. »Vielen Dank, dass Sie mich empfangen haben.«

»Es ist mir eine Freude, Sie kennenzulernen.« Er ergriff ihre Hand und deutete einen Kuss an, bevor er sie bat, sich zu setzen.

Der Stuhl gab ein leichtes Knarren von sich, und das, obwohl sie ein Leichtgewicht war. Ricarda war den ganzen Vormittag über voller Entschlossenheit gewesen, doch nun überkam sie die Aufregung. Würde sie es schaffen, den Bürgermeister von sich zu überzeugen? Würde er ihr die Erlaubnis erteilen, in Tauranga eine Praxis zu eröffnen? Mollys Hinweis, dass die Leute sich lieber zu Hause verarzten ließen, als sich ins Hospital zu begeben, konnte vielleicht hilfreich sein. Außerdem wollte sie in der Frauenheilkunde tätig sein, einem Fachgebiet, bei dem sie Doherty schon dank ihrer Geschlechtszugehörigkeit zumindest einiges voraushatte.

»Nun, was führt Sie zu mir, Miss Bensdorf?«, fragte Clarke jovial, nachdem er wieder Platz genommen hatte. »Es passiert nicht häufig, dass ich so bezaubernden Besuch begrüßen darf.«

Ricarda setzte ein geschmeicheltes Lächeln auf, aber nur, weil es sich als nützlich erweisen könnte, wenn ihr Gegenüber Sympathie für sie hegte. Im Grunde genommen verabscheute sie solch ein Getue. Und sich einen Gefallen mit Schmeicheleien und übertriebenem Lächeln zu erkaufen war eigentlich gar nicht ihre Art. Aber von der Entscheidung des Bürgermeisters hing ihre Zukunft ab, und die wollte sie nicht durch Schroffheit aufs Spiel setzen.

»Ich bin Ihnen wirklich sehr dankbar, Herr Bürgermeister, dass Sie sich Zeit für mich nehmen. Mein Anliegen ist nämlich eher ungewöhnlich.«

»Sind Sie hergekommen, weil Sie einen Mann suchen?«, fragte Clarke lachend. »Was das angeht, seien Sie unbesorgt. Alleinstehende Männer gibt es hier zuhauf. Ich könnte Sie mit einigen illustren Herren aus meinem Club bekannt machen.«

Ricarda fühlte sich plötzlich wie gelähmt. Es war, als sei die Enttäuschung ihr in die Glieder gefahren. Offenbar gehörte auch er zu der Sorte Männer, die glaubten, eine Frau könne nur an der Seite eines Mannes bestehen. Es war zwar bekannt, dass viele Frauen aus Europa sich nach Neuseeland einschifften, weil man ihnen dort einen Ehemann versprochen hatte, aber deshalb konnte man doch nicht jeder Frau diese Absicht unterstellen! Ricarda war empört.

»Ich bin nicht nach Tauranga gekommen, weil ich einen

Mann suche«, entgegnete sie so sanft wie möglich. »Ich bin hier, weil ich eine Arztpraxis eröffnen möchte.«

Schlagartig änderte sich Clarkes Miene. Hatte er sie zunächst wie ein naives Mädchen angesehen, dem er mit seiner Männlichkeit imponieren konnte, so schaute er sie jetzt an, als hätte sie den Verstand verloren.

»Sie wollen was?«

»Eine Arztpraxis eröffnen. Speziell eine Praxis für Frauen. Ich bin Ärztin. Meinen Doktortitel habe in Zürich erworben.« Für einen Moment spielte sie die Zerstreute. »Oh, habe ich etwa versäumt, dem jungen Herrn da draußen meinen vollen Titel zu nennen?«

Der Bürgermeister lehnte sich auf dem Stuhl zurück und musterte sie eindringlich. Er wirkte plötzlich reserviert.

Richtig so, dachte Ricarda, dann nimmt er mich wenigstens ernst. Nichts war schlimmer als ein Mann, der über das Ansinnen einer Frau lachte. Da nahm sie lieber Ablehnung oder Distanziertheit in Kauf.

»Wenn ich Sie darauf hinweisen darf, die Stadt hat bereits einen Arzt«, sagte er nach einer Weile.

»Aber keine Ärztin, die sich speziell mit den Frauenleiden befasst«, konterte Ricarda entschlossen.

»Wieso sollte unsere Stadt so jemanden brauchen?«

»Nun, weil nahezu die Hälfte der Bevölkerung weiblich ist. Außerdem erscheint mir ein einziger Arzt für Tauranga und die Umgebung zu wenig zu sein. Soweit ich weiß, betreut Doktor Doherty auch das örtliche Hospital. Ich könnte ihn entlasten und ihm einen Teil seiner Verpflichtungen abnehmen. Den Teil, der ihm vielleicht gar nicht so wichtig ist, da es für einen Mann ja doch schwer ist, die Schamgrenze der Damen zu überwinden. Ich kenne den weiblichen Körper, und ich könnte mir vorstellen, dass der weibliche Teil der Bevölkerung eine Untersuchung durch eine Geschlechtsgenossin angenehmer fände.«

Ricarda war sich dessen bewusst, dass sie mit diesen Worten in Frage stellte, ob Doherty in der Lage war, seine Arbeit zu bewältigen. Und ob er sich ausreichend um alle Kranken kümmerte. Siedend heiß fiel ihr ein, dass Clarke und Doherty möglicherweise alte Clubfreunde waren.

Der Bürgermeister ließ sich erneut Zeit mit der Antwort; hinter seiner Stirn arbeitete es sichtbar.

»Doktor Doherty ist ein angesehener Bürger unserer Stadt, und bisher hat es keine Klagen über ihn gegeben«, sagte er schließlich. »Er opfert sich für die Bewohner auf, und nun kommen Sie, eine Ausländerin, die offensichtlich noch nicht lange hier ist und die, wie ich annehme, weder ein Visum noch einen Einbürgerungsbescheid hat, und wollen ihm seinen Platz streitig machen?«

»Ich will ihm den Platz nicht streitig machen, Mr Clarke. Ich möchte den Menschen dieser Stadt helfen«, entgegnete Ricarda, krampfhaft um einen freundlichen Ton bemüht. »Doktor Doherty kann den wachsenden Strom von Einwanderern unmöglich allein bewältigen. Meinetwegen kümmere ich mich ausschließlich um diese Leute und insbesondere deren Frauen, sodass er sich ganz auf die alteingesessenen Bewohner von Tauranga konzentrieren kann.«

Clarkes Miene blieb unbeweglich.

Ricarda fühlte sich, als versuche sie, eine Wand einzurennen. »Ich verspreche Ihnen, dass ich niemandem schaden werde und Sie eines Tages erkennen werden, dass es eine gute Entscheidung war, mir eine Genehmigung zu erteilen«, fügte sie noch hinzu.

Sie hätte jetzt wieder in die Rolle der charmanten Frau zurückfallen können, doch diese Maskerade hätte der Bürgermeister ihr ohnehin nicht mehr abgenommen.

»Melden Sie sich bei meinem Sekretär, und lassen Sie sich ein Formular der Einwanderungsbehörde aushändigen!«, sagte er überraschend schnell. »Wenn Sie dieses abgeschickt und einen positiven Bescheid erhalten haben, werde ich Sie noch einmal anhören. So lange werden Sie sich gedulden müssen.« Er erhob sich und ging mit raschen Schritten zur Tür.

Das hieß wohl nichts anderes, als dass sie sein Büro verlassen solle. Ricarda seufzte. Dass in diesem Land Frauen zur Wahl gehen konnten, bedeutete offenbar noch lange nicht, dass man ihnen auch andere Rechte zugestand. Sie erhob sich, strich ihr Kleid glatt und folgte ihm.

Clarke öffnete einen Türflügel. »Guten Tag, Miss Bensdorf.«

Ricarda erwiderte den Gruß des Bürgermeisters, und die Tür fiel hinter ihr ins Schloss.

Mit den Unterlagen in der Hand stürmte sie schließlich auf die Straße. In ihrem Inneren kochte es. Es würde sicher Wochen dauern, bis über das Einwanderungsgesuch entschieden war. Das bedeutete wochenlanges Herumsitzen und Däumchendrehen, gequält von Ungewissheit. Was war, wenn sie eine Ablehnung erhielt? Dieser Gedanke machte ihr plötzlich Angst. Und selbst wenn sie eingebürgert war, würde sie das gleiche Gespräch noch einmal führen müssen. Clarke würde ihr in seinen Augen törichtes Ansinnen in seinem Club breittreten, es würde sich zu Doherty herumsprechen, der daraufhin sein Recht geltend machen würde. Da er hier bereits ansässig war, würde der Bürgermeister seinen Einwänden stattgeben, und dann würde ihr nur die Abreise aus Tauranga bleiben. Und in anderen Orten sah es gewiss nicht anders aus.

In ihrer Wut bemerkte sie gar nicht, dass die Maori inzwischen abgezogen waren. Sie lief die Treppe hinunter und starrte mit brennenden Augen auf die Formulare.

»Auf ein Wort, Miss!«

Als Ricarda sich nach der unbekannten Stimme umwandte,

blickte sie in das Gesicht einer Frau, die sie auf Mitte dreißig schätzte. Sie trug ein rosafarbenes Kleid mit zahlreichen Spitzen und Schleifen, dazu einen passenden Hut auf ihrer Lockenpracht. Auf der unbefestigten Straße wirkte sie beinahe so deplatziert wie die Maorikrieger.

»Sie sind also die Dame, von der die ganze Stadt spricht.« Die Unbekannte betrachtete Ricarda neugierig.

Ricarda brauchte einen Moment, um ihre Überraschung zu verdauen. Hatten die Schaulustigen gestern vor der Pension die Geschichte so schnell verbreitet? Und sogar in den hohen Kreisen, denen diese Frau angehörte – jedenfalls nach ihrer Kleidung zu urteilen. »Mit wem habe ich das Vergnügen?«, fragte sie schließlich.

»Mein Name ist Mary Cantrell. Der sagt Ihnen wahrscheinlich nichts, aber wir beide haben doch mehr gemeinsam, als Sie vielleicht vermuten.«

Ricarda unterdrückte ihre Neugier. Sie wollte nicht unhöflich sein. »Mein Name ist Ricarda Bensdorf, ich bin erst kürzlich aus Deutschland hergekommen.«

»Sehr erfreut, Ihre Bekanntschaft zu machen.« Die Frau neigte den Kopf und fügte hinzu: »Man sagt, dass Sie Ärztin sind.«

»Das bin ich.«

Mary Cantrells rechte Augenbraue hob sich und beschrieb einen perfekten Bogen über ihrem Auge. »Ist es den deutschen Frauen jetzt gestattet zu studieren, oder haben Sie Ihr Studium im Ausland absolviert?«

»In Zürich.«

»Und in Deutschland hat man Ihnen dann keine Arbeit gegeben.«

Offenbar wusste sie sehr gut Bescheid, was die Frauenrechte in Deutschland anging.

»Nein, meine Bewerbung wurde abgelehnt.«

»Und nun wollen Sie hier eine Praxis eröffnen, nehme ich an.«

Ricarda wusste nicht, ob sie über die Direktheit dieser Frau empört oder erleichtert sein sollte.

»Das möchte ich in der Tat.«

»Aus diesem Grund waren Sie vermutlich gerade beim Bürgermeister, nicht wahr?« Bevor Ricarda antworten konnte, fügte sie rasch hinzu: »Halten Sie mich bitte nicht für aufdringlich, Miss Bensdorf. Ich bin nur neugierig und gewillt, Ihnen Hilfe anzubieten.«

»Aus welchem Grund?«

»Sagen wir es mal so, ich bin das, was man in Amerika wohl eine ›Suffragette‹ nennen würde.«

»So nennt man die Damen auch in Deutschland.«

»Natürlich mögen Sie sich fragen, wie das zusammengeht: mit einem Stadtrat verheiratet zu sein und für die Rechte der Frauen zu kämpfen.«

Das fragte sich Ricarda nicht. »Ich habe gehört, dass es den Neuseeländerinnen gestattet sein soll zu wählen.«

»Das ist richtig. Dennoch gibt es noch immer sehr viele Beschränkungen, die eine Frau hier erdulden muss. Und nicht nur das.« Mary Cantrell streckte den Arm aus und wies in die Runde.

»Diese Stadt, so fortschrittlich sie auch erscheinen mag, ist immer noch ein rückständiger Ort, in dem die Männer Vorrechte besitzen und sich einiges herausnehmen«, fuhr sie fort. »Damen, die sich ohne Begleitung in der Öffentlichkeit aufhalten, müssen sich darauf gefasst machen, dass die Männer ungeniert hinter ihnen herpfeifen oder ihnen Anzüglichkeiten zurufen. Bürgerinnen, die ein eigenes Geschäft aufbauen wollen, werden ausgelacht; und wenn sie sich davon nicht abschrecken lassen, wirft man ihnen einen Knüppel nach dem anderen zwischen die Beine. Ich fürchte, Sie haben einen harten Kampf vor sich.«

Ricarda zuckte die Achseln. »Das kenne ich noch von der Universität. Da mussten wir Studentinnen sowohl von den Professoren als auch den Kommilitonen einiges einstecken.«

»Nehmen Sie sich nur in Acht, Miss!« Mary Cantrells Stimme klang beinahe beschwörend. »Die junge Frau, die Sie verarztet haben, ist eines der Freudenmädchen von Mr Borden. Sein Etablissement liegt in der Harington Street. Es gefällt ihm gewiss nicht, dass sie für einige Zeit ausfallen wird.«

»Da soll er sich bei dem Mann bedanken, der die Arme über den Haufen geritten hat.«

»Sie scheinen kein Problem damit zu haben, dass sie eine Hure ist.«

Ricarda sah ihrem Gegenüber direkt in die Augen. »Ich habe mit niemandem ein Problem, der meine Hilfe braucht. Als Ärztin habe ich einen Eid abgelegt, und ich gedenke, danach zu handeln, ungeachtet des Standes, der Ansichten, der Profession oder der Hautfarbe meiner Patienten.«

»Ein edler Vorsatz! Aber lassen Sie sich gesagt sein, dass diese Einstellung äußerst selten ist und dass sie Ihnen eine Menge Ärger bringen kann.«

»Einen Vorgeschmack habe ich schon durch Doktor Doherty bekommen, aber da er derjenige war, der sie vorzeitig entlassen hat, kann er mir keinen Pfusch unterstellen.«

»Er wird sich jedenfalls Ihre Lorbeeren an seinen Kranz heften, fürchte ich«, murmelte Mary Cantrell.

»Vielleicht, aber letztlich geht es nicht darum, wer den Ruhm erntet«, sagte Ricarda energisch. »Ich kann vor meinem Gewissen für das, was ich getan habe, einstehen. Da ich jetzt weiß, wo ich meine Patientin finden kann, werde ich gleich mal nach ihr sehen.«

»Sie wollen sich in das Bordell wagen?« Mary zog halb belustigt, halb verwundert die Augenbrauen hoch.

»Warum denn nicht?«, erwiderte Ricarda, obwohl ihr bewusst war, dass ihre Mutter einen hysterischen Anfall bekommen hätte, wenn sie das erführe. Natürlich war ihr selbst auch nicht wohl dabei, dieses Haus zu betreten, aber das würde sie sich nicht anmerken lassen, schon um sich Respekt bei den Einheimischen zu verschaffen.

»Sie wissen, dass dies auch in diesen Breiten ein Ort ist, den eine Dame unter keinen Umständen betreten sollte?«, gab Mary zu bedenken, klang dabei aber nicht so, als wollte sie sie wirklich abhalten.

»Selbstverständlich. Aber ich muss meine Patientin noch einmal sehen, um mir ein Bild von ihrem Gesundheitszustand zu machen. Etwas, wofür sich Doktor Doherty offensichtlich zu fein ist.« Ricarda erforschte die Miene ihres Gegenübers nach einer verräterischen Regung, doch diese Lady schien eine sehr gute Schauspielerin zu sein.

»Dann viel Glück dabei!« Die Dame öffnete ihr Handtäschchen und zog ein Kärtchen hervor. »Sollten Sie einmal Hilfe benötigen, zögern Sie nicht, sich an mich zu wenden«, fügte sie noch hinzu. »Ich setze mich immer gern für die Belange von Frauen ein, und sofern es mir möglich ist, helfe ich.«

Ricarda hatte davon gehört, dass es früher bei Besuchen üblich war, solche Karten den Dienstboten zu überreichen oder in der Eingangshalle in Silberschalen zu hinterlassen, eine Gepflogenheit, die selbst ihre streng erzogene, konservative Mutter längst abgelegt hatte. Ricarda betrachtete die Karte mit dem eleganten Schriftzug *Mary Cantrell, Willow Street Eastside Nr. 12, Tauranga*, umrankt von einem Rosendekor. Insgeheim schalt sie sich für ihr Misstrauen.

Als sie den Kopf hob und sich bedanken wollte, hatte Mary sich bereits abgewandt und verschwand gerade in der Menge.

Die Schafe blökten auffällig, als Jack auf die Weide ritt. Das war untypisch für sie. Eigentlich grasten sie unbekümmert, ohne sich von ihm oder seinen Leuten gestört zu fühlen. Aber an diesem Morgen schienen sie eine Gefahr zu wittern.

Ein ungutes Gefühl übermannte Jack. Etwas ist geschehen, dachte er und lenkte sein Pferd direkt zu seinen Männern, die nicht weit vom Scherschuppen entfernt standen.

»Gut, dass Sie kommen, Sir, es hat einen Vorfall gegeben«, sagte Kerrigan.

Nachdem Jack vom Pferd herunter war und seinem Vormann die Hand geschüttelt hatte, trat er zu den anderen.

Ein Hütehund lag vor ihnen auf dem Boden. Sein Fell war blutüberströmt, und seine Zunge hing schlaff aus dem Maul. Ein Speer hatte seinen Körper durchbohrt.

»Den haben wir heute Morgen beim Rundgang gefunden«, berichtete Kerrigan. »Sieht ganz so aus, als sei das ein Maorispeer.«

Jack runzelte die Stirn und hockte sich neben das Tier.

Rex, treuer Freund, dachte er und streckte die Hand nach dem seidigen Fell des Bordercollies aus. Dann betrachtete er den Speer. Er schien tatsächlich von Maorihand gefertigt worden zu sein. Aber welchen Grund sollten seine Nachbarn haben, einen seiner Hunde zu töten?

»Vielleicht war es ein Dummerjungenstreich«, bemerkte Kerrigan, und einer der Arbeiter fügte hinzu:

»Kann aber auch sein, dass ihnen nicht gefällt, dass wir die Weide vergrößern, Sir.«

Jack wollte das nicht ausschließen. Obwohl er seine Erweiterungspläne mit dem Häuptling des Stammes abgesprochen hatte, gab es bestimmt Krieger, denen das missfiel. Sein Instinkt sagte ihm jedoch etwas anderes. Er wusste nicht genau zu benennen, was ihm an der Sache missfiel, aber er traute dem Anschein nicht.

»Möglicherweise versucht aber auch jemand, uns gegen die Maori aufzubringen«, überlegte er, als er sich wieder erhob. »Immerhin bin ich einer der wenigen, die sich dafür einsetzten, sie zu akzeptieren.«

»Und woher sollte er dann den Speer haben?«, fragte Tom.

»Vielleicht von einer Auseinandersetzung mit Maorikriegern. Es wäre aber auch möglich, dass jemand die Waffe gekauft hat. Ich werde mit Moana sprechen, vielleicht weiß sie, ob in letzter Zeit Weiße im Dorf waren, die Handel treiben wollten.«

»Mit Verlaub, Sir, vielleicht sollten Sie sie auch fragen, ob neuerdings jemand etwas gegen uns hat«, fügte Tom Kerrigan hinzu.

»Das werde ich«, versprach Jack und zog dann den Speer aus dem Körper des Hundes. »Begrabt das Tier.«

Während die anderen sich an die Arbeit machten, bedeutete Jack seinem Vormann, dass er mitkommen sollte.

»Verstärken Sie die Wachen, Tom, und lassen Sie sie in kürzeren Abständen das Gelände abreiten! Sie sollen die Ränder der Weide nicht aus den Augen lassen.«

»Ja, Sir.«

»Dieser Speer ist eine Warnung, aber was der Besitzer auch immer im Schilde führt, ich bin nicht bereit, klein beizugeben.«

Plötzlich ertönte ein Rascheln ganz in ihrer Nähe. Ein Reiter im bordeauxroten Samtjackett stieß durch das Gebüsch und machte am Zaun Halt.

»Na sieh mal einer an, wer da kommt«, murmelte der Texaner und legte die Hand auf den Griff seines Revolvers.

»Immer mit der Ruhe, Tom!«, entgegnete Manzoni kopfschüttelnd. »Hören wir, was er will.«

Bessett zügelte sein Pferd, als er sie sah. Er hielt es nicht für nötig, abzusitzen und sich auf Augenhöhe mit den Männern zu unterhalten.

»Was wollen Sie hier, Bessett?«, fragte Manzoni gereizt.

»Ist das Ihre Begrüßung für einen Gast?«, gab der Großgrundbesitzer zurück. »Ich habe gerade einen Ausritt gemacht und gedacht, dass es doch von Nutzen sein könnte, wenn ich bei Ihnen vorbeischaue.«

Manzoni konnte sich denken, was der wirkliche Grund war. »Tut mir leid, dass ich Ihnen hier draußen nur Gras und Hafer anbieten kann. Hätte ich gewusst, dass Sie kommen, hätte ich Ihnen einen Kuchen gebacken.«

»Nicht so bissig, Mr Manzoni! Das ist nicht die Art, in der kultivierte Menschen miteinander umgehen sollten.« Bessett deutete auf den Speer in der Hand seines Gegenübers. »Hat es Ärger gegeben?«

»Keinen, der Sie etwas angehen würde.« Es sei denn, du bist für den Speer verantwortlich, fügte Jack in Gedanken hinzu. Es würde zu dir passen.

Bessett verzog spöttisch den Mund. »Wie ich sehe, haben Sie einige Ihrer Schafe in ein separates Gatter gesperrt.«

»Wie wäre es, wenn Sie sich um Ihren Kram kümmern würden?«

»Nun, wenn sich eine Seuche oder Ungeziefer auszubreiten droht, geht es mich schon etwas an. Meinen Sie nicht?«, entgegnete er scheinheilig. »Sie wissen ja, ist erst mal eine Herde befallen, dann breitet es sich schnell auf andere aus, und das wäre doch eine Katastrophe für uns alle, nicht wahr?«

»Wir haben hier weder Seuchen noch Ungeziefer«, entgegnete Jack. »Die abgesonderten Tiere will ich mir aus Zuchtgründen näher ansehen.«

»So, so.« Bessett kaufte ihm diese Lüge offensichtlich nicht ab.

Vermutlich hat er gesehen, dass sich die Tiere an den Koppelpfosten reiben, dachte Jack. Moanas Kräuter helfen zwar, bewirken aber keine Wunder.

»Na schön. Ich rate Ihnen, sich die Tiere im Gatter wirklich sehr genau anzuschauen, Manzoni. Wäre doch schade, wenn Sie beim Verkauf Ihrer Wolle herbe Verluste erleiden würden.«

Ohne eine Erwiderung abzuwarten, gab Bessett seinem Pferd die Sporen und verschwand im Dickicht.

»Verdammter Bastard!«, raunte Kerrigan und spuckte aus. »Wenn der der Wool Company steckt, dass bei uns die Läuse grassieren, werden sie unsere Wolle doppelt und dreifach prüfen.«

»Oder sie uns erst gar nicht abkaufen«, erklärte Manzoni, während er nachdenklich auf den Speer in seiner Hand blickte. »Aber so weit lassen wir es nicht kommen.«

5

Mary Cantrell hatte Recht gehabt. Das Bordell, das sich als Pub in der Harington Street tarnte, war wirklich kein Ort, an dem sich eine Dame aufhalten sollte. Ricarda konnte nicht verstehen, dass der Bürgermeister so ein Etablissement in Tauranga duldete. Wusste er etwa nicht, was hier vor sich ging? Das wagte sie zu bezweifeln.

Nick Bordens »Lokal« offenbarte seinen Zweck, sobald man es betreten hatte. In der Mitte des schummerigen Raums stand ein zerschlissenes rotes Sofa, auf dem drei Mädchen saßen und an den Spitzen ihrer schäbigen, tief dekolletierten Kleider zupften. Ihre Frisuren wirkten zottelig.

Wahrscheinlich haben sie nicht genügend Zeit, sich nach einem Kunden wieder herzurichten, dachte Ricarda, während ihr Blick in die Runde schweifte. Der Boden war schmutzig, die Tische glänzten schmierig. Wie mochte es erst in den Zimmern der Mädchen aussehen? Die Hygiene ließ zu wünschen übrig, das war nur zu deutlich, und auch der penetrante Parfümgeruch, der Ricarda in der Nase brannte, konnte gewisse Körpergerüche nicht überdecken.

Alle Männer im Raum taxierten sie sofort von oben bis unten. Schon steckten die Freudenmädchen die Köpfe zusammen und begannen zu tuscheln.

Ricarda beachtete sie nicht; sie nahm all ihren Mut zusammen und schritt entschlossen zum Tresen. Ihr Bild erschien in einem großen Spiegel, der an der Wand dahinter angebracht war, sodass der Wirt den Raum auch dann im Auge behalten konnte, wenn er mit dem Rücken zur Theke stand. Ob er einschreitet, wenn einer der Kunden eines der Mädchen ruppig behandelt?, fragte Ricarda sich und nahm sich vor, künftig stets ein Messer bei sich zu tragen.

Als hätte er die Kernseife auf ihrer Haut gerochen, richtete sich der Mann hinter der Bar auf; offenbar hatte er etwas unter der Theke gesucht. Er war ziemlich beleibt und trug einen dicken Schnurrbart. Das schüttere Haupthaar hatte er zu einer Sardelle frisiert, die seine Halbglatze nur noch mehr betonte. Er musterte den neuen Gast von Kopf bis Fuß, bevor er grinsend fragte: »Haben Sie sich verlaufen, Lady?«

»Ich denke nicht.« Ricarda entschied, dass ein Lächeln in dieser Situation nicht angebracht wäre.

»Dann suchst du einen Job?«, fragte der Barmann, bevor sie ihr Anliegen schildern konnte. »Hübsch bist du ja, und wenn –«

»Ich habe mich weder verlaufen, noch suche ich einen Job«, fiel Ricarda ihm ins Wort, bevor er ins Detail gehen konnte. »Ich möchte eine junge Frau besuchen. Sie ist gestern von einem Pferd überrannt worden, und im Hospital sagte man mir, dass sie hierhergebracht wurde. Ihr Name ist Cooper.«

Der Barmann musterte sie erneut unverschämt. Schließlich erklärte er: »Geh die Treppe hoch, dritte Tür links, da liegt sie. Aber mach keinen Unsinn, hörst du!«

Während sie die Stufen erklomm, glaubte sie förmlich zu spüren, wie er die ganze Zeit über auf ihr Hinterteil starrte. Mühsam unterdrückte Ricarda die Panik, die plötzlich in ihr aufstieg. Was war ihr bloß eingefallen? Sie hätte niemals herkommen dürfen. Niemand würde diesen Kerl davon abhalten, sie in eines der Separées zu zerren und zu vergewaltigen. Sie kannte zwar die empfindlichen Stellen eines Männerkörpers, aber ob ihr das helfen würde, um diesem Bären von Kerl Widerstand zu leisten? Ricardas Herz klopfte bis zum Hals, als sie die besagte Tür erreichte. Sie klopfte zaghaft.

Eine schwache Frauenstimme bat sie herein.

Als Ricarda das Zimmer betrat, kamen ihr beinahe die Tränen. Es war so klein, dass neben dem Bett kaum noch Raum für einen schiefen Schrank und eine Schminkkommode blieb.

Miss Cooper lag auf einer durchgelegenen Matratze, die ihrem Rippenbruch alles andere als zuträglich war. Wenn die gebrochenen Rippen falsch zusammenwuchsen, würde künftig jeder Atemzug schmerzen. Und wenn die Quetschung des Lungenflügels nicht ausheilte, konnte das zu Verwachsungen oder gar Krebs führen.

Um nichts in der Welt hätte Ricarda diese Patientin aus dem Hospital entlassen. Sie fragte sich, was der Bürgermeister wohl zu der riskanten Entscheidung von Dr. Doherty sagen würde. Aber dann kam ihr in den Sinn, dass das Verhalten des Arztes ihm vermutlich vollkommen gleichgültig wäre, weil das Mädchen in seinen Augen wahrscheinlich »nur eine Hure« war.

»Guten Tag, Miss Cooper«, sagte sie und setzte ein freundliches Lächeln auf. Auch wenn sie verängstigt und angesichts der Zustände wütend war, ihre Patientin wollte sie das nicht spüren lassen.

»Hallo.« Die Kranke lächelte freundlich.

»Erinnern Sie sich an mich? Ich bin Ricarda Bensdorf, die Ärztin, die Sie ins Krankenhaus gebracht hat. Ich wollte nachsehen, wie es Ihnen geht.«

»Das ist sehr freundlich von Ihnen«, gab das Mädchen mit belegter Stimme zurück.

Ricarda untersuchte die Platzwunde an der Stirn. Sie heilte gut, in wenigen Tagen konnten die Fäden gezogen werden. Wie es den Rippen ging, konnte sie nur ahnen. Sie bezweifelte, dass der stützende Brustverband erneuert worden war. Eigentlich hätte sie es tun müssen, aber die Mullbinden, die sie auf der Kommode entdeckte, waren nicht fest genug. Zu dumm! Ich hätte meinen Arztkoffer mitnehmen sollen, schalt Ricarda sich.

»Warum haben Sie denn das Hospital verlassen?«, fragte sie.
»Mr Borden hat mich abgeholt.«
»Ist das der Inhaber dieses Etablissements?«
Emma Cooper nickte.
Ricarda würde sich diesen Namen merken. »Warum hat er das getan?«
»Er wollte dem Hospital kein Geld für mich zahlen.«
»Doktor Doherty hat Sie also einfach entlassen.«
Wieder nickte Emma.
Ricarda schnaufte erbost. Das war unverantwortlich! Offenbar glaubte er, auf dem gegenüberliegenden Ende der Welt würde der hippokratische Eid nicht gelten.
»Wer hat Sie eigentlich über den Haufen geritten?«
»Warum wollen Sie das wissen?«
Verwundert bemerkte Ricarda, dass die Augen ihrer Patientin einen ängstlichen Ausdruck angenommen hatten. Offenbar wusste sie es ganz genau, wagte es aber nicht zu sagen.
»Weil Ihnen Schadensersatz zusteht. Der Reiter hätte doch ausweichen können. Bei vorsätzlicher Körperverletzung steht dem Opfer eine Entschädigung zu.«
Miss Cooper zögerte. Zwischen ihren Augenbrauen erschien eine tiefe Falte, die so gar nicht ihrem Alter entsprach. Doch auch wenn die Aussicht auf Schadensersatz etwas Verlockendes besaß, war die Angst vor Repressalien offensichtlich größer.
»Sie können es mir ruhig sagen!«, fuhr Ricarda fort. »Ich werde dafür sorgen, dass Sie keinen Ärger bekommen. Vielleicht können wir den Schuldigen ja dazu bewegen, Ihnen den Aufenthalt im Hospital zu bezahlen. Das wäre das Mindeste, was er für Sie tun könnte.«
Die junge Frau schaute sie noch immer aus großen Augen an.
Himmel, was muss ich noch tun, damit sie mir glaubt?, fragte sich Ricarda.

Plötzlich flog die Tür hinter ihnen auf. Hart krachte der Türflügel gegen die Wand. Er traf ein Gemälde, eine schwülstige erotische Szene in einer bukolischen Landschaft; ein Nagel fiel zu Boden, sodass das Bild plötzlich schräg hing.

»Was geht hier vor?«, wetterte eine Stimme. Ricarda sah sich um und blickte direkt in das Gesicht eines Mannes mit rotblondem Haar, der eine Narbe unter dem rechten Auge hatte. Sie kannte solche Narben von Studenten, die schlagenden Verbindungen angehörten und Ehrenhändel ausgefochten hatten. Nach dem Auftreten dieses Mannes zu schließen, rührte seine Verletzung aber keinesfalls von einem ehrenvollen Kampf her.

»Mein Name ist Ricarda Bensdorf«, stellte sie sich vor. »Ich bin Ärztin und habe diese Frau gestern ins Hospital gebracht, weil sie von einem Pferd überrannt wurde. Nun wollte ich sehen, wie es ihr geht, denn man sagte mir, dass sie inzwischen hier ist.«

Der Mann musterte sie von Kopf bis Fuß. Dann kniff er die Augen zusammen. »Sie wollen Ärztin sein?« Er lachte auf.

»Das will ich nicht nur sein, das bin ich auch«, entgegnete Ricarda energisch, die Überheblichkeit ihres Gegenübers ignorierend.

»Nun, Miss, dann sollten Sie sich um Ihre eigenen Kranken kümmern«, gab Borden abschätzig zurück. »Dieses Mädchen behandelt Doktor Doherty und niemand sonst.«

»Er scheint keinen besonders guten Blick für Kranke zu haben, da er Ihnen erlaubt hat, Miss Cooper mitzunehmen.« Ricarda ballte unwillkürlich die Fäuste. »Diese Frau wird irreparable Schäden davontragen, wenn Sie sie in diesem Bett sich selbst überlassen! Um es in Ihrer Sprache auszudrücken: Wenn sie nicht besser gepflegt wird, kann sie Ihnen nie wieder etwas einbringen, weil ihr während der Arbeit die Luft ausgehen wird!«

Ricarda zitterte am ganzen Körper – ob vor Angst oder Empörung, hätte sie selbst nicht zu sagen gewusst. Ihr Mund war trocken, und sie hoffte nur, dass ihr in dieser stickigen Kammer nicht die Sinne schwänden.

Der Bordellbesitzer wirkte zunächst sprachlos. »Verschwinden Sie von hier!«, zischte er schließlich gefährlich leise und hob drohend die Faust. »Und solange Sie nicht vorhaben, für mich zu arbeiten, setzen Sie nie wieder einen Fuß in mein Lokal! Haben Sie mich verstanden?«

Ricarda wollte sich um keinen Preis eingeschüchtert zeigen; deshalb blickte sie dem Wirt unverwandt in die Augen. Dabei fiel ihr auf, dass sein Augenweiß gelblich verfärbt war. Ein Ikterus, diagnostizierte sie unwillkürlich; ja, zweifellos stand es um seine Leber nicht zum Besten. Diese Erkenntnis lenkte sie ab und bewahrte sie davor, erschrocken zurückzuweichen, obwohl ihr sehr mulmig zumute war. Trotzig warf sie den Kopf in den Nacken. Es wäre vermutlich zwecklos, ihm angesichts seiner Gelbsucht vom Alkoholgenuss abzuraten ...

Während Ricarda noch mit sich rang, knurrte er plötzlich: »Raus hier! Machen Sie endlich, dass Sie wegkommen, sonst werfe ich Sie zum Fenster raus! Dann können Sie sich selbst verarzten, Fräulein Doktor!«

Das hämische Gelächter, das seinen Worten folgte, löste Ricarda aus ihrer Erstarrung. Sie zweifelte nicht daran, dass Borden seine Drohung wahrmachen würde. Sie warf ihm einen letzten, zornigen Blick zu, winkte ihrer Patientin zum Abschied und rannte die Treppe hinunter und hinaus auf die Straße.

Jack fiel der Ritt ins Maoridorf diesmal alles andere als leicht. Sein Gefühl sagte ihm, dass die Menschen dort keine Schuld an dem Zwischenfall trugen. Dennoch fürchtete er sich vor dem, was er erfahren würde.

Wenn sich nun doch ein paar Krieger entschieden hatten, gegen die Weißen vorzugehen? Der sorgsam gehegte Friede wäre dahin, und obwohl Jack nicht vorhatte, den Maori zu schaden, könnte er nicht verhindern, dass andere zu den Waffen greifen und den Kampf eröffnen würden.

Vielleicht stimmt meine Vermutung ja, versuchte er sich zu beruhigen, als er das Pferd auf das Dorf zulenkte.

Die Wachposten nickten ihm zu und fragten ihn diesmal nicht nach seinem Ziel. Jack stieg vom Pferd und ging zu Moanas Hütte.

Die Heilerin stand davor und reichte einer Frau gerade ein Bündel Kräuter.

»*Kiritopa*, gut du sein hier!«, rief sie, als sie ihn bemerkte, und trat zu ihm, um ihn zu begrüßen. »Was deine Grasfresser machen? Bluttrinker fort?«

»Ja, das sind sie, dank deiner Kräuter.« Jack deutete eine anerkennende Verbeugung an. »Ich komme heute wegen etwas anderem.«

»Dann sagen und ich sehen, ob helfen.«

Moana bedeutete ihm, dass er ihr in seine Hütte folgen solle.

Neben der Feuerstelle nahmen sie Platz.

»Waren in letzter Zeit *pakehas* bei euch und wollten handeln?«

Moana überlegte. »Was meinen mit letzter Zeit.«

»Ob sie vor einer Woche hier waren. Oder vor einigen Monaten.«

Die Heilerin schüttelte den Kopf. »Nein, keine *pakehas* hier, nur du.«

»Und gibt es in letzter Zeit Krieger, die gegen uns kämpfen wollen?«

Moana zog fragend die Augenbrauen hoch. »Warum du fragen, *kiritopa*?«

Jack rang mit sich, ob er ihr alles erzählen sollte. Es muss sein, beschloss er nach einer Weile und begann zu berichten.

Nachdem er geendet hatte, wurde Moana nachdenklich. Fast

fürchtete Jack schon, sie verärgert zu haben, da antwortete sie:

»Ariki seine Krieger sagen, dass nicht kämpfen, wenn nicht drohen Gefahr.«

»Aber vielleicht hören einige Krieger nicht auf ihn.«

»Mana von *ariki* sehr groß. Kein Krieger wagen, anderes zu tun, als er wollen.«

Jack seufzte. Er glaubte Moana, wenn sie sagte, dass die Autorität des Häuptlings unangetastet war. Aber in die Herzen aller Stammesmitglieder konnte sie nicht schauen.

Und wenn Bessett doch dahintersteckte? Vielleicht hatte er den Speer ja von einem seiner Bediensteten erhalten. Diese kamen ab und an in ihr Dorf. Gewiss fand niemand etwas dabei, wenn ein Maori einen Speer mitnahm.

Einen Beweis für Bessetts Schuld würde er also nicht finden.

»Ich sehen, dein Herz wieder voll Sorge.«

»Ja, diese Sache macht mir wirklich Kopfzerbrechen.«

»Wenn zerbrechen Kopf, nicht gut. Ich hören und sehen für dich. Wenn ich weiß Neues, ich zu dir kommen.«

Mehr konnte Jack nicht verlangen. Er dankte ihr und fragte dann: »Gibt es etwas, was ich für dich tun kann?«

»Ich zufrieden bin, aber wenn du wieder finden *papanga*, ich freuen.«

»Du sollst deinen Stoff bekommen«, entgegnete der Farmer und erhob sich.

Als sie aus der Hütte traten, bemerkte Jack eine junge Frau und einen Mann, die heftig gestikulierend miteinander sprachen.

Auf den ersten Blick wirkten sie wie ein zänkisches Ehepaar.

Moana erriet, dass Jack wissen wollte, wer sie waren.

»Das Taiko und Bruder Ruaumoko. Mädchen gerade gekommen aus Stadt mit Kind in Bauch. Bruder sehr wütend auf Mann, gemacht hat Kind. Er geschworen, Ehre von Taiko zu verteidigen.«

»Und wer ist der Vater des Kindes?«, erkundigte sich Jack, und eine leise Ahnung beschlich ihn.

»Reicher Mann, bei dem Taiko arbeiten. Haben gemacht Kind und geschickt fort. Name sein Bessett.«

Bessett!, dachte Jack. Die Gerüchteküche in der Stadt funktioniert wirklich prächtig. Doch er freute sich nicht, dass seine Behauptung kein Gerücht mehr war. Das Mädchen tat ihm leid. Auch wenn die Maori keine Frau, die unehelich Mutter wurde, verstießen, so sank ihr gesellschaftlicher Rang doch beträchtlich.

»Ruaumoko werden versuchen, Vater zu Kampf herauszufordern«, setzte Moana hinzu.

»Davon solltest du ihn abbringen, Moana«, entgegnete Jack, der seine Gedanken beiseiteschob. »Es könnte schlimme Konsequenzen haben, wenn er Bessett tötet, nicht nur für ihn, sondern auch für euren gesamten Stamm.«

Die Heilerin seufzte. »Du können einfangen Wind?«

»Das kann wohl niemand.«

»Und so sein Krieger, wenn will Ehre von Schwester reinwaschen. Ich ihm kann raten, bleiben ruhig, doch ob er meine Stimme hören?«

»Er muss auf dich hören, Moana, sonst wird es noch viel mehr Unheil geben!« Jack hoffte, dass Moana den Nachdruck in seiner Stimme wahrnahm. »Manchmal gehorcht dir ja auch der Wind.«

Die Augen der Heilerin funkelten schelmisch. »Manchmal.«

Als hätte er mitbekommen, dass sie über ihn sprachen, wandte sich der Krieger plötzlich um.

Jack erkannte in seinem Blick Stolz und auch Zorn ihm gegenüber, obwohl er die Ehre seiner Schwester nicht befleckt hatte. Wenn Bessett ihm im Kampf gegenüberstehen musste, würde er nichts zu lachen haben. Dennoch hoffte Jack, dass kein Blut fließen würde.

Schwungvoll rührte Ricarda ihre Wäsche im Bottich um, bevor sie das erste Stück herauszog, um es auf dem Waschbrett zu bearbeiten. Die harte körperliche Arbeit kam ihr sehr gelegen. Während sie ein Unterkleid kräftig auswrang, musste sie an den Bordellbesitzer denken, mit dessen Hals sie gern genauso verfahren wäre. Wie konnte der Kerl sich bloß so aufführen? Und was war nur mit dem Bürgermeister los? Und warum musste es selbst hier, wo die Menschen doch eine Chance zum Neuanfang hatten, Bordelle geben? Mussten die Europäer denn überall, wo sie auftauchten, das Land in ein Abbild ihrer zurückgelassenen Heimat verwandeln?

Während Ricarda schrubbte, rubbelte und wrang, verrauchte ihre Wut allmählich und ihre Gedanken hörten zu kreisen auf.

»Miss Bensdorf?«

Ricarda schaute auf, und sofort war die mühsam gewonnene Gelassenheit wieder dahin. Dr. Doherty stand vor dem Pavillon. Das konnte nichts Gutes bedeuten. »Was kann ich für Sie tun, Herr Kollege?«, fragte sie und wischte sich die Hände an der Schürze ab.

Doherty musterte sie abschätzig. »Ich habe gehört, dass Sie in meinem Hospital waren.«

»Ganz recht, ich wollte mich nach meiner Patientin erkundigen. Wie ich gehört habe, haben Sie Miss Cooper entlassen. Ich frage mich, ob Sie die Folgeschäden verantworten wollen. Ich habe mir das Mädchen angesehen, und ich würde jemanden mit Rippenbrüchen und Verdacht auf Lungenquetschung nicht auf einer durchgelegenen Matratze sich selbst überlassen. Mal abgesehen davon, dass ich Mr Borden für fähig halte, Miss Cooper auch noch Freier aufs Zimmer zu schicken.«

Ricarda war sich dessen bewusst, dass ihre direkte Art den Kollegen schockierte. Eine ehrbare Frau würde das Wort »Freier« niemals in den Mund nehmen, ja, sie würde nicht einmal wissen, was diese Männer mit den Mädchen in den Bordellen anstellten.

Aber als Ärztin hatte sie so einiges gesehen und gehört, und kein menschliches Bedürfnis war ihr fremd.

Einen Moment lang schaute Doherty sie an, als hätte sie den Waschzuber über seinem Kopf ausgeleert. Aber er erholte sich recht schnell von seinem Schrecken. »Ich bin nicht hier, um über Maßnahmen zu diskutieren, die meine Patienten betreffen«, schnaubte er. »Ich wollte Ihnen nur mitteilen, dass ich Ihnen ab sofort Hausverbot in meinem Hospital erteile.«

Ricarda stemmte die Hände in die Seiten und legte den Kopf schief. »Sie tun was?«

»Ich erteile Ihnen Hausverbot«, entgegnete Doherty ungerührt. »Sie hatten kein Recht, in den Räumen meines Hospitals zu praktizieren. Damit haben Sie gewissermaßen Hausfriedensbruch begangen, und ich als Eigentümer des Grundstücks habe das Recht, Sie von dort zu verweisen.«

Ricarda hätte ihn zu gern gefragt, ob er den Verstand verloren hatte. Das Behandeln eines Patienten sollte Hausfriedensbruch sein? Wahrscheinlich hatte er sich heute bereits zu lange in der Sonne aufgehalten. Ihr lag bereits eine entsprechende Bemerkung auf der Zunge, doch die würde die Sache nur noch schlimmer machen. Immerhin hatte der Bürgermeister ihr die Zustimmung zur Niederlassung noch nicht erteilt. Wenn sich Doherty über sie beschwerte, würde sie wohl oder übel aus Tauranga abreisen müssen, denn hier könnte sie sich dann nicht mehr niederlassen.

»Ich habe lediglich die Patientin behandelt, wie es meine Pflicht war«, erklärte sie so ruhig wie möglich.

»Auf der Straße, ja, da war es Ihre Pflicht. Doch in dem Augenblick, in dem Sie das Hospital betreten haben, waren Sie nicht mehr zuständig. Dass Sie diese Person behandelt haben, ohne meine Rückkehr oder meine Erlaubnis abzuwarten, werte ich als Eingriff in mein Geschäft, und Sie können froh sein, dass ich keinen Schadensersatz von Ihnen fordere.«

Das wurde ja immer besser! Ricarda konnte ein Schnaufen nicht unterdrücken. Am liebsten hätte sie diesem Kerl die Arroganz und Selbstgefälligkeit aus dem Gesicht geschrubbt, doch sie zwang sich zur Besonnenheit. »Doktor Doherty«, sagte sie und funkelte den Arzt zornig an, »Schadensersatz kann man nur für einen Schaden fordern, den man tatsächlich erlitten hat. Soweit ich weiß, hat Mr Borden, in dessen Lokal die junge Dame arbeitet, Ihnen die Rechnung beglichen. Ich hingegen habe kein Honorar erhalten, obwohl die Patientin einen größeren Schaden davongetragen hätte, wenn ich sie auf der Straße liegengelassen hätte. Also kommen Sie mir nicht auf diese Weise, Sir!«

Offenbar hatte er nicht damit gerechnet, dass sie sich nicht einschüchtern ließ. Er atmete erst einmal tief durch, bevor er knurrte: »Sie werden sich von meinem Hospital fernhalten! Sollten Sie einen Patienten dort einweisen wollen, können Sie das tun, und ich werde auch Sie behandeln, sollten Sie jemals eingeliefert werden. Aber solange Ihre Füße Sie tragen, werden Sie sich dort nicht mehr blicken lassen, haben Sie mich verstanden?«

Ricarda schaute ihren Widersacher nur trotzig an. Am liebsten hätte sie ihm entgegengeschleudert, wie armselig sein Verhalten doch sei, aber sie schwieg. Wenn sie zu Studienzeiten auf Männer seines Schlages getroffen war, hatte sie es genauso gehalten. Es gab schließlich andere Wege, borniertern Mannsbildern einen Denkzettel zu verpassen. Das würde ihr bei Doherty schon noch gelingen. Spätestens wenn sie ihre eigene Praxis hatte.

»Gut, ich denke, dann wäre alles gesagt«, fügte Doherty hinzu. »Wenn Sie mir nicht mehr in die Quere kommen, werden wir uns bestens vertragen. Guten Tag, Miss Bensdorf.«

Er verneigte sich spöttisch, wandte sich ab und verschwand.

Ricarda verpasste dem Waschbottich einen Tritt, und zwar so kräftig, wie sie Doherty am liebsten getreten hätte. Das Waschbrett rutschte ab und landete platschend im Wasser. Ein Schwall

Lauge ergoss sich auf Ricardas Schürze und durchnässte auch ihr Kleid. Doch das war ihr gleichgültig. In ihren Augen standen Tränen, und ein Kloß formte sich in ihrem Hals. Sie hatte sich an den Grenzen gestoßen, die ihre Eltern ihr setzen wollten, aber das war ja gar nichts gewesen im Vergleich zu dem, was sie sich heute bieten lassen musste. Allmählich wurde ihr angst und bange. Vielleicht hatte sie sich doch etwas Unmögliches vorgenommen.

Am liebsten hätte sie sich in ihr Zimmer verkrochen, um sich unter der Bettdecke einzuigeln und zu weinen. Oder etwas von dem Wein zu trinken, den Molly in ihrem Keller lagerte. Aber nein! Das wäre der falsche Weg! Entschlossen strich sie sich das Haar aus der Stirn und wischte sich über die brennenden Augen. Die Wäsche würde nicht weglaufen.

Ricarda rannte in ihr Zimmer, legte die Schürze ab und schnappte sich die Visitenkarte, die sie auf ihren Schreibtisch gelegt hatte. Es konnte nicht schaden, sich Beistand zu suchen – besonders, wenn sich gleich drei Männer gegen einen verschworen hatten.

Mary Cantrells Haus, das im klassizistischen Stil aus Stein errichtet war, bildete neben dem Governement Building den zweiten glanzvollen Höhepunkt der Willow Street. Ob diese stattlichen Weiden vor dem Eingang der Straße den Namen gegeben haben?, fragte Ricarda sich, während sie die Treppe hinaufstürmte.

Sie strich sich den Rock glatt, der noch nicht wieder trocken war, und schob sich ein paar lose Haarsträhnen hinter die Ohren. Dann atmete sie tief durch und betätigte die Klingel. Das Läuten echote durch die Eingangshalle und erinnerte sie an ihr Elternhaus.

Es dauerte nicht lange, bis Schritte ertönten. Ricarda hätte mit einem Dienstmädchen gerechnet, doch ein Mann mittleren

Alters in der Kleidung eines englischen Butlers öffnete die Tür. Er musterte sie von oben herab und fragte dann: »Sie wünschen, Miss?«

»Ich würde gern Mrs Cantrell sprechen.«

»In welcher Angelegenheit?«

»In einer privaten«, entgegnete Ricarda, denn sie hatte nicht vor, dem Butler die gesamte Geschichte zu erzählen. Außerdem war sie viel zu wütend und aufgekratzt, um mit jemandem zu sprechen, der keine Ahnung von dem Drumherum hatte.

»Ist schon in Ordnung, Martin, ich habe die Dame eingeladen.«

Die Hausherrin war unbemerkt hinter dem Butler in der Eingangshalle aufgetaucht.

Sie trug ein aprikosenfarbenes Nachmittagskleid mit weißen Rüschen, was ihrer Erscheinung Jugendlichkeit verlieh. »Doktor Bensdorf, schön, Sie zu sehen!«

Ricarda hob die Hand zu einem unsicheren Winken.

Der Butler verbeugte sich und öffnete die Tür so weit, dass Ricarda eintreten konnte. »Herzlich willkommen, Madam.«

Zu einer anderen Gelegenheit hätte Ricarda dieses Verhalten amüsant gefunden, denn der Diener schien geradewegs einem englischen Roman entsprungen zu sein, doch jetzt schlug ihr das Herz bis zum Hals. Sie versuchte sich ein wenig abzulenken, indem sie den Blick durch die Halle schweifen ließ. So groß wie die ihres Elternhauses war sie nicht, aber ebenso prächtig. Neben der Treppe entdeckte Ricarda einen Diwan, der noch aus napoleonischer Zeit zu stammen schien und von exotischen Kübelpflanzen flankiert wurde. Darüber hing ein Gemälde in einem schweren Goldrahmen, das Bildnis eines Mannes, der triumphierend den Fuß auf den Kopf eines erlegten Löwen gestellt hatte. Ein kristallener Kronleuchter beleuchtete die Kulisse.

Wenn sie all das aus England mitgenommen hat, wird sie für die Überfahrt wohl ein eigenes Schiff gebraucht haben, fuhr es

Ricarda durch den Kopf, und der Gedanke erhellte ihr Gemüt ein wenig.

»Kommen Sie, Doktor Bensdorf, gehen wir in meinen Salon!« Mary Cantrell lächelte gewinnend und führte Ricarda hinein.

Das Wort »Salon« hatte noch immer einen seltsamen Klang in Ricardas Ohren. Aber der Raum war eine angenehme Überraschung, denn er ähnelte dem ihrer Mutter in keiner Weise. Er erinnerte mit den zahlreichen Topfpflanzen eher an einen Wintergarten. Ricarda entdeckte Zitronen- und Orangenbäumchen, aber auch Pflanzen, die sie noch nie gesehen hatte. Einige hatten bizarr geformte Blüten, andere fleischige dunkelgrüne Blätter. Sogar eine Palme reckte sich dem kuppelförmigen Glasdach entgegen.

»Mein Mann und ich haben einen Hang zum Außergewöhnlichen, wie Sie sehen«, erklärte Mary Cantrell, als sie Ricardas Staunen bemerkte. »Vermutlich weil wir eine Zeitlang in Afrika gelebt haben. Neuseeland finde ich allerdings noch wesentlich interessanter. Sie müssen unbedingt mal in den Busch und nach Kiwis Ausschau halten, diese Vögel sind so etwas wie nationale Heiligtümer.«

Ricarda musste zugeben, dass sie die Engländerin beneidete. Sie hatte offenbar einen Ehemann, der sie weder zähmen noch brechen wollte. Ganz im Gegenteil, er reiste mit ihr und hatte auch nichts dagegen, dass sie sich in der Frauenbewegung engagierte. Wahrscheinlich hätte er auch nichts gegen ein Studium seiner Frau einzuwenden gehabt, wenn sie es denn gewollt hätte.

»Setzen Sie sich doch!« Mary deutete auf die Korbmöbel in der Mitte des Raumes, deren dicke orangerote Kissen sehr einladend wirkten. Ein kleiner Tisch, dessen Fuß ebenfalls aus Korbgeflecht bestand, trug eine wunderschöne Glasplatte, deren farbiges Dekor mit den Kissen und den Blüten der Pflanzen harmonierte. Mary griff nach einem silbernen Glöckchen und läutete.

Wenig später erschien der Butler. »Sie wünschen, Madam?«
»Bringen Sie uns bitte Tee und etwas von Marthas Gebäck.«
»Sehr wohl.« Wieder verbeugte er sich und zog von dannen.

Mary wartete noch, bis er außer Hörweite war, dann fragte sie: »Nun, was führt Sie zu mir, Doktor Bensdorf? Darf ich hoffen, dass Sie es sich mit meinem Angebot überlegt haben?«

»Doktor Doherty hat mich aufgesucht«, erklärte Ricarda, ohne auf die eigentliche Frage einzugehen. Zuerst sollte die Engländerin wissen, was der Grund für ihre Entscheidung war. »Stellen Sie sich vor, er hat mir Hausverbot für das Hospital erteilt.«

Eine dünne Falte erschien zwischen Marys Augenbrauen. Ihre Augen verengten sich. »Mit welcher Begründung hat er das getan?«

»Er sagte, dass ich mich in seine Arbeit einmische und er das nicht dulden könne«, antwortete Ricarda und schilderte die Unterhaltung mit ihrem Widersacher in allen Einzelheiten.

Mary Cantrell senkte den Blick und schob die Unterlippe nachdenklich vor. Dann fragte sie: »Was hätten Sie getan, wenn ein fremder Arzt in Ihrer Praxis erschienen wäre, um einen Patienten zu behandeln?«

Ricarda glaubte nicht richtig zu hören. Hatte Mrs Cantrell es sich jetzt anders überlegt, was die Unterstützung anging?

»Ich hätte ihn gewähren lassen«, entgegnete Ricarda, und das war keineswegs eine leere Phrase. Sie war schon immer der Meinung gewesen, dass Kollegen einander nicht wie Konkurrenten behandeln sollten. Aber offenbar stand sie mit dieser Ansicht allein da. Dennoch setzte sie hinzu: »Wenn er keine Möglichkeit hätte, seinen Patienten bei sich zu behandeln, würde ich ihm meine Praxis zur Verfügung stellen.«

Die Engländerin nickte. »Eine weise Antwort. Merken Sie sich die, falls es mal zur Konfrontation zwischen Ihnen beiden kommt. Damit meine ich kein Gespräch mit Doherty, sondern eine Gerichtsverhandlung.«

»Gerichtsverhandlung?« Ricarda schoss in die Höhe, als hätte sich eine Rute aus dem Geflecht des Stuhls gelöst und sie in den Allerwertesten gestochen.

»Bleiben Sie ruhig, und setzen Sie sich, Ricarda!«, sagte Mary beschwichtigend. »Ich darf Sie doch so nennen, oder?«

Ricarda nickte und ließ sich wieder in das Polster fallen.

»Ich kenne Doktor Doherty schon lange«, erklärte Mary. »Bislang musste ich seine medizinischen Künste zwar noch nicht in Anspruch nehmen, aber ich brauche einen Menschen nur anzusehen, um zu wissen, was in seinem Kopf vorgeht.«

»Ich wünschte, diese Gabe hätte ich gehabt, bevor ich mit der Frau ins Hospital gefahren bin.«

»Nein, dazu hätten Sie hellsehen müssen«, gab Mary zurück. »Aber das kann bekanntlich niemand. Sie waren neu in der Stadt und konnten ja nicht ahnen, dass Doherty seine Futtergründe mit gefletschten Zähnen verteidigt.«

»Aber ein Arzt ist für eine Stadt wie diese zu wenig!«, erklärte Ricarda. »Oder wäre es etwas anderes, wenn ich ein Mann wäre?«

»Nicht im Großen und Ganzen, aber im Detail.« Mary hielt inne, denn der Butler trat ein.

Während Ricarda beobachtete, wie formvollendet Martin den Tee servierte, kam ihr in den Sinn, dass ihre Mutter von solch einem Bediensteten begeistert wäre.

Nachdem er wieder gegangen war, fuhr die Engländerin fort. »Wären Sie ein Mann, hätte er es zwar missbilligt, dass Sie in seinem Hühnerstall gewildert haben, hätte aber keine weiteren Schritte unternommen; denn er hätte damit rechnen müssen, dass Sie ihm eine Waffe unter die Nase halten oder ihm eine gehörige Abreibung verpassen. Bei einer vermeintlich schwachen Frau glaubt Doherty dagegen, dass er nichts zu befürchten hat.«

Ricarda nickte. »Das habe ich gemerkt. Er war sogar so dreist, von Schadensersatz zu sprechen. Und das, obwohl Mr Borden ihn bezahlt hat und nicht mich.«

Mary schüttelte empört den Kopf. Aber dann lächelte sie, griff nach dem Milchkännchen und sagte beschwichtigend: »Probieren Sie diesen Tee, Ricarda, es ist einer der besten Earl Grey, die ich kenne. Er wird Ihren Nerven guttun.«

Ricarda war in diesem Augenblick sicher, dass nur eines ihren Nerven guttun würde: es Doherty irgendwie heimzuzahlen. Aber sie griff gehorsam nach der Teetasse.

»Versuchen Sie ihn mit etwas Milch, dadurch wird er noch milder«, riet Mary, während sie ihren Tee umrührte.

Ricarda goss etwas Milch in ihre Tasse und sah, wie eine kleine weiße Wolke darin aufwallte.

Viel Glück im Land der weißen Wolke! Plötzlich hatte Ricarda Manzonis Worte im Ohr, und gleich wurde ihr leichter zumute.

»Na, sehen Sie, jetzt lächeln Sie endlich«, stellte Mary fest, bevor sie es selbst bemerkte. »Da zeigt sich mal wieder, dass es nichts Heilsameres gibt als eine Tasse Tee.«

Eine Weile herrschte andächtiges Schweigen.

»Also, wie ich das sehe, brauchen Sie so schnell wie möglich einen Bescheid von der Einwanderungsbehörde oder zumindest eine Aufenthaltsgenehmigung«, sagte Mary schließlich. »Außerdem die Genehmigung des Bürgermeisters.«

Ricarda nickte niedergeschlagen. Sie glaubte nicht mehr daran, dass sie die jemals bekommen würde.

Mary jedoch lächelte siegesgewiss und griff nach ihrer Tasse. »Mit ein wenig Hilfe können Sie das schaffen, und zwar schneller, als Sie denken. Und dann zeigen Sie es diesem Doherty!«

Jack Manzoni saß an diesem Abend auf seiner Veranda und beobachtete den sich verdunkelnden Himmel. Es würde eine klare Nacht werden, eine Nacht, in der die Sterne wie Brillanten strahlen würden. Die ersten »Kinder des Lichts«, wie die Gestirne von den Maori genannt wurden, funkelten bereits. Die Sterne waren eng mit ihrem Schöpfungsmythos verbunden, der sich stark von dem der Christen unterschied.

Jack entdeckte das Kreuz des Südens, das Sternbild, das in diesen Breiten am stärksten leuchtete und bei den Eingeborenen *Māhutonga* hieß. Es leitete die Seefahrer und inspirierte die Träumer.

Auch ich könnte einen Wegweiser gebrauchen, dachte Jack, seufzte und nahm einen Schluck aus seiner Feldflasche. Er trank nicht gewohnheitsmäßig, aber wenn er diese unbestimmte Sehnsucht spürte, die ihn vor das Haus trieb und zum Himmel blicken ließ, war ihm der Alkohol willkommen. Der Brandy kribbelte auf der Zunge und hüllte ihn in eine wohlige Wärme.

Ob ich mich über die Leere in meinem Leben hinwegtrösten will?, sinnierte Jack selbstkritisch. Obwohl er eigentlich andere Sorgen hatte, ging ihm die Begegnung mit der Ärztin nicht aus dem Kopf. Was kann ich tun, um Ricarda Bensdorf wiederzusehen? Ihr Blumen schicken? Oder geradeheraus zu ihrer Pension reiten?

Bei den Frauen, mit denen er sich nach Emilys Tod zusammengetan hatte, war es leichter gewesen. Jack Manzoni war ein angesehener Mann in Tauranga. Wenn er auf einer Tanzveranstaltung in der Stadt auftauchte, lagen ihm die meisten Damen zu Füßen. Ein Lächeln, eine Aufforderung zum Tanz, ein paar süße Worte, in das Ohr der Auserwählten geflüstert, hatten meist gereicht, um sie in sein Bett zu lotsen. Jede von ihnen hatte sich wahrscheinlich ausgerechnet, die Gattin eines reichen Schafzüchters zu werden, der ihr ein luxuriöses Leben bieten könnte.

Nachdem die erste Verliebtheit verflogen war, hatten sie jedoch schnell erkannt, dass sein Herz noch immer einer anderen gehörte und er zudem kein Mann war, der den Luxus liebte. Obwohl er reich war, wohnte er in einem Farmhaus, das trotz seiner Größe nicht wie der Landsitz eines Schafbarons anmutete. Die Inneneinrichtung war immer noch die, die seine Eltern einst aus Europa mitgebracht hatten. Jack hasste vollgestopfte Räume, er liebte die Weite, denn er war sie seit seiner Kindheit gewöhnt. Das widersprach der gängigen Mode, die einen Haufen Tand vorschrieb. Jack jedoch brauchte nur seine Bücher, seine Schafe – und eine Frau, deren Anblick allein ihn schon vergessen ließ, dass sein Haus überhaupt Wände besaß.

Jack seufzte. Das Leben der Nacht begann. Noch immer schaute er hinauf in das Firmament, während er fühlte, wie sich das Feuer des Alkohols in seinen Adern ausbreitete. Zu gern würde er wieder eine Frau an seiner Seite wissen, die er lieben und verehren konnte; eine Frau, die seine Seele zum Klingen brächte und vielleicht auch sein Klavier ...

Nun gut, sagte er sich und schickte einen Gedanken zu Moana, seiner Ratgeberin. Ich werde die *wahine* kennenlernen. Nicht heute, nicht morgen, aber demnächst.

Damit nahm er noch einen Schluck Brandy und gab sich dem Gefühl hin, zu den Sternen aufzusteigen und eins mit ihnen zu werden.

6

Eine Woche nachdem sie den Bürgermeister aufgesucht hatte, fand Ricarda beim Aufstehen einen Briefumschlag auf dem Fußboden. Molly hatte sie offenbar nicht wecken wollen und ihn unter der Tür hindurchgeschoben. Die Adresse stand mit Schreibmaschinenschrift auf dem Kuvert, und als Absender prangte ein Stempel von der Einwanderungsbehörde auf dem groben braunen Papier.

Eigentlich hatte Ricarda nicht vor Ablauf eines Monats mit einer Antwort gerechnet. War das ein gutes oder ein schlechtes Zeichen, dass es so schnell gegangen war?

Unruhe erfasste sie. Ihre Hände waren feuchtkalt und zitterten, als sie den Umschlag öffnete. Was sollte aus ihr werden, wenn man ihr Gesuch abgelehnt hatte und sie wieder nach Hause schickte? Vor Aufregung zerfetzte sie den Umschlag fast und zerrte den Brief hervor. Ihre Augen flogen über die Buchstaben, bis sie sich zu dem entscheidenden Satz zusammenfügten:

Wir freuen uns, Ihnen mitteilen zu dürfen, dass wir Ihrem Einwanderungsgesuch stattgeben. Die Unterlagen gehen Ihnen in den nächsten Tagen zu.

Unterzeichnet hatte der Gouverneur der britischen Krone, sodass niemand, auch nicht der Bürgermeister oder Dr. Doherty, diesen Bescheid anzweifeln konnte. Sie war jetzt eine Bürgerin des Commonwealth – dank Mary Cantrell und ihrem Ehemann, der das Verfahren offenbar erheblich beschleunigt hatte.

Jetzt galt es, den zweiten Schritt anzugehen: die Erlaubnis zur Niederlassung als Ärztin vom Bürgermeister einzuholen und sich dann nach geeigneten Räumlichkeiten umzusehen.

Seit ihrem Besuch bei Mary Cantrell hatte Ricarda nichts mehr von ihr gehört. Sie war offensichtlich niemand, der ungeduldig jeden Tag an eine Tür klopfte und fragte, wie weit denn alles schon gediehen sei.

Nun sagte sie sich, dass sie das Gespräch beim Bürgermeister und auch die Suche nach einem geeigneten Gebäude schon allein bewältigen würde.

Von der guten Nachricht beflügelt, verrichtete Ricarda ihre Morgentoilette und schlüpfte in das schwarz-weiße Reisekostüm, das ihr eine strenge Note verlieh. Vielleicht hatte Clarke sie ja beim ersten Treffen auch wegen ihrer zu weiblichen Aufmachung nicht ernst genommen.

Als sie fertig war, stellte sie sich wie jeden Morgen ans offene Fenster, atmete tief durch und sah dem Treiben der Nachbarn zu. Mittlerweile kannte sie einige bereits mit Namen. Obwohl sich herumgesprochen hatte, dass sie Ärztin war und im Streit mit Doherty lag, behandelten die Leute sie stets freundlich.

Ricarda gab ihnen auch keinen Grund, das Gegenteil zu tun. Sie verhielt sich stets korrekt. Ihr Englisch hatte sich gut weiterentwickelt, sodass sie bereitwillig mit ihnen plauderte, auch wenn sie den merkwürdigen Slang, in dem sich die Eingesessenen verständigten, wohl nie lernen würde.

Nachdem sie beobachtet hatte, wie Miss Peters ihre Wäsche aufgehängt, Mr Henderson das Haus verlassen und die Gouvernante von Tally Marsden die Kinder, die zu einem unzeitgemäßen Spaziergang aufgebrochen waren, wieder eingefangen hatte, löste sie sich lächelnd vom Fenster und begab sich mit dem Schreiben ins Frühstückszimmer.

Der Professor hatte sich bereits auf seinem Stammplatz in eine Ausgabe des *Auckland Herald* vertieft. Ricarda wünschte ihm einen guten Morgen, was er nur beiläufig erwiderte, und setzte sich.

Die Hauswirtin servierte den Kaffee und Porridge so fröhlich wie immer, und Ricarda zog den Brief hervor.

»Stellen Sie sich vor, Molly, mein Gesuch wurde befürwortet!«

Die Pensionswirtin stellte die Kaffeekanne ab und umarmte Ricarda. »Ich freue mich ja so für Sie! Manche Neuankömmlinge warten sich manchmal die Beine in den Bauch. Dass es bei Ihnen so schnell gegangen ist, ist wirklich ein gutes Zeichen.«

Ja, ein Zeichen von guten Beziehungen, dachte Ricarda, behielt es aber für sich. Es war ihr peinlich, dass Mr Cantrell für sie eingetreten war. Aber letztlich zählte nur das Ergebnis. Welchen Preis es hatte, würde man sie sicher beizeiten wissen lassen.

Als Ricarda nach dem Frühstück in den Flur trat, erwartete sie die zweite Überraschung. Mary Cantrell kam zur Tür herein. Der Besuch konnte doch kein Zufall sein ... Vermutlich wusste sie bereits von dem Eintreffen des Briefes.

»Guten Morgen, Miss Bensdorf, hätten Sie nicht Lust auf einen kleinen Morgenspaziergang?«, fragte sie mit einem unternehmungslustigen Lächeln. »Ich würde Ihnen gern etwas zeigen.«

»Aber sicher doch, gern«, antwortete Ricarda überrascht.

Sie lief noch schnell nach oben, um die Bewerbungsmappe für den Bürgermeister zu holen. Zwischen den festen Pappdeckeln lagen Abschriften ihrer Zeugnisse und ihr Diplom, das sie dafür eigens aus dem Rahmen genommen hatte.

Der Morgen war noch frisch. Die Geschäftigkeit in der Stadt erinnerte Ricarda an Zürich. Auch dort hatten Dienstboten und Lieferanten die Straßen und Gehwege gefüllt, wenn sie von ihrer Pension zur Universität unterwegs gewesen war.

Was hatte Mary vor? Über den Einwanderungsbescheid zu sprechen? Und was wollte sie ihr zeigen?

»Ein herrlicher Tag, finden Sie nicht?« Mary schaute in den Himmel. »Manchmal kann es schon zu dieser Stunde ziemlich schwül sein, aber die klaren Nächte haben die Luft ein wenig erfrischt.«

»Ja, es ist wirklich angenehm heute«, pflichtete Ricarda ihr bei. Ihr Vorhaben hatte ihre Gedanken dermaßen eingenommen, dass ihr keine bessere Erwiderung einfiel.

»Den Bescheid von der Einwanderungsbehörde haben Sie inzwischen erhalten, nehme ich an.« Ein wissendes Funkeln blitzte in Marys Katzenaugen.

»Ja, das habe ich. Er war heute Morgen in der Post.«

»Auf meinen Mann ist eben Verlass!« Marys Stimme klang triumphierend. »Er würde Sie übrigens gern kennenlernen. Momentan hält er sich in Auckland auf, aber Mitte nächster Woche dürfte er zurück sein. Dann werden wir einen kleinen Empfang geben. Sie sind herzlich eingeladen und können dort sicher nützliche Kontakte knüpfen.«

»Sofern Ihre Gäste nicht allzu schockiert über eine Ärztin sind. Ich habe da so meine Erfahrungen.«

»Ach, alle Neuerungen sind den meisten Leuten suspekt«, erklärte Mary leichthin. Sie hatte offenbar keinen Grund, die Reaktionen ihrer Mitmenschen zu fürchten. »Aber das ändert sich irgendwann. Große Ideen brauchen eben Zeit, auch bei uns. Doch ich denke, dass es für Neuseeland gut ist, in gewissen Dingen eine Vorreiterrolle einzunehmen. Immerhin hat man von unseren Inseln schon in Deutschland gehört. Das ist mehr, als wir erhoffen können.«

Ricarda versuchte, sich Mary bei der Suffragettenversammlung auf dem Königsplatz in Berlin vorzustellen. Sie hätte sich gewiss nicht von den Polizisten vertreiben lassen.

Nach einer Weile kamen ihnen Leute entgegen, die Mary wichtig genug erschienen, um sie zuerst zu grüßen.

»Guten Morgen, Chief Inspector Emmerson, wie geht es Ihrer Frau?«

Der Chef der örtlichen Polizei antwortete, dass es ihr gutgehe, und ließ Grüße an den Herrn Gemahl ausrichten.

»Guten Morgen, Mr Pomeroy, was machen die Geschäfte?«
Die Antwort glich der des Polizeichefs bis aufs Wort.

»Einen wunderschönen guten Morgen, Reverend Paulsen!«, rief sie einem Mann im dunklen Anzug zu, der mit gesenktem Haupt an ihnen vorübereilen wollte.

Er blickte nur kurz auf. »Gott sei mit Ihnen, Mrs Cantrell!« Damit setzte er seinen Weg fort.

Und so ging es weiter. Mary begrüßte eine Witwe Sanderson, eine Mrs Marcus mit ihren Töchtern, eine ältliche Miss O'Hara und eine Mrs Finnegan.

Ricarda versuchte, sich die Gesichter zu merken, aber es erschien ihr nach einer Weile aussichtslos.

»So ein Spaziergang durch die Stadt ist eine gute Methode, mit wenig Aufwand Kontakte zu pflegen«, erklärte Mary. »Man grüßt sich, wechselt ein paar nette Belanglosigkeiten und bringt sich damit in Erinnerung. Wenn Sie erst Ihre Praxis haben, sollten Sie wirklich jeden Morgen eine Runde durch die Stadt machen.«

Plötzlich musste Ricarda an ihren Vater denken. Auch er spazierte oft durch die Straßen und grüßte seine potentiellen Patienten stets mit ausgesuchter Höflichkeit. Der Wunsch, ihm zu schreiben und zu berichten, was sie hier tat, erwachte in ihr, aber dann beschloss sie zu warten, bis sie die Genehmigung zur Niederlassung als Ärztin in der Tasche hatte. Wahrscheinlich hatte er sie inzwischen längst enterbt, weil man sich in seinen Kreisen das Mundwerk über seine ungehörige Tochter zerriss, sodass er sich genötigt gesehen hatte, sich öffentlich von ihr zu distanzieren.

»Woran denken Sie?«, fragte Mary, als ihr die Schweigsamkeit ihrer Weggefährtin auffiel.

»An nichts Besonderes«, log Ricarda. »Ich bin nur im Geiste durchgegangen, was ich dem Bürgermeister nachher sagen werde. Ich glaube nicht, dass der reine Einbürgerungsbescheid und meine Zeugnisse reichen werden, um ihn für mich zu gewinnen.«

»Aus diesem Grund bin ich ja bei Ihnen.« Mary tätschelte ihr beruhigend die Hand. »Ich muss zugeben, dass ich nicht ganz ehrlich war. Ich möchte nicht nur mit Ihnen spazieren gehen. Dieser Tag soll der Grundstein für Ihre Tätigkeit als Ärztin hier in Tauranga werden.«

Ricarda blickte sie überrascht an. »Aber Sie haben doch schon...«

»Mein Mann hat dafür gesorgt, dass Sie den Bescheid bekommen, ja. Aber jetzt werde ich Ihnen beistehen. Wir werden zunächst Mr Clarke einen Besuch abstatten. Und dann werden wir uns das Haus ansehen, das ich für Sie ausgesucht habe.«

»Sie haben was?« Ricarda fühlte sich plötzlich schwindelig. Sie war sich mit einem Mal nicht mehr sicher, ob sie das alles annehmen konnte.

»Ja denken Sie denn, ich habe während der Woche untätig herumgesessen? Ich habe mich auf die Suche nach einem Haus begeben. Oder besser gesagt, nach einem Hausbesitzer, der bereit ist, für einen günstigen Preis an Sie zu vermieten. Ich habe tatsächlich jemanden gefunden, der es mit Freuden tun wird. Natürlich verspricht er sich davon kostenlose Behandlungen, aber ich denke, für den Preis ist die Behandlung seiner Wehwehchen wohl möglich.«

Ricarda war überwältigt. »Ja, natürlich«, presste sie schließlich hervor.

Mary lachte lauthals und klatschte in die Hände. »Wissen Sie, ich liebe es, andere zu überraschen. Besonders, wenn sie hinterher dreinschauen, als hätte sie ein Amboss getroffen. Bei Ihnen ist das gerade der Fall, Ricarda. Wenn Sie möchten, gebe ich Ihnen meinen Taschenspiegel.«

Ricarda war zu verwirrt, um schlagfertig zu antworten.

»Kommen Sie, machen wir Mr Clarke ein bisschen Dampf unter dem Hintern!«, sagte Mary, hängte sich bei ihr ein und zog sie zur Seite.

Erst jetzt bemerkte Ricarda, dass sie direkt vor dem Governement Building standen.

Der Bürgermeister zeigte sich von seiner freundlichsten Seite. Entweder hatte er das Gespräch mit Ricarda bereits wieder vergessen, oder er wagte nicht, eine finstere Miene aufzusetzen, weil Mary Cantrell zugegen war. Er bot Ihnen sogleich Sitzplätze und Erfrischungen an, wobei Mary Letzteres für sie beide dankend ablehnte.

Clarke fühlte sich nun verpflichtet, nach dem Anliegen der Damen zu fragen. Natürlich wandte er sich zunächst an Mary.

»Nun, Mr Clarke, ich bin heute nur die Begleitung für Doktor Bensdorf«, antwortete sie. »Sie hat ein Anliegen, nicht ich.«

Bei der Erwähnung des Namens mitsamt Titel fuhr der Bürgermeister zusammen. Offenbar hatte er sich Ricardas Aussehen nicht gemerkt und ihm war erst jetzt wieder eingefallen, welch dreistes Anliegen sie schon einmal zu ihm geführt hatte.

Als er Ricarda anschaute, glaubte sie, Missbilligung in seinen Augen zu lesen, bevor sein Ausdruck wieder verbindlich wurde. Selbst er schien die Frau des Abgeordneten zu fürchten. Das hätte Ricarda mit Zufriedenheit erfüllen können, aber es verstärkte ihre Nervosität nur noch. Dennoch versuchte sie, mit fester Stimme ihre Sache vorzubringen.

»Ich habe heute den Bescheid von der Einwanderungsbehörde bekommen. Er ist positiv. Deshalb bleibe ich bei meinem Antrag, Herr Bürgermeister. Ich möchte eine Arztpraxis in Tauranga eröffnen.«

Sie hatte die Worte bewusst so gewählt, damit deutlich wurde, dass er ihr das Vorhaben hatte ausreden wollen.

»Ich habe Ihnen meine Zeugnisse und selbstverständlich auch mein Diplom mitgebracht. Außerdem können Sie den Bescheid selbst in Augenschein nehmen. Ich hoffe, Sie überdenken meinen Antrag noch einmal«, setzte sie hinzu.

Clarke blickte zwischen ihr und Mary hin und her und nahm die Mappe mit den Unterlagen entgegen. Obwohl die Zeugnisse schnell zu erfassen waren, nahm er sich Zeit zum Lesen. Ricarda vermutete, dass er nur nach einen Vorwand suchte, um ihren Antrag abzulehnen.

»Sie werden mir beipflichten, Mr Clarke, dass ein Arzt für unsere ständig wachsende Stadt zu wenig ist«, warf Mary Cantrell im Plauderton ein. »Die Zahl der Einwanderer steigt, was von unserer Regierung ja auch gefördert wird, und wir wollen doch nicht, dass die Menschen, die mit Träumen, Hoffnungen und Innovationen herkommen, erkranken oder sogar sterben, nur weil unser guter Doktor Doherty überlastet ist.«

Clarke fuhr sich mit dem rechten Zeigefinger in den Kragen, als säße er zu eng. Es war ihm anzusehen, dass er sich innerlich wand.

Hätte nicht so viel auf dem Spiel gestanden, hätte Ricarda das sogar amüsant gefunden.

Mary ließ den Bürgermeister nicht aus den Augen – wie ein Raubtier, das jeden Augenblick zuschlagen wird, dachte Ricarda. Obwohl ihre Verbündete sich unbeteiligt gab, loderte in ihren Augen ein unnachgiebiger Wille.

»Nun, was das angeht, haben Sie Recht, aber Doktor Doherty...«, setzte Clarke unsicher an.

»Sie wollen doch nicht behaupten, dass er etwas dagegen hätte, wenn eine junge Kollegin sich hier niederlässt?«, fuhr ihm Mary sogleich in die Parade. »Ich könnte mir vorstellen, dass sich die beiden sehr gut ergänzen würden. Doktor Bensdorf könnte sich um die Frauen und Kinder kümmern, während Doktor Doherty die Männer verarztet und außerdem alle Fälle, die eines Klinikaufenthaltes bedürfen. Was halten Sie davon?«

»Wie ich schon sagte, es klingt alles plausibel...« Clarke stockte, musterte Ricarda und fügte hinzu: »Aber kann eine so junge Frau diese Aufgabe bewältigen?«

Nun kam Ricarda Mary zuvor, denn diese Bemerkung war nichts anderes als unverschämt. »Sir, ich bin vierundzwanzig Jahre alt und somit mündig. Ich bin seit heute eine Bürgerin Ihres Landes, ich darf wählen gehen und könnte in meinem Alter bereits heiraten und Kinder zur Welt bringen. Ich habe mein Studium mit hervorragenden Noten abgeschlossen und in Zürich einige Zeit praktisch gearbeitet. Betrachten Sie mich bitte nicht als ein verträumtes Schulmädchen, dem andere sagen müssen, was es zu tun hat.«

Clarke war erst einmal sprachlos. Jetzt konnte er sie nicht so einfach vor die Tür weisen.

»Ich stimme mit Doktor Bensdorf überein«, fügte Mary hinzu. »Was mich betrifft, ich würde mich lieber von einer Frau behandeln lassen als von einem Mann. Allein der Schicklichkeit wegen. Sie können doch die Frauen nicht dazu zwingen, sich von einem Mann untersuchen zu lassen, wenn es eine Alternative gibt, die für ihr Schamgefühl weit weniger belastend ist.«

Schweißperlen glitzerten auf der Stirn des Bürgermeisters. Wahrscheinlich vergegenwärtigte er sich gerade die Schritte, die

Mr und Mrs Cantrell einleiten könnten, wenn er sich weiterhin weigerte.

»Also gut, Miss Bensdorf«, sagte er schließlich und gönnte sich damit einen kleinen Seitenhieb in Richtung Ricarda, indem er ihren Doktortitel ignorierte. »Suchen Sie sich geeignete Praxisräume, und richten Sie sich ein! Aber sollten mir Klagen zu Ohren kommen, dann werde ich die Zulassung noch einmal überdenken.«

Mary Cantrell erhob sich nickend. »Ich wusste ja, dass Sie ein fortschrittlicher Mann sind, Mr Clarke. Ich würde vorschlagen, dass Sie den jungen Mann da draußen gleich anweisen, die entsprechenden Papiere auszustellen. Ich glaube nicht, dass Doktor Bensdorf in den nächsten Tagen Zeit hat, erneut bei Ihnen vorzusprechen.«

Clarke blickte sein Gegenüber an, als hätte man ihn soeben gezwungen, eine Kröte zu schlucken. »Selbstverständlich. Ich werde alles Notwendige in die Wege leiten.«

»Das wäre also geschafft«, bemerkte Mary zufrieden, als sie neben der Ärztin die Treppe hinunterging. »Kommen wir also zum letzten Punkt auf unserer Liste für heute.«

Ricarda war wie benommen. Ihr schwirrte der Kopf, während Mary sie durch die Stadt führte. Sie fürchtete, sich auf dem Rückweg hoffnungslos zu verlaufen, da sie sich in ihrer Verfassung den Weg nicht merken konnte. Ein Schild besagte, dass sie soeben in die Spring Street einbogen.

Am Ende der Straße deutete Mary auf ein Gebäude auf der gegenüberliegenden Seite. »Da wären wir!«

Es war ein Holzhaus mit einem kleinen Vorbau, den man mit etwas gutem Willen als Veranda betrachten konnte. Es erinnerte Ricarda an Mollys Pension, wenngleich es nur ein Stockwerk besaß und nicht so wohnlich wirkte, denn es stand offensichtlich leer. Die weiße Wandfarbe blätterte hier und da ab. Ricarda erschien es auf den ersten Blick ideal für eine Praxis. Doch würde sie es sich leisten können?

»Der Besitzer heißt Angus McNealy, ein ganz reizender alter Mann, der zu seiner Tochter nach Auckland gezogen ist. Obwohl hier täglich neue Einwanderer landen, bringt er es nicht über sich, das Haus zu verkaufen. Mein Mann hat mit ihm gesprochen, und er ist bereit, es Ihnen gegen einen Betrag von fünfzig Pfund monatlich zu überlassen. Das mag Ihnen jetzt ziemlich viel erscheinen, aber wenn die Praxis erst einmal läuft, und ich versichere Ihnen, das wird sie, werden Sie keine Probleme haben, die Miete aufzubringen.«

Ricarda überschlug, dass sie ein paar Monate von ihren Ersparnissen leben könnte. Danach war der Betrieb vielleicht schon angelaufen. Sollte es hart auf hart kommen, könnte sie sich sicher Geld leihen. Nicht von Mary allerdings, obwohl die ihr gewiss einen Kredit gewähren würde; aber deren Großzügigkeit wollte sie nicht noch einmal strapazieren. Blieb nur zu hoffen, dass der Bankdirektor nicht solch ein Kastenkopf war wie Clarke... Aber sie war ja inzwischen keine Fremde mehr in Tauranga.

»Jetzt sind Sie sprachlos, oder?«, fragte Mary, als eine Antwort von Ricarda ausblieb.

»Entschuldigen Sie, ich habe mich gerade ein wenig in meinen Gedanken verloren«, gestand Ricarda verlegen.

Mary lachte ein wenig zu laut für eine Dame, hängte sich erneut bei Ricarda ein und führte sie zum Haus.

»Jetzt schon? Sie haben wohl schon überlegt, wie sie das Haus einrichten wollen.«

»Nein, ich bin einfach... überwältigt.«

»Gut, dann nichts wie hinein! Mr McNealy war so freundlich, mir die Schlüssel zu überlassen.«

Die Räume waren nicht besonders groß, aber sie würden

ihren Zweck erfüllen. Den größeren würde sie als Sprechzimmer benutzen, den kleineren als Wartezimmer. Außerdem gab es eine kleine Küche. In den beiden Zimmern im Obergeschoss könnte sie wohnen, sodass sie in Notfällen auch außerhalb der Sprechstunden erreichbar wäre.

Ricarda stand schließlich vor einem der Fenster im Dachgeschoss. Auch von hier hatte sie den Mount Maunganui im Blick.

»Nun, was meinen Sie?«, fragte Mary schließlich.

Versonnen beobachtete Ricarda, wie die aufgewirbelten Staubkörner im Sonnenlicht tanzten. »Es ist wunderbar«, antwortete sie. Plötzlich verspürte sie eine unbändige Lust, ebenso herumzuwirbeln wie der Staub. Sie nahm Marys Hände und drückte sie fest. »Danke, Mary! Ich bin Ihnen und auch Ihrem Mann sehr verbunden für alles, was Sie für mich getan haben. Ich kann Ihnen gar nicht sagen, wie sehr ich mich freue!«

»Fein! Dann nehme ich an, dass ich Mr McNealy Bescheid sagen darf.«

Ricarda nickte. »Ich bitte darum!«

»Was halten Sie von einem kleinen Empfang, um dieses Ereignis zu feiern?«, fragte Mary unvermittelt.

»Welches Ereignis?«

»Dass Sie von nun an eine Praxis haben.«

»Aber ich habe noch nicht einmal einen Mietvertrag unterschrieben!«

»Das ist nur eine Formalität. Ich bin sicher, dass Ihnen niemand mehr in die Quere kommen kann. Ganz im Gegenteil, mit einem Empfang könnten wir Ihre Position vielleicht festigen. Es wird sicher einige Bürger geben, die sich für die neue Ärztin in der Stadt interessieren.«

»Am meisten wird es wohl Doherty interessieren.«

»Der wird nicht eingeladen, das verspreche ich.«

»Aber dennoch ist es vielleicht zu früh, um die Leute schon davon zu unterrichten.«

»Nein, keineswegs!«, entgegnete Mary fröhlich. »Gute Nachrichten kann man gar nicht früh genug verbreiten. Und ich bin sicher, dass Sie den einen oder anderen in den höheren Kreisen von Tauranga ganz für sich einnehmen werden, Ricarda.«

An diesem Vormittag ließ Manzoni seinen Apfelschimmel satteln und machte sich bereit zu einem Kontrollritt auf die Weide.

Am Tag nach seinem Besuch bei Moana hatte er Kerrigan angewiesen, seine Leute zu erhöhter Wachsamkeit anzuhalten. Bislang war es zu keinem weiteren Zwischenfall gekommen, aber er spürte, dass irgendwas im Busch war.

Die Schur war nun in vollem Gange, und wenn nichts dazwischenkam, würde er die Wollballen schon bald nach Hamilton transportieren können. Er hoffte, mit seiner Lieferung ein paar Tage früher dran zu sein als Bessett, dem er möglichst nicht begegnen wollte. Die Konkurrenz würde wie immer hart sein, aber das schreckte ihn nicht. Eine erste Kontrolle hatte ergeben, dass die Wolle eine sehr gute Qualität hatte und frei von Parasiten war.

Auf dem Weg nach draußen entdeckte Jack einen Brief vor der Tür.

Er hob ihn auf, betrachtete ihn verwundert und entdeckte als Absender die Wool Company in Hamilton, den Hauptabnehmer für seine Vliese.

Ein ungutes Gefühl überfiel ihn. Normalerweise meldete die Company sich nur, wenn es Probleme mit der Wolle gab. Aber die hatten sie ja noch gar nicht... Jack riss den Umschlag auf und zerrte das Schreiben hervor.

»So ein verdammter Hurensohn!«, schimpfte er, sobald er das Schreiben überflogen hatte.

Die Company fragte an, ob in dieser Schursaison eine Lieferung von ihm zu erwarten sei. Das machte sie nur, wenn sie erfahren hatte, dass ein Farmer seine Wolle aus irgendwelchen Gründen nicht liefern könne. Krankheiten gehörten dazu – und auch Schafläuse. Ein Farmer, der etwas auf sich hielt, würde niemals Wolle aus einem verlausten Bestand verkaufen. Offenbar war ihnen zu Ohren gekommen, dass seine Tiere befallen waren.

Wütend knüllte er das Schreiben zusammen. Niemand anderes als Bessett steckte dahinter! Er verspürte den Drang, zu seinem Rivalen zu reiten und ihm die Faust ins Gesicht zu rammen. Die nächste Versammlung würde gewiss nicht so glimpflich vonstattengehen!

Doch jetzt musste er erst einmal zum Wohle seiner Farm handeln. Selbst in Auckland erscheinen konnte er nicht, also beschloss er, zum Telegrafenamt von Tauranga zu reiten. Der Diskretion halber hatte die Company einen Brief geschickt, doch als Antwort würde ein Telegramm genügen.

Jack stopfte das zerknüllte Schreiben in seine Hosentasche und schwang sich in den Sattel.

Wenig später kam er an seiner Weide vorbei und entschloss sich, Kerrigan über das Schreiben zu unterrichten. Am Koppelzaun machte er Halt, saß ab und band Bonny an einem der Pfosten fest. Dann stieg er über den Zaun und ging zum Scherschuppen.

Schon von weitem strömte ihm der Geruch von Lanolin in die Nase. Seine Männer hatten neben dem Schuppen einen Pferch errichtet, in dem die schurbereiten Tiere standen. Die Schafe blökten, als ginge es zum Schlachter. Gerade wurden wieder ein paar geschorene Schafe freigelassen und auf der anderen Seite des Schuppens neue hereingetrieben.

Die Scherer standen beinahe knietief in Rohwolle. Ein Tier nach dem anderen wurde gegriffen, auf den Rücken gezwungen und dann in Windeseile von seinem Fell befreit. Nicht immer ging das ohne Verletzungen ab, doch die Männer waren routiniert und in ihrem Job die besten im Umkreis.

Die Hilfskräfte, die Jack zur Schur eingestellt hatte, räumten die Vliese rasch auf einen Haufen, wo sie nach Farbe und Qualität sortiert und schließlich auf Wagen verladen wurden, die sie zur Presse fuhren.

Jack hielt nach Kerrigan Ausschau, doch der war mit seinen Leuten und den Hunden unterwegs, um die zweite Herde zusammenzutreiben und die Mutterschafe auszusondern, die gerade gelammt hatten. Er beschloss, im Schurschuppen auf Tom zu warten. Er bedachte jeden, der in seine Richtung schaute, mit einem Nicken, hielt sich aber im Hintergrund und sah den Scherern zu.

Die Schur hatte für Jack schon immer etwas Faszinierendes gehabt. Schon als kleiner Junge hatte er staunend beobachtet, wie leicht den Scherern die Arbeit von der Hand ging. Dass es eine schwere Tätigkeit war, hatte er erst später begriffen, als sein Vater ihn angehalten hatte, bei der Schur mitzumachen. Die Schnelligkeit – der Rekord eines geübten Scherers lag bei siebenhundert Tieren am Tag – und das Geschick der Schafscherer, die in der Saison von Farm zu Farm zogen, hatte er allerdings nie erreicht.

Hufschlag brandete heran, begleitet von Hundegebell. Die zweite Herde wurde herangetrieben. Die Hunde umkreisten sie und achteten darauf, dass keines der Tiere ausbrach. Als die Männer die Schafe ins Gatter gebracht hatten, betrat Kerrigan den Schuppen.

»Es läuft bestens«, sagte er und reichte seinem Boss die Hand. »Die Tiere sind gesund, und die Scherer kommen gut voran.«

»Gut zu wissen, dann kann ich die Leute von der Company ja beruhigen.« Damit drückte Jack seinem Vormann das Schreiben in die Hand. »Bessett hat genau das getan, was Sie befürchtet haben. Er hat uns angeschwärzt. Jetzt glaubt die Company, dass wir nicht liefern können.«

»Aber das ist doch kompletter Blödsinn.«

»Genau das werde ich denen telegrafieren. Sie dürfen auf keinen Fall den Eindruck haben, dass wir verlauste Wolle verkaufen.« Während er sprach, verspürte Manzoni erneut das Verlangen, Bessett den Hals umzudrehen. Also hielt er einen Moment lang inne und atmete tief durch.

»Sie werden das schon hinbekommen, Sir. Wenn's sein muss, fahr ich persönlich zu denen und hämmere ihnen in den Schädel, dass unsere Wolle gut ist.«

»Danke, aber das wird nicht nötig sein. Ich werde die Herrschaften schon besänftigen. Und ich schwöre Ihnen, Tom, noch mal macht Bessett so was nicht mit mir!«

Jack nahm das Schreiben wieder an sich und schob es in seine Tasche.

»Viel Glück in der Stadt, Sir«, sagte Kerrigan zum Abschied. »Und lassen Sie ja nicht zu, dass die Company den Preis drückt. Die Wolle ist in diesem Frühjahr hervorragend.«

Davon überzeugte sich Jack noch einmal selbst, bevor er zu seinem Pferd zurückkehrte. Tatsächlich war sie sehr dicht gewachsen, hatte eine gute Farbe und eine schöne Struktur. Es wäre ein Jammer, wenn diese Prachtware nicht den vollen Preis einbrächte. Aber wie es momentan aussah, würde er froh sein, wenn er sie überhaupt losbekam.

Ricardas Wangen glühten, als hätte sie zu lange in das Feuerloch eines Herdes gestarrt. Noch immer konnte sie nicht fassen, dass sie nun ihre Pläne verwirklichen durfte.

Mary Cantrell hatte den Empfang bereits für kommenden Samstag angesetzt, sodass es Ricarda unmöglich war, sich ein neues Kleid zu besorgen. Doch dafür war ohnehin kein Geld da. Sie musste ihre Ersparnisse gut einteilen, damit sie die Miete für die ersten Monate und alle anfallenden Kosten für die Niederlassung aufbringen konnte. Sie besaß zwar ein Stethoskop, einen Reflexhammer, einige Skalpelle und Spritzen, doch darüber hinaus benötigte sie Spezialinstrumente wie eine Geburtszange, ein Spekulum und weiteres chirurgisches Instrumentarium.

Zudem brauchte sie Handwerker, die bereit waren, für geringen Lohn zu arbeiten. Mary hatte ihr empfohlen, in der ehemaligen Mission *The Elms*, die sich in der Nähe der Stadt befand, anzufragen. Sie war von anglikanischen Geistlichen gegründet worden und wurde inzwischen von drei Damen bewohnt, die Auswanderern ein vorübergehendes Quartier boten.

Die Menschen, die dort lebten, würden sich vielleicht über eine Beschäftigung und vor allem über den Verdienst freuen, denn häufig mussten sie bei null anfangen, da sie ihre gesamte Habe ins Pfandhaus getragen hatten, um sich die Überfahrt nach Neuseeland leisten zu können.

Während Ricarda aus dem Fenster schaute, verspürte sie plötzlich den Drang, durch die Stadt zu laufen und nachzuschauen, ob sie Manzoni irgendwo fand. Nur zu gern hätte sie ihm die Neuigkeit erzählt. Aber das war töricht, das wusste sie selbst. Also wandte sie sich wieder ihrer Anschaffungsliste zu.

Als Manzoni Tauranga erreichte, zogen sich die Wolken am Himmel zusammen. Das bedeutete noch lange nicht, dass es Regen gab, aber dennoch hoffte er, dass Kerrigan es rechtzeitig bemerkte und dafür sorgte, dass alle Schafe in den Unterstand getrieben wurden, denn wenn die ungeschorenen Tiere nass wurden, würden die Scherer warten müssen, bis sie wieder trocken waren.

Das Telegrafenamt war an diesem Nachmittag so gut besucht, dass darin eine unerträgliche Hitze herrschte. Jack reihte sich in die Schlange ein, die fast bis zur weit geöffneten Tür reichte. Das Rattern des Tickers übertönte die Gespräche der Wartenden, und unweigerlich fragte Jack sich, wie es ein Mensch den ganzen

Tag in diesem Büro aushalten konnte. Der Clerk musste gute Nerven haben. Aber vielleicht hatte er sich bereits so an das Geräusch des Tickers gewöhnt, dass er nachts regelmäßig aus dem Schlaf schreckte, weil er es vermisste.

Immer wieder wanderte Jacks Blick nach draußen. Er hatte selten die Muße, den Leuten dabei zuzusehen, wie sie über den Strand spazierten. Wie friedlich Tauranga doch wirkte, wenn man es aus der Ferne betrachtete! Die Passanten grüßten einander freundlich und fanden sich manchmal zu Grüppchen zusammen, um einen kleinen Plausch zu halten. Sicher gab es in der großen weiten Welt vergleichbare Orte, aber Jack konnte sich nicht vorstellen, irgendwoanders als in Tauranga zu leben.

Nach einer Viertelstunde war er endlich an der Reihe. Die Nachricht hatte er bereits auf dem Ritt in Gedanken vorformuliert, sodass es nur wenige Minuten dauerte, bis er sie niedergeschrieben hatte.

Der Angestellte nahm den Zettel mit der üblichen Gleichgültigkeit entgegen und machte sich ans Werk. Als er fertig war, bat Jack darum, man möge ihm die Antwort auf die Farm schicken. Er war sicher, dass die Wool Company nicht umgehend reagieren würde.

Als er das Telegrafenamt verlassen hatte und sein Pferd losband, rief hinter ihm eine Frauenstimme: »Ah, Mr Manzoni, gut, dass ich Sie treffe!«

Jack wandte sich um und erkannte Mary Cantrell, die mit dem energischen Schritt, den jeder in Tauranga kannte, auf ihn zumarschierte.

»Lange nicht mehr gesehen, Mrs Cantrell. Wie geht es Ihnen und John?«, fragte Manzoni.

Eigentlich stand ihm gerade nicht der Sinn nach Konversation, aber die Frau von John Cantrell ließ man nicht so einfach stehen. Jedenfalls nicht, wenn man weiterhin am gesellschaftlichen Leben der Stadt teilhaben wollte.

»Sie kennen ihn doch, er hat immer viel zu tun«, antwortete Mary. »Aber Ende der Woche wird er wieder hier sein, und ich gebe einen kleinen Empfang, damit die Leute sich wieder mit seinem Anblick vertraut machen können. Was halten Sie davon, die Runde mit Ihrer Anwesenheit zu beehren? Ich denke, es könnten sich an diesem Abend einige interessante Dinge für Sie ergeben.« Verbindlich lächelnd legte sie ihm die Hand auf den Arm, eine Geste, die in ihrem Fall nicht Vertrautheit signalisierte, sondern klarstellte, dass er die Einladung nicht ausschlagen konnte.

Jack fragte sich insgeheim spöttisch, ob ihr Mann im Notfall auch die Wool Company dazu bringen könnte, seine Wolle anzunehmen. Dann musste er sich eingestehen, dass der Gedanke nicht mal so abwegig war. Doch obgleich er gute Beziehungen zu den Cantrells unterhielt, hatte Jack sie noch nie um Hilfe gebeten und auch nicht den Anschein erweckt, dass er ihren Beistand benötige. Manchmal reichte das allein, um Mary und John dazu zu bringen, etwas zu unternehmen.

»Wenn das so ist, werde ich gern dabei sein, Mrs Cantrell. Bis zum Wochenende dürfte die Schur gelaufen sein, und es kann nicht schaden, ein wenig zu feiern, bevor die Verhandlungen mit der Wool Company beginnen.«

»Das sehe ich genauso!« Marys Augen strahlten wie die eines Mädchens, das gerade die ersehnte Puppe erhalten hatte. »Dann werde ich Sie auf die Gästeliste setzen. Ich verspreche Ihnen, der Abend wird in vielerlei Hinsicht überraschend für Sie werden.«

Damit verabschiedete sie sich von ihm und stieg in ihre Kutsche, die auf der anderen Straßenseite wartete.

Jack blickte ihr ein wenig verwundert nach. Empfänge bei den Cantrells fanden niemals zufällig statt; es gab immer einen guten Grund dafür. Hatte ihr Mann etwas zu feiern?

Wie dem auch sei, jetzt, wo er ihre zuweilen etwas anstrengende Stimme nicht mehr im Ohr hatte, gefiel ihm der Gedanke, mal wieder unter Leute zu kommen, immer besser.

Preston Doherty war eigentlich gleichgültig, was man von ihm dachte. Früher oder später war schließlich jeder auf seine Hilfe angewiesen. Aber die Sache mit dieser Bensdorf gab ihm doch zu denken. Nicht dass er um die Gesundheit des Freudenmädchens fürchtete, das sie ihm angeschleppt hatte. Aber sollte die Kleine irgendwelche Folgeschäden davontragen, konnte diese Möchtegernkollegin das womöglich gegen ihn verwenden. Das vergällte ihm ein wenig den Genuss seines Fünf-Uhr-Tees.

In diesem Moment rollte ein Wagen in die Einfahrt. Doherty blickte aus dem Fenster seines Arbeitszimmers und erkannte auf dem Kutschbock Ed Banks, Bordens Stallburschen; er ahnte bereits, wer auf der Ladefläche lag. Merkwürdig, dachte er. Sollte ich Borden falsch eingeschätzt haben? Oder hat das wieder die Bensdorf eingefädelt? Doch er drängte den Gedanken beiseite. Noch hatte er nicht gehört, dass sie praktizierte, und er würde schon dafür sorgen, dass ihr das nicht gelang.

Er ließ seinen Tee stehen und ging nach unten, wo bereits Clothilde und Janet bereitstanden, um das Mädchen zu empfangen.

»Tag, Doktor«, begrüßte ihn der Stallbursche, der das Mädchen stützte. »Bring ihnen die Kleine vorbei – nur für alle Fälle.«

Doherty wies Mary an, einen Rollstuhl zu holen, und ungeachtet des schmerzverzerrten Gesichts der Patientin schob die Schwester sie in das Untersuchungszimmer. Der Stalljunge ließ sich im Wartezimmer auf einen Stuhl fallen.

Als Emma Cooper sich auf der Liege ausstrecken sollte, stöhnte sie auf. Doherty schob ihr Unterkleid hoch, nahm ihr den Verband, der mittlerweile ganz gelb vom Schweiß war, ab und ertastete ihre Rippen. Offenbar drohte eine davon falsch zu verwachsen. Er fluchte innerlich. Verdammt! Sollte diese Bensdorf auch noch Recht bekommen? Frauenzimmer wie diese Cooper strengten in der Regel keine Klagen wegen falscher Behandlung an, dennoch spürte er einen Knoten im Magen. Wenn alle Welt bemerkte, dass die Hure krumm oder unter Schmerzen lief, würde es auf ihn zurückfallen. Immerhin hatte er sich ja stark gemacht, sie zu behandeln. Und er hatte sie aus dem Hospital entlassen.

»Wo ist die Ärztin?«, fragte Emma Cooper, nachdem sie die Untersuchung eine Weile über sich ergehen ließ. »Ich will, dass sie mich untersucht.«

»Hier gibt es nur einen Arzt, und der bin ich«, erklärte er ihr so freundlich wie möglich. »Ich werde Ihnen ein spezielles Korsett verschreiben«, sagte Doherty, denn er war nicht willens, das Thema zu vertiefen.

Eigentlich hätte er das Mädchen in der Klinik behalten und in ein Gipsbett packen müssen, aber er wusste, dass Borden nicht bereit war, das zu honorieren.

Emma Cooper sah ihn immer noch fragend an.

»Gut, Miss Cooper, das war's fürs Erste. Richten Sie bitte Ihrem Boss aus, dass ich Sie nächste Woche noch einmal untersuchen möchte!«

»Aber ich kann kein Korsett bezahlen.«

»Ich bin sicher, dass Mr Borden die Kosten übernehmen wird«, entgegnete der Arzt und war schon bei seiner Karbolschüssel, um sich die Hände abzuschrubben. »Ohne das Korsett werden Sie krumm, meine Liebe, und dann werden Sie ihm nichts mehr einbringen.«

Emma presste die Lippen zusammen und senkte den Blick. Sie wusste nur zu gut, wie es um Bordens Großzügigkeit bestellt war. Wahrscheinlich würde die Verordnung für das Korsett im Feuer landen und er würde sie in ihrem Bett verrotten lassen.

Sollte Doherty das ahnen, ignorierte er es. Er verließ das

Sprechzimmer und rief den Stallburschen, der das Mädchen wieder auf den Wagen verfrachten sollte.

Der junge Mann wartete an der Tür, während Doherty die Anweisung für den Schuhmacher aufsetzte, der auch Stützkorsetts nach ärztlichen Vorgaben anfertigte. »Ich schätze mal, dass Sie demnächst Konkurrenz kriegen werden, Doc«, warf er ganz beiläufig in den Raum. »Ich hab heut so was läuten hören.«

Augenblicklich schnellte Dohertys Kopf nach oben.

»Konkurrenz?« Er wollte sich seine Überraschung nicht anmerken lassen, aber das gelang ihm nicht.

Der Stallbursche registrierte das mit einem zufriedenen Lächeln, und er fragte sich, ob er nicht diskret die Hand aufhalten sollte. Da sein Boss dem Doktor vermutlich noch Geld schuldete, verzichtete er jedoch lieber darauf.

»Ja, es wird bald eine Ärztin in der Stadt geben. Angeblich war sie mit Mary Cantrell beim Bürgermeister, und als sie sein Büro wieder verließen, hatte das Fräulein Doktor die Erlaubnis für eine Praxis in der Tasche.«

Doherty umklammerte den Füllhalter so fest, dass er leise knarzte. Das war doch nicht möglich!

»Und wenn schon«, entgegnete er, bemüht, sich nicht anmerken zu lassen, dass er innerlich kochte. »Ich denke nicht, dass ich vor ihr Angst haben muss. Die Menschen hier wissen meine Dienste zu schätzen.«

»Wenn Sie das sagen, Doc.«

Der Stallbursche grinste, und in seinen Augen meinte Doherty zu lesen, dass es ihm ganz sicher an den Kragen gehen würde. Aber das würde er nicht zulassen.

7

Obwohl Ricarda noch nie eine Freundin von Empfängen und Bällen gewesen war, sah sie der Einladung von Mary mit einer gewissen Freude entgegen. Sie hoffte, auf dem Empfang Jack Manzoni wiederzusehen. Mary hatte zwar bislang noch kein einziges Wort über ihn verloren, aber Ricarda zweifelte nicht daran, dass der Schafzüchter zum Bekanntenkreis der Cantrells zählte.

Unschlüssig stand sie vor ihrem nahezu leeren Kleiderschrank, bedauernd, dass sie nicht mehr Sachen aus Berlin hatte mitnehmen können. In dem grünen Kleid und dem schwarz-weißen Kostüm hatte er sie schon gesehen. Letzteres eignete sich außerdem nicht für einen Ball. Das silbergraue Reisekostüm kam ebenfalls nicht in Frage, und in Rock und Bluse wollte sie dort auch nicht aufkreuzen. Das war vielleicht der rechte Aufzug, um in der Praxis zu arbeiten, aber nicht, um sich der Gesellschaft von Tauranga vorzustellen. Sie entschied sich deshalb für die blaue Seidenrobe. Einen Moment erwog sie, ihren Mantel darüberzuziehen, aber selbst die Abende waren in Tauranga recht mild.

Nachdem sie noch einen prüfenden Blick in den Spiegel geworfen hatte, verließ Ricarda die Pension und begab sich zu Fuß in die Willow Street. Angesichts der zahlreichen Fuhrwerke, die bereits dort standen, fühlte sie sich plötzlich wie Aschenputtel, das sich in goldenen Schuhen zum Ball schleicht.

Die Blicke einiger Gäste, die gerade aus ihren Kutschen stiegen, folgten ihr. Ricarda ließ sich davon jedoch nicht beirren. Sie schritt die Treppe empor und trat durch die offen stehende Eingangstür.

Dort wurde sie von Marys Butler begrüßt, der sich offenbar ihr Gesicht gemerkt hatte. »Herzlich willkommen, Fräulein Doktor!«

»Danke sehr.« Ricarda signalisierte ihm, dass sie nichts hatte, was er ihr abnehmen müsse, lockerte das Tuch um ihre Schultern ein wenig und schritt voran, um Platz für die nächsten Gäste zu machen.

»Ricarda!« Mary kam ihr wie eine alte Freundin mit ausgebreiteten Armen entgegen. Dabei funkelte das Armband an ihrem rechten Handgelenk wie die Oberfläche eines Sees im Sonnenschein. Ehe es sich Ricarda versah, umarmte Mary sie und zog sie am Arm fort. Ihre prächtige Seidenrobe knisterte.

Was für ein hinreißendes Kleid!, dachte Ricarda beinahe neidisch und fühlte sich einmal mehr wie Aschenputtel. Es hat bestimmt ein Vermögen gekostet. Aber die Cantrells können es sich offenbar leisten zu glänzen.

Zigarrenrauch und das Aroma verschiedener Duftwässerchen und Pomaden schlug ihnen im Salon entgegen. Ricarda fiel auf, dass der Großteil der Gäste Männer waren; die meisten hatten silbrige Strähnen im Haar oder waren bereits grau. Die wenigen Damen waren alle sehr elegant gekleidet. Obwohl es eigentlich nur ein kleiner Empfang war, trugen einige von ihnen sehr teuren Schmuck. Wahrscheinlich hatte man in Tauranga nicht oft die Gelegenheit, ihn zu zeigen.

»Meine Herrschaften, darf ich vorstellen«, rief Mary durch den Raum, »unsere neue Ärztin in Tauranga, Doktor Ricarda Bensdorf.«

Sofort wurde es still. Schließlich ertönte ein Raunen. Einige der Anwesenden musterten Ricarda unverhohlen von Kopf bis Fuß.

Sie wappnete sich innerlich gegen die Fragen, die man ihr stellen würde. Zweifelsohne würden es die gleichen sein, die sie immer zu hören bekam. Glücklicherweise wich Mary nicht von ihrer Seite.

Nach einer Weile nahmen die meisten Gäste die Gespräche wieder auf. Einige Männer ließen Ricarda dennoch nicht aus den Augen.

Sicher aus anderen Gründen, als ich mir wünschen würde, dachte Ricarda und unterdrückte einen Seufzer.

Nach einer Weile löste sich ein hochgewachsener, gutaussehender Mann aus der Menge. Er trug das üppige Haar zurückgekämmt, in der Brusttasche seines Gehrocks steckte ein spitzenverziertes Seidentuch. Sein Lächeln war das eines Menschen, der es gewohnt war, in allen Lebenslagen die Oberhand zu behalten.

»Liebling!«, rief Mary. »Kommst du, um Doktor Bensdorf ein wenig auszufragen? Ricarda, das ist mein Mann John.«

»Ich wollte die Dame eigentlich begrüßen, aber natürlich bin ich auch neugierig«, antwortete er und verbeugte sich höflich.

Ricarda reichte ihrem Gastgeber lächelnd die Hand. »Freut mich sehr, Ihre Bekanntschaft zu machen, Sir.«

»Ganz meinerseits.« Er deutete einen Handkuss an, bevor er sich an seine Frau wandte: »Hast du etwas dagegen, wenn ich sie dir kurz entführe?«

»Keineswegs, ich habe gesehen, dass Mrs Caffier auf dem Weg hierher ist. Wie du weißt, schätzt sie es, besonders begrüßt zu werden.« Damit zog sich Mary zurück.

»Sie sind also die Dame, von der meine liebe Mary regelrecht schwärmt«, sagte Cantrell, nachdem er seiner Frau beinahe sehnsuchtsvoll nachgesehen hatte. Vielleicht wäre er in diesem Augenblick lieber mit Mary allein gewesen, als sich um die Gäste kümmern zu müssen. Aber das ließ er sich nicht anmerken.

»Und Sie sind der Mann, der dafür gesorgt hat, dass ich endlich meinem Beruf nachgehen kann, wofür ich Ihnen gar nicht genug danken kann.«

»Es war mir ein großes Vergnügen, Ihnen zu helfen. Ich weiß, wie langsam die Mühlen unserer Verwaltung mahlen. Manche Einwanderer warten endlos lange auf ihre Papiere, jedenfalls dann, wenn sie nicht als Mitglied des britischen Commonwealth geboren wurden. Die Engländer können hier ein und aus gehen, als würden sie einen Ausflug nach London oder in die Highlands machen. Alle anderen Nationalitäten jedoch müssen warten. In Ihrem Fall wäre das eine besonders schmerzliche Zeitverschwendung gewesen. Zeit, die Sie brauchen werden, um Ihre Praxis einzurichten.«

Ricarda nickte. Noch immer war sie nicht ganz frei von der Frage, welchen Preis sie dafür zu zahlen hätte, aber Mr Cantrell wirkte in seiner Rede so frei und gelassen, dass es eigentlich unvorstellbar war, dass er eine Gegenleistung für seine Hilfe erwartete.

»Wann werden Sie eröffnen?«, fragte John Cantrell, und wiederum war seine Miene offen, und er wirkte ehrlich interessiert.

»Ich denke, dass ich in zwei Wochen so weit bin. Ab dann werde ich meine Tür für Notfälle offen halten. Wie lange die Handwerker noch brauchen werden, kann ich leider nicht genau sagen.«

»Wen haben Sie engagiert?«, erkundigte sich Mr Cantrells Nebenmann, der ihre Unterhaltung mit angehört hatte. »Doch wohl hoffentlich nicht diesen Gauner Conway?«

»Nein, es sind Leute aus der Mission. Zufällig ist einer der Männer Zimmermann. Er und seine Söhne haben bereits mit der Arbeit begonnen.«

Das war anscheinend nicht das, was der Gast, der sich nicht vorgestellt hatte, hören wollte. Er schob die Unterlippe nachdenklich vor und ging weiter.

»Nehmen Sie es ihm nicht übel«, sagte Cantrell lachend. »Rob Miller hat selbst ein Bauunternehmen und schätzt es nicht, wenn man Konkurrenten engagiert. Sie haben in Ihrem Fall genau das Richtige getan. Die Damen Maxwell waren sicher sehr erfreut, Ihre Bekanntschaft zu machen.«

»Das hoffe ich doch. Mrs Euphemia war wirklich sehr freundlich. Sie hat mir einiges über die Geschichte der Mission und das Wirken ihres verstorbenen Mannes erzählt.«

Ricarda musste zugeben, dass die Begegnung mit Euphemia Maxwell zu den angenehmsten gehörte, die sie in Tauranga gehabt hatte. Sie und ihre Töchter bewohnten die ehemalige Missionsstation, die im Jahr 1832 von Reverend Brown gegründet worden war.

»Ja, der gute Reverend. Maxwell war wirklich ein begnadeter Gottesmann. Er hat maßgeblich dazu beigetragen, dass aus ein paar einfachen Hütten dieser Ort entstanden ist.«

Ricarda betrachtete ihren Gastgeber einen Moment lang. Er wirkte nicht älter als Ende dreißig. »Haben Sie Reverend Maxwell persönlich gekannt?«

»Und ob ich das habe!«, entgegnete Cantrell und winkte ein Dienstmädchen heran, das mit einem Tablett durch die Reihen der Gäste wanderte und Getränke reichte. Bei näherem Hinsehen erkannte Ricarda, dass es sich um eine Maori handelte. Ihre Haut hatte die Farbe von Haselnüssen, und ihr Haar war von einem tiefen Schwarz.

Das Dienstmädchen lächelte schüchtern, als Ricarda ihm dankte und sich ein Glas Schaumwein nahm.

»Sie müssen das Geschenk dieses Landes unbedingt kosten«, sagte Cantrell, während er ebenfalls nach einem Glas griff.

»Stammt er von dem französischen Weinbauern aus Auckland?«, fragte Ricarda, und nach einem Schluck musste sie zugeben, dass Mollys und Mr Cantrells Schwärmerei durchaus angebracht war.

»Sie kennen ihn bereits?«

»Meine Pensionswirtin ist ganz begeistert von dem Weingut. Allerdings sagte sie auch, dass man den Winzer für verrückt hält.«

»Menschen mit guten Ideen werden häufig als Verrückte angesehen – bis die Leute, die so vorschnell urteilen, den Wert dieser Ideen erkennen. Ich wette darauf, dass Neuseeland in einigen Jahrzehnten ein renommiertes Weinbaugebiet ist.«

Wenn Sie dazu beitragen auf jeden Fall, dachte Ricarda.

»Ich persönlich schätze es jedenfalls sehr, nicht mehr wochenlang auf eine Wein- oder Champagnerlieferung warten zu müssen, zumal man immer das Risiko eingeht, dass sie auf den Schiffen verloren geht.«

Er nahm einen Schluck und schloss genießerisch die Augen. »Ja, dieser Tropfen ist wirklich hervorragend. Aber um auf Reverend Maxwell zurückzukommen, wir haben ihn kennengelernt, nachdem wir in Tauranga angekommen waren. Glücklicherweise hatten wir unser Haus schon vor unserem Eintreffen gekauft, aber ich muss zugeben, dass es mir auch gefallen hätte, eine Weile auf *The Elms* zu bleiben. Es ist wirklich einer der schönsten Flecken auf der gesamten Nordinsel.«

Bevor Ricarda etwas dazu sagen konnte, erschien ein weiterer Mann neben ihnen. Er war ziemlich beleibt, und Schweißperlen rannen ihm von der Stirn.

»Ich fürchte, ich muss Ihnen Ihren Gesprächspartner für einen Moment entziehen, Miss«, sagte er und fasste Cantrell am Arm, als sei er sein Eigentum. Der Gastgeber ließ sich das mit der gewohnten Freundlichkeit gefallen.

»Bitten entschuldigen Sie, Doktor Bensdorf, ich bin gleich wieder bei Ihnen.«

Ricarda nickte und schaute den beiden Männern nach, die sich in eine Ecke des Raumes zurückzogen, in der sie ungestört reden konnten. Sie fühlte sich ein wenig verloren. Ab und zu fing sie einen neugierigen Blick auf, aber niemand schien das

Bedürfnis zu haben, sich mit ihr zu unterhalten. Eigentlich war ihr das sogar ganz recht. Sie schlenderte zum Fenster, um ein wenig frische Luft zu schnappen, und setzte sich auf eine Chaiselongue, die darunter stand.

Während sie das Treiben auf dem Empfang beobachtete, begriff sie allmählich, worauf sich die Macht der Cantrells in dieser Stadt gründete. Die Eheleute nahmen die Probleme und Wünsche der Menschen ernst und verstanden es, auf sie einzugehen. Ihre Freundlichkeit, aber vermutlich auch der Reichtum öffnete ihnen offenbar viele Türen. Sie halfen, wo es ihnen nur möglich war, und erhielten dafür Hilfe zurück. Ricarda hätte darauf gewettet, dass kaum jemand etwas Nachteiliges über ihre Gastgeber zu sagen wüsste.

»Nun, wie gefällt es Ihnen bisher?«, fragte Mary, die von der Seite auf sie zukam und dann neben ihr Platz nahm. »Ich hoffe, man hat Ihnen noch keine Löcher in den Bauch gefragt.«

Ricarda schüttelte den Kopf. »Nein, bisher haben sich die Leute noch nicht an mich herangetraut. Ich fürchte, eine studierte Frau flößt ihnen ziemlichen Respekt ein.«

»Lassen Sie ihnen Zeit!«, bat Mary lächelnd. »Immerhin hat niemand Sie für verrückt erklärt. Oder Ihnen gesagt, dass sich ein Studium nicht für eine Frau gehört.«

»Ich schätze, unter Ihrem Dach würde das auch niemand wagen.«

Mary schob die Unterlippe vor. »Das glaube ich nicht. Besonders in meiner ersten Zeit hier habe ich mir so einiges anhören müssen. Dass es unschicklich sei, im Herrensattel zu reiten, zum Beispiel. Und ich wurde ständig gefragt, warum ich noch keine Kinder hätte. Der Lebensinhalt einer Frau sei es doch, Kinder zu gebären.«

»Wie haben Sie darauf reagiert?«

»Mit einem Lächeln. Das ist die beste Methode, eine unverschämte Frage zu ignorieren.«

Ricarda bezweifelte, ob das etwas bringen würde, wenn sie es genauso hielte. Immerhin hatte sie keinen einflussreichen Ehemann hinter sich, der ihr den Rücken stärkte.

Mary legte ihr die Hand auf den Arm. »Sie werden sehen, Ricarda, wenn die Leute hier erst einmal erkannt haben, welch einen Gewinn Sie für unsere Stadt bedeuten, werden sie Ihnen mit solchen Fragen nicht mehr auf die Nerven gehen. Wir stehen an der Schwelle zu einem neuen Jahrhundert, und ich bin davon überzeugt, dass es bahnbrechende Veränderungen bringen wird. Die Menschheit wird die nächste Stufe ihrer Evolution erklimmen, und der Tag wird kommen, an dem die Frauen den Männern gleichgestellt sind. Die Damen müssen nur erst einmal begreifen, dass sie einen großen Teil ihrer Unterdrückung sich selbst zuzuschreiben haben. Sie, Ricarda, haben sich von den anerzogenen Verhaltensmustern abgewendet, und deshalb werden Sie eine der Frauen sein, die von sich behaupten können, einen Stein ins Rollen gebracht zu haben. Halten Sie sich das stets vor Augen, wenn Sie auf Schwierigkeiten stoßen oder Anfeindungen erleben, meine Liebe!«

Während Ricarda noch über diese Worte nachdachte, sprang Mary auf, um einen verspäteten Gast zu begrüßen.

»Jack, was für eine Freude, dass Sie doch noch gekommen sind!« Sie flog auf ihn zu, die Arme ausgestreckt, und ergriff die Hände des Mannes, um ihn zu begrüßen.

Ricarda fühlte sich in diesem Augenblick, als würde flüssiges Feuer durch ihre Adern gepumpt. Ihr Puls raste plötzlich, und ein Zittern rann durch ihre Glieder. Mit zittrigen Knien erhob sie sich.

»Ich muss Ihnen unbedingt die Lady vorstellen, die der eigentliche Anlass für diesen Empfang ist.« Mary dirigierte Manzoni zum Fenster. »Das ist Doktor Ricarda Bensdorf, unsere neue Ärztin hier in Tauranga.«

»Vielen Dank, aber wir hatten bereits das Vergnügen«, warf

Jack ein, bevor Mary mit ihrer Vorstellungszeremonie fortfahren konnte. »Ich war derjenige, der Miss Bensdorf begleitet hat, als sie das Mädchen ins Hospital brachte.«

Mehr brauchte er nicht zu sagen, damit Mary Bescheid wusste.

»Nun, wenn das so ist«, sagte sie und zwinkerte Ricarda verschwörerisch zu, »dann lasse ich Sie beide mal ein Weilchen allein und kümmere mich darum, dass das Buffet angerichtet wird.«

Jack deutete gegenüber Ricarda eine kleine Verbeugung an. »So, so, Sie sind also die neue Ärztin in Tauranga.«

»Bis jetzt noch nicht, aber bald. Ich habe ein Haus, in dem ich meine Praxis einrichten kann, und obendrein eine Genehmigung vom Bürgermeister.«

»Vom Einbürgerungsbescheid ganz zu schweigen.«

»Ja, Mrs Cantrell und ihr Mann haben mir sehr geholfen.«

»Das sieht ihnen ähnlich«, sagte Jack. Als ein Page mit einem Tablett voller Gläser vorbeikam, nahm er sich eines davon. »Mary und John sind die guten Samariter der Stadt. Würde sich einer von ihnen zur Bürgermeisterwahl stellen, würden die Leute ihn wohl nahezu einstimmig wählen.«

»Einer von ihnen? Hat es denn hier schon mal eine Bürgermeisterin gegeben?«

»Bis jetzt noch nicht, aber das kann sich ja ändern. Die Frauen dieses Landes dürfen seit letztem Jahr wählen, und Tauranga bekommt eine Ärztin. Glauben Sie mir, es wird nicht mehr lange dauern, bis eine Frau die Herrschaft über die Stadt übernimmt. Als Staatsoberhaupt haben wir ja schon eine.«

»Eine Königin ist, denke ich, die große Ausnahme unter den Frauen. Soweit ich weiß, würde ihr niemand den Platz streitig machen.«

»Höchstens machtgierige Thronanwärter und Minister, aber was das angeht, ist die gute alte Queen Victoria sehr zäh. Sie hat die Geschichte Englands bereits gelenkt, als ich noch in der Wiege lag.«

Ricarda sah ihn eindringlich an. »Sie scheinen nichts dagegen zu haben, dass Frauen immer mehr in die Geschicke der Männer eingreifen.«

»Das habe ich tatsächlich nicht. Ich stamme aus einem Haus, in dem man schon früh erkannt hat, dass eine kluge Frau der Menschheit eher nutzt als schadet. Meine Mutter war Pianistin und sehr stolz auf ihren Beruf. Außerdem habe ich schon einige Damen getroffen, die auf ihrem Gebiet besser waren, als es ein Mann zu sein vermag.« Er blickte sie unverwandt an.

Ob er wohl bemerkt, dass meine Wangen sich immer stärker röten?, fragte Ricarda sich, die spürte, dass ihr Gesicht brannte. Sie konnte nur hoffen, dass er das dem Champagner zuschrieb …

Als das Schweigen unangenehm zu werden drohte, erlöste Jack sie aus ihrer Verlegenheit, indem er hinzusetzte: »Ich werde in der nächsten Woche nach Hamilton fahren, um Wolle abzuliefern. Wenn Sie möchten, bringe ich Ihnen etwas mit.«

Als Ricarda erstaunt die Augenbrauen hob, fügte er schnell an: »Natürlich Dinge für Ihre Praxis. Sagen Sie mir, welche Gerätschaften Sie benötigen.«

Ricardas Liste war lang und das Angebot verlockend, doch wenn Manzoni vorhatte, ihr Instrumente zu stiften, würde sie das ablehnen, denn sie wollte sich von niemandem abhängig machen, und sei er noch so sympathisch.

»Ich fürchte, ein Großteil meiner finanziellen Mittel wird in die Gestaltung der Räumlichkeiten fließen. Ich bin gezwungen, mich erst einmal auf das Nötigste zu beschränken.«

»Gut, dann sagen Sie mir, was das Nötigste ist. Wenn ich es richtig sehe, haben Sie die Hilfe von Mrs Cantrell nicht ausgeschlagen, also dürfen Sie auch mir nicht verwehren, Sie zu unterstützen.«

Ricarda trat verlegen von einem Fuß auf den anderen. Musste dieser Mann sie so aus der Fassung bringen?

»Also, ich weiß nicht, ob ich Ihnen das wirklich zumuten kann. Außerdem, wer sagt Ihnen, dass man das, was ich brauche, in Hamilton beschaffen kann?«

Jack lächelte breit. »Sie sind schließlich nicht der einzige Doktor in Neuseeland. Ich bezweifle, dass sich Ihre Kollegen ihre Instrumente aus Übersee schicken lassen.«

Ricarda zögerte noch immer.

Jack ließ sich davon aber nicht abschrecken. »Denken Sie in Ruhe darüber nach, und notieren Sie, was Sie am dringendsten brauchen! Sie können mir die Liste übergeben, wenn ich Sie in Ihrer Praxis besuche. Da fällt mir ein, Sie haben mir noch nicht verraten, wo sie liegt.«

»In der Spring Street. Es ist das Haus eines gewissen Mr McNealy.«

Offenbar wusste Manzoni etwas damit anzufangen.

»Ah, dann ist der gute alte Angus es endlich losgeworden.«

»Nun ja, noch nicht ganz, ich habe es nur gemietet. Aber ich hoffe, dass ich es später einmal kaufen kann. Abgesehen von einigen Arbeiten, die noch durchgeführt werden müssen, ist es sehr schön.«

»Wenn Sie erst mal eine Weile dort leben, wird er es Ihnen früher oder später verkaufen.« Plötzlich erstarrte sein Lächeln.

Als Ricarda zur Seite schaute, erblickte sie den Mann, der vorhin mit Mr Cantrell verschwunden war.

»Tja, wenn das eine der angekündigten Überraschungen von Mrs Cantrell ist, dann ist sie ihr wirklich gelungen«, murmelte Jack und fixierte den Mann weiterhin, als könne der jeden Augenblick eine Waffe ziehen.

»Wie meinen Sie das?«, fragte Ricarda. Außer dass diesem Mann die Unverschämtheit aus sämtlichen Poren zu dringen schien, konnte sie nichts Überraschendes an ihm finden.

»Der Mann da drüben ist Ingram Bessett«, erklärte Jack. »Den Namen sollten Sie sich gut merken, denn Bessett strebt nach Höherem in dieser Stadt.«

»Und das wäre? Bislang ist mir dieser Name noch nicht untergekommen.«

»Oh, das wird er noch, verlassen Sie sich drauf! Er ist einer der reichsten Farmer in Tauranga und von gutem altem Adel.«

»Und Sie können ihn nicht ausstehen.«

»Das ist noch untertrieben. Erinnern Sie sich an das Geräusch, das ein stumpfer Griffel auf einer Schiefertafel erzeugt?«

Ricarda nickte.

»Wenn ich ihn sehe, ist es fast so, als würde jemand dieses Geräusch verursachen. Mir stehen die Haare zu Berge, und am liebsten würde ich diesen Kerl hinauswerfen.«

»Was hat Ihnen dieser Mr Bessett denn angetan, dass Sie ihn dermaßen verabscheuen?«

»Abgesehen davon, dass er einfach ein Mistkerl ist?«, fragte er und ließ den Mann nicht aus den Augen.

»Ja, abgesehen davon.«

»Nun, unsere Feindschaft hat viele Gründe. Die Bessetts haben sich schon immer Freiheiten herausgenommen, an die andere nicht mal denken würden. Wir sind hier aber nicht in England. Der Mann handelt nur aus Eigennutz. Die Maori würde er am liebsten in irgendeine karge Gegend verbannen, weitab von den Siedlungen der Einwanderer. Ich bin ein Freund der Maori und denke, dass wir von diesem Volk sehr viel lernen können. Es umzusiedeln verstößt gegen jedes Menschenrecht. Und dann ist da natürlich auch die Konkurrenz auf dem Gebiet der Schaf- und Pferdezucht. Ich habe bei weitem nicht so viele Schafe wie Bessett, aber meine Geschäfte gehen gut. Und gäbe es hier Pferderennen, würden meine Tiere seine um Längen schlagen. Mein Vater war ein außergewöhnlicher Züchter, und nur zu gern würde Bessett sich mein Wissen aneignen, um noch reicher zu werden. Wo wir schon beim nächsten Grund wären: seine unermessliche Gier ...«

»Nun, ich denke, ihm haben eben die Ohren geklingelt, er steuert auf uns zu.«

Jack nickte. Wahrscheinlich waren weniger seine Worte als sein Blick schuld daran. Und wenn er ehrlich war, hatte er gewollt, dass Bessett ihn sah. Schon lange wollte er ihm mal einen Denkzettel abseits der Versammlungen verpassen.

»Ah, Mr Manzoni, ich hätte nicht erwartet, dass Sie hier sind«, sagte Bessett zum Gruß.

Ricarda würdigte er keines Blickes, seine Augen waren starr auf Manzoni gerichtet. Der Vergleich mit zwei Jagdhunden, die jeden Moment aufeinander losgehen konnten, kam ihr beim Anblick der beiden Männer in den Sinn.

Jack setzte ein säuerliches Lächeln auf. »Geht mir genauso. Ich dachte, Sie hätten andere Dinge zu tun, als sich auf einer Party herumzutreiben.«

Bessett verzog missbilligend das Gesicht. »Was Sie eine Party nennen, nenne ich ein Treffen zur Pflege wichtiger Kontakte.«

»Ah, sind Sie bereits auf Stimmenfang für die Bürgermeisterwahl?«, spottete Jack. »Da müssen Sie sich aber ins Zeug legen. Mr Clarke ist bei den meisten Bewohnern von Tauranga sehr beliebt.«

Das zu hören überraschte Ricarda nicht. Doch ihr gegenüber hatte ihr Gastgeber nicht erkennen lassen, dass er um Stimmen warb.

»Sie werden schon sehen, Manzoni«, entgegnete Bessett arrogant, »auch wenn ich Ihre Stimme nicht kriege, in gewissen Fragen denken sehr viele wie ich.«

»Ach ja?«, entgegnete Jack und zuckte mit den Achseln, obwohl er sichtlich angespannt war. »Meinen Sie wirklich, alle hier schätzen es, dass Sie sich an Ihren Dienstmädchen vergreifen und ihnen einen dicken Bauch machen? Was ist, Bessett, haben Sie die Maori schon fortgejagt, oder hat sich Ihre Frau entschlossen, das Kind aufzuziehen?«

Bessetts Mund schnappte auf und zu, ohne dass er ein Wort hervorbringen konnte. Sein Gesicht wurde puterrot, und die Adern an seinen Schläfen schwollen an, als würde sein Kopf jeden Augenblick platzen. »Sie!«, presste er schließlich hervor, doch bevor er weitersprechen konnte, griff er sich stöhnend an die Brust, rang nach Luft und sackte leblos vor Manzoni zusammen.

Die Leute ringsherum schrien auf und wichen zurück.

Ricarda stellte ihr Glas ab und beugte sich zu Bessett hinunter. Sein Anblick erinnerte sie an den Kranken auf dem Schiff, dem sie nicht mehr hatte helfen können.

»Er hat einen Infarkt!«, rief sie, lockerte hastig Bessetts Krawatte und tastete nach seinem Puls. Er war sehr unregelmäßig. »Ich brauche einen starken Kaffee!«

Ohne sich um die anderen Anwesenden zu kümmern, riss sie Bessetts Hemd auf und legte ein Ohr auf seine Brust, um seine Herzgeräusche zu orten.

»Ist das nicht ein unpassender Zeitpunkt für ein Kaffeekränzchen?«, murmelte jemand im Hintergrund.

»Schnell, er braucht Kaffee! Das Koffein erweitert die Gefäße, denn ein Infarkt ist eine Verengung derselben«, rief Ricarda.

Im Vertrauen auf das Können der jungen Ärztin orderte Mary Cantrell einen starken Kaffee und bahnte sich einen Weg zu ihr. »James bringt das Gewünschte gleich«, erklärte sie.

»Danke. Wollen hoffen, dass er so lange durchhält.« Dann wandte Ricarda sich an den Patienten. »Mr Bessett, können Sie mich hören?«

Trotz halb geöffneter Augen antwortete er nicht. Ricarda tätschelte ihm die Wange und tastete erneut nach seinem Puls. Diesmal war er nicht mehr zu fühlen.

Eine Welle der Panik erfasste sie. Dies war noch schlimmer als bei ihrer Abschlussprüfung. Hier ging es nicht um eine Zensur, sondern um ein Menschenleben. Ricarda spürte, dass ihre Hände zitterten, aber gleichzeitig arbeitete ihr Verstand auf Hochtouren und offenbarte ihr die einzige Möglichkeit, diesen Mann zu retten.

Ein gewisser Dr. H. R. Silvester hatte vor Jahren eine Methode zur Wiederbelebung gefunden, die sie jetzt einsetzte: Sie griff nach Bessetts Armen und bewegte sie vor und zurück. Zwischendurch presste sie ihren Mund auf den ihres Patienten und spendete ihm Atem, bevor sie erneut nach seinen Armen griff. Sie musste seinen Herzschlag unbedingt wieder in Gang bringen.

Die Umstehenden schauten sie an, als sei sie eine Besessene, die ein teuflisches Ritual vollführt, aber Ricarda nahm keine Notiz davon. Sie beatmete den Bewusstlosen konzentriert und führte seine Arme wie Pumpenschwengel. Schweißperlen glänzten auf ihrer Stirn, während die Worte des Professors durch ihren Kopf donnerten, dass eine Wiederbelebung nach fünf Minuten sinnlos sei. Ricarda wusste nicht, wie lange ihr Versuch bereits dauerte, sie wusste nur: Aufgeben wollte sie nicht. Als Silvesters Methode auch in den nächsten Minuten nicht wirkte, ballte sie die Faust, holte aus und schlug Bessett mit aller Kraft mehrfach auf das Brustbein.

»He, was soll das, wollen Sie ihm die Rippen brechen?«, erboste sich einer der Gäste und wollte sich auf sie stürzen, als Jack dazwischenging. »Lassen Sie die Ärztin arbeiten! Oder wollen Sie verantworten, wenn er stirbt?«

Plötzlich begann Bessett zu husten und riss die Augen weit auf. Ricarda tastete an seinem Hals nach dem Puls und spürte ihn wieder. Das Herz schlug schwach, aber es schlug. Bessett lebte!

»Mr Bessett, hören Sie mich?«, fragte sie wieder und wieder, bis er nickte.

Ein Raunen ging durch die Zuschauer.

Ricarda ließ Bessett nicht aus den Augen, bis der Butler mit dem Kaffee erschien. Das starke Gebräu würde den Patienten ein wenig beleben, aber es änderte nichts daran, dass er unter die Aufsicht eines Arztes gestellt werden musste. Eines Arztes, der über Instrumente verfügte und ihn erneut aus dem Totenreich holen könnte, sollte es notwendig sein.

»Wäre jemand so freundlich, Mr Bessett in das Hospital von Doktor Doherty zu fahren?«, fragte sie in die Runde.

Es ärgerte sie, dass sie ihn nicht in ihr eigenes Krankenzimmer bringen und an seinem Bett wachen konnte. Doch Eitelkeit war hier fehl am Platz. Schon hievten vier Männer Bessett hoch und trugen ihn aus dem Salon. Ricarda folgte ihnen nach draußen, während sie überlegte, ob sie den Kranken zum Hospital begleiten sollte. Sie entschied sich dagegen. Der Zustand des Patienten war einigermaßen stabil, und alles andere konnte Doherty erledigen. Sie blickte dem Wagen, der ihn abtransportierte, nach und kehrte schließlich ins Haus zurück.

Nach diesem Zwischenfall verabschiedeten sich die meisten Gäste zügig. Jack jedoch setzte sich neben Ricarda, die sich erleichtert auf die Chaiselongue hatte fallen lassen.

»Was meinen Sie, war das ein Fehler?«, fragte sie tonlos, während sie auf die Stelle blickte, an der Bessett gelegen hatte.

»Dass Sie ihn gerettet haben? Nein, das denke ich nicht. Ich hasse diesen Mistkerl wie die Pest, aber ich wünsche ihm nicht den Tod.«

»Nein, ich dachte eher an meinen Kollegen und dass ich ihm wieder einen Patienten überlassen habe«, erklärte Ricarda.

»Nein, das war gewiss kein Fehler. Indem Sie Bessett an Doherty überwiesen haben, haben Sie wahre Größe bewiesen, Ricarda. Und Vernunft. Jeder der Anwesenden hat gesehen, dass Sie keinerlei Instrumente dabeihatten, um Bessett zu versorgen.«

Jack lächelte sie an, streckte die Hand nach ihrer Stirn aus und strich eine Locke zurück. Dabei berührten seine Finger wie zufällig Ricardas Haut.

Obwohl diese Berührung nur einen winzigen Moment andauerte, erzeugte sie eine Wärme, die ihren ganzen Körper erfasste.

Eine Weile blickten sie einander schweigend an, bevor Jack hinzusetzte: »Ich muss mich jetzt leider verabschieden. Denken Sie an die Instrumente, Fräulein Doktor. Ich werde Ihnen alles beschaffen, was Sie möchten.«

Diesmal gab es keinen Protest von ihr. »Danke, Jack, ich werde es nicht vergessen.«

»Möchten Sie, dass ich Sie in meiner Kutsche zurück zu Molly bringe?« Ricarda schüttelte nur verneinend den Kopf und dachte dabei wieder an ihre erste Begegnung, bei der sie es ebenfalls ausgeschlagen hatte, mit ihm zu fahren. Damals aber noch aus anderen Gründen.

»Nein, ich denke, ich bleibe noch ein wenig. So sehr, wie meine Beine zittern, bezweifle ich, dass ich es auf Ihren Wagen schaffe.«

Jack streckte ihr lächelnd die Hand entgegen. »Also dann, gute Nacht, Doktor Bensdorf.«

Ricarda legte ihre Hand in seine, und diesmal nutzte er die Gelegenheit, um ihr einen Handkuss zu geben. Es war nicht schicklich, dass seine Lippen dabei ihre Haut berührten, doch Ricarda störte dieser Fauxpas nicht. Im Gegenteil, als Jack gegangen war, berührte sie gedankenverloren die Stelle auf ihrem Handrücken und hatte dabei Empfindungen, die sie bisher noch nicht gekannt hatte.

Teil drei
Ankunft am Mount Maunganui

1

Am Morgen des 10. April 1894 begab Ricarda Bensdorf sich von ihren Wohnräumen hinunter in ihre Praxis. Stolz erfüllte sie, weil ihr Traum wahr geworden war und sie fortan ihr medizinisches Wissen zeigen konnte.

Sie zweifelte nicht daran, dass sich ihr Wartezimmer bald füllen würde, denn die Rettung Ingram Bessetts, der sich auf dem Wege der Besserung befand, hatte sich herumgesprochen. Gern hätte sie ihn noch einmal untersucht, aber sie hatte sich nicht ins Hospital gewagt. Es war ihr allerdings zu Ohren gekommen, dass Ingram Bessett genesen und bereits nach Hause zurückgekehrt sei. Auch wenn Doherty wieder einmal derjenige war, der kassierte, fand Ricarda den Gedanken ermutigend, dass sie ihr erstes Menschenleben ohne den Beistand eines Kollegen gerettet hatte. Er verlieh ihr Kraft und Zuversicht für das, was vor ihr lag.

Vater, wenn du nur sehen könntest, was ich mir hier aufgebaut habe!, ging es ihr wieder einmal durch den Kopf. Zuweilen verspürte sie den Drang, ihren Eltern zu schreiben. Die Wut über die geplante Ehe mit Berfelde war in den Hintergrund getreten. Verrauchen würde sie wohl nie, dazu war der Verrat zu schwerwiegend gewesen. Aber vielleicht würden ihre Eltern ja doch noch begreifen, dass es nicht das Richtige gewesen wäre, ihre Tochter an den Herd zu verbannen.

Leise knarrten die Treppenstufen unter Ricardas Schritten. Im Haus war es noch still. Lediglich das Rauschen des Meeres drang an ihr Ohr.

Seit nunmehr zwei Wochen wohnte sie hier, obgleich sie noch etwas provisorisch eingerichtet war. Trotz der Trauer über Ricardas Auszug hatte die gute Molly ihr tatkräftig geholfen, kostengünstig ein paar Möbel für die neue Wohnung zu beschaffen.

Während Ricarda die Haustür aufschloss, dachte sie unwillkürlich wieder an Jack Manzoni. Er war kein sehr häufiger Gast bei den Bauarbeiten gewesen, aber wenn er sich nach dem Fortschritt und nach Ricardas Befinden erkundigt hatte, war es für sie selbst bei trübem Wetter und trotz der Probleme mit den Handwerkern stets ein ganz besonderer Tag gewesen.

Kurz nach dem Vorfall mit Bessett war er tatsächlich bei ihr erschienen, um die Liste mit den gewünschten Instrumenten abzuholen.

Ricarda hatte sich bemüht, sie auf das Nötigste zu beschränken, denn sie wollte nicht unverschämt sein. Dennoch war die Liste so lang geworden, dass Manzoni breit grinste, als er sie entgegennahm.

»Wenn das die Kurzversion ist, hätte die lange Liste vermutlich ein ganzes Heft gefüllt«, spöttelte er, was Ricarda so peinlich berührte, dass sie das Papier am liebsten zurückgezogen hätte. Doch Manzoni hatte es sich bereits geschnappt und in die Tasche geschoben.

Nach einer Woche fuhr Jack mit den Kisten vor. Er hatte in Hamilton einen Händler für medizinischen Bedarf gefunden, der seine Ware aus Europa und Amerika, aber auch aus einer Manufaktur in Wellington bezog, die ihr Sortiment ständig erweiterte.

Als Erstes schlug Ricarda den Katalog mit dem Warenangebot auf, den sie obenauf in einer der Kisten gefunden hatte. Sie erstarrte, als sie die horrenden Preise sah. Auch in Deutschland waren diese Dinge nicht gerade preiswert, aber sie hatte erwartet, dass es in Neuseeland anders war. Doch da hatte sie sich geirrt. Mr Manzoni musste ein Vermögen dafür ausgegeben haben! Sie schämte sich.

Jack schien auch das nicht zu entgehen. »Machen Sie sich keine Sorgen über die Preise, Doc!«, erklärte er in beruhigendem Ton. »Nehmen Sie die Sachen, und tun Sie Gutes damit!«

Ricarda hatte nicht gewusst, was sie sagen sollte. Einmal mehr spürte sie in Jacks Anwesenheit die Anspannung, die sie schon auf Marys Empfang überfallen hatte. Ihre Kehle schnürte sich zu, und ihre Wangen röteten sich.

»Danke, Jack! Wie soll ich Ihnen das je vergelten? Jedenfalls werde ich Sie jederzeit kostenlos behandeln, sollten Sie einmal ärztliche Hilfe brauchen.«

Manzoni nickte, und sein Blick verriet, dass er in diesem Augenblick ebenso wenig frei von Nervosität war wie Ricarda. »Dieses Angebot nehme ich gern an; ich habe allerdings eine sehr robuste Gesundheit. Und ich hoffe nicht, dass sich das ändert.« Damit verabschiedete er sich.

Ricarda lächelte bei der Erinnerung an diese Begegnung. Und sie gestand sich ein, dass sie Jack vermisste. Schon seit über einer Woche hatte sie ihn nicht mehr gesehen. Sie wusste, dass er auf den Weiden zu tun hatte und sich nur dann in die Stadt aufmachte, wenn er dort etwas zu besorgen hatte. Aber wenn sie Hufschlag hörte, wandte sie sich unwillkürlich zum Fenster um, um zu sehen, ob er es war, der da vorüberritt.

Wenn er sich in den nächsten Tagen nicht blicken lässt, kann ich ihm die Einladung zur offiziellen Praxiseröffnung nicht persönlich überreichen, dachte Ricarda. Das wäre schade. Aber ich kann sie ihm ja schicken. Schließlich muss dieser Schritt gefeiert werden. Molly wird mir gewiss ein schönes Buffet vorbereiten.

Ricarda sog den Geruch der Malerfarben ein, der noch in der Luft hing. Die Einrichtung ihrer Praxis bestand wie die ihrer Wohnung vor allem aus gebrauchtem Mobiliar, darunter eine gut erhaltene Untersuchungsliege, die Mr Cantrell beschafft hatte. Aber dank Jack verfügte sie wenigstens über nagelneue Geräte und Instrumente, die im Morgenlicht funkelten.

Hättest du dir je träumen lassen, dass dich so viele Menschen freundlich unterstützen werden?, fragte Ricarda sich, während sie sich vor die Wand ihres Sprechzimmers stellte, an der sie ihr Diplom aufgehängt hatte. Lächelnd strich sie mit dem Ärmel über das Glas, obwohl kein einziges Staubkörnchen zu entdecken war, und betrachtete ihr Gesicht, das sich darin spiegelte.

Als Schritte hinter ihr und bald darauf ein Klopfen ertönten, wandte sie sich um. »Nur herein!«

Eine Frau öffnete zaghaft die Tür. Sie war schätzungsweise Ende dreißig und sehr einfach gekleidet. Das braune Haar hatte sie im Nacken zu einem Knoten geschlungen.

»Guten Morgen, Madam, was kann ich für Sie tun?«

»Ich hab gehört, dass hier jemand 'ne Praxis aufmacht.« Sie blickte sich scheu um.

»Stimmt. Ich habe soeben eröffnet.« Ricarda setzte ein verbindliches Lächeln auf.

»Sind Sie die Ärztin?«

»Ja. Mein Name ist Ricarda Bensdorf.«

»Die, die Bessett gerettet hat?«

»Ja, die bin ich.«

Ricarda musterte die Frau. Sie wirkte nicht sonderlich gut genährt und ging trotz ihrer Jugend krumm. Hatte sie Schmerzen? »Haben Sie irgendwelche Beschwerden? Ich untersuche Sie gern, wenn Sie möchten.«

Die Frau zögerte noch immer. »In Tauranga hat's noch nie 'ne Ärztin gegeben«, sagte sie skeptisch.

Ricarda unterdrückte ein Seufzen. »Deshalb wird es ja auch

Zeit!«, entgegnete sie so fröhlich wie möglich. »In Europa gibt es mittlerweile etliche. Sehr erfolgreiche sogar.«

Offenbar reichte das noch nicht, um zu überzeugen. »Ich habe vor, mich auf Frauen- und Kinderheilkunde zu spezialisieren«, setzte Ricarda deshalb hinzu. »Entgegen dem Glauben vieler Leute sind Frauen schon deshalb besser geeignet, sich um weibliche Erkrankungen zu kümmern, weil sie den weiblichen Körper aus eigener Erfahrung kennen.«

Endlich schloss die Besucherin die Tür hinter sich und trat näher.

»Ich hab Schmerzen. In meiner ...« Sie stockte und deutete verlegen auf ihren Unterleib. »Ich dachte erst, es geht von allein weg, aber das tut's nich'.«

»Gut, dann schau ich es mir mal an. Vor mir brauchen Sie sich nicht zu schämen.«

Die Frau überlegte noch einen Moment, bevor sie fragte: »Was muss ich tun?«

»Legen Sie sich auf diese Liege! Und keine Sorge, ich werde Ihr Schamgefühl nicht verletzen.«

Die Frau tat wie geheißen.

»Wie ist Ihr Name?«, fragte Ricarda, während sie zum Schreibtisch ging und nach einer Karteikarte griff, auf der sie alle Befunde der Patientin notieren wollte.

»Maggie Simmons.«

»Gut, Mrs Simmons, dann lassen Sie uns beginnen.«

Ricarda krempelte die Ärmel hoch, wusch sich die Hände mit verdünntem Karbol und legte der Frau ein weißes Tuch über die Beine. Zunächst begnügte sie sich nur mit Abtasten. Als die Patientin mit einem schmerzvollen Stöhnen reagierte, hob sie Tuch und Rock an und zog die Unterhose der Patientin herunter. Was sie sah, raubte Ricarda den Atem: unverkennbare Anzeichen von Gonorrhoe! Wenn sie die Symptome richtig deutete, hatte die Krankheit sich bereits im gesamten Körper ausgebreitet; die Unterleibsschmerzen waren vermutlich einer Entzündung des Bauchfells zuzuschreiben. Natürlich würde sie diesen Verdacht durch einen Abstrich erhärten müssen, bevor sie eine Therapie erwog.

Wenn sie ehrlich war, hätte sie sich eine andere erste Patientin gewünscht. Gegen die Gonorrhoe konnten die Ärzte noch immer nicht viel ausrichten. Es gab mittlerweile eine Prophylaxe mit Silbernitrat, um ungeborene Kinder vor Ansteckung zu schützen. Einige Kollegen schworen auf kolloidales Silberwasser, das allerdings sehr schwer zu beschaffen war. Ricarda bezweifelte, dass es das hier gab. Und selbst wenn, war es noch die Frage, ob die Frau das Medikament vertragen und es bei ihr anschlagen würde.

»Seit wann haben Sie die Beschwerden?«, fragte sie.

»Sie meinen die Schmerzen?«

Ricarda nickte. »Die Schmerzen und den Ausschlag.«

Die Frau wurde blass. »Seit 'n paar Tagen. Ich dachte es, es ist das monatliche Übel, doch das war's nich'. Die Schmerzen gehen nich' weg, also dacht ich mir, ich muss damit mal zum Arzt. Aber zu Doktor Doherty hab ich mich nich' getraut ... Was is' bloß mit mir, Fräulein Doktor?«

Ricarda atmete tief durch. Eine Diagnose zu stellen war eine Sache. Einer Patientin mitzuteilen, dass sie an einer Krankheit leidet, die unter Umständen chronisch werden und zum Tod führen kann, bedeutete hingegen eine weitaus größere Herausforderung, vor allem wenn diese Erkrankung ohnehin mit einem Tabu behaftet war.

»Geht ihr Mann hin und wieder ins Freudenhaus?«, fragte Ricarda.

Schlagartig errötete die Frau. »Warum woll'n Sie das wissen?«, fragte sie und richtete sich auf.

Wahrscheinlich bedauerte sie diesen Arztbesuch bereits. Da die Untersuchung abgeschlossen war, ließ Ricarda sie gewähren.

»Ich vermute, er hat Sie mit Gonorrhoe angesteckt. Schon mal von dieser Krankheit gehört?«

Schlagartig verschwand die Röte aus dem Gesicht der Frau; sie wurde bleich wie ein Laken.

»Ich nehme an, dass Sie Ihrem Ehegatten nicht untreu geworden sind. Oder irre ich mich?«

»Das geht Sie gar nichts an!«

»Doch, Mrs Simmons; denn ich muss den Menschen finden, der Sie infiziert hat. Nur wenn ich die Quelle der Gonorrhoe finde, kann ich die Ausbreitung der Krankheit verhindern.«

»Ich habe meinen George nie betrogen!« Die Frau zitterte.

»Also hat *er* außereheliche Eskapaden.« Ricarda fühlte sich unwohl angesichts ihrer Beharrlichkeit, aber es musste sein.

»Ich weiß, dass er manchmal weggeht und erst spät wiederkommt. Meist dann, wenn ich meine Migräne habe.«

Ricarda atmete tief durch. Offenbar konnte sich Mr Simmons nicht einmal während der Periode seiner Ehefrau zurückhalten. Dass er sich mit seinen Abenteuern den Tod ins Haus holen konnte, hatte er offenbar nicht bedacht.

»Ich würde gern mit Ihrem Mann sprechen. Ich glaube, er sollte wissen, dass er möglicherweise auch betroffen ist.«

Die Frau zitterte jetzt noch heftiger. Anscheinend gab es für sie noch Schlimmeres als die Diagnose. »Aber er wird Ihnen nich' erlauben, ihn zu untersuchen.«

»Das muss er auch nicht. Meinetwegen kann er Doktor Doherty aufsuchen. Aber er sollte wissen, dass er sich im Freudenhaus wahrscheinlich mit Gonorrhoe angesteckt hat. Und dass er behandelt werden muss.«

»Und wie?«

»Es gibt ein Medikament: kolloidales Silber. Es ist sehr teuer, aber meine Kollegen haben damit schon Erfolge erzielt. Es ist wichtig, dass Sie beide sich während der Behandlung nicht gegenseitig wieder anstecken. Daher muss ich es ihm sagen.«

»Kann ich's ihm nich' selber sagen?«, fragte Maggie Simmons.

In den Augen der Patientin spiegelte sich die nackte Angst. Ricarda ahnte, was Maggie blühte. Ihr Ehemann würde sie des Ehebruchs bezichtigen, schon weil er niemals eingestehen würde, dass er sich im Bordell vergnügt hatte. Schlimmstenfalls würde er seine Frau verprügeln und vor die Tür setzen.

Ricarda schüttelte den Kopf. »Nein, es ist besser, wenn ich es ihm sage. Ich bin Ärztin. Ich weiß, was die Krankheit anrichten kann, und ich habe auch keine Angst, mich Ihrem Mann entgegenzustellen, wenn er meint, dass Sie die Schuldige sind. Hören Sie, eine Therapie kann nur etwas bringen, wenn Sie nicht immer wieder den Krankheitserregern ausgesetzt sind. Deshalb muss Ihr Mann es erfahren.«

Maggie nickte und schaute dabei so verzweifelt drein, als sei der Weltuntergang gekommen.

»Aber erst einmal möchte ich einen Abstrich nehmen, wenn Sie erlauben.«

Die Frau blickte sie fragend an, doch nachdem Ricarda ihr erklärt hatte, was sie vorhatte, ließ sie die Prozedur über sich ergehen.

Am Nachmittag nutzte Ricarda eine kurze Ruhepause, um in die Stadt zu gehen. Die Luft war stickig und roch nach Seetang. Die erfrischende Brise, auf die ganz Tauranga wartete, blieb aus.

Dennoch schaffte es Ricarda, ihre Gedanken zu ordnen und ein wenig Abstand von dem zu nehmen, was sie in der Praxis erlebt hatte. Vielleicht sollte ich mir den nachmittäglichen Spaziergang zur Gewohnheit machen, dachte sie, als sie Spencer's Drugstore zustrebte.

Sie erinnerte sich noch sehr gut daran, wie sie an ihrem ersten

Tag hier vorbeigekommen war. Mittlerweile wusste sie, dass sich hinter dem vollgestellten Schaufenster ein gediegener Laden befand.

Mit dem Gebimmel der Türglocke trat sie ein, und sogleich strömte ihr der typische Medikamentengeruch entgegen.

Mr Spencer war ein netter älterer Herr mit grauem Bart und schütterem Haar, der stets so tadellos gekleidet war, als wolle er eine Stadtratssitzung oder die Kirche besuchen.

»Ah, Doktor Bensdorf«, grüßte er nun. »Schön, dass Sie wieder einmal vorbeischauen. Was kann ich für Sie tun?«

Ricarda schob eine Liste mit Medikamenten über die Theke. »Außerdem würde ich gern wissen, ob Sie Silberwasser beschaffen können, sofern Sie keines auf Lager haben.«

»Einen Moment, bitte.« Damit verschwand Mr Spencer hinter dem Vorhang, der sein Lager vom Verkaufsraum trennte.

Das Angenehme an Mr Spencer war, dass er nie erstaunt dreinblickte und sich auch nie erkundigte, wozu sie bestimmte Mittel verlangte. In Zürich hatte Ricarda da schon ganz andere Apotheker erlebt.

Während sie wartete, blickte sie sich um. An manche Kuriositäten unter den ausgestellten Waren würde sie sich wohl nie gewöhnen: Eingelegte Haifischflossen, Tintenfischtentakel und Quallen fanden sich neben Gläsern mit lebenden Blutegeln oder seltsamen Fröschen und Kästen mit getrockneten Fledermausflügeln.

Als die Ladenglocke ertönte, erkannte Ricarda in dem neuen Kunden mit Schrecken Dr. Doherty. Der hat mir gerade noch gefehlt!, dachte sie, während ihr Magen sich schmerzhaft zusammenzog. Die ganze Zeit über hab ich es geschafft, ihm aus dem Weg zu gehen, und jetzt treffe ich den Kerl ausgerechnet hier!

Ihr Kollege schien ebenfalls von ihrer Anwesenheit überrascht zu sein. Er zögerte, bevor er näher trat.

Ricarda richtete den Blick wieder auf das Regal hinter der Verkaufstheke und hoffte, Mr Spencer werde bald zurückkehren. Doch der kramte noch immer hörbar in seinem Lager. Beinahe glaubte Ricarda zu spüren, wie Doherty sie mit Blicken durchbohrte.

Der Doktor machte sich nicht die Mühe, ihr einen Gruß zu entbieten, sondern sagte beiläufig, als plaudere er über das Wetter: »Man erzählt sich, dass Sie eine Praxis eröffnet haben.«

»Da haben Sie richtig gehört, Herr Kollege«, entgegnete Ricarda, entschlossen, sich nicht einschüchtern zu lassen.

»Ich nehme an, eine Praxis für Frauen.«

Ricarda vermutete, dass der Bürgermeister mit ihm über ihr Vorhaben gesprochen hatte.

»Warum fragen Sie?«

»Reine Neugierde.«

»Sie haben mir verboten, Ihr Hospital aufzusuchen, und daran halte ich mich«, entgegnete sie kühl. »Alles Weitere müssen Sie schon selbst herausfinden.«

Doherty blickte sie an, als habe sie ihm eine Ohrfeige versetzt. Glücklicherweise erschien der Ladeninhaber, bevor der Doktor seiner Empörung Luft machen konnte. Mr Spencer begrüßte den Arzt mit einem Kopfnicken und wandte sich an Ricarda.

»Das gewünschte Mittel zu beschaffen dürfte ein paar Tage dauern«, erklärte er diskret. »Geben Sie mir einfach Bescheid, wie viel Sie davon benötigen. Alles andere habe ich Ihnen zusammengepackt.«

Damit schob er ihr eine braune Papiertüte über den Tresen. Ricarda nahm sie an sich und bezahlte. Beim Hinausgehen sah sie Doherty direkt in die Augen. Den Zorn, der darin flackerte, quittierte sie mit einem trotzigen Lächeln.

2

Am nächsten Morgen hatte Ricarda Maggie Simmons wieder zu sich bestellt. Die Untersuchung des Abstriches hatte ihren Verdacht bestätigt. Nun konnte sie gezielte Maßnahmen einleiten. Vorausgesetzt, die Frau und auch ihr Gatte erklärten sich dazu bereit.

Ricarda räumte gerade ihre sterilisierten Instrumente fort, als Maggie erschien.

Ihr Blick wirkte ängstlich. Unruhig nestelte sie an den Zipfeln ihres Schultertuches, wobei das Zittern ihrer Finger nicht zu übersehen war.

Ricarda bedauerte, dass sie keine gute Nachricht für ihre Patientin hatte.

»Setzten Sie sich, Mrs Simmons«, sagte sie freundlich und deutete auf einen Stuhl.

Nachdem Maggie Platz genommen hatte, schilderte Ricarda ihr die gesundheitliche Situation.

»Ich will nicht verhehlen, dass die Behandlung schwierig ist, aber ich werde alles tun, was in meiner Macht steht. Wie ich gestern schon andeutete, sollten wir auch mit Ihrem Mann reden. Wann treffe ich ihn denn mal an?«

»Er is' zu Hause«, antwortete Maggie einsilbig und senkte den Kopf.

»Wie wäre es denn, wenn wir gleich zu ihm gingen? Je eher wir mit der Behandlung beginnen, desto besser für Sie beide.«

Maggie Simmons nickte nur.

Ricarda konnte verstehen, was in ihr vorging. Auch ihr selbst war nicht gerade wohl zumute. Immerhin wusste sie nicht, wie der Ehemann reagieren würde. Aber auch solche Situationen gehören zu meinem Beruf, dachte sie. Und ich werde sie meistern!

Mr Simmons saß auf der Veranda und stopfte gerade sein Pfeifchen. Ob er heute auf der Arbeit nicht gebraucht wurde? Als er seine Frau in Begleitung der Fremden sah, hielt er inne.

»Wen bringst du mir denn da an?«, fragte er und musterte Ricarda schamlos. Sein Mund verzog sich zu einem lüsternen Grinsen. »Ist das 'ne Freundin von dir?«

»Nein, ich bin die Ärztin Ihrer Gattin!«, antwortete Ricarda, bevor Maggie es tun konnte.

»Ärztin?« Der Mann blickte zu seiner Frau. »Was fehlt dir denn? Du hast mir gar nicht gesagt, dass du zu einer verdammten Medizinfrau gehst.«

Ach, du meine Güte!, dachte Ricarda. »Ich denke, das sollten wir drinnen besprechen«, erklärte sie, bemüht, so ruhig wie möglich zu bleiben. Die dreisten Blicke des Mannes ärgerten sie.

»Na gut, kommen Sie!«, knurrte er, erhob sich und führte sie hinein.

Ricarda konnte an seinem Gang nichts Auffallendes feststellen. Entweder waren die Beschwerden, die er hatte, noch nicht gravierend, oder er überspielte sie gut. Aber eine Gonorrhoe äußerte sich bei jedem anders. Ein Blick zur Seite verriet ihr, dass Mrs Simmons vor Scham und Angst beinahe verging.

Die Küche war einfach eingerichtet, aber sehr sauber. In der Mitte des Raumes stand ein blank gescheuerter Tisch mit einem gusseisernen Kerzenhalter, an dem Mr Simmons Platz nahm.

»Nun, was gibt es, Doktor?« Sein spöttischer Unterton war nicht zu überhören.

Da er Ricarda keinen Stuhl angeboten hatte, blieb sie stehen.

Als ahne Mrs Simmons, was ihr blühte, zog sie sich in die Ecke neben einer altmodisch wirkenden Feuerstelle zurück.

»Mr Simmons, Ihre Frau ist gestern bei mir vorstellig geworden wegen Beschwerden im Unterleib.«

Aus dem Augenwinkel heraus bemerkte sie, dass Maggie beschämt den Kopf senkte.

»Na ja, dann habe ich es ihr vielleicht ein bisschen zu fest besorgt«, bellte er.

Ricarda ließ sich jedoch nicht provozieren. »Ich denke nicht, dass das der Grund ist. Mr Simmons, waren Sie in letzter Zeit im Freudenhaus?«

Für einen Moment wirkte er schockiert. »Was zum Teufel –«

»– mich das angeht?« Ricarda zog die Augenbrauen hoch. »Eine ganze Menge. Ihre Frau leidet an Gonorrhoe, auch Tripper genannt. Und ich gehe davon aus, dass Sie sich bei Ihnen angesteckt hat.«

Simmons Augen weiteten sich. »Meine Frau soll 'nen Tripper haben?«, fragte er kläglich.

Ricarda nickte. »Das bedeutet: Sie haben ihn wahrscheinlich auch, Mr Simmons.« Als der Mann betreten schwieg, fuhr sie fort: »Ich kann eine Behandlung mit gelöstem Silber vornehmen, aber ob sie anschlägt, bleibt abzuwarten. Auf jeden Fall sollten Sie von Besuchen bei Mr Bordens Mädchen Abstand nehmen, und zwar endgültig.«

»Und warum denn, wenn ich es eh schon habe?« Seine Stimme hatte wieder einen herrischen Ton angenommen.

»Auch wenn das Silberwasser anschlägt, und ich sage ausdrücklich, wenn, werden Sie wahrscheinlich immer einige der Erreger im Blut behalten. Sobald Sie erneut mit einem kranken Mädchen in Kontakt kommen, wird die Krankheit wieder aufflammen. Und es ist nicht gesagt, ob das Wasser ein zweites Mal helfen wird. Also wählen Sie: entweder Ihr Leben oder Ihr Vergnügen.«

Mr Simmons Augen waren zu Schlitzen geworden.

Ricarda wurde mulmig zumute. Seine Frau würde ihr sicher nicht zu Hilfe eilen, sollte er sie angreifen.

»Verschwinden Sie von hier!«, zischte er plötzlich.

»Aber Mr Simmons, Sie ...«

Er schlug mit der flachen Hand so heftig auf den Tisch, dass der Kerzenhalter umfiel. Dann fuhr er in die Höhe und schrie sie an: »Na machen Sie schon, hauen Sie endlich ab, oder ich vergesse mich!«

Ricarda wich zurück. Maggie Simmons hatte sich noch weiter in die Ecke neben der Esse verzogen, den Kopf wie eine bußfertige Sünderin gesenkt. Wahrscheinlich würde ihr Mann ihr hart zusetzen, sobald sie beide allein waren.

Ob dieser Besuch ein Fehler war? Doch was hätte ich tun sollen?, fragte Ricarda sich. Die Frau ihrem Schicksal überlassen? Ohne Behandlung hatte Gonorrhoe fatale Folgen.

»Verdammt, bist du immer noch nicht weg, Weib?«, brüllte Simmons nun und griff nach dem Kerzenleuchter.

Ricarda wich zurück, tastete nach dem Türgriff und flüchtete ins Freie. Sie hatte keinen Zweifel, dass der Mann nicht vor Gewalt zurückschreckte. Dennoch blieb sie noch eine Weile wie erstarrt vor dem Eingang stehen, bevor sie sich auf den Heimweg machte. Vielleicht hätte ich der Frau ein Arzneimittel verschreiben und sie wegschicken sollen, dachte sie. Aber sie wusste nur zu gut, dass sie damit vor ihrem ärztlichen Gewissen niemals bestanden hätte.

Schon als einer seiner Männer durch das Kauri-Tor auf den Hof gesprengt kam, ahnte Jack, dass es schlechte Neuigkeiten gab.

Er schob das Geschäftsbuch beiseite, vor dem er seit zwei Stunden saß, und erhob sich von seinem Schreibtisch.

Kaum war er an der Tür, stürmte ihm auch schon Rogers entgegen, einer seiner Schafhirten.

»Was ist, Pete?«

»Wir haben drei tote Schafe gefunden, Boss. In der Nähe des Flusses«, keuchte der, als hätte er die Strecke von dort zu Fuß zurückgelegt.

»Sind sie gerissen worden?«, fragte Jack, obwohl er ahnte, dass etwas anderes dahintersteckte.

»Nein, Sir. Kerrigan meint, es sieht eher aus, als hätte jemand die Schafe aufgespießt. Es handelt sich um drei trächtige Tiere.«

Aufgespießt, ging es Jack durch den Kopf. Genau wie der Hütehund. Der Zwischenfall lag nun schon Monate zurück, und er hatte aufgehört, darüber nachzugrübeln. Der Ärger mit der Wool Company war wichtiger gewesen.

»Geh zurück zu deinem Pferd, ich komme nach!«

Damit kehrte Jack ins Arbeitszimmer zurück und holte seinen Revolvergurt. Dann lief er in den Stall und sattelte in Windeseile seinen Apfelschimmel. Wenig später ritten die beiden Männer vom Hof.

Auf der Weide wurden sie bereits von Kerrigan erwartet. »Kommen Sie, Sir, ich führe Sie zu der Stelle«, sagte er nach der Begrüßung. »Ich hab sie heute Morgen beim Kontrollritt gefunden.«

Kerrigan machte der Fund sichtlich zu schaffen. Der Verlust trächtiger Tiere wog schwer.

Sie ritten zum Flussufer, wo die Schafe noch immer wie Schneehäufchen im Gras lagen. Schnee, der mit Blut befleckt war.

Jack saß ab. *Was hat die Tiere nur hergetrieben?*, fragte er sich, während er sie musterte. Die Einstiche waren schmal und deuteten eher auf ein langes Messer als auf einen Speer hin. In jedem Fall waren die Einstichstellen so geschickt gewählt, dass die Waffe direkt ins Herz der Mutterschafe gedrungen war.

»Habt ihr eine Waffe gefunden?«, fragte Jack.

»Nein, diesmal nicht, Sir.«

Seltsam, dachte Jack. Wenn Bessett schon den Verdacht auf die Maori lenken will, hätte er doch auch diesmal einen Speer dalassen können. Ändert er jetzt die Taktik?

»Aber die Verletzungen sehen genauso aus wie die bei dem Hund«, setzte Kerrigan hinzu. Als sein Boss ihn ansah, stockte er.

Manzoni wusste, worauf sein Vorarbeiter hinauswollte. »Ich glaub nicht, dass es Maori waren, Jack. Moana wusste nichts von abtrünnigen Kriegern. Und laut ihrer Aussage waren auch keine Weißen im Dorf.«

Kerrigans Blick blieb skeptisch. »Ich weiß, dass Sie dieser Frau vertrauen, Sir, aber vielleicht weiß sie auch nicht alles, was in ihrem Volk vorgeht.«

»Schon möglich, aber solange wir keine Beweise haben, sollten Sie unsere Männer dazu anhalten, Ruhe zu bewahren.«

Kerrigan verzog das Gesicht. »Das wird nicht gerade einfach. Vorhin hat es schon einen ziemlichen Aufruhr wegen der Sache gegeben.«

Das glaubte Jack. Einige seiner Leute waren Hitzköpfe, die erst handelten und dann überlegten.

»Ich werde mit ihnen reden«, versprach er und schwang sich wieder auf sein Pferd.

Da die Mittagszeit angebrochen war, hatten seine Angestellten sich vor Unterkünften unter einem schattenspendenden Baum versammelt. Der Mannschaftskoch teilte gerade das Essen aus, das trotz der Hitze aus Brot und Suppe bestand.

Als sie den Farmer und den Vormann erblickten, stellten die Männer die Schüsseln ab, und einige erhoben sich.

»Bleibt sitzen, ich habe euch nur kurz was wegen der toten Schafe zu sagen!«, erklärte Manzoni, während er seinen Schimmel zügelte.

»Das waren doch bestimmt diese Wilden!«, tönte es aus der hintersten Reihe. Die Zustimmung war beunruhigend groß.

»Wenn uns einer dieser Bastarde über den Weg läuft, sollten wir ihm am besten eine Tracht Prügel verpassen!«, fügte Nick Hooper hinzu und reckte drohend die Faust.

»Das kommt nicht in Frage, Hooper!«, fuhr Manzoni ihn an und blickte in die Runde. »Niemand von euch wird so etwas tun! Wenn ihr einen Verdächtigen fassen solltet, wird er der Justiz übergeben. Ich dulde keine Selbstjustiz bei meinen Leuten, ist das klar?«

Die Männer senkten die Köpfe und nickten.

»Gut. Nach dem letzten Vorfall hatte ich bereits erhöhte Wachsamkeit angeordnet, aber ich möchte, dass ihr alle noch aufmerksamer seid. Kerrigan, bitte sorgen Sie dafür, dass auch nachts Wachposten über das Gelände reiten.«

»Und wenn wir die Mistkerle erwischen?«

»Dann haltet ihr sie fest und gebt mir Bescheid. Alles Weitere wird die Polizei regeln.«

Am Abend fühlte sich Ricarda wie gerädert. Obwohl sie seit dem Frühstück nichts zu sich genommen hatte, verspürte sie keinen Hunger. Der Ärger mit Mr Simmons und die Sorge um die Gesundheit des Ehepaars lagen ihr schwer im Magen.

Wie konnte dieser Mann nur so leichtfertig sein! Doch sie war sich darüber im Klaren, dass es nicht allein seine Schuld war. Die Ursache allen Übels war letztlich das Freudenhaus. Ob man Borden irgendwie bewegen könnte, seine Mädchen regelmäßigen Gesundheitskontrollen zu unterziehen? Aber sie konnte wohl kaum in das Büro des Bürgermeisters marschieren und fordern, dass er den Bordellbesitzer dazu verpflichtete... So weitergehen wie bisher durfte es allerdings auch nicht.

Seufzend streckte Ricarda sich auf ihrem Bett aus und starrte an die Zimmerdecke. Gönn dir ein wenig Abstand, das hast du dir verdient!, sagte sie sich und lenkte die Gedanken auf ihre bevorstehende Einweihungsfeier.

Da Molly ihr versprochen hatte, sich um die Verpflegung zu kümmern, musste sie selbst nur noch die Einladungen schreiben. Ganz oben auf der Gästeliste standen die Cantrells und Jack Manzoni. Der Bürgermeister durfte auch nicht fehlen. Doherty hingegen würde sie ganz gewiss nicht einladen. Aber was war mit Ingram Bessett?

Bevor Ricarda eine Entscheidung treffen konnte, läutete es an der Tür.

Sie erhob sich augenblicklich. Sie hatte bei zwei Patientinnen kleine Eingriffe durchgeführt und ihnen geraten, sich bei ihr zu melden, sollten sich Beschwerden einstellen.

Rasch eilte sie die Treppe hinunter und strebte der Haustür zu. Als sie öffnete, blickte sie in das Gesicht von Maggie Simmons.

»Fräulein Doktor, 'tschuldigen Sie, wenn ich stör«, sagte sie verlegen. »Ich wollt mit Ihnen reden.«

»Kein Problem, kommen Sie rein!«

Mit gesenktem Kopf ging die Frau an ihr vorbei ins Sprechzimmer. »Mein Mann will die Behandlung haben«, sagte sie, während Ricarda eine Petroleumlampe anzündete. »Er will auch nich' mehr ins Freudenhaus geh'n. Von 'ner Frau untersuchen lassen will er sich zwar nich', aber die Medizin will er nehmen.«

Das hatte Ricarda kaum zu hoffen gewagt. »Das sind ja hervorragende Nachrichten!«, erklärte sie überrascht.

Maggie Simmons starrte scheu auf ihre Schuhspitzen. »Find ich auch.« Sie zögerte einen Moment, bevor sie aufblickte und hinzufügte: »Danke, dass Sie mitgekommen sind, Doc. Mein Mann is' manchmal 'n bisschen rau, aber eigentlich is' er 'n guter Kerl.«

»Schon gut, solch eine Diagnose hätte wohl jeden erst einmal dazu gebracht, die Beherrschung zu verlieren.«

»George is' wirklich nich' immer so, aber die Sache mit dem Freudenhaus...« Es war der Frau sichtlich peinlich, darüber zu sprechen.

Ricarda legte ihr besänftigend die Hand auf den Arm. »Sie brauchen mir nichts zu erklären. Ich werde das Medikament für Sie beide besorgen, und ich hoffe sehr, dass Ihr Mann aus dem Geschehenen Lehren zieht und Ihre Gesundheit nie wieder aufs Spiel setzt.«

Die Frau nickte, und Ricarda verabschiedete sie an der Haustür.

Beten wir zu Gott, dass die Behandlung anschlägt, dachte sie, schloss die Praxis ab und ging wieder nach oben.

Die Gestalt, die sich hinter einem Baum in der Nähe des Bessett'schen Anwesens versteckte, war nur schemenhaft zu erkennen. Nur die weit geschnittene Kleidung ließ vermuten, dass es sich um einen Mann handelte.

Er fixierte das einzige hell erleuchtete Fenster, hinter dem sich das Arbeitszimmer des Hausherrn befand. Mittlerweile war Mitternacht vorbei. Eigentlich war er um Punkt Mitternacht mit ihm verabredet gewesen, doch er wusste aus Erfahrung, dass Bessett sich immer Zeit ließ, bis er sich zeigte.

Was er wohl diesmal für Anweisungen hat?, fragte der Mann sich. Sein Job war nicht ungefährlich, aber die Belohnung, die Bessett ihm dafür versprochen hatte, würde es ihm ermöglichen, sich auf der Südinsel niederzulassen und eine eigene Farm aufzuziehen. Daran dachte er, wenn er sich aus seinem Quartier hierherschlich.

Wenig später öffnete sich die Haustür und Bessett kam heraus. Suchend blickte er sich um. Na endlich!, dachte der Mann.

Dann bin ich ja doch noch rechtzeitig genug zurück. Er trat ans hohe Gittertor des Anwesens und wartete still, wie es abgemacht war.

Zunächst schien Bessett seinen Besucher nicht zu bemerken. Dann schlenderte er langsam in Richtung Tor, als wolle er einen kleinen Spaziergang machen. Den Hund, der ihn sonst auf Schritt und Tritt begleitete, hatte er allerdings im Haus gelassen.

»Was bringst du für Neuigkeiten?«, fragte er, noch bevor er seinen Gesprächspartner erreicht hatte.

»Die Sache mit den Schafen hat geklappt. Aber er will immer noch nicht dran glauben, dass es die Wilden waren.«

»Tja, typisch Manzoni. Das Pack im Busch ist ihm wichtiger als seine Schafe. Aber das ändert sich bestimmt, wenn es erst mal jemand von seinen Leuten erwischt.«

»Wen soll ich mir denn vorknöpfen?«

Bessett sah ihn lächelnd an. »Wer wäre wohl derjenige, der am überzeugendsten vorbringen könnte, von einem Maori angegriffen worden zu sein?«

Es dauerte eine Weile, bis der Mann begriff.

»In Ordnung, Sir, wird erledigt.«

»Vielleicht kannst du auch unter der Mannschaft noch ein wenig die Stimmung anheizen. Irgendwann wird Manzoni nicht mehr drum herumkommen, etwas zu unternehmen. Und wenn nicht er, dann zumindest andere...«

3

Eine Woche nach der unangenehmen Angelegenheit mit Mrs Simmons wurde Ricardas Praxis von Patientinnen regelrecht überrannt. Frauen aus allen Bevölkerungsschichten und jeder Altersstufe suchten ihren Rat. Einige litten unter Wechseljahresbeschwerden, andere hatten Schwierigkeiten, schwanger zu werden, wieder andere hatten Probleme mit dem Blutdruck.

Einige der Beschwerden hatte Dr. Doherty gewiss schon einmal als nervösen Ursprungs oder als eingebildet abgetan, ein Verhalten gegenüber weiblichen Kranken, das Ricarda von den Schweizer Kollegen nur zu gut kannte. Ricarda hingegen nahm jede Patientin ernst. Sie untersuchte, behandelte, verschrieb Medikamente oder hörte auch nur geduldig zu, wenn es nötig war.

Eine so schwerwiegende Erkrankung wie die von Maggie Simmons war ihr zum Glück nicht wieder begegnet.

Inzwischen hatte Mr Spencer ihr das Silberwasser geliefert. Die Summe, die er dafür verlangt hatte, war horrend, doch da Ricarda bereits die ersten Einnahmen verbucht hatte, bezahlte sie das Mittel und beschloss, es den Simmons nicht voll in Rechnung zu stellen, um sicherzugehen, dass die Behandlung nicht aus finanziellen Erwägungen abgebrochen wurde.

Die Stunden in der Praxis verflogen nur so, und Ricarda hatte kaum Zeit aufzuschauen.

Es ist ein Wunder, dass ich es geschafft habe, die Einladungen für meinen Empfang abzuschicken, ging es ihr in einer kurzen

Ruhepause durch den Kopf. Doch schon erschien die nächste Patientin.

Während Ricarda Mrs Brisby, die unter starken Blutungen litt, untersuchte, wurde plötzlich die Tür aufgerissen. Ricarda blickte auf und wollte den Hereinstürmenden schon zurechtweisen, als sie erkannte, wer sich da so unverschämt Zutritt zu ihrer Praxis verschafft hatte: Borden! So, wie er dreinschaute, hätte er selbst eine wütende Dogge erschreckt.

»Was fällt Ihnen verdammt noch mal ein!«, blaffte er.

»Mr Borden, wie nett, dass Sie vorbeischauen!«, entgegnete Ricarda betont freundlich.

Die Patientin vor ihr blickte ängstlich zu dem Bordellbesitzer, der wutschnaubend in der Tür stand und den Rahmen beinahe vollständig auszufüllen schien. »Es entgeht Ihnen vielleicht gerade, aber ich bin mitten in einer Untersuchung. Wenn Sie zu mir wollen, dann werden Sie sich gedulden müssen. Nehmen Sie bitte im Wartezimmer Platz!«

»Ich werde Ihnen die Haut streifenweise von Ihren dürren Rippen ziehen!«, schnauzte er weiter. »Sie verbreiten überall in der Stadt, dass meine Mädchen den Tripper haben. Seit Tagen bleiben mir die Kunden aus!«

»Ich verbreite überhaupt nichts, Mr Borden.«

Unauffällig warf Ricarda einen Blick auf den Instrumententisch neben sich. Da sie kurz zuvor eine Schachtel Schmerzpulver aufgeschnitten hatte, lag das Skalpell, das sie benutzt hatte, immer noch dort. Sollte Borden wirklich die Unverschämtheit besitzen, sie anzugreifen, würde sie sich schon zu verteidigen wissen.

»Ich habe lediglich bei einer Patientin, die meines Wissens nicht bei Ihnen arbeitet, diese Krankheit festgestellt. Dabei stellte sich heraus, dass sie sich bei ihrem Mann angesteckt hat: Vielleicht ist dem ja eingefallen, wo er sich die Krankheit zugezogen hat. Mir hat er es nicht verraten, aber offenbar hat er den richtigen

Schluss gezogen. Aber wenn Sie sichergehen wollen, schicken Sie mir doch Ihre Damen vorbei, ich untersuche sie gern.«

Der Bordellbesitzer funkelte Ricarda zornig an. Auf einmal war sie froh, dass er sie nicht allein angetroffen hatte. Wahrscheinlich hätte er in dem Fall versucht, ihr die Kehle zuzudrücken. Ihr entging nicht, dass er ihre Patientin musterte und abzuwägen schien, ob sie gegen ihn aussagen würde oder nicht.

»Das werden Sie bereuen, das schwöre ich Ihnen!«, drohte er schließlich. »Sie werden den Tag noch verfluchen, an dem Sie sich mit mir angelegt haben ... Fräulein ... *Doktor.*«

Er spie diesen Titel wie einen unbekömmlichen Bissen aus und wandte sich um. Die Tür krachte hinter ihm ins Schloss, dass die Bilder an der Wand bedrohlich wackelten.

Nachdem er auch die Außentür ebenso grob behandelt hatte, sah Ricarda ihn an ihrem Fenster vorbeilaufen.

Für einen Moment herrschte Totenstille im Sprechzimmer, und auch aus dem Wartezimmer drang kein einziger Laut.

Ricarda erholte sich allerdings schnell von dem Schrecken. »In Ordnung, Mrs Brisby, Sie können sich wieder anziehen. Sollten die Blutungen in den nächsten Tagen noch einmal auftreten, kommen Sie bitte noch einmal zu mir!«

Die Frau nickte und erhob sich.

Ricarda beugte sich über die Karteikarte, eine von mittlerweile fünfunddreißig, und notierte die Diagnose. Dabei hatte sie das Gefühl, dass ihre Patientin sie anstarrte, als sei sie vom Blitz getroffen. Wenn sie ehrlich war, fühlte sie sich auch so. Aber sie würde sich von Borden keine Angst einjagen lassen.

Am Abend fand sich Preston Doherty im Hotel *Tauranga* ein, um dort wie jeden Mittwoch das ein oder andere Gläschen Whisky zu trinken. Das war bislang nichts weiter als eine hübsche Tradition, aber nun hatte er das Gefühl, dass er den Alkohol dringend brauchte.

Die Praxis von Ricarda Bensdorf machte ihm zunehmend zu schaffen. Es waren zwar vorrangig Frauen, die dort Rat suchten, aber sie waren mit der Behandlung höchst zufrieden. Ja, man kolportierte sogar, diese Person habe sich nicht gescheut, sich mit dem Ehemann einer Patientin anzulegen, was ihr offenbar noch mehr Bewunderinnen eingebracht hatte.

Vor allem der Sache mit Bessett hatte sie viele Patienten zu verdanken. Letztlich war zwar er, Doherty, derjenige gewesen, der den Infarktkranken in seinem Hospital behandelt hatte, aber diese Bensdorf hatte Bessett das Leben gerettet. Wutschnaubend stürzte Doherty seinen dritten Whisky herunter. Er durfte gar nicht daran denken: Er war der langjährige Arzt der Stadt, und trotz seiner Verdienste für die Bevölkerung hatten die Cantrells ihn zu dem Empfang, auf dem das Ganze passiert war, nicht einmal eingeladen! Es war beschämend!

Und dann war er dieser Frau auch noch in Spencer's Drugstore über den Weg gelaufen. Wie hochmütig sie ihn behandelt hatte!

Das durfte er sich nicht bieten lassen. Er musste etwas unternehmen, um seine Stellung zu festigen. Aber was? Das Gespräch mit dem Bürgermeister suchen? Der hatte sicher auch bereits von der Heldentat der Deutschen gehört und würde sich schon deshalb nicht darauf einlassen, ihr das Praktizieren zu verbieten. Eine andere Möglichkeit wäre vielleicht, ihren Leumund zu zerstören ... Aber dazu musste dieses Weib sich erst einmal einen Fehler leisten.

Als Doherty zur Seite blickte, erkannte er Borden, den Besitzer des Freudenhauses, der gerade durch die Tür trat. Offenbar hatte er die Nase voll von seinem eigenen Whisky und wollte seinen Rachen mit etwas Besserem putzen. Er steuerte geradewegs auf seinen Tisch zu. Ob er das Honorar für Emma Cooper begleichen wollte? Der Doktor musterte ihn abwartend.

»Haben Sie was dagegen, wenn ich mich zu Ihnen setze?«, fragte Borden höflich.

»Keineswegs! Bitte nehmen Sie Platz!« Auf der Straße hätte er sich niemals in der Gesellschaft des Bordellwirts gezeigt, aber hier war es etwas anderes. Da immerhin die kleine Chance bestand, dass Borden seine Schulden begleichen würde, wollte er dessen Anwesenheit ertragen.

»Ich fürchte, Sie werden schon bald Probleme kriegen«, sagte Borden, nachdem der bestellte Whisky vor ihm stand und er einen Schluck getrunken hatte. »Es gibt noch einen Arzt in der Stadt.«

»Eine Ärztin«, korrigierte Doherty und hob sein Glas. »Sie erzählen mir nichts Neues.«

»Dieses Frauenzimmer bedeutet nichts als Ärger. Für Sie und auch für mich.«

Doherty hatte keine Ahnung, worauf dieser Mann hinauswollte. Dass diese Bensdorf seine Lage nicht einfacher machte, wusste er. Doch was hatte der Bordellbesitzer mit ihr zu schaffen? Gut, die Ärztin hatte eines seiner Mädchen untersucht. Ob sie ihm das in Rechnung gestellt hatte? Eigentlich sollte das Borden kein Problem bereiten, denn er bezahlte seinen eigenen Arzt ja auch so gut wie nie.

»Was haben Sie mit ihr zu tun, Borden?«, fragte er, nachdem er den Inhalt des Glases heruntergestürzt hatte.

»Sie hat die Leute so aufgehetzt, dass mir die Kunden wegbleiben.«

»Wieso das?«

»Einer meiner Gäste hat sich bei meinen Mädchen den Tripper eingefangen. Jedenfalls hat diese Bensdorf ihm das eingeredet. Inzwischen spricht die ganze Stadt darüber.«

Doherty hatte davon noch nichts gehört. Vielleicht sollte er wieder mehr unter die Leute gehen. Es erstaunte ihn allerdings, dass ein Mann bei der Deutschen Hilfe gesucht hatte.

»War der Patient bei der Bensdorf?«

»Nein, nur seine Frau. Aber dieses Fräulein Doktor ist wohl zu ihm gegangen und hat ihn vor meinem Laden gewarnt.«

Eins musste er seiner Kollegin lassen: Sie hatte Mut. Ich hätte den Ehemann einer Patientin nicht aufgesucht, um ihn zu warnen und aufzufordern, nicht mehr ins Bordell zu gehen, dachte er und bewunderte Ricarda insgeheim dafür.

»Am liebsten würde ich dieses elende Weibsstück an einem Pferd durch die Stadt schleifen«, donnerte Borden ohne Rücksicht auf den Barkeeper. »Aber leider sind diese Zeiten längst vorbei.« Er kippte den Rest seines Whiskys herunter und atmete tief durch.

Doherty schwieg. Wenn man dieser Bensdorf nicht Einhalt gebot, würde sie bald die größere Praxis haben. Die Bürger hatten offenbar vergessen, dass eine Frau an den Herd gehörte. Es half nichts, diese Deutsche musste unbedingt fort von hier. Der Arzt lächelte. Denn er hatte gerade jemanden gefunden, der die Sache vielleicht für ihn erledigen könnte ...

»Mr Borden, was halten Sie davon, wenn ich Ihre Mädchen untersuche?«, schlug er vor. »Kostenlos, versteht sich. Sollten sie dieses Leiden tatsächlich haben, heile ich sie. Und Sie kümmern sich um die Ärztin.«

Borden zog die Augenbrauen hoch. Doherty war ein ehrenvoller Mann. Er hätte einen Hunderter gewettet, dass er von dem Doktor niemals solch einen Vorschlag zu hören bekäme. »Und wie soll das aussehen?«, fragte er. »Natürlich habe ich Männer für so etwas. Sie könnten sie im Busch verloren gehen lassen. Aber Sie müssten mir schon sagen ...«

»Verstehen Sie mich nicht falsch, Borden! Ich will zwar, dass sie die Stadt verlässt, allerdings lebend. Erschrecken Sie sie ein bisschen! Verleiden Sie ihr die Lust, hier zu sein! Mehr will ich gar nicht.«

Borden grinste breit. Unverschämt breit.

Doherty schämte sich fast, dass er sich mit ihm eingelassen hatte. Aber hatte er denn eine andere Wahl?

»Meine Mädchen können alle kostenlos zu Ihnen kommen?«

»Ich komme zu Ihnen. Sie reihen alle in einem Raum auf, und ich sehe sie mir an. Dafür erwarte ich, dass Ricarda Bensdorf...« – er senkte die Stimme, als er merkte, dass der Barmann sie beobachtete – »... innerhalb eines Monats ihre Koffer packt und weiterzieht. Meinetwegen nach Auckland oder Wellington. Auf jeden Fall weit genug weg von Tauranga.«

Jack Manzoni entdeckte den Brief gleich beim Hereinkommen. Er hatte einen zarten Lavendelton und stammte ganz offensichtlich nicht von der Wool Company. Die zarte, aber schwungvolle Handschrift war ihm sofort vertraut, denn er kannte sie von der Einkaufsliste für den Praxisbedarf, die Ricarda Bensdorf ihm gereicht hatte.

Was mag sie wollen?, fragte Jack sich, während sein Herz schneller zu schlagen begann. Parfümiert war der Umschlag nicht, im Gegenteil, ihm haftete ein Hauch von Karbol an.

Er hätte ihn am liebsten sofort aufgerissen, aber er unterdrückte den Impuls und ging damit ins Arbeitszimmer. Dort räumte er die Bücher auf dem Schreibtisch beiseite und legte ihn ab. Während er bedächtig nach dem silbernen Brieföffner griff, betrachtete er den Umschlag, als blicke er in Ricardas Gesicht. Schließlich schlitzte er ihn mit dem kleinen Dolch auf. Das Briefpapier hatte dieselbe Farbe wie das Kuvert.

Ricarda teilte ihm darauf mit, dass sie gedenke, einen Empfang zur Eröffnung ihrer Praxis zu geben. Am 27. April um acht Uhr abends. Er sei herzlichst eingeladen. Diese Nachricht erfreute und enttäuschte ihn gleichermaßen.

Was hast du denn erwartet?, fragte er sich und rief sich gleich wieder zur Vernunft. Dass sie dir einen Liebesbrief schickt?

Die Antwort erwartete sie bis zum 20. April. Jack strich sanft über das Papier und lächelte. Immerhin etwas Erfreuliches in diesen Tagen, dachte er. Nach all der Aufregung der vergangenen Zeit wird es mir guttun, in der Gesellschaft angenehmer Menschen zu sein.

4

Bordens Drohung hing wie eine Gewitterwolke über Ricarda. Bisher hatte sich nichts gerührt. Ob das etwas Gutes oder Schlechtes zu bedeuten hatte? Bestimmt plante der Bordellbesitzer, seine Kunden gegen sie aufzuhetzen. Vielleicht wollte er ihr sogar auflauern und ihr eine Tracht Prügel verpassen. Die meisten Männer besaßen zwar genug Ehrgefühl, um nicht die Hand gegen eine Frau zu erheben, aber dass Borden zu ihnen gehörte, erschien ihr zweifelhaft. Wer Frauen versklavte, und nichts anderes tat er in Ricardas Augen in seinem Etablissement, besaß gewiss auch keine Skrupel, sie zu schlagen. Sie vermied es fortan, auf ihren Spaziergängen an seinem Haus vorbeizugehen.

Vermutlich war es ja lächerlich, dass sie Angst hatte. Vielleicht hätte sie sich auch der Polizei anvertrauen sollen. Die Constables von Tauranga waren hilfsbereit und freundlich. Doch was sollten die unternehmen, solange Borden es bei Drohungen beließ?

Ich könnte mich an Jack Manzoni wenden und ihn um Hilfe bitten, überlegte Ricarda. Er kennt nahezu jeden in der Stadt und weiß bestimmt einzuschätzen, ob ich Bordens Drohungen ernst nehmen muss. Aber er hatte sich nun schon seit geraumer Zeit auf seiner Farm vergraben, und obgleich sie durch Herumfragen längst herausgefunden hatte, wo die lag, verbot der Stolz ihr, das zu tun. Nein, sie würde die Sache allein durchstehen! Ist es nicht das, was du immer wolltest?, ermahnte sie sich. Schwierige Situationen allein meistern, vor allem ohne die Hilfe eines

Mannes? Hätte sie es anders gewollt, hätte sie auch gleich in Berlin bleiben können.

Außerdem musste sich auch Borden an das Gesetz halten. Sicherheitshalber trug Ricarda allerdings seit dem Vorfall mit Borden ein Skalpell im Korsett versteckt. Sollte der Kerl sie anrühren, das schwor sie sich, würde sie ihm schneller die Hand amputieren, als der Chirurg Robert Liston es je fertigbrächte, der für seine Schnelligkeit berühmt war.

Ricarda seufzte. Zu allem Übel hatte das monatliche Unwohlsein bei ihr eingesetzt. Verdrossen bemerkte sie einen Blutfleck auf dem Bettlaken und zog es ab. Zu den Schmerzen im Unterleib gesellten sich auch regelmäßig Kopfschmerzen, die ihr heute Morgen besonders zusetzten. Dennoch war das kein Grund, der Arbeit fernzubleiben.

Kurz vor Mittag erschien Mary Cantrell in der Praxis.

»Meine Gratulation«, sagte sie und neigte anerkennend den Kopf. »Wie ich gehört habe, haben Sie bereits viele Patienten.«

Ricarda bedankte sich artig und fragte sich insgeheim, was wohl der eigentliche Grund für Marys Besuch sei. Sie musste nicht lange rätseln.

»Man hört aber auch, dass es Probleme geben soll.«

Mrs Brisby, dachte Ricarda. Wahrscheinlich gehört sie auch zum Frauenverein.

»Borden hat es nicht gepasst, dass ich ihm ans Herz gelegt habe, seine Mädchen untersuchen zu lassen.«

»Sie waren bei ihm?« Mary setzte sich auf den Rand der Untersuchungsliege.

Ricarda schüttelte den Kopf. »Nein, nach dem ersten Zusammentreffen hätte ich gewiss nicht das Bedürfnis gehabt, noch einmal dort aufzutauchen. Ich hatte eine Patientin mit Gonorrhoe. Sie wissen, was das ist?«

»Ja, leider.« Mary lächelte breit, was Ricarda zum Lachen brachte.

»Nun, wie dem auch sei, ich vermutete, dass der Ehemann dieser Patientin ins Freudenhaus geht.«

»Durchaus möglich. Beinahe jeder Mann in dieser Stadt war schon dort.«

»Besagter Mann hat Borden offenbar wegen des Mädchens zur Rede gestellt, mit dem er zusammen war«, fuhr Ricarda fort. »Wie ich Borden kenne, hat der ihm die Tür gewiesen; worauf der Brüskierte überall herumerzählt hat, dass die Freudenmädchen den Tripper hätten. Jedenfalls sind die Kunden schlagartig weggeblieben.«

»Und bei seinem Gespräch mit Borden hat er sich auf Sie bezogen, nehme ich an.« Mary atmete tief durch, und Ricarda meinte, einen Anflug von Besorgnis auf ihrem Gesicht zu erkennen.

»Ja, ich denke schon. Immerhin behandele ich ihn und seine Frau seit kurzem.« Ricarda zögerte und sah Mary eindringlich an. »Glauben Sie, dass er mich wirklich angreifen wird?«

»Nein, so dumm wird Borden nicht sein. Aber machen Sie sich darauf gefasst, dass er es Ihnen nie vergessen wird! Und wenn sich eine Gelegenheit ergibt, wird er es Ihnen heimzahlen. Auch wenn er sich die Sache eigentlich selbst zuzuschreiben hat.«

Ricarda spürte einen dicken Klumpen in der Magengrube. Sie teilte Marys Ansicht, dass Borden sie nicht angreifen würde, nicht. Die Erinnerung an seinen bedrohlichen Auftritt in Emma Coopers Zimmer stand ihr noch zu deutlich vor Augen.

»Machen Sie sich keine Sorgen, Ricarda! Tauranga mag vielleicht ein kleiner Bezirk sein, aber auch hier gibt es Gesetz und Ordnung. Wenn Borden Ihnen etwas antun will, muss er mit der Polizei rechnen. Unsere Constables sind sehr gewissenhaft.«

Ricarda lächelte schief. Das würde ihr wohl kaum helfen, wenn sie erst einmal tot in einer Gasse lag.

»Aber jetzt will ich Sie nicht mehr länger von der Arbeit abhalten. Wenn Sie heute fertig sind, kommen Sie doch zu uns zum Abendessen. Mein Koch hat hervorragendes Hammelfleisch eingekauft, und er versteht es auf eine Weise zuzubereiten, die Sie überraschen wird.«

Ricarda bedankte sich für die Einladung und sagte zu. Sicher würde der Abend angenehmer verlaufen. Heute hatte Mary bestimmt niemanden eingeladen, der im Laufe des Abends einen Herzinfarkt erlitte.

»Wir freuen uns auf Sie, meine Liebe. Und bringen Sie ja viele Anekdoten von der Arbeit und von Molly mit, so etwas ist immer erfrischend.«

Damit verabschiedete Mary sich. Ricarda hatte gerade noch Zeit, um einen kleinen Lunch einzunehmen, bevor die nächsten Patientinnen eintrafen. Glücklicherweise, denn wenn sie arbeitete, vergaß sie Borden.

Nach getaner Arbeit stand Ricarda am Fenster ihrer Praxis und schaute hinauf zu den Wolken. Sie hatte noch nie ein so schönes Abendrot gesehen. Das sanfte Licht glitt über die Dächer und Palmwipfel und verlieh ihnen ein beinahe überirdisches Leuchten – ein Anblick, den Ricarda zu gern festgehalten hätte. Sie nahm sich vor, eine Staffelei, Leinwand und Farben zu kaufen, sobald sie Geld dafür erübrigen könnte. Noch gingen ihre Einkünfte für die Miete und ihren Lebensunterhalt drauf.

Sie beschloss, sich für das Dinner bei den Cantrells umzuziehen. Sie selbst nahm den Geruch nach Karbol nicht mehr wahr, aber sie wusste, dass er nicht nur in ihren Kleidern hing, sondern sogar ihrer Haut anhaftete, und damit wollte sie den Cantrells den Geschmack des Hammelgerichts nicht verderben.

Sie hatte gerade den weißen Kittel an den Haken gehängt, als die Tür aufgerissen wurde. Ricarda sprang erschrocken zurück.

Zwei Männer in schäbigen Anzügen bauten sich vor ihr auf.

»Kann ich Ihnen helfen?«, fragte sie möglichst ruhig, obwohl ihr Magen vor Angst krampfte.

»Haben gehört, dass du Ärger machst, Missy«, sagte einer und zog unter seiner Jacke einen Knüppel hervor.

Ricarda nahm ihren ganzen Mut zusammen. »Verschwinden Sie von hier!«, zischte sie. Ihre Gedanken rasten. Was sollte sie bloß tun? Sie versuchte an dem Kerl vorbeizuhuschen, doch der andere vertrat ihr den Weg, packte ihre Hand und riss sie mit sich.

Ricarda wehrte sich, schrie und versuchte den Mann zu treten. Schließlich versetzte sie ihm mit der freien Hand eine Ohrfeige; doch das schien ihn gar nicht zu beeindrucken. Ungerührt zerrte er sie mit sich; es knallte und schepperte, als er eine Schüssel mit Instrumenten herunterriss, die neben der Untersuchungsliege stand. Brutal drückte er Ricarda auf das gestärkte weiße Laken. Dann beugte er sich über sie. Ein Gestank nach Schweiß und Whisky stach Ricarda in die Nase. Sie war wie gelähmt.

»Was ist, Burt, wollen wir der Kleinen mal zeigen, wozu Frauen eigentlich gemacht sind?« Damit riss der Angreifer Ricardas Bluse entzwei.

»Klar doch!« Der Angesprochene öffnete bereits seine Gürtelschnalle.

Panik wallte in Ricarda auf. Was sollte sie tun?

Da fiel ihr das Skalpell wieder ein. Bevor Burt, der inzwischen seine Hose heruntergelassen hatte, bei ihr war, griff sie blitzschnell an ihr Korsett.

Burts Kumpan lachte hämisch. »Genierst dich wohl, Mädchen? Nun lass mal sehen, was du zu bieten hast, schließlich woll'n wir auch auf unsere Kosten –« Er jaulte auf vor Schmerz und wich zurück.

Blutspritzer regneten auf Ricarda herab, während sie ihm die

Klinge durch das Gesicht zog. Es gelang ihr, von der Liege zu springen. Doch weit kam sie nicht. Der Verletzte stürzte ihr nach und schleuderte sie gegen den Schreibtisch. Inmitten von Büchern und Karteikarten ging Ricarda zu Boden. Das Skalpell fiel ihr aus der Hand. Der Angreifer, dessen Gesicht vor Wut und von Blut rot gefärbt war, starrte sie hasserfüllt an, und bevor sie sich wegducken konnte, zerrte er sie an den Haaren in die Höhe und versetzte ihr eine brutale Ohrfeige. Ihr wurde schwarz vor Augen, und sie sank zusammen.

»Hast du sie totgeschlagen, Mann?«, fragte Burt hinter ihm.

Der Angesprochene reagierte nicht. Er stierte reglos auf sein Opfer und wischte sich über das Gesicht. »Fackeln wir die verdammte Hütte ab!«, murmelte er schließlich.

»Aber der Boss hat doch gesagt...«

»Halt die Klappe, Burt!« Schon griff er nach der Petroleumlampe, die auf einem Tischchen stand, zog ein Streichholz aus der Tasche und riss es an der Wand an.

Bevor er die brennende Lampe jedoch auf die Frau schleudern konnte, fiel sein Kumpan ihm in den Arm und riss sie ihm aus der Hand. Offenbar hatte er Mitleid mit der Ärztin, denn er schleuderte die Lampe in eine Ecke, wo der Glaszylinder zerschellte und das Petroleum sogleich in Flammen aufging.

»Nichts wie weg hier!«, fuhr er seinen Begleiter an.

Mit einem letzten Blick auf die leblose Ricarda rannten sie hinaus.

Lange hatte Jack mit sich gerungen, ob er die Einladung persönlich beantworten oder einen Brief schicken solle. Heute hatte er sich endlich entschieden, Ricarda aufzusuchen.

Er warf einen prüfenden Blick in den Spiegel und war zufrieden mit dem, was er sah. Sein bester Gehrock und das weiße Hemd, dessen Kragen von einem weinroten Tuch zusammengehalten wurde, waren elegant genug, um bei Ricarda Eindruck zu machen, aber hoffentlich dennoch so dezent, dass sie ihn nicht für einen verliebten Gockel hielte.

Während er auf den Kutschbock seines Wagens kletterte, streifte sein Blick das Mannschaftsquartier. Die Stimmung unter seinen Männern war seit dem Abschlachten der Mutterschafe gespannt. Sie alle schienen regelrecht auf einen neuen Zwischenfall zu warten. Das lenkte sie natürlich von der Arbeit ab, sodass Kerrigan sie des Öfteren ermahnen musste.

Wird Zeit, dass ich mal auf andere Gedanken komme, sinnierte Jack und lenkte den Wagen voller Vorfreude auf die Straße in Richtung Tauranga.

Die Stadt wirkte im sanften Abendlicht wie verändert. Ein rötlicher Schein lag auf Gebäuden und Menschen und ließ sie wie die Kulisse und die Figuren eines überdimensionalen Gemäldes aussehen.

Vom Hafen her ertönte das laute Tuten eines ablegenden Dampfschiffes, das alle Geräusche in der Nähe verschluckte. Fuhrwerke kamen ihm entgegen. Auf der Ladefläche eines von ihnen entdeckte Jack ein Blumengebinde, das offenbar für ein Hochzeitsbankett bestimmt war.

Vielleicht sollte ich Ricarda einen Blumenstrauß überreichen, ging es ihm durch den Kopf, und er ärgerte sich ein wenig, weil ihm das nicht früher eingefallen war. Was ist nur aus dir geworden, Jack, dass du deine guten Manieren vergisst? Du hättest ein paar von den wunderschönen lila Lupinen pflücken sollen, die überall auf dem Anwesen blühen.

Da er nicht kehrtmachen wollte, lenkte er den Wagen zum einzigen Blumenladen in Tauranga. Von außen wirkte er unscheinbar, aber das täuschte.

Jack brachte den Wagen zum Stehen und stieg ab. Das Läuten der Türglocke begleitete ihn in ein Reich voller Düfte und Farben. Mr Turner besaß außerhalb der Stadt einen großen Garten, in dem er die Blumen zog, die seine Gattin im Shop verkaufte.

Auch heute stand die ältliche Frau hinter dem Tresen. Sie wusste, welche Bedeutung Blumen hatten und mit welchen man eine Dame am besten erfreuen konnte.

»Mr Manzoni, was verschafft mir das Vergnügen?«, fragte sie, während sie Jack erstaunt ansah.

»Ich hätte gern ein paar Rosen«, antwortete Jack. Er traf diese Entscheidung spontan, denn in seinen Augen war das die passende Blume für Ricarda. Sie war schön, hatte aber dennoch Dornen.

Er wählte roséfarbene, denn dieser Ton erschien ihm am unverfänglichsten.

»Soll der Strauß für eine Dame sein?« Mrs Turner beäugte ihn prüfend.

Jack spürte, dass sie vor Neugierde beinahe platzte.

»Gewiss, für eine Dame.« Er lächelte unwillkürlich. »Aber machen Sie ihn bitte nicht zu mächtig! Es soll nur eine kleine Aufmerksamkeit sein.«

Hinter Mrs Turners Stirn arbeitete es sichtlich. Wahrscheinlich fragte sie sich, wer die Auserwählte sei. Bestimmt würden schon bald die wildesten Spekulationen durch die Stadt geistern. Aber sollten die Leute doch ruhig rätseln, wem er diesmal den Hof machte!

Ist es wirklich das, was ich will: Ricarda den Hof machen? Zweifel benebelten plötzlich Jacks Verstand. Hat das überhaupt Aussicht auf Erfolg? Oder setze ich mich damit nur der Lächerlichkeit aus? Vielleicht ist sie auch nur eine von diesen Suffragetten, die ihr Leben ohne Männer einrichten. Ich habe Ricarda mehrfach geholfen, und deshalb war sie stets freundlich zu mir. Ob sie jedoch die gleichen Gefühle für mich hegt wie ich für sie, das steht noch dahin.

Jack seufzte und schob die unangenehmen Gedanken beiseite. Er beobachtete, wie der Strauß unter Mrs Turners Händen wuchs, und stellte sich Ricardas lachende Augen vor.

Nachdem er das Bouquet vorsichtig auf seinem Wagen abgelegt hatte, lenkte er das Gefährt über den Strand in Richtung Spring Street. Er grüßte Bekannte und wich Kindern aus, die leichtsinnigerweise auf die Straße gerannt waren. Jack schimpfte nicht, sondern sah es den kleinen Rabauken nach. Ob solch eine muntere Schar eines Tages auch über seinen Hof toben würde? Bisher hatte er sich noch nie Gedanken über eigene Kinder gemacht, und beinahe erschrak er. Doch seit Ricarda in sein Leben getreten war, hatte sich plötzlich alles verändert.

Als er sich der Praxis näherte, bemerkte er, dass die Haustür sperrangelweit offen stand.

Wahrscheinlich lüftet Ricarda, um den Karbolgeruch zu vertreiben, dachte er. Dennoch überfiel die Nervosität Jack plötzlich wie ein Schwarm Moskitos. Es hatte ihn eigentlich noch nie verlegen gemacht, einer Dame gegenüberzutreten, aber das hier war kein Scheunenfest und Ricarda war nicht gerade ein williges Mädchen auf der Suche nach einer guten Partie. Jack bezwang das Zittern seiner Hände, während er die Zügel anzog. Seine Handflächen wurden feucht, und seine Kehle war auf einmal wie ausgetrocknet.

Du meine Güte, Jack! Du gibst ihr doch nur wegen der Einladung Bescheid und bedankst dich dafür mit einem kleinen Blumenstrauß. Nun lass mal gut sein, Mann!, redete er sich zu, während er auf Ricardas Veranda zuhielt.

Da bemerkte er Brandgeruch und in einem Fenster einen Feuerschein, der sich rasch voranzufressen schien.

Heiß und kalt überlief es Jack, während er die Treppe hinaufrannte.

Als die Hitze des Feuers über ihr Gesicht strich, kam Ricarda wieder zu sich. Trotz ihrer Benommenheit bemerkte sie einen starken Brandgeruch. Die Kerle hatten ihre Praxis angezündet!

Ricarda versuchte sich aufzurichten, doch ein plötzlicher Schwindel ließ sie taumeln. Ihr linker Arm geriet zu nahe an das Feuer, das sich in Windeseile ausgebreitet hatte. Sie schrie auf, als die Flammen ihren Arm versengten, aber der Schmerz riss sie aus ihrer Benommenheit. Ihr Verstand war mit einem Schlag merkwürdig klar. Sie musste sich unverzüglich ins Freie retten, um einer Rauchvergiftung zu entgehen. Aber dann schoss ihr ein Gedanke durch den Kopf: Das Diplom! Alles konnte sie verlieren, nur nicht ihr Diplom. Ohne ihr Diplom wäre sie verloren.

Sie stürzte zu der Wand, an dem die Urkunde hing. Ihr Rocksaum fing Feuer, doch das beachtete sie nicht. Mit zitternden Händen griff sie nach dem Rahmen.

»Kommen Sie da weg!«, rief eine Stimme hinter ihr.

Ricarda reagierte nicht. Sie riss das Diplom an sich, als ein jäher, unerträglicher Schmerz durch ihre Beine fuhr und der Rahmen ihren Händen entglitt. Jemand warf sich auf sie. Ricarda schrie und wehrte den Eindringling ab.

»Ruhig, Ricarda! Ich bin es doch nur, ich bring Sie hier raus«, rief Jack Manzoni, packte sie und hob sie hoch.

Ricarda barg das Gesicht an seiner Schulter. »Die Männer... Sie wollten...«, schluchzte sie.

»Schon gut! Wir müssen hier raus«, flüsterte Jack. Er hatte ihre zerrissene Bluse bemerkt und konnte sich ausmalen, was passiert war.

»Das Diplom!«

Jack begriff, weshalb sie sich in Gefahr gebracht hatte, setzte Ricarda kurz ab, gab ihr den Rahmen, in dem das Glas gesplittert war, hob sie wieder auf die Arme und trug sie in Windeseile zur Tür.

Draußen hatten sich bereits Schaulustige eingefunden.

»Verdammt, steht nicht rum und glotzt, sondern löscht das Feuer!«, brüllte Jack wütend und setzte Ricarda in seinen Wagen, wo er fürsorglich eine Decke um ihre Schultern legte. Dann reichte er ihr seine Wasserflasche. »Hier, trinken Sie!«

Ricarda hielt die Decke krampfhaft vor der Brust zusammen und weinte. Sie reagierte nicht.

»Ricarda, bitte!« Der bettelnde, fast verzweifelte Ton brachte sie dazu, ihn anzusehen. »Trinken Sie! Sie müssen den Rauch aus sich herausspülen.«

Sie umfasste mit zitternden Händen die Flasche. »Zwei Männer sind in die Praxis eingedrungen ... Sie wollten ... wollten mich ... vergewaltigen. Ich habe einem das Gesicht mit einem Skalpell zerschnitten«, schluchzte sie, nachdem sie einen Schluck getrunken hatte. Ihr Blick war starr auf den Boden gerichtet, als sähe sie dort ein Bild des Geschehens.

»Haben Sie sich gemerkt, wie die Kerle aussahen?«

Ricarda nickte. »Diese Gesichter werde ich nie vergessen.«

»Dann sollten wir einem der Constables die Beschreibung geben.«

Ricarda nickte und lehnte sich zurück. »Einer von den Kerlen hat den anderen Burt genannt«, flüsterte sie, plötzlich vollkommen erschöpft.

»Den Namen werde ich mir merken«, erklärte Jack.

»Und ich hatte eine Einladung bei Mary Cantrell. Sie müssen ihr sagen, dass ...« Ricarda verstummte, denn ihre Schläfen stachen ganz furchtbar und das Ziehen in ihrer Magengrube verdichtete sich zu Übelkeit. Tausende von Nadeln schienen sich in ihre Beine zu bohren. Und ihr linker Arm schmerzte stark.

»Als Erstes bringe ich Sie von hier weg!«, sagte er.

Inzwischen hatten sich die ersten Helfer eingefunden, um den Brand zu löschen. Der Kutschwagen der Feuerwehr nahte mit lautem Gebimmel. Jack wollte nicht abwarten, ob sie das

Feuer unter Kontrolle bekommen würden. Da er annahm, dass es für das Gebäude keine Rettung gab, hatte er beschlossen, Ricarda den Anblick zu ersparen. Wie auch immer es ausging, sie würde trotzdem noch einmal von vorn anfangen müssen. Mit dem Gedanken kletterte er auf den Kutschbock und trieb sein Pferd an. Die Sache mit der Polizei konnte er auch morgen noch regeln.

Vor der Stadt, mitten in der Wildnis, machten sie Halt. In der Nähe floss ein kleiner Bach. Die Schmerzen machten Ricarda schwer zu schaffen. Eigentlich wollte sie um keinen Preis weinen, aber sie konnte die Tränen nicht unterdrücken. Sie hinterließen eine feuchte Spur auf ihren verrußten Wangen und lockerten den Zornesknoten in ihrer Brust ein wenig. Dennoch ging es ihr nicht besser. Ihr Zustand schien sich mit jedem Augenblick zu verschlechtern. Als Ärztin wusste sie, dass das von den Brandwunden herrührte. Obwohl keine lebensgefährlich großen Hautbereiche betroffen waren, hatte sie das Gefühl, in Flammen zu stehen.

Jack zog Jacke und Hemd aus. Letzteres riss er in Streifen und tauchte sie ins Wasser. Dann wickelte er nasse Lappen um Ricardas Beine und um den verwundeten Arm. Bei der Berührung stöhnte Ricarda auf, doch die kalten Umschläge linderten die Schmerzen.

»Und was nun?«, fragte sie.

»Ich nehme Sie erst einmal mit zu mir; auf meiner Farm können Sie sich auskurieren.«

»Was wird bloß werden, wenn die Kerle erfahren, dass ich nicht umgekommen bin?«

Jack lächelte Ricarda zuversichtlich an, obwohl ihm angesichts ihres Zustandes nicht danach zumute war. Am liebsten würde er diesen Halunken den Hals umdrehen.

»Keine Angst! Die werden es nicht wagen, auf meiner Farm aufzutauchen. Nicht mal der dümmste Einbrecher würde wagen, in mein Haus einzusteigen, denn das hätte für ihn Konsequenzen, die ihm keineswegs angenehm wären.«

Ricarda erwiderte nichts. Sie war so matt, dass selbst das Sprechen plötzlich zu viel Anstrengung bedeutete.

Manzoni musterte sie scharf. Er erneuerte die kühlenden Verbände, bevor er Ricarda zurück in die Kutsche brachte. »Wird es gehen?«, fragte er, als er sie behutsam absetzte.

Ricarda nickte. Sie wusste, dass jede Bewegung schmerzen würde, aber sie würde es schon durchstehen. Sie musste es, wenn sie es den Kerlen, die ihr das angetan hatten, heimzahlen wollte.

»Oh, ich habe Ihre Blumen zerdrückt«, sagte Ricarda plötzlich, nachdem sie zur Seite geblickt hatte.

Die Rosen, natürlich, die hatte er ja vollständig vergessen! Jack spürte einen Kloß im Hals. Auf einmal war es ihm furchtbar peinlich, dass er den Strauß gekauft hatte. Sollte er Ricarda gestehen, dass er für sie bestimmt war?

Sei nicht albern, Jack!, ermahnte er sich selbst. Dann antwortete er: »Ich wollte mich damit eigentlich für Ihre Einladung bedanken.«

Ein schwaches Lächeln huschte über Ricardas Gesicht. »Das ist sehr nett von Ihnen. Auch wenn es jetzt keinen Empfang mehr geben wird.«

»Sagen Sie das nicht!« Bevor Jack wusste, was er tat, griff seine Hand auch schon nach ihrer und hielt sie so leicht wie einen verletzten Vogel. »Ich bin davon überzeugt, dass das nicht das Ende ist. Sie werden sich doch nicht unterkriegen lassen, oder?«

Da war noch etwas, was er sagen wollte, dessen war sich Ricarda sicher. Aber sie war zu schwach, um sich darüber Gedanken zu machen.

»Nein, natürlich nicht«, antwortete sie und lehnte sich zurück.

Jack erkannte, dass sie Ruhe brauchte, und kletterte auf den Kutschbock.

Ruckelnd setzte das Fahrzeug sich in Bewegung. Eine Weile betrachtete Ricarda die Baumkronen über sich, durch die das Sonnenlicht fiel. Dann jedoch schloss sie die Augen. Die Geräusche des Waldes mischten sich mit denen des Pferdes und des Wagens. Die Schmerzen zerrten nun wieder stärker an ihr, aber sie wollte Jack nicht bitten anzuhalten. Sie klammerte sich an seine tröstenden Worte wie an einen rettenden Baumstamm in der Flut. Es würde ein Danach geben. Auch wenn jetzt alles verloren schien, sie würde weitermachen. Es gab kein Zurück. Sie hatte ihre alte Heimat aufgegeben, um sich hier eine neue Zukunft aufzubauen. Sie musste es schaffen!

Preston Doherty stand vor seinem Fenster und blickte auf die dünne Rauchwolke, die noch immer am anderen Ende der Stadt in den Abendhimmel stieg. Obwohl er äußerlich vollkommen ruhig wirkte, tobte es in seinem Inneren. Der Verdacht, dass es sich bei dem brennenden Gebäude um die Praxis von Ricarda Bensdorf handelte, ging ihm nicht aus dem Kopf. Sollte Borden tatsächlich so weit gegangen sein? Wenn er die Praxis wirklich in Brand gesetzt und die Frau dadurch getötet hatte, hatte er den Bogen eindeutig überspannt. Zwar wusste man von dem Gezeter, das Borden wegen seiner tripperverseuchten Huren gemacht hatte. Aber gewiss erinnerten sich auch einige Leute an den Streit zwischen der Ärztin und ihrem eingesessenen Kollegen. Früher oder später würden die Constables hier aufkreuzen, da war er sicher. Spätestens dann, wenn der Bordellbesitzer einknicken und behaupten würde, dass Doherty ihn angestiftet habe.

Er musste Borden zur Rede stellen und sich vor allem versichern, dass er seine Hände in Unschuld waschen konnte. Immerhin hatte er deutlich gesagt, dass Ricarda Bensdorf nicht sterben solle.

Nachdem er noch eine Weile aus dem Fenster gestarrt hatte, verließ er sein Sprechzimmer.

»Gibt es etwas, Schwester?«, fragte er Clothilde, die ihm im Flur entgegeneilte.

»Nein, es ist alles in Ordnung. Keine besonderen Vorkommnisse an diesem Nachmittag. Ich wollte mich eigentlich erkundigen, ob Sie einen Kaffee möchten, Herr Doktor.«

Doherty schüttelte den Kopf. »Nein, danke, ich werde mal nachsehen, wo es brennt. Vielleicht braucht man dort meine Hilfe.«

Die Französin sah ihren Chef verwundert an. Es war noch nie vorgekommen, dass er sich an einen Unglücksort begeben hatte. Er wartete immer im Hospital auf die Patienten.

Draußen wehte eine frische, feuchte Brise vom Meer heran. Die Wolken hatten sich zusammengeballt und versprachen Regen. Den hatte die Stadt auch bitter nötig, denn es lag so viel Staub in der Luft, dass er zwischen den Zähnen knirschte und durch alle Ritzen in die Häuser drang. Ein Regenguss würde die Luft klären.

Mit der Arzttasche in der Hand strebte Doherty dem Stadtkern zu. Dabei hatte er das Gefühl, dass viele Leute ihn seltsam anstarrten. Oder bildete er sich das nur ein? Er erkundigte sich bei einem Passanten, den er nicht namentlich kannte, nach dem Feuer.

»Die Praxis der neuen Ärztin brennt«, antwortete der.

Doherty wusste nicht, was ihn mehr entsetzte. Dass seine Vermutung stimmte oder die Tatsache, dass der Mann von der Ärztin gehört hatte, ihn, den alteingesessenen Arzt der Stadt, jedoch keineswegs zu kennen schien. Er verzichtete auf weitere Fragen und lief weiter, ohne dem Passanten für die Auskunft zu danken.

Als er in der Nähe des Bordells war, fuhr der Feuerwehrwagen an ihm vorbei. Offenbar hatte Asher Asher, der Feuerwehrchef mit dem ebenso seltsamen wie bezeichnenden Namen, die Lage unter Kontrolle gebracht. Da es immer noch qualmte, war von dem Gebäude vermutlich nicht mehr viel übrig geblieben.

Doherty überlegte, ob er zum Brandherd eilen solle. Immerhin war es möglich, dass die Frau verletzt war. Doch dann entschied er sich dagegen. Wenn die Feuerwehr bereits dort gewesen war, hatte man sie entweder bereits ins Hospital oder zum Totengräber gebracht. Der Doktor beschleunigte also die Schritte und trat wenig später durch die Tür des Bordells.

Der Skandal, den Ricarda Bensdorf ausgelöst hatte, verdarb Borden offensichtlich gehörig das Geschäft, denn er hatte nur wenige Gäste.

»Welch seltene Ehre, Doktor!«, rief der Mann hinter dem Tresen, als er Doherty bemerkte. »Was kann ich für Sie tun?«

»Ich möchte Mr Borden sprechen.«

»In welcher Angelegenheit?«

»In einer privaten, die Sie nichts angeht.«

Vielleicht war die Erwiderung ein wenig zu scharf, aber sie zeigte Wirkung. Der Barmann verschwand mit einem langgezogenen »Momeeeeent« hinter einer kleinen Tür neben der Theke.

Doherty war unbehaglich zumute. Von der Seite her hörte er das Gelächter und Wispern der Mädchen, die auf Kundschaft warteten. Sie waren allesamt so hübsch, dass er versucht war, über ihre schmuddeligen, zu tief dekolletierten Kleider und unordentlichen Frisuren hinwegzusehen. Aber da kam dem Arzt wieder die Gonorrhoe in den Sinn, und seine Lust war schlagartig dahin.

»Doktor!«

Über die Betrachtung der Mädchen hatte Doherty nicht mitbekommen, dass Borden angerückt war. »Sind Sie hier, um sich meine Mädchen anzusehen?«

So breit, wie der Bordellbesitzer grinste, musste Doherty schon dankbar sein, dass er nicht von ihrer Vereinbarung gesprochen hatte. Die Kunden, die auf ihr Wunschmädchen warteten, hatten sicher jedes Wort gehört.

»Ich muss mit Ihnen reden, Borden. Unter vier Augen.«

»Sagen Sie bloß, mich wollen Sie auch untersuchen.«

Dohertys Ton wurde ungeduldig. »Ich will mit Ihnen reden, nichts weiter.«

Borden grinste überlegen. »Also gut, reden wir!«

Er winkte den Doktor in einen Nebenraum, in dem sich ein großer Spieltisch befand; doch offenbar hatte in letzter Zeit niemand das Bedürfnis nach einer Kartenpartie gehabt, denn er war mit einem weißen Bettlaken verhängt.

»Was kann ich für Sie tun, Doktor?«, fragte Borden spöttisch, als er die Tür hinter ihnen geschlossen hatte. Er war übermäßig gut gelaunt, was den Verdacht nahelegte, dass er wirklich etwas mit dem Feuer zu tun hatte.

»Die Praxis von Ricarda Bensdorf hat gebrannt«, begann der Doktor ohne Umschweife.

»Wie bedauerlich!« Der Bordellbesitzer lachte.

»Tun Sie nicht so, als ob Sie nicht wüssten, wer dahintersteckt!«

»Wer denn, Doktor? Ich habe keine Ahnung.«

Diese Äußerung nahm Doherty den Wind aus den Segeln. Den ganzen Weg über hatte er sich Worte zurechtgelegt, mit denen er Borden dazu bringen wollte, ihm zu versichern, dass der ihn im Falle des Falles nicht in die Sache mit hineinziehen würde. Immerhin hatte Borden ihn ja über seine Pläne im Unklaren gelassen.

»Und selbst wenn, glauben Sie wirklich, ich wäre so dumm, es zuzugeben?«, fuhr Borden fort. »Oder jemandem zu erzählen, dass ich nicht der Einzige bin, der diesem Weibsstück den Tod gewünscht hat?«

»Ich wollte ihren Tod nicht!«, protestierte Doherty aufgebracht. »Ich wollte, dass sie von hier verschwindet, weiter nichts.«

»Und das ist sie nun. Verschwunden. Aber keine Sorge, Sie brauchen ihr kostbares Gewissen nicht mit einem Mord zu belasten. Soweit ich gehört habe, hat die Frau einen edlen Retter gefunden. Jack Manzoni hat sie nämlich gerettet. Ist das nicht edel von ihm?«

Doherty schnappte nach Luft. Manzoni war für seinen ausgeprägten Gerechtigkeitssinn bekannt. Er würde sicher alles tun, damit der Anschlag aufgeklärt wurde.

»Und was machen Sie, wenn Manzoni ...«

Borden legte dem Arzt die Hand auf die Schulter und brachte ihn damit zum Schweigen, denn sie kam Doherty vor wie ein Stück Blei. »Machen Sie sich keine Gedanken, Doktor! Ebenso wenig, wie man mir die Sache anhängen kann, wird man sie Ihnen anhängen können. Die Männer, die sich um dieses Frauenzimmer gekümmert haben, habe ich bezahlt, und wahrscheinlich sind sie bereits auf dem Weg nach Wellington oder auf die Südinsel. Selbst wenn irgendwer Nachforschungen anstellt, wird er auf Granit beißen. Wir bleiben bei unserer Abmachung, und damit ist alles in Ordnung.«

Doherty konnte Bordens Unbekümmertheit nicht nachvollziehen. Ihm war immer noch mulmig zumute. Gut, vielleicht gab es keine Beweise, aber Ricarda Bensdorf war nicht dumm. Sie ahnte bestimmt, wer hinter diesem Anschlag steckte. Doch dann beruhigte der Arzt sich damit, dass Ricarda eine Frau war, die ihm nichts anhaben konnte; sie hatte keine Beweise gegen ihn und würde obendrein Ärger wegen des zerstörten Hauses bekommen. Vielleicht könnte man es sogar so drehen, dass sie das Feuer selbst gelegt hatte ... Dieser Gedanke beruhigte ihn ein wenig.

»Was ist nun, Doc, soll ich die Mädchen jetzt reinschicken, damit Sie sie untersuchen können?«

Doherty hatte eigentlich keine Lust, eine Horde Huren unentgeltlich zu untersuchen, aber die Abmachung, die er mit Borden getroffen hatte, hing wie eine Gewitterwolke über ihm. Damit der Blitz sich nicht entlud, musste er wohl oder übel zustimmen.

Am Farmhaus angekommen, bemerkte Jack mit Entsetzen, dass Ricarda ohnmächtig geworden war. Innerlich Stoßgebete zum Himmel schickend, trug er sie in das Gästezimmer, das schon lange nicht mehr genutzt worden war, und legte sie auf dem Bett ab. Wie schön sie selbst jetzt noch ist!, ging es ihm durch den Kopf. Doch sogleich schalt er sich für diesen unpassenden Gedanken, und er lief in die Küche, um Wasser und Verbandszeug zu holen. Als er zurückkehrte, war Ricarda noch immer nicht zu Bewusstsein gekommen. In diesem Augenblick bereute er, dass er seine Haushälterin nur zweimal wöchentlich beschäftigte. Er hätte ihre Hilfe jetzt gut gebrauchen können, zumal er sich davor scheute, Ricarda auszuziehen. Es wollte ihr eines der Nachthemden seiner Mutter überziehen, die er aus lauter Sentimentalität aufgehoben hatte.

»Bitte erschrecken Sie nicht, ich möchte es Ihnen nur bequem machen!«, sagte er, aber offenbar hörte Ricarda es nicht. Sie stöhnte nur leise.

Jacks Hände zitterten, als er ihr Bluse und Rock abstreifte und sie anschließend aus ihrem Korsett schälte.

Begehren war es nicht, was ihn überfiel, als sie, nur mit Unterwäsche bekleidet, vor ihm lag; er fürchtete vielmehr, dass sie aufwachen und ihn für einen Wüstling halten könnte. Aber das geschah nicht.

Jack rollte ein Kopfkissen zusammen und bettete Ricardas Beine vorsichtig darauf.

Erst jetzt bemerkte er das ganze Ausmaß ihrer Verbrennungen. Die Haut warf dicke Blasen, wovon einige aufgeplatzt waren und entzündetes dunkelrosa Fleisch sichtbar werden ließen. Ricarda musste unermessliche Schmerzen haben.

Als Kind hatte Jack sich einmal mit kochendem Wasser verbrüht. Er war durch die Küche getobt und hatte versehentlich die Köchin angerempelt, die gerade Tee aufgießen wollte. Ihr war der Kessel aus der Hand geglitten, und sein Inhalt hatte sich über sein Bein ergossen. Silbrige Narben erinnerten ihn noch heute daran.

»Vater, warum ... Ich will nicht ...«, murmelte Ricarda nun. Dann verstummte sie wieder und atmete laut stöhnend.

Jack kühlte ihre Brandwunden mit nassen Tüchern, worauf sie sich beruhigte.

Was soll ich bloß tun?, fragte er sich. Er zog sich einen Stuhl neben ihr Bett, setzte sich und betrachtete Ricarda. Mehr als kühlen konnte er wohl nicht tun. Ob sie Schmerzmittel brauchte? Zwischen ihren Augenbrauen hatte sich eine Falte gebildet wie bei einem kleinen Kind, das von einem schlimmen Traum heimgesucht wird. Jack legte sanft seinen Daumen darauf und glättete sie. Dasselbe hatte seine Mutter immer mit ihm gemacht, wenn ihn als Kind kurz vor dem Schlafengehen ein Problem zu sehr beschäftigt hatte.

Ricarda spürte die Berührung offenbar, denn ihre Züge glätteten sich ein wenig und sie lächelte sogar.

5

Es wurde eine schlaflose Nacht für Jack Manzoni. Von Zeit zu Zeit wechselte er die kühlenden Umschläge, doch viel schien das nicht zu bewirken. Ricarda fieberte, bewegte sich unruhig und redete in immer kürzer werdenden Abständen wirr. Sie sprach von ihrer Mutter, immer wieder von einer Sache, die sie nicht tun wollte, und schließlich von Feuer.

Jack fühlte sich so hilflos wie damals, als seine Verlobte im Sterben lag, und wurde immer unruhiger. Das Kühlen und auch seine tröstenden Worte schienen nichts auszurichten.

Als er gegen Morgen die Stirn der Kranken berührte, glühte sie wie ein Kaffeetopf. Aber damit nicht genug. Beim Verbandswechsel bemerkte Jack, dass Ricardas Wunden sich entzündet hatten. Seine Ängste wuchsen, und seine Gedanken rasten. Es gab nur einen Menschen, der Ricarda helfen konnte.

So leise wie möglich verließ er das Gästezimmer und ging nach draußen. Er verzichtete darauf, sein Pferd zu satteln, sondern schwang sich auf den Rücken seines Apfelschimmels und preschte durch das Tor aus Kauri-Bäumen davon. Die Furcht, dass die Ärztin ernsthaften Schaden nehmen könnte, zerrte an ihm wie die Zähne eines tollwütigen Hundes. Ricarda durfte nicht sterben! Er schwor sich einmal mehr, Rache an den Männern zu nehmen, die ihr das angetan hatten.

Obwohl er gefährlich schnell ritt, erreichte er das Dorf der Maori ohne Zwischenfälle.

Moana war gerade dabei, ihre Töchter im Zerstampfen von

Kräutern zu unterweisen. Als Jack ihre Hütte betrat, blickte sie überrascht auf.

»*Haere mai!*«, grüßte er in die Runde und bat Moana nach draußen.

»Du musst mir helfen«, stieß er dort hastig hervor. »Die Heilerin, von der ich dir erzählt habe, ist Opfer eines Feuers geworden. Ihre Beine und ein Arm sind verbrannt, und sie braucht dringend Hilfe.«

Moana nickte. »Ich helfen. Aber ich nicht versprechen Wunder. Das Sache von *papa*.«

»Bitte, Moana, tu, was du für richtig hältst! Sie darf nicht sterben.«

Die Maori erinnerte ihn daran, dass der Tod dem Willen der Götter entspringe. Wenn die Götter beschlossen hätten, eine Seele von der Welt zu nehmen, sei jede Maßnahme zwecklos. Aber sie wusste auch, dass die *tohungas*, die Heiler und Schamanen, unter dem besonderen Schutz der Götter standen, und versprach Jack, alles für die Rettung der weißen Frau zu tun.

Sie verschwand in ihrer Hütte und kehrte mit einigen Dingen zurück, die sie in ein farbiges Tuch eingeschlagen hatte.

Jack hätte die Heilerin am liebsten auf sein Pferd gehoben, wagte aber nicht, das vorzuschlagen.

Doch Moana überraschte ihn. »Du mich auf Pferd nehmen, sonst wir zu langsam«, erklärte sie bestimmt.

Also setzte er sie auf seinen Hengst und schwang sich hinter sie auf die Kruppe. Sie ritten so schnell, wie es auf diesem Boden möglich war. Jacks Herz raste wie noch nie in seinem Leben. Er malte sich die schrecklichsten Dinge aus, die während seiner Abwesenheit passiert sein könnten, und machte sich Vorwürfe, dass er Margaret, seine Haushälterin, nicht außerplanmäßig zu sich gerufen hatte.

Als sie sein Haus erreicht hatten, saß er ab und half Moana hinunter. Die Heilerin schien über einen Spürsinn für Kranke zu verfügen, denn sie steuerte ohne Jacks Hinweise auf das Gästezimmer zu, als sei sie schon öfter dort gewesen, und trat an Ricardas Bett.

Erleichtert erkannte Jack, dass Ricarda atmete und vor Schmerzen leise stöhnte.

Moana legte ihr Bündel neben dem Bett ab und beugte sich über die Verletzte.

»*Wahine* sein stark«, sagte sie, nachdem sie Ricarda untersucht hatte. »Feuer im Blut kommen von Wunden. Ich machen *rongoa*. Bitte holen zwei Schüsseln.«

Kaum war Jack mit dem Geforderten zurück, schlug sie das Tuch auf und zog Blätter und Zweige hervor. Einige davon zerkaute sie zu einem Brei, den sie in eine der Schüsseln spuckte. Andere Zutaten zermahlte sie in dem zweiten Behältnis oder bat Jack, sie in Wasser aufzukochen.

Als sie alles beisammen hatte, vermischte sie einen Teil der Kräuter und des Breis zu einer Paste, die sie auf die Wunden strich. Die aufgekochten Zutaten siebte sie und flößte Ricarda die Flüssigkeit mit Jacks Hilfe ein.

Doch Ricarda sprach weiter im Fieberwahn von Vater und Mutter, warf sich unruhig hin und her und schien gegen irgendetwas anzukämpfen. Schließlich stöhnte sie laut. Raue Laute drangen aus ihrer Kehle, und das Gesicht der Heilerin wirkte plötzlich sehr besorgt.

»Feuer hat böse Geister in ihren Körper geschickt«, erklärte sie, während sie über Ricardas glühende Stirn strich. »Geister müssen fort, sonst *pakeha* nicht werden gesund. Du gehen und ausruhen, ich werde singen *karakia* gegen Feuer und böse Geister.«

Mit ihren heiligen Gesängen riefen die Maori die Götter indirekt um Hilfe an. Es gab sie für die verschiedensten Dinge. Jack war einmal Zeuge eines *karakia* geworden, der einer neuen Waffe Kampfkraft verleihen sollte. Außerdem gab es Gesänge gegen Knochenbrüche, Magenverstimmung und so weiter.

Jack zweifelte selten an Moanas Heilkunst, denn die Wirkung ihrer Kräuter hatte er schon mehrfach erlebt. Dass ein Gesang Fieber zu bekämpften vermochte, überstieg jedoch seine Vorstellung. Moana hingegen schien davon felsenfest überzeugt zu sein, und so tat er ihr den Gefallen und ließ sie mit der Kranken allein, um sie bei ihrem Ritual nicht zu stören. Die Unruhe in seinem Inneren war quälend. Er wusste, dass ihn nichts ablenken würde. Rastlos tigerte er vor dem Klavier auf und ab. Er setzte sich auf den Hocker, fuhr mit der Hand über den Lack und lauschte angestrengt.

Aus dem Gästezimmer ertönte nun ein seltsamer, sonorer Gesang. Jack verstand die Worte, sie drehten sich darum, das Feuer aus dem Blut der Frau zu bannen. Er legte die Stirn auf den Deckel des Klaviers, schloss die Augen und tastete nach dem Talisman seiner Mutter.

Gott, flehte er, wenn du da draußen irgendwo bist, dann hilf ihr und mach sie gesund!

Jack ließ das Kreuz los. Diese Bitte hatte er vor einigen Jahren schon einmal gen Himmel geschickt – jedoch vergeblich. Der Tod hatte die schwache Emily geholt. Aber Ricarda war stark, wie Moana betont hatte. Aber würde es reichen? Würde es reichen, selbst wenn es keinen Gott gab, der sie beschützen konnte?

Der Singsang der Heilerin änderte sich nun. Die Worte wurden unverständlich. Jack, der noch immer die Augen geschlossen hielt und in seiner Position verharrte, spürte, dass ihm die Melodie und die Worte allmählich entglitten, sie zogen sich zurück in die dunklen Schatten des Zimmers und verstummten schließlich.

Am Nachmittag rüttelte Moana Jack wach. Er bemerkte, dass sich der Stand der Sonne verändert hatte. Offenbar war es bereits spät. Benommen sprang er auf. Er blickte die Heilerin forschend an und fragte: »Was ist passiert?«

»Nichts, du ruhig sein.« Moana klopfte ihm auf die Schulter. »Das Feuer zurückgehen. Nicht mehr so heiß.«

Jacks Benommenheit verflog. Das bedeutete, dass Ricarda gerettet war! »Darf ich zu ihr?«

Moana nickte, worauf er an ihr vorbeistürmte. Als er Ricarda so daliegen sah, schob sich plötzlich das Bild seiner toten Verlobten über diesen Anblick. Entschlossen schob er die Erinnerung fort. Ricarda war zwar noch bewusstlos, aber längst nicht mehr so leichenblass; ja, er glaubte auf ihren Wangen bereits wieder einen rosigen Schein auszumachen; und ihre Brust hob und senkte sich nun bei gleichmäßigen Atemzügen.

»Ich haben gesagt, sie sein stark«, erklärte Moana, die hinter ihn getreten war. »Sie haben viel *mauri*.«

Jack sank gegen den Türrahmen. Die Anspannung war mit einem Schlag von ihm abgefallen. Tränen der Freude verschleierten seinen Blick. Seine Beine zitterten kraftlos, seine Arme waren schwer wie Blei. Trotzdem umklammerte er das Kreuz seiner Mutter und küsste es so leidenschaftlich, als wäre es Ricardas Mund.

Moana beobachtete ihn lächelnd.

Jack war sich dessen bewusst, dass ihre klugen Augen mehr sahen, als er eigentlich zeigen wollte. Aber sie wusste ja ohnehin, wie viel ihm an Ricarda lag.

»Ich auf sie aufpassen«, sagte Moana und legte ihm sanft die Hand auf den Arm. »Du schlafen, *kiritopa*.«

»Nein, das kann ich nicht«, entgegnete Jack. »Ich muss noch einiges in der Stadt erledigen. Wachst du an ihrem Bett?«

Moana nickte. »Ja, ich bleiben hier. Nicht sorgen, *wahine* sein stark. Sehr stark. Und gute *mauri*.«

Jack konnte nicht von sich behaupten, dass er das in den vergangenen Stunden erwartet hätte. So stark Ricarda auch war, ein altes Sprichwort seines Vaters besagte, dass auch der kräftigste Baum vom Sturm gefällt werden konnte, wenn die Jahre ihn zuvor hohl gemacht hatten. Nicht die Jahre, sondern das Feuer hatte Ricarda ausgehöhlt. Aber auf Moanas Einschätzung war Verlass. Deshalb ließ er Ricarda in ihrer Obhut und ging nach draußen, um das Pferd anzuschirren. Er musste etwas tun, wobei er sich abreagieren konnte.

Eine Stunde später lenkte er seinen Wagen über die Stadtgrenze von Tauranga. Er wollte nachsehen, was von Ricardas Praxis noch übrig geblieben war. Viel konnte es nicht mehr sein, aber vielleicht waren doch ein paar Dinge zu retten. Wenn ja, würde er sie auf die Farm schaffen.

Schon in der Nacht, als er neben Ricardas Bett gewacht hatte, war in ihm ein Entschluss gereift, den er ihr mitteilen wollte, sobald sie wieder auf den Beinen war.

Auf halbem Wege, kurz bevor er die Spring Street erreicht hatte, kam ihm Mary Cantrell entgegen. Jack erinnerte sich, dass Ricarda am Tag des Brandes etwas von einer Einladung gesagt hatte. Es wäre sicher angebracht, ihre Entschuldigung zu überbringen, auch wenn Mrs Cantrell gewiss von dem Feuer gehört hatte.

Als Mary ihn bemerkte, steuerte sie direkt auf ihn zu. Jack brachte das Pferd zum Stehen, sprang vom Wagen und begrüßte sie mit einem vollendeten Handkuss.

»Mr Manzoni, wie geht es Ricarda?«, fragte sie aufgeregt und vergaß vor Sorge sogar, seinen Gruß zu erwidern.

»Besser. Sie wohnt jetzt bei mir, vorerst wird niemand ihr etwas anhaben können.«

»Gibt es denn schon Anhaltspunkte, was die Täter betrifft?«

»Nein, bisher nicht. Doktor Bensdorf hat erst heute wieder das Bewusstsein erlangt. Sie wird den Constables sicher eine detaillierte Beschreibung von den Angreifern liefern können.«

Mary ließ diese Worte einen Moment lang auf sich wirken, bevor sie murmelte: »Es sähe Borden ähnlich, ein paar Galgenvögel auf Ricarda zu hetzen.«

»Borden?«, fragte Jack erstaunt.

»Hat Ricarda Ihnen nicht von ihm erzählt?«

Offenbar nicht, wie Mary feststellen musste, denn ihr Gegenüber schüttelte nur den Kopf.

»Vor ungefähr einer Woche ist er in ihre Praxis hineingeschneit und hat sie bedroht. Sie hat wohl bei einem seiner Stammkunden Gonorrhoe festgestellt. Diese Neuigkeit hat sich in der gesamten Stadt verbreitet, und natürlich meiden die meisten Kunden seither dieses Etablissement.«

Jack kannte den Bordellbesitzer nur flüchtig. Doch bei dem, was man von ihm hörte, war Marys Bemerkung nicht von der Hand zu weisen.

»Natürlich habe ich keine Beweise«, setzte die Frau vorsichtig hinzu. »Aber vielleicht sollten Sie den Constables mal einen Tipp geben.«

»Das werde ich«, entgegnete Jack, während eine Zorneswelle ihn erfasste. Wenn das wahr ist und ich diesen Mistkerl in die Finger kriege..., dachte er, unterdrückte aber seine Regung, denn er wollte sich nicht vor Mary Cantrell kompromittieren.

»Grüßen Sie Ricarda bitte von mir«, sagte sie nun. »Sobald es ihr wieder so gut geht, dass sie aufstehen kann, werde ich sie besuchen.«

»Sie sind jederzeit willkommen, Mrs Cantrell.« Damit reichte Jack ihr die Hand zum Abschied und kletterte zurück auf den Kutschbock.

An diesem Nachmittag hielt das Schicksal für Jack noch mehr Überraschungen bereit. Das Zusammentreffen mit Mary Cantrell und die Nachricht, dass Borden mit Ricarda Streit gehabt hatte, waren nur die Ouvertüre gewesen. Kaum lenkte er den Wagen auf den Strand, schickte die Vorsehung ihm Borden über den Weg.

Dessen Anblick stach Jack wie ein Speer ins Auge. Der Bordellbesitzer spazierte im Sonntagsstaat die Straße hinunter und lächelte alle Passanten freundlich an.

Der Gedanke, dass dieser Kerl sich vergnügte, während Ricarda noch vor kurzem mit dem Tod gerungen hatte, war für Jack auf einmal so unerträglich, dass er alle Vorsicht vergaß. Er brachte seinen Wagen zum Stehen, stellte die Bremse fest und sprang vom Kutschbock. Mit langen Schritten marschierte er auf den Bordellbesitzer zu.

»Borden!«, rief er zornig, was den Mann sogleich innehalten ließ.

»Was kann ich...«

Weiter kam er nicht, denn Manzonis Faust schoss vor und traf Bordens Kinn. Alle Kraft und Wut, die er aufbringen konnte, lagen darin, und Borden, dem schon viele Gegner ein stählernes Kinn attestiert hatten, taumelte überrumpelt zurück.

Das genügte Jack aber keineswegs. Er verpasste seinem Gegenüber noch zwei Hiebe, sodass Borden zu Boden ging.

Trotz blutender Nase und einer geplatzten Augenbraue rappelte der Bordellbesitzer sich unverzüglich wieder auf und versetzte Manzoni einen Faustschlag gegen die Brust.

Der Farmer stöhnte, doch sein Zorn war dadurch nur noch mehr angestachelt. Er duckte sich unter einem weiteren Schwinger einfach weg, rammte Borden den Kopf in die Magengrube und drängte seinen Gegner so weit vom Uferweg ab, dass das Wasser immer näher kam. Unerbittlich stieß Jack Borden vor sich her.

Der ruderte hilflos mit den Armen, konnte sich jedoch nicht vor dem Fall retten. Er kippte nach hinten und landete mit einem großen Platscher im Meer.

Manzoni blickte ihm mitleidslos nach. Er wartete nur so lange ab, bis er sicher war, dass Borden schwimmen konnte. Wenn dem nicht so gewesen wäre, hätte er vielleicht um Hilfe gerufen.

Aber Borden begann laut fluchend zu paddeln, das Gesicht blutüberströmt. »Das wirst du bereuen, du Hurensohn, du nudelfressender Bastard!«

Jack schwieg, als seien die Beleidigungen des Bordellbesitzers nichts weiter als stinkende Ausdünstungen, die vom Wind davongeweht würden. Er starrte seinen Gegner nur grimmig an, als wolle er ihn auffordern, doch aus dem Wasser zu steigen und den Kampf fortzuführen.

Borden paddelte noch immer wie ein junger Hund. Jack drehte sich um. Erst jetzt wurde ihm bewusst, dass ihn die Passanten, die sich zufällig in der Nähe befanden, anstarrten, als habe er den Verstand verloren. Vielleicht hatte er das ja auch. Immerhin hatte er soeben einen Mann angegriffen, der vielleicht keine Skrupel gehabt hatte, Männer für einen Überfall auf eine wehrlose Frau anzuheuern. Aber das kümmerte Jack nicht. Er strich sich den Staub vom Revers seines Gehrocks und kehrte zu seinem Wagen zurück. Ohne einen Kommentar an die gaffenden Passanten abzugeben, erklomm er den Kutschbock und fuhr davon.

Er bog in die Spring Street ein und machte erst vor Ricardas Praxis wieder Halt. Dass Borden ihn verfolgen könnte, fürchtete er nicht. Wenn der Kerl aus dem Wasser heraus war, müsste er erst einmal seine Wunden versorgen.

Das Haus bot einen verheerenden Anblick. Die Wände im Erdgeschoss waren rund um die Fenster geschwärzt. Nur wenige Scheiben hatten dem Feuer widerstanden. Splitter glitzerten auf dem Boden. Obwohl das Gebäude baufällig wirkte, traute sich Manzoni hinein. Der Geruch von verbranntem Holz nahm ihm den Atem. Von der ursprünglichen Inneneinrichtung war nicht mehr viel zu erkennen. Die Schränke und Kommoden waren verkohlt. Doch es gab auch ein paar Instrumente, die noch intakt zu sein schienen. Auch ein metallener Medizinschrank mitsamt Inhalt war wie durch ein Wunder unversehrt geblieben. Jack sammelte alles ein, was ihm noch halbwegs brauchbar erschien, und lud auch das Metallgestänge der Behandlungsliege auf seinen Wagen. Ein fähiger Sattler würde sicher imstande sein, sie neu zu polstern.

Als er schließlich noch einen letzten Rundblick durch das Behandlungszimmer warf, sah er etwas in der Asche glitzern. Er hielt es zunächst für ein Instrument, doch als er es abwischte, sah er, dass es sich um etwas ganz anderes handelte – ein kleiner Hoffnungsschimmer für Ricarda ...

Danach wagte Jack sich ins Obergeschoss. Ricardas Wohnung war wie durch ein Wunder unversehrt geblieben. Er öffnete den Kleiderschrank und strich versonnen über Ricardas Sachen. Er musste ihr ein paar davon einpacken. Nach einigem Suchen entdeckte er auf dem Schrank einen Koffer. Rasch faltete er zwei Röcke und Blusen und legte sie hinein. In einer Kommode fand er eine Schublade voller Strümpfe und Ricardas Nacht- und Leibwäsche. Obwohl er allein war, fühlte er sich peinlich berührt, während er einen kleinen Stapel sorgfältig gefalteter Leibchen und Unterhosen in den Koffer räumte. Er würde Molly bitten, den Rest zusammenzupacken.

Ricarda konnte nicht sagen, was in den vergangenen Stunden Traum oder Wirklichkeit gewesen war. Sie hatte sich in Berlin befunden, wo ihr Vater sich mit besorgtem Gesicht über sie gebeugt und ihr gesagt hatte, dass sie nie hätte fortgehen dürfen.

Eine schrille Musik war erklungen, Weisen einer verstimmten Spieldose, die sie aufbewahrt hatte als Erinnerung an ihre Kindheit.

Die Stimme ihrer Mutter hatte ihr befohlen, Dr. Berfelde zu heiraten, und kurz danach hatte sie sich vor dem Altar wiedergefunden, wo man von ihr das Jawort forderte. Nichts als Forderungen! Forderungen in einem fort. Dann war die Kirche in Brand geraten, und sie hatte sich aus den Flammen retten wollen, doch Berfelde hatte sie festgehalten und ihre Beine hatten zu brennen begonnen.

Und plötzlich war da eine unbekannte Stimme gewesen, die in einer fremden Sprache gesungen hatte. Dieser Gesang hatte sie gehalten und getröstet und sie davor bewahrt, sich in ihrem Albtraum zu verirren.

Als Ricarda die Augen aufschlug, blendete helles Tageslicht sie. Für einen Moment glaubte sie sich noch in Berlin, denn das Zimmer, in dem sie lag, war weiß gestrichen und roch nach Arznei. Dann jedoch beugte sich jemand über sie, und Ricarda wusste plötzlich, dass sie in Neuseeland war. Die Frau hatte krauses dunkles Haar, und ihre Haut erinnerte an die Farbe von Milchkaffee. Freundliche bernsteinfarbene Augen blickten Ricarda abwartend an, und der volle, schön geschwungene Mund der Fremden verzog sich zu einem Lächeln.

»Du in Ordnung sein«, sagte die Frau und legte ihr die Hand auf die Brust. »Ich Moana.«

Moana musste eine Maori sein. Ricarda erinnerte sich mit einem Mal daran, dass Jack Manzoni sie aus dem brennenden Haus gerettet hatte. War diese Frau eines seiner Dienstmädchen?

Ricarda wollte erwidern, dass sie sich freue, und hätte sich zu gern selbst vorgestellt, aber sie brachte keine zusammenhängenden Laute heraus.

»Du nicht sprechen, sprechen holen böse Geister zurück. Du ausruhen, und ich bringen dir *wai*.«

Was damit gemeint war, wurde Ricarda erst klar, als Moana ihr eine Schale mit Wasser an die Lippen setzte. Sie trank, und das kühle Nass fühlte sich an wie ein belebender Nektar, der ihre verklebten Stimmbänder löste.

»Danke«, sagte sie, als Moana die Schale wieder absetzte. »Ich bin Ricarda.«

Moana nickte. »Du *tohunga* wie ich. Geister dich beschützen.«

Wieder verstand Ricarda nicht, was gemeint war, aber sie realisierte nun, dass sie eine ganze Weile bewusstlos gewesen sein musste.

»Wo bin ich?«, fragte sie.

»Bei *kiritopa*, das sein Haus.«

Sie wollte schon fragen, wer dieser Kiritopa war, als ihr einfiel, dass nur Jack Manzoni gemeint sein konnte. Er hatte sie gerettet und in sein Haus gebracht. Sie musste ihm unbedingt danken.

»Ich würde gern sitzen. Helfen Sie mir bitte auf?«

Moana hielt das offensichtlich für übereilt, aber Ricarda beharrte darauf. Also unterstützte Moana ihre Patientin und schob ihr ein dickes Kissen in den Rücken. Dabei murmelte sie etwas vor sich hin, was Ricarda nicht verstand und von dem sie nicht wusste, ob die Worte Missbilligung oder Bewunderung ausdrückten.

Es tat gut, wieder aufrecht zu sitzen. Durch das Fenster gegenüber fiel Sonnenschein, hinter der Gardine wogte ein Meer aus Grün. Wenn sie wieder auf den Beinen war, musste sie unbedingt hinausgehen, um sich umzuschauen.

Aber jetzt kam erst einmal Moana wieder zu ihr. In der Hand hielt sie erneut eine Schale.

»Du trinken, machen gesund«, sagte sie und hielt ihr einen scharf riechenden grünen Trank unter die Nase.

»Was ist das?«

»*Rongoa.*«

»Was ist *rongoa*?«

»Dinge, die machen gesund.« Moana klang so nachsichtig, als rede sie mit einem Kind. »Du trinken. Sonst kommen Feuer wieder.«

Ricarda begriff, dass es sich bei der Arznei um ein fiebersenkendes Mittel handelte. »Wie lange habe ich geschlafen?«

Moana wunderte sich, warum Ricarda so viel redete und nicht einfach trank, wie es sich für einen guten Patienten gehörte, aber sie antwortete geduldig: »Zwei Tage. Du sehr viel Feuer, aber *rongoa* haben vertrieben.«

Zwei Tage war sie bewusstlos gewesen! Und doch fühlte sie sich gar nicht mehr so schlecht. Das Mittel, das ihr die Frau verabreicht hatte, musste hervorragend sein! Nur zu gern hätte sie nach der Zusammensetzung gefragt, aber Ricarda wollte Moana nicht verärgern, indem sie die Einnahme des Medikamentes noch weiter hinauszögerte. Sie trank die Flüssigkeit, die ziemlich bitter schmeckte, und lehnte sich in das Kissen zurück.

Ihr Blick fiel nun auf ihre Beine und ihren Arm. Die Verbände bestanden aus dünnen Tüchern, durch die eine grünlich-braune Flüssigkeit sickerte. Sie vermutete, dass es sich dabei ebenso wie bei dem Getränk um ein Heilmittel aus einheimischen Pflanzen handelte. Wenn ich nur etwas über all diese natürlichen Wirkstoffe wüsste!, dachte Ricarda. Wenn sie etwas taugen, würde ich zu gern lernen, wie man sie einsetzt, und sie in meine Behandlungspläne aufnehmen.

Sie wollte Moana danach fragen, aber bevor ein Wort über ihre Lippen kam, war die Frau fort. Leise wie ein Windhauch war sie verschwunden, und deshalb müssten alle Fragen warten.

Als Jack zurückkehrte, erwartete Ricarda ihn im Bett sitzend. Ihre Beine lagen noch immer auf der Kissenrolle. Das Fieber schien weiter gesunken zu sein, denn Ricarda lächelte schon wieder.

»Mein Retter ist also wieder zurückgekehrt. Wie soll ich Ihnen nur danken, Jack?«

»Ich habe nur getan, was jeder in dieser Situation getan hätte.« Jack drehte verlegen seinen Hut in den Händen. »Wie ich sehe, geht es Ihnen besser.«

»Ja. Moana hat sich gut um mich gekümmert.«

»Es gibt in dieser Gegend kaum jemanden, der strenger und gleichzeitig fürsorglicher mit seinen Patienten ist als Moana.«

Aus seinen Worten sprach große Achtung für diese Frau. Ricarda schloss daraus, dass sie fast so etwas wie eine große Schwester für ihn war. Vom Alter her könnte es hinkommen, sie schätzte Moana auf Anfang vierzig.

»Sie ist eine Maori, nicht wahr?«, fragte sie, denn seit sie die Männer vor dem Government Building gesehen hatte, war das Interesse für diese Menschen nicht verschwunden.

»Ja, das ist sie. Eine *tohunga*, eine Heilerin. Sie hat sich mächtig ins Zeug gelegt, um Ihr Fieber zu senken.«

Jack zog sich einen Stuhl heran und setzte sich. »Ich habe in der Stadt Mrs Cantrell und Molly getroffen. Sie lassen beide grüßen. Und ich soll Ihnen ausrichten, dass sie Sie besuchen werden, sobald es Ihnen wieder besser geht.«

Die liebe Molly und die herzensgute Mary!, dachte Ricarda wehmütig. Da haben sie sich solche Mühe mit mir gemacht, und nun ist das Ergebnis all unserer Anstrengungen in Rauch aufgegangen.

Laut sagte sie jedoch: »Danke, das ist sehr freundlich von den beiden.«

»Ich habe mir erlaubt, Ihnen ein paar Anziehsachen aus Ihrer Wohnung zu holen und in Ihre Praxis zu gehen. Was noch zu gebrauchen war, habe ich mitgebracht«, berichtete Jack weiter. »Die Gerätschaften sind zwar verschmutzt und verrußt, aber mit Wasser und Seifenlauge dürften wir sie wieder hinbekommen.«

»Dass Doherty sich das nicht geholt hat«, sagte Ricarda daraufhin.

»Doherty hätte sich gewiss nicht dorthin gewagt, schon gar nicht, wenn er irgendwas mit der Sache zu tun hat.« Während er sprach, griff Jack in seine Jackentasche und zog einen blitzenden Gegenstand hervor. »Das hier habe ich ebenfalls gefunden.«

»Mein Stethoskop!«

Jack legte es auf die Bettdecke.

»Es hat mitten im Raum im Schmutz gelegen, wie durch ein Wunder unversehrt.«

Tränen stiegen in Ricardas Augen. Sie war so glücklich, dass sie nicht imstande war, etwas zu sagen. Das ist ein Zeichen, dachte sie, während sie das Stethoskop vorsichtig berührte. Das Zeichen, dass ich nicht einfach aufgeben darf.

Jack war gerührt von ihrer Geste und wünschte sich, er könne Ricarda einfach in die Arme schließen und sie küssen. Aber er hielt es für besser, sich jetzt zurückzuziehen.

»Rufen Sie nach mir, wenn Sie etwas brauchen! Ich werde nachher wieder nach Ihnen sehen.«

»Vielen Dank für alles!«, rief Ricarda ihm nach und drückte das Stethoskop glücklich an sich. Eines Tages, das hoffte sie inständig, würden die Verantwortlichen für das Feuer ihre gerechte Strafe bekommen.

Borden zuckte zusammen, als Dr. Doherty seine Platzwunde mit Jod abtupfte.

»Manzoni war das, sagen Sie?«, fragte der Arzt.

»Ja«, brummte der Bordellbesitzer. »Dieser verdammte Hurensohn hat mich aus heiterem Himmel angegriffen, mitten auf dem Strand. Hätte ich damit gerechnet, hätte ich ihm sämtliche Knochen gebrochen. Aua!«

»Halten Sie still!«, entgegnete der Doktor. »Ich fürchte, Ihre Augenbraue werde ich nähen müssen. Wenn Sie wollen, kann ich ihnen Lachgas geben.«

»Sehe ich aus wie ein Schwächling?«

»Nein, aber es ist wichtig, dass Sie stillhalten, wenn ich die Naht lege. Sie wollen doch keine schiefe Narbe davontragen.«

»Tun Sie's, Doktor, und quatschen Sie nicht lange!«, fuhr Doherty Borden an. »Wenn ich will, dass mir jemand 'ne Predigt hält, geh ich in die Kirche!«

Während der Arzt die Nadel einfädelte, dachte er darüber nach, welchen Grund Manzoni haben könnte, Borden anzugreifen. Es hatte sich herumgesprochen, dass der Farmer die Ärztin bei sich aufgenommen hatte. Vermutete er Borden hinter dem Brand? Und warum fühlte er sich dafür verantwortlich, sie zu rächen? Wäre möglich, dass der Kerl sich in das Frauenzimmer verguckt hat, überlegte er. Es ist immerhin ein Weilchen her, dass sich die Stadt über eine seiner Affären das Maul zerrissen hat.

»Wollen Sie Anzeige gegen Manzoni erstatten?«, fragte Doherty, als er die Nadel ansetzte.

»Nein, natürlich nicht! Ich werde ihm die Fresse polieren!«, brummte Borden.

»Damit sollten Sie wirklich vorsichtig sein«, warnte Doherty. »Manzoni weiß sich zu wehren. Außerdem wird er sich nicht scheuen, zur Polizei zu gehen.«

Borden presste die Lippen zusammen. Doch seine Augen funkelten noch immer zornig und zeugten von dem Verlangen, es Manzoni heimzuzahlen.

6

Drei Wochen waren vergangen. Ricarda erlaubte sich nicht, um das Verlorene zu trauern, selbst wenn sie manchmal von tiefen Zweifeln geplagt war. Sie durfte ihren Lebenstraum nicht aufgeben.

Moana besuchte sie jeden zweiten Tag, bis die Schmerzen nachließen und die Wunden gut verheilt waren. Ricarda versuchte mehrfach, ihr das Geheimnis ihrer wundersamen Arznei zu entlocken, doch Moana schwieg hartnäckig und verwies darauf, dass sie ihr Heilwissen nur an ihre Töchter weitergeben dürfe.

Inzwischen hatte sich auch ein Constable der Polizei von Tauranga auf der Farm eingefunden. Es handelte sich um einen jungen Mann, dem die Uniform noch zu groß war. Wahrscheinlich erwartete man von ihm, dass er hineinwachsen würde. Er wirkte ein wenig verlegen, als er Ricardas Krankenzimmer betrat, weil sie ihre verletzten Beine noch immer oberhalb der Bettdecke lagerte. Ricarda erzählte ihm den Hergang von dem Moment an, an dem die Männer in ihre Praxis eingedrungen waren, bis zu ihrer Rettung aus dem Feuer.

»Einer dieser Männer müsste einen Schnitt quer über das Gesicht haben«, erklärte sie. »Vermutlich musste die Wunde genäht werden. Wenn das nicht geschehen ist, trägt er inzwischen eine deutlich sichtbare Narbe.«

Im Stillen wünschte sich Ricarda, dass die Wunde brandig geworden war, obgleich sie diesen hässlichen Gedanken sofort bereute. Aber noch nie hatte ihr jemand etwas derart Furchtbares angetan wie diese Männer.

Der Constable nahm alles sorgfältig zu Protokoll, bevor er sich wieder verabschiedete. Prognosen darüber, wann die Kerle hinter Gitter kommen würden, wollte er nicht abgeben. Ricarda gab sich keinen Illusionen hin. Sie vermutete, dass die Übeltäter längst über alle Berge waren.

Auch die gute Molly hatte ihr einen Besuch abgestattet. Jack hatte die Wirtin mitsamt einer Kiste mit persönlichen Sachen aus Ricardas Wohnung herkutschiert, und der Nachmittag war mit dem neuesten Tratsch aus Tauranga wie im Flug vergangen.

Am liebsten empfing Ricarda jedoch Jack am Krankenbett. Sie erwartet ihn stets mit großer Ungeduld. Jeden Morgen stellte er ihr ein Frühstück ans Bett, mittags hielt er stets eine stärkende Suppe für sie bereit, und wenn er abends von seinen Pflichten heimkehrte, setzte er sich zum Abendessen zu ihr und brachte ihr Neuigkeiten. Von dem Angriff auf Borden hatte er ihr allerdings immer noch nicht erzählt. Dafür wagte er sanfte Vorstöße in Richtung Ricardas Vergangenheit.

»Sie haben im Fieberwahn Ihre Eltern erwähnt«, sagte er eines Tages, nachdem er das Fenster geöffnet hatte, damit sie einen Blick auf den verwilderten Garten werfen konnte, der im Abendlicht ganz romantisch wirkte. »Und noch andere Dinge.«

Ricarda spürte, dass sie rot wurde. Dann lächelte sie unbehaglich. »Eigentlich wollte ich das vergessen.«

»Man sollte seine Herkunft nie vergessen. Auch wenn die Erinnerungen daran vielleicht nicht nur angenehm sind.«

Ricarda ahnte, worauf er hinauswollte. Er wollte wissen, was sie von zu Hause fortgetrieben hatte. Und das mit gutem Recht. Sie hatten so viel miteinander gesprochen, aber Ricarda hatte es vermieden, von ihren Eltern und den Beweggründen zu erzählen, die sie hierhergetrieben hatten. Sie wollte sich noch immer nicht eingestehen, dass sie Jack nur zu gern ihr Herz ausschütten würde.

Noch immer blickte er sie abwartend an. »Sie brauchen es mir nicht zu erzählen, wenn Sie nicht wollen«, meinte er schließlich.

Du flunkerst, mein lieber Jack!, dachte Ricarda insgeheim und lächelte. »Meine Eltern wollten mich verheiraten – mit einem Mann, der deutlich älter ist als ich und den ich bis dahin nicht einmal kannte. Sie hofften, mich auf diese Weise von meinem Traum abzubringen, als Ärztin zu arbeiten. Ironischerweise hat mein Vater mir das Medizinstudium ermöglicht. Nach meinem Examen in der Schweiz bin ich in mein Elternhaus zurückgekehrt und fand ihn völlig verändert vor. Er erklärte, er habe mich nur studieren lassen, damit ich mir die Hörner abstoße. Nun sei es an der Zeit, Gehorsam zu zeigen und sich der traditionellen Rolle einer Frau zu fügen. Aber ich wollte mein hart erkämpftes, gutes Examen und die Aussicht auf ein erfülltes Leben als Ärztin nicht gegen ewiges Herzleid eintauschen. Und das alles nur, damit meine Eltern in der Berliner Gesellschaft gut dastehen. Eine fortschrittliche Tochter zu haben ist dort das Schlimmste, was einem passieren kann.«

Jack sah sie lange an. »Ich bin froh, dass Sie einen anderen Weg eingeschlagen haben und ausgewandert sind, Ricarda. Es ist eine schreckliche Vorstellung, dass Sie an der Seite eines Mannes leben sollten, der Sie unglücklich gemacht hätte. Und welch eine Vergeudung von Talent das bedeutet hätte!«

»Das ist sehr freundlich von Ihnen.« Noch während sie das aussprach, tadelte Ricarda sich, weil ihr keine bessere Antwort eingefallen war. »Ich frage mich manchmal, ob mein Vater mir das Studium nur erlaubt hat, damit ich ihn nicht mit meinem Temperament behellige«, setzte sie hinzu. »Nach allem, was vorgefallen ist, fällt es mir schwer zu glauben, dass er sich von einem Tag auf den anderen so verändert hat. Wahrscheinlich war er noch nie anders.«

Jack griff nach ihrer Hand, und Ricarda hatte weder den Willen noch die Kraft, sie zurückzuziehen. »Gehen Sie nicht zu hart mit ihm ins Gericht! Welchen Beweggrund Ihr Vater auch hatte, er hat der Welt damit eine gute Ärztin geschenkt. Jede seiner Entscheidungen hat zu Ihren Entscheidungen geführt. Auch wenn es hier nicht weniger schwierig ist, Sie haben Ihren Weg gefunden.«

Wenn er da mal nicht zu optimistisch ist, dachte Ricarda, und eine seltsame Unruhe erfasste sie. Ohne dass sie sich dessen bewusst war, strich sie nervös die Bettdecke glatt.

»Ich habe Ihnen einen Vorschlag zu machen«, erklärte Jack unvermittelt.

»Da bin ich aber neugierig!«

»Ich würde Ihnen gern ein Gebäude auf meiner Farm überlassen, damit Sie eine neue Praxis eröffnen können.«

Ricarda war vollkommen überrascht. »Meinen Sie das ernst?«

»Sehe ich so aus, als würde ich leere Versprechungen machen?«, fragte Manzoni. »Meine Leute und ich würden dafür sorgen, dass es sich in Tauranga herumspricht. Ich bin sicher, dass die Frauen, die Sie bereits behandelt haben, Sie auch weiterhin konsultieren möchten. So weit entfernt von der Stadt liegt mein Anwesen ja gar nicht.«

Ricarda war so überwältigt von dem großzügigen Angebot, dass sie zunächst keinen Ton herausbrachte.

»Das ist unmöglich, Jack«, stammelte sie schließlich. »Ich stehe auch so schon tief in Ihrer Schuld, und beinahe alles, was ich hatte, ist in den Flammen untergegangen. Deshalb werde ich mir kaum eine neue Praxis leisten können. Außerdem werde ich an den Hausbesitzer Schadensersatz zahlen müssen.«

»Nicht, wenn man die Kerle erwischt, die Sie überfallen haben«, gab Manzoni zurück. »Und ich verspreche Ihnen, ich werde den Constables so lange in den Ohren liegen, bis ihre Ermittlungen erfolgreich waren.«

»Trotzdem müssen Sie Miete für das Gebäude bekommen.«

Jack blickte sie an. Er wäre nur zu gern bereit gewesen, ihr die Räumlichkeiten umsonst zu überlassen. Dass sie in seiner Nähe war, wäre Lohn genug. Aber da er Ricarda mittlerweile ziemlich gut kannte, wusste er, dass sie nur ungern etwas schuldig blieb. »Können Sie Klavier spielen?«, fragte er deshalb.

Ricarda war einmal mehr überrascht. »Warum fragen Sie?«

»Können Sie es oder nicht?«

Ricarda erinnerte sich nur ungern an die Klavierstunden, die ihre Mutter ihr aufgezwungen hatte. Aber ihre Musiklehrerin war stets mit ihr zufrieden gewesen. Sie hatte das Spielen bestimmt nicht verlernt, obwohl sie es lange nicht mehr getan hatte. Wollte Manzoni, dass sie seine Abendunterhaltung bestritt?

»Ja, ich kann spielen«, entgegnete sie. »Aber erwarten Sie keine Meisterleistungen von mir. Ich habe schon lange nicht mehr geübt.«

»Das können Sie bei mir nachholen. Und Sie könnten mir Unterricht geben. Im Salon steht ein altes Klavier, aber ich weiß nichts damit anzufangen. Meine Großmutter und meine Mutter haben darauf gespielt. Die Familie meiner Großmutter mütterlicherseits war eine Musikerfamilie, und das Klavier wurde von Generation zu Generation weitervererbt.«

»Und Sie möchten diese Tradition nun fortsetzen?«

»Ja. Als Junge hatte ich leider kein Interesse am Klavierspiel, was ich heute sehr bedaure, denn ich liebe die Musik! Wenn man den ganzen Tag das Summen von Insekten, das unterschiedliche Zwitschern der Vögel in den Bäumen und das Blöken der Schafe hört, sehnt man sich nach einer Harmonie, die nicht der Natur entstammt, sondern einem Instrument. Ich will nicht behaupten, dass die natürlichen Geräusche schlecht sind, aber ein Klavierstück dann und wann macht den Kopf wieder frei. Verstehen Sie, was ich meine?«

Ricarda nickte. »Einverstanden, ich werde Sie unterrichten«, versprach sie. »Aber erwarten Sie keine Wundertaten von mir.«

Manzoni lächelte verschmitzt. »Doch, die erwarte ich von Ihnen. Vielleicht nicht in der Musik, aber auf anderen Gebieten. Wir sind also im Geschäft?«

Er drückte ihre Hand.

Erst da wurde Ricarda bewusst, dass er sie noch immer hielt. Seltsam, dachte sie, es fühlt sich so selbstverständlich an. Plötzlich wurde ihr ganz warm ums Herz. »Einverstanden. Ich freue mich darauf.«

Manzoni zwinkerte ihr aufmunternd zu. »Sobald Sie sich stark genug fühlen, schauen wir uns Ihre neue Praxis an. Sie werden sehen, in einigen Wochen rennen Ihnen die Patienten wieder die Bude ein.«

Die Feststellung, dass sie sich stark genug fühlte, traf Ricarda bereits am nächsten Morgen. Die ganze Nacht über hatte Jacks großzügiges Angebot ihr keine Ruhe gelassen. Sie wollte wieder praktizieren! Die Narben schmerzten zwar noch, aber das konnte sie ertragen. Sie wollte endlich wieder auf eigenen Füßen stehen!

Da sie hörte, dass Jack zu Hause war, erhob sie sich kurzerhand aus dem Bett. Ihre Beine zitterten noch ein wenig, aber davon ließ sie sich nicht abhalten. Auch das Gehen war noch ein wenig mühsam und brachte die Narben zum Pochen. Aber sie hatte ein Ziel vor den Augen, und auf das wollte sie zulaufen. Sie kleidete sich in ihren silbergrauen Rock und schlüpfte in eine weiße Bluse. Vollkommen unbewusst legte sie ihr Stethoskop um den Hals, wie es sich für eine Ärztin gehörte. Es hatte in den Wochen der Krankheit stets auf ihrem Nachttisch gelegen und war mittlerweile so etwas wie ein Talisman für sie geworden.

Ricarda fand Jack am Küchentisch, wo er die Zeitung studierte. Als sie eintrat, blickte er auf, und augenblicklich nahm sein Gesicht einen überglücklichen Ausdruck an.

»Sie sind schon aufgestanden?«

Ricarda nickte. »Ja, ich dachte, ich bin so weit.«

»Tja, es heißt immer, dass die Ärzte selbst die schlechtesten Patienten sind.«

»Ich habe ja keine inneren Verletzungen, Jack. Glauben Sie mir, ich fühle mich gut genug, um wieder aufzustehen.«

Jack musterte sie scharf, und als er das Stethoskop bemerkte, lächelte er. »Ich nehme an, dass Sie es gar nicht abwarten können, sich Ihre neue Praxis anzusehen.«

»Ja, ich würde sie zu gern sehen, Jack.«

»Nun gut.« Er faltete die *Tauranga News* zusammen und erhob sich. »Gehen wir! Es ist nicht weit vom Haupthaus entfernt. Sie werden Augen machen.«

Auf dem Weg über das Anwesen bemerkte Ricarda zum ersten Mal die hohen Bäume, die das Tor zu dem Anwesen bildeten. Keiner der Bäume in Berlin oder Zürich hatte diese Größe erreicht.

»Was sind das für imposante Bäume?«, fragte sie.

»Man nennt sie Kauri. Aus besonders großen Exemplaren bauen die Maori ihre Langboote.«

»Wie lange stehen die schon hier?«

»Ich weiß es nicht. Schon als mein Vater dieses Land erworben hat, reckten sie sich in den Himmel. Er hat es nicht übers Herz gebracht, sie zu fällen, also wurden sie zum Tor unseres Anwesens.«

»Wie schön sie sind! Sie sind ineinander verschlungen wie ein Liebespaar. Ein schöneres Tor für diesen Ort gibt es wohl nicht.«

Manzoni war gerührt. »So habe ich es noch nie betrachtet, aber ja, es stimmt.«

»Hat Ihre Farm einen Namen?«

»Meine Eltern konnten sich nie einigen. Mein Vater wollte einen italienischen Namen, den meine Mutter nicht passend fand. Aber letztlich hatten sie für solche Dinge wohl keinen Sinn.«

Sie folgten einem Pfad, der sich wie eine braune Ader durch das Gras zog.

»Bis Sie Ihre Praxis eröffnen, werde ich dafür sorgen, dass das Gras kürzer ist.«

»Wollen Sie die Sense schwingen?«, fragte Ricarda scherzhaft.

Jack schüttelte den Kopf, und sie hielt es zunächst für einen Scherz, als er antwortete: »Ich werde ein paar meiner Schafe hier grasen lassen.«

Ihre Blicke trafen sich, und Jack entging nicht das amüsierte Funkeln in Ricardas Augen.

»Sie glauben mir nicht?«, fragte er.

»Es hört sich ungewöhnlich an.«

»Ist aber gute englische Tradition. Sagen Sie bloß, in Deutschland wird so etwas nicht gemacht. Man hält dort doch auch Schafe, oder?«

»Auf dem Land wäre es möglich, dass man die Schafe im Garten grasen lässt. In der Stadt hat man Gärtner.«

Jack blieb stehen und machte eine ausladende Handbewegung. »Da wären wir.«

Inmitten eines Feldes aus lila- und rosafarbenen Lupinen erhob sich ein achteckiger Bau mit zahlreichen hohen Fenstern. Das Dach erinnerte an das einer chinesischen Pagode. Dadurch wirkte das Gebäude in dieser Umgebung ein wenig deplatziert.

Ricarda war vollkommen überrascht und fand es wunderschön.

»Dieser Pavillon war ein Wunschtraum meiner Mutter«,

erklärte Jack. »Mein Vater hat ihn erbauen lassen, um hier Bälle zu veranstalten, wie es meine Mutter gewünscht hatte. Er ist recht groß, sodass Sie sogar einige Kranke über Nacht dabehalten und hier wie in einem Hospital versorgen könnten.«

Ricarda betrachtete das Gebäude fasziniert.

»Gefällt es Ihnen?«, fragte Jack nach einer Weile.

Auf einmal wurde Ricarda bewusst, wie nahe er in diesem Augenblick bei ihr stand. So nahe, dass sie seine Nähe spüren konnte und eine zufällige Bewegung ausgereicht hätte, ihn zu berühren. Ihr Herz pochte plötzlich schneller, und ihre Haut prickelte. Schon lange hatte sie sich nicht mehr so lebendig gefühlt wie in diesem Augenblick.

»Es ist wunderbar«, antwortete sie, worauf Jack sie unvermittelt bei der Hand nahm und sie mit sich zog. Vielleicht ein wenig zu ungestüm für ihren derzeitigen Zustand, aber Ricarda ließ es geschehen.

»Schauen wir es uns von innen an!«

Nachdem Jack ein paar Grasbüschel, die die Tür blockierten, herausgezogen hatte, betraten sie das Gebäude. Eine Einrichtung gab es nicht, dafür ein hübsch gemustertes Parkett. An den Wänden befanden sich Vertäfelungen mit dezenten Schnitzereien. Ein perfekter Saal für Bälle und Empfänge! Eine schöne Umgebung schadet den Kranken gewiss nicht, dachte Ricarda. Im Gegenteil!

»Stellen Sie sich gerade vor, wie es hier drinnen aussehen könnte?«

Wieder war er dicht hinter ihr. Seine Hände beschrieben einen Kreis, und Ricarda bewunderte seine schlanken Finger.

Sie wollte ihm gerade antworten, da ertönte Hufschlag.

Manzoni wirbelte herum und lugte aus der Tür. Einer seiner Männer preschte herbei.

»Mr Manzoni, Sir!«, rief er, zügelte sein Pferd hart und sprang aus dem Sattel. »Es gibt Ärger.«

»Was ist passiert, Neville?«

»Unsere Jungs haben einen von diesen Wilden erwischt, der sich in der Nähe herumgedrückt hat. Sie sollten besser kommen.«

»In Ordnung.«

Der Mann schwang sich wieder auf sein Pferd.

Jack wandte sich an Ricarda. »Es tut mir sehr leid, ich muss fort. Finden Sie sich allein zurecht?«

Ricarda nickte. »Natürlich. Außerdem möchte ich mich noch ein wenig umsehen.«

Manzoni verabschiedete sich mit einem Händedruck und rannte zum Haupthaus zurück.

Lautes Geschrei und Anfeuerungsrufe tönten den Reitern schon von weitem entgegen. Jack wusste sofort, was los war: eine Schlägerei. Und wahrscheinlich war der gefangene Maori das Opfer.

Wo ist Kerrigan?, fragte er sich, während er auf die Meute zupreschte, die sich neben dem Scherschuppen drängte. Er kann doch unmöglich zugelassen haben, dass ...

»Aufhören!«, brüllte er.

Nick Hooper, der gerade zu einem Fausthieb ausholte, hielt inne. Die anderen Männer wichen zur Seite, sodass Jack das Opfer erkennen konnte.

Es handelte sich um einen jungen Maori, der ziemlich übel zugerichtet war. Eine Platzwunde klaffte auf seiner Stirn, auch ein Mundwinkel war eingerissen. Blut lief ihm über Lippen und Kinn und überdeckte beinahe seine Tätowierung. Jack kannte ihn nicht mit Namen, hatte ihn aber öfter in Moanas Dorf gesehen.

Oh nein, dachte er, der Bursche wird doch nicht so dumm gewesen sein, sich an meine Herde heranzumachen, nachdem ich mit Moana gesprochen habe?

»Seid ihr denn von Sinnen?«, fuhr er seine Männer an, während der Maori auf den Boden zurücksank. Er musste sich heftig gewehrt haben, jedenfalls nach dem Zittern seiner Glieder zu urteilen. Genützt hatte es ihm freilich nichts. »Ich habe euch doch gesagt, dass ihr Verdächtige nur festhalten und keinesfalls verprügeln sollt.«

Einige Männer senkten schuldbewusst die Köpfe, die anderen sahen ihren Boss weiterhin trotzig an.

»Wo ist Kerrigan?«, polterte Jack weiter, während Zorn und Unglaube in seiner Brust einen heftigen Kampf ausfochten. Ein Angeklagter musste so lange als unschuldig gelten, bis seine Schuld zweifelsfrei erwiesen war. Welchen Beweis gab es gegen den Maori?

»Mit Ewan und Joe in die Stadt geritten«, erklärte Neville, der hinter ihn getreten war und nun den Blick senkte, weil die anderen ihn wie einen Verräter ansahen.

»Und da habt ihr die Gunst der Stunde genutzt und seid auf diesen Jungen losgegangen.« Jack blickte Hooper geradewegs in die Augen.

»Er hat sich bei unserer Herde rumgedrückt!«, verteidigte sich der Schafhirte. »Hätten wir zusehen sollen, wie er noch mehr Tiere absticht?«

»Habt ihr ihn etwa dabei erwischt?«

Die Männer sahen einander schweigend an. Jack wusste, was das bedeutete.

»Nein, Sir, gesehen haben wir's nicht«, antwortete einer der Schafhirten. »Aber was soll er denn hier schon anderes gewollt haben?«

»Habt ihr eine Waffe bei ihm gefunden?«

»Das haben wir!« Einer der Männer hielt einen krummen grünen Gegenstand in die Höhe. Auf den ersten Blick wirkte er wie eine große Kralle oder ein überdimensionaler Raubtierzahn. In die glatt polierte Oberfläche waren feine Muster eingeritzt, und im oberen abgerundeten Ende befand sich ein Loch. Das untere Ende lief in eine dünne Spitze aus, die zu zwei Seiten angeschliffen war wie ein Messer.

»Gib sie mir!«, verlangte Jack. Als das Corpus delicti auf seiner Handfläche lag, schloss er beschämt die Augen. Diese Dummköpfe!, war der einzige Kommentar, der ihm dazu einfallen wollte.

»Eine Schnur hatte er auch dabei«, fügte Nick Hooper hinzu, und wäre die Situation nicht so heikel gewesen, hätte er laut aufgelacht.

»Seid ihr denn gar nicht auf die Idee gekommen, dass der Junge vielleicht fischen wollte?«

»Fischen?«

Gemurmel wurde laut. Einige Männer starrten Jack an, als hätte er den Verstand verloren.

»Das hier ist ein Angelhaken aus Jade und keinesfalls eine Speerspitze oder ein Messer«, rief er und hielt den Gegenstand in die Höhe. »Natürlich kann er einem Fisch gefährlich werden, wenn er ihn verschluckt oder sich darin verbeißt. Aber ein Schaf abstechen kann man damit ganz sicher nicht.«

Betretenes Schweigen legte sich auf den Scherplatz.

Nicht einmal Hooper wusste dem etwas entgegenzusetzen.

»Dass ihr gegen meine Anweisungen verstoßen habt, wird Konsequenzen für euch haben. Sobald Kerrigan zurück ist, werde ich mich mit ihm beraten. Wer bis dahin vorhat zu kündigen, kann meinetwegen gern gehen.«

Jacks Blick wanderte über betretene Gesichter. Nick Hooper starrte auf seine Stiefelspitzen. Auf ein Zeichen ihres Bosses zogen sich die Männer schließlich zurück.

Jack ging zu dem jungen Maori und reichte ihm die Hand. Während Jacks Auseinandersetzung mit seinen Leuten hatte er sich kaum gerührt, ob aus Vorsicht oder vor Erschöpfung, war nicht ersichtlich.

»Wie ist dein Name?«, fragte Manzoni.

»Ripaka.«

»Hab keine Angst, Ripaka, ich bring dich nach Hause!«

Der Maori blickte ihn ängstlich an, und nur zögerlich erhob er sich.

Moana stürmte ihnen entgegen, als sie den Farmer und den blutüberströmten Jungen ins Dorf reiten sah.

Jack stieg als Erster vom Pferd und half dann dem Verletzten herunter.

Sogleich wurden sie von Neugierigen umrundet.

»Was gewesen?«, fragte die Heilerin und legte die Hände um das geschundene Gesicht des jungen Mannes.

»Ripaka hat sich zu nahe an meine Herde gewagt«, antwortete Jack beschämt. »Ein paar meiner Männer glaubten, er hätte es auf meine Schafe abgesehen, aber das war ein böser Irrtum. Ich werde diejenigen, die ihn verletzt haben, zur Rechenschaft ziehen.«

»*Pakeha!*«, zischte jemand abschätzig, doch ein scharfer Blick von Moana brachte ihn zum Schweigen.

»Kommt in meine Hütte, ich werde mich um Ripaka kümmern«, sagte sie und ging voran.

Die Menschenmenge auf dem *kainga* zerstreute sich. Dennoch folgte den Männern Getuschel.

In ihrer Behausung suchte Moana ein paar Kräuter zusammen, und während sie Ripaka das Blut abwusch, fragte sie: »Sein so schlimm? Männer so voller Hass?«

»Ja, das sind sie. Oder besser gesagt, sie haben Angst. Sie fürchten, dass eure Krieger angreifen könnten.«

Moana überlegte eine Weile, bevor sie schnell ein paar Worte mit Ripaka wechselte, von denen Jack nur die Hälfte verstand.

»Ripaka sagen, er nur fischen wollen.«

»Das weiß ich.« Jack holte die Schnur und die seltsam geformte Jade hervor. Bei näherer Betrachtung erkannte man darauf kleine geschnitzte Symbole, die offenbar einen guten Fang beschwören sollten.

»Meine Männer kannten das nicht und haben es für eine Waffe gehalten.«

»Oder sie wollten glauben, dass Waffe sein.«

Um einen Vorwand zu haben, den Jungen zu verprügeln, stimmte Jack ihr innerlich zu.

»Was gewesen sein, seit ich bei *wahine* war?«

»Ein paar Schafe sind abgeschlachtet worden. Trächtige Tiere. Die Männer glauben ...«

»Und wenn nun Feind bei *pakeha*?«

Jack lächelte bitter. »Ja, den gibt es tatsächlich. Aber ich kann nicht beweisen, dass er es war.«

»Du wachsam sein. Ich dir geben Amulett, das machen deine Augen und Sinne schärfer.«

Eher benötige ich eine Kristallkugel, damit ich vorhersehen kann, wann die nächsten Probleme auftauchen, fuhr es Jack durch den Kopf.

»Ich weiß dein Angebot zu schätzen, Moana, aber ich glaube, das ist nicht nötig. Ich brauche einfach nur ein wenig Glück.«

»Ich werde Beistand von Papa erbitten, sie dir helfen.«

Jack nickte dankbar und verabschiedete sich.

Bei seiner Rückkehr fand er Ricarda vor dem Klavier. Bewundernd strich sie mit der Hand über das blank polierte Holz.

»Hat die Muse Sie geküsst?«, fragte er, worauf sie aus ihren Gedanken aufschreckte und sich augenblicklich vom Schemel erhob.

»Oh, Sie sind wieder da! Ich habe nur dieses wunderschöne Instrument bewundert.«

»Und auch ein wenig darauf gespielt?«

»Das habe ich nicht gewagt.«

»Das hätten Sie ruhig tun sollen. Fühlen Sie sich hier wie zu Hause, Ricarda.«

»Das ist nett von Ihnen, Jack. Vielen Dank. Konnten Sie auf der Weide alles klären?«

»Es hat ein Missverständnis zwischen meinen Männern und einem jungen Maori gegeben.«

So wie Ricarda ihn jetzt ansah, genügte ihr dieser Satz offenbar nicht.

»Seit einiger Zeit gibt es immer wieder kleine Anschläge auf meine Herde. Erst wurde ein Hütehund mit einem Speer getötet, dann drei Schafe durchbohrt. Meine Männer verdächtigen die Maori, aber ich weigere mich, das zu glauben. Ich habe bislang in Frieden mit ihnen gelebt. Vorhin haben die Schafhirten einen jungen Mann in der Nähe meines Anwesens aufgegriffen. Es hat sich aber herausgestellt, dass er nur fischen wollte.«

Was die Männer dem Jungen angetan hatten, ersparte er Ricarda lieber.

»Haben Sie sich schon überlegt, wie Sie die Praxis einrichten wollen?«

»Ein wenig. Aber es wird noch Zeit vergehen, bis ich eröffnen kann. Der Pavillon eignet sich wunderbar, aber mir fehlt noch die Einrichtung.«

Jack schürzte die Lippen und sagte dann zuversichtlich: »Das wird kein Problem sein. Ein paar Stühle habe ich übrig, und aus Ihrer Untersuchungsliege kann ein fähiger Sattler sicher etwas machen. Ich habe sogar schon einen im Sinn. Wenn ich mit ihm rede, macht er Ihnen bestimmt einen guten Preis.«

»Sie sind mein rettender Engel, wissen Sie das?« Ricarda lächelte so sanft, dass Jack sie am liebsten in den Arm genommen und geküsst hätte.

»Ich versuche mein Bestes!«

Ricarda schüttelte den Kopf. »Nein, Sie versuchen es nicht nur, Sie tun es. Ich weiß nicht, ob ich das jemals wiedergutmachen kann.«

»Das brauchen Sie nicht, Ricarda.« Er blickte ihr tief in die Augen. »Ich möchte nur, dass Sie glücklich sind.«

7

Am nächsten Morgen trieb es Jack schon in aller Frühe aus dem Bett.

Die Gedanken an seine Schafherde und den Vorfall mit dem Maorijungen hatten ihn die ganze Nacht nicht losgelassen. Wieder und wieder war er die Sache durchgegangen bis hin zu dem Gespräch mit Moana. Neue Erkenntnisse hatte er dabei allerdings nicht gewonnen.

Er hoffte nun, dass ein starker Kaffee seinen Verstand ein wenig klären würde.

Nachdem er sich gewaschen, rasiert und angezogen hatte, ging er in die Küche. Dort stellte er den Kaffeetopf auf den Herd und erlaubte sich einen Blick durchs Fenster auf die Landschaft.

Nebel senkte sich auf die Bäume. Die Wolken wirkten wie riesige Vögel, die sich in den Kronen niedergelassen hatten. Ein Geräusch ließ ihn aufhorchen. Er erblickte Ricarda, die der Pumpe zustrebte und nun die darunter befindliche Zinkwanne mit Wasser füllte. Dann zog sie sich das Nachthemd über den Kopf und stieg splitterfasernackt in die Wanne. Offenbar wähnte sie sich unbeobachtet.

Eigentlich hätte es der Anstand geboten, sich zurückzuziehen oder zumindest umzudrehen, aber Jacks Körper gehorchte ihm nicht. Er konnte die Augen nicht abwenden von ihrer schlanken Taille und den Kurven ihres Hinterteils, das ihn an eine der Früchte erinnerte, die hier in der Gegend wild wuchsen. Sein Mund wurde trocken vor Begehren, und sein Herz raste. Unwillkürlich stützte Jack sich auf den Herd. Er sehnte sich danach, Ricardas Haut zu spüren, sie zu streicheln und zu erkunden, er wollte sie lieben, bis sie sich glücklich und wohlig wand.

Ricarda schöpfte nun einen Eimer Wasser und übergoss sich damit. Die Tropfen glitzerten in ihrem langen offenen Haar, perlten über ihre festen Brüste. Dann zog sie ihr Nachthemd wieder über. Da sie kein Handtuch mitgenommen hatte, um sich abzutrocknen, schmiegte der Stoff sich an ihren nassen Körper und zeichnete seine anmutigen Konturen nach.

Jack seufzte, noch immer fasziniert in ihre Betrachtung versunken. Sein Verlangen, diese Frau zu besitzen, sie in die Arme zu schließen und glücklich zu machen, war übermächtig. Als der Kaffee zu blubbern begann und ein kräftiges Aroma verströmte, erwachte er aus seiner Verzückung, wandte schuldbewusst den Blick ab und trat einen Schritt beiseite.

Wenig später ging die Haustür, und nur wenige Minuten später erschien Ricarda voll angekleidet in der Küche. Ihr Haar hatte sie geflochten und zu einem Knoten zusammengesteckt.

»Guten Morgen, Jack«, begrüßte sie ihn fröhlich.

Jack erwiderte ihren Gruß mit einem Lächeln. »Guten Morgen, Ricarda. Ich hoffe, Sie hatten eine angenehme Nacht.«

»Ich kann nicht klagen. Immerhin habe ich dank Ihnen inzwischen eine Sorge weniger!«

Jack goss den Kaffee in zwei Becher und schnitt das Brot auf.

Ricarda beobachtete ihn fasziniert. »Es ist ungewöhnlich, einen Mann in der Küche arbeiten zu sehen.«

»Was soll ein Junggeselle sonst machen?«

»Vielleicht eine Köchin anstellen?«

»Ich habe eine Haushälterin, das reicht. Ich brauche keine große Dienerschaft.«

»Dann sind Sie eine große Ausnahme unter den Männern.«

»Das will ich hoffen!«

Jack stellte den Brotkorb auf die Mitte des Tisches und trug

Butter, Früchte und Gelee auf. Außerdem schnitt er von einer Salami, die neben dem Ofen hing, ein paar dicke Scheiben ab.

Als Ricarda das erste Mal bemerkt hatte, dass seine Frühstückgewohnheiten eher den ihren ähnelten als denen der Engländer und Neuseeländer, war sie hoch erfreut gewesen. Jack hatte ihr erklärt, dass sich sein italienischer Vater nie mit den englischen Essgewohnheiten habe anfreunden können. In seinem Elternhaus habe es deshalb nie Porridge gegeben.

»Brauchen Sie Hilfe in der Praxis?«, fragte Jack, als sie sich am Tisch gegenübersaßen.

Die Ärztin blies den Dampf über den Rand ihres Kaffeebechers hinweg und schüttelte den Kopf. »Während meiner gesamten Jugend standen Dienstmädchen zu meiner Verfügung. Ich war es so gewohnt, aber während meiner Studienzeit habe ich dann gemerkt, wie befreiend es ist, nicht ständig Personal um sich zu haben.«

»Ich dachte eher an eine Krankenschwester«, erklärte Manzoni lächelnd.

»Die kann ich mir leider noch nicht leisten.« Ricarda griff nach einem Stück Brot und einer Scheibe Salami. »Aber eines Tages werde ich mir sicher eine fähige Kraft suchen.«

Jack sah sie daraufhin lange an und vergaß darüber beinahe, dass er ebenfalls einen Kaffeebecher in der Hand hielt.

»Was halten Sie von einer kleinen Klavierstunde?«, fragte er plötzlich.

Ricarda war sichtlich überrascht. »Jetzt gleich?«

Natürlich erinnerte sie sich noch an ihr Versprechen. Aber ist Klavierunterricht nicht eher etwas für den Nachmittag?

»Nach dem Frühstück. Es ist noch früh am Tag. Meine Männer reiten erst in einer halben Stunde auf die Weide. Wir könnten es doch versuchen.«

Ricarda lächelte. »Wenn Sie mein Geklimper am frühen Morgen ertragen...«

Jack nahm lächelnd einen großen Schluck Kaffee. »Keine Sorge, ich habe gute Nerven.«

Nach dem Frühstück führte Jack Ricarda in den Salon.

Auf dem Hof erwachte allmählich das Leben. Die Wachablösung für die Mannschaft, die über Nacht bei der Herde geblieben war, machte sich bereit. Im Salon war nicht viel davon zu spüren.

Das Morgenlicht spiegelte sich in der lackierten Oberfläche des Klaviers. Ein gepflegteres Instrument war Ricarda noch nie untergekommen. Nicht einmal der Flügel ihres Vaters war so gut poliert gewesen.

»Zunächst müsste ich mich ein wenig einspielen«, sagte sie, als sie sich auf den Schemel niederließ.

Es ist Jahre her, dass ich gespielt habe, dachte sie. Die Leidenschaft für die Medizin hat meine Liebe zur Musik verdrängt. Aber nun habe ich wieder Gelegenheit, meine Fingerfertigkeit zu schulen.

So manches Mal, wenn sie in Zürich wütend war, hatte sie große Lust verspürt, Beethoven oder Brahms zu spielen. Doch da hatte sie mangels Instrument nicht die Gelegenheit dazu gehabt.

Trotz der langen Pause verspürte sie ein erwartungsvolles Kribbeln in den Fingerspitzen. Vielleicht wäre Mozart angebracht, überlegte sie, während sie die Finger lockerte und den Deckel aufklappte.

Sie begann mit ein paar einfachen Akkorden, doch das Klangergebnis war grässlich. Das Instrument war verstimmt.

»Gibt es in Tauranga einen Klavierstimmer?«, fragte Ricarda lachend und tippte auf das G, das besonders schräg klang. »Dieses Klavier ist wunderschön, aber es muss dringend gestimmt werden. Es wurde sicher schon lange nicht mehr gespielt, habe ich Recht?«

Ein wehmütiger Schatten huschte über Jacks Gesicht. »Seit vielen Jahren nicht. Ich habe mich so danach gesehnt, seine Klänge endlich wieder zu hören.«

»Das werden Sie.« Ricarda lächelte ihn sanft an. Hat seine Verlobte wohl für ihn gespielt?, fragte sie sich. Eine Welle der Zuneigung erfasste sie, und ihre Stimme wurde weich. »Aber zunächst muss ein Klavierstimmer her. Andernfalls müssen wir befürchten, dass sich Mozart oder Beethoven im Grab umdrehen.«

Jack lachte schallend. »Ich mag Ihren Humor! Ich werde den Klavierstimmer noch heute herbitten.«

Kurz nachdem Jack an diesem Vormittag davongeritten war, rollte eine Kutsche auf den Hof. Ricarda säuberte in ihrer zukünftigen Praxis gerade ihre Gerätschaften, die Jack aus dem verkohlten Gebäude geholt hatte. Der Kutscher sprang vom Bock, öffnete den Kutschenschlag und half Mary Cantrell hinaus.

Froh darüber, ihre Gönnerin und Freundin wiederzusehen, trocknete sich Ricarda rasch die Hände ab, strich sich die Kleider glatt und verließ den Pavillon.

Als sie die Schritte vernahm, wirbelte Mary herum. »Ricarda!«, rief sie erfreut und kam ihr mit ausgestreckten Händen entgegen. »Wie schön, Sie so wohlbehalten zu sehen!«

»Willkommen auf Mr Manzonis Farm«, entgegnete Ricarda, während sich beide Frauen in die Arme schlossen.

»Es ist paradiesisch hier«, sagte Mary nach einem kurzen Rundblick. »Ich habe mich schon immer gefragt, wie der begehrteste Junggeselle von Tauranga wohl lebt. Leider hatten wir bislang nie die Gelegenheit, ihm einen Besuch abzustatten.«

»Nun können Sie Ihrem Gatten berichten, dass es sich lohnt, das nachzuholen.«

»Der Aufenthalt hier scheint Ihnen gut zu bekommen.« Mary musterte Ricarda prüfend.

Ricarda nickte. »Sehr sogar. Es war sehr freundlich von Mr Manzoni, mich hier aufzunehmen. Aber kommen Sie doch, setzen wir uns auf die Veranda.«

Nachdem Mary Platz genommen hatte, eilte Ricarda in die Küche und wärmte den Kaffee für Mary wieder auf, der vom Frühstück übrig geblieben war.

»Und wie sehen Ihre Pläne bezüglich Ihrer Praxis aus?«, fragte Mary, während sie die Tasse an die Lippen hob.

»Mr Manzoni hat mir freundlicherweise den Pavillon hinter seinem Haus überlassen.«

Mary zog überrascht die Augenbrauen hoch. »Wirklich? Jack Manzoni scheint ein Engel in Menschengestalt zu sein. Ihr persönlicher Schutzengel, möchte man meinen.«

Ricarda spürte, dass sie errötete. Mary hat Recht, dachte sie. Jacks Fürsorge für mich scheint grenzenlos zu sein ...

»Das ist er wirklich. Und ich bin sicher, dass meine Praxis hier einen guten Platz hat. Zumindest vorübergehend.« Ricarda griff nach ihrer Kaffeetasse und nahm einen Schluck, um ihre Verlegenheit zu überspielen.

Mary bemerkte das und wechselte das Thema. »Wenn es Ihnen recht ist, würde auch ich Ihnen gern ein zweites Mal meine Hilfe anbieten.«

»Ein zweites Mal?« Ricarda schmunzelte. »Sie haben mir schon etliche Male mehr geholfen.«

»Wirklich?« Mary legte eine dramatische Pause ein, bevor sie fortfuhr. »Mag sein. Ich kann es nicht ertragen, wenn man meine Anstrengungen zunichte macht. Schon deshalb möchte ich Sie weiterhin unterstützen. Es wäre doch gelacht, wenn diese Leute mit ihren unlauteren Mitteln ihr Ziel erreichen würden! Sagen Sie mir einfach, was Sie brauchen!«

Ricarda war es beinahe peinlich. Ich werde es ihr nie vergelten können, fuhr ihr durch den Kopf. Aber Mary wollte das offenbar nicht einmal. Und sie würde auch keinen Widerspruch hinnehmen.

»Möchten Sie sich meine neuen Räumlichkeiten nicht erst mal ansehen?«

»Mit dem größten Vergnügen! Doch selbst wenn Sie künftig in einem Schuppen praktizieren wollen, werde ich mich von meiner Absicht nicht abbringen lassen.«

Wenig später führte Ricarda sie zum Pavillon.

»Jacks Mutter hätte sich darüber gefreut, dass dieses Gebäude der Medizin dienen soll«, bemerkte Mary nachdenklich. »Ich habe sie leider nicht mehr kennengelernt, aber in der Stadt hört man nur Gutes über diese Frau.«

»Dann wird dieses Unternehmen hoffentlich unter einem besseren Stern stehen als meine erste Praxis.«

»Ganz bestimmt. Jetzt, wo Doherty wieder allein in der Stadt praktiziert, wird er sich eher um seine Patienten kümmern, als Ränke gegen Sie zu schmieden.«

»Sie meinen, dass er mir die Schläger auf den Hals gehetzt hat?«

Ricarda war schockiert. Trotz der Differenzen mit ihrem Kollegen glaubte sie nicht, dass Doherty zu solchen Mitteln greifen würde. Die brutale Vorgehensweise passte eigentlich eher zu Leuten, die Borden engagieren würde.

Mary wägte ihre Worte gut ab. »Ich glaube nicht, dass er den Schneid dazu hätte. Aber neuerdings hat er öfter mit Borden zu tun. Er untersucht dessen Freudenmädchen auf venerische Leiden.«

Und mir hat er deswegen noch gedroht, wunderte Ricarda sich. Ob ihn irgendwer dazu gezwungen hat?

»Jetzt also doch?«

Mary nickte. »Einige der Mädchen arbeiten seitdem nicht mehr. Wäre man kühn, könnte man behaupten, dass da eine

Hand die andere gewaschen hat. Der Verdacht drängt sich jedenfalls auf.«

»Aber Beweise dafür gibt es nicht«, entgegnete Ricarda nachdenklich.

»Natürlich nicht«, seufzte Mary. »Was ich sehr bedauere. Käme heraus, dass Borden und Doherty hinter dem Anschlag stecken, hätte man endlich eine Handhabe, diesen Schandfleck von Bordell zu schließen. Und Doherty würde endlich Ärger kriegen, weil er Ihnen Schaden zugefügt hat.«

Eine kurze Pause entstand, in der nur das Rauschen der Bäume zu hören war.

Dann sagte Mary: »Aber eigentlich wollten wir ja darüber reden, was Sie für den Wiederaufbau benötigen.«

Ricarda bewunderte, wie schnell ihre Freundin ein Thema beiseiteschieben konnte. Sie selbst war noch immer beklommen wegen des ungeheuerlichen Verdachts. »Ich könnte vor allem ein wenig Mundpropaganda gebrauchen«, erklärte sie schließlich. »Meine Patientinnen sollten erfahren, dass meine Praxis hier neu eröffnet wird.«

»Das werden sie, verlassen Sie sich drauf.«

»Danke, Mary, das ist sehr freundlich von Ihnen.«

»Aber ich dachte bei der Hilfe auch an materielle Dinge.«

Ricarda schüttelte den Kopf. »Die brauche ich vorerst nicht. Meine Instrumente sind größtenteils erhalten geblieben, und um die Untersuchungsliege möchte sich Jack kümmern.«

Mary wirkte ein wenig enttäuscht. »Sie lassen es mich aber wissen, wenn es Ihnen an etwas fehlen sollte.«

»Versprochen.«

Damit zog Ricarda die Pavillontür weit auf.

Mary ging ein paar Schritte in den Raum und blickte sich um.

»Wirklich schön. Ich bin davon überzeugt, dass es den Frauen nicht leidtun wird herzukommen. Wenn ich Sie wäre, würde ich an diesem Ort bleiben.«

»Wenn Mr Manzoni es mir gestattet, gern.«
Mary lächelte still in sich hinein.

Nachdem Jack auf der Weide alles ruhig vorgefunden hatte, ritt er zum Dorf der Maori, um sich nach dem geprügelten Jungen zu erkundigen.

Er traf Moana, umringt von einigen Frauen, auf dem *kainga*. Das muntere Gespräch zwischen ihnen erstarb sogleich, als sie Jack bemerkten. Die Frauen starrten ihn feindselig an. Nur Moana kam auf ihn zu.

»*Haere mai*, Moana, ich wollte mich erkundigen, wie es Ripaka geht.«

»Er krank sein von Verletzungen. Wunden entzündet, ich aber machen *rongoa*.«

Das klingt nicht gut, dachte Jack. Wenn der Junge den Wundbrand bekommt, wird auch Moana ihn nicht retten können.

»Du gehen mit mir, wir reden?«, fragte sie, worauf er nickte.

»*Ariki* sehr erzürnt über schlagen Ripaka«, eröffnete sie ihm, nachdem sie sich ein Stück von den anderen entfernt hatten. »Wollen Strafe für Mann. Ich sagen: *Kiritopa* sorgen für Strafe.«

Jack musste sich sehr beherrschen, um nicht seufzend die Augen zu schließen. Diese Hohlköpfe!, ging es ihm durch den Sinn. Durch ihren Angriff steht alles auf dem Spiel. Letztlich hängt der Frieden in unserer Gegend vom Wohlwollen des Häuptlings ab.

»Und was sagen die Krieger dazu?«

»Sie noch friedlich, wenn auch sagen, dass strafen weiße Männer.«

Wenn noch so ein Vorfall passiert oder vielleicht sogar ein unschuldiger Maori stirbt, werden einige das Friedensabkommen vergessen.

»Moana, bitte teile dem *ariki* noch einmal mit, dass mir der Vorfall sehr leidtut und dass ich den Schuldigen bestrafen werde«, bat er Moana eindringlich. »So etwas wird nicht wieder vorkommen.«

Moana legte ihm die Hand auf die Brust.

»Ich weiß, dass du guter Mann. *Ariki* das auch wissen. Er nicht wird führen Krieg gegen dich. Aber du achten auf deine Männer. Nicht alle gutes Herz wie du.«

Das wusste Jack. Doch mittlerweile fragte er sich, wem er überhaupt noch vertrauen konnte.

Beunruhigt ritt er schließlich aus dem Dorf und hoffte, dass die Krieger vernünftig genug waren, nichts gegen seine Männer zu unternehmen.

Es war nicht einfach gewesen, Manzonis Farm zu verlassen, ohne Verdacht zu erregen. Gegenüber Kerrigan hatte Hooper behauptet, dass heute eine seiner Verwandten in Tauranga eintreffen werde, die er in Empfang nehmen wolle. Der Vorarbeiter war zunächst nicht besonders erfreut darüber gewesen, dass einer der Männer so kurzfristig freihaben wollte, doch als Nick versprach, dafür die Nachtschicht zu übernehmen, hatte er ihm den Wunsch bewilligt.

Um seine Absicht zu verschleiern, ritt Hooper tatsächlich erst einmal nach Tauranga. Von dort aus machte er sich zum Anwesen von Ingram Bessett auf. Eigentlich sollte er sich dort nicht zeigen, schon gar nicht am helllichten Tag. Aber Nick wusste sich keinen anderen Rat.

Er zügelte sein Pferd und erklomm wenig später die Veranda. Auf sein Läuten hin erschien ein Mann im Frack an der Tür. Sieht aus wie ein Pinguin, spottete Hooper im Stillen.

»Was wünschen Sie?«, fragte der Diener, nachdem er sein Gegenüber abschätzig gemustert hatte.

»Ich will Mr Bessett sprechen.«

Es war unverkennbar, dass der Butler sich naserümpfend fragte, wie er bloß dazu käme, aber er antwortete höflich: »Einen Moment, ich werde nachsehen, ob Mr Bessett abkömmlich ist. Wen darf ich melden?«

»Mein Name ist … Miller«, log Hooper eingedenk der Abmachung, die er mit Bessett getroffen hatte.

»Warten Sie bitte hier!«

Der Butler schloss die Tür vor der Nase des Besuchers.

Hooper blickte sich um. Bessetts Garten war wirklich eine Pracht. Aus dem Pferdestall erklang leises Gewieher.

Vielleicht kann ich mir auch irgendwann ein Haus mit Garten und schöne Pferde leisten, dachte Hooper. Und dann werd ich mir eine Frau nehmen und es mir gutgehen lassen.

Wenig später wurde die Tür aufgerissen.

Bessetts Miene verfinsterte sich, als er den Besucher erkannte.

»Was wollen Sie?«, fragte er, während er dem Butler mit einem Wink bedeutete, sich zu entfernen.

»Ich dachte, ich frag mal nach Arbeit«, scherzte Nick, doch die Miene des Adligen verdeutlichte ihm sofort, dass der keinen Sinn für Scherze hatte.

»Kommen Sie auf den Punkt!«, forderte Bessett im Flüsterton, nachdem er die Tür hinter sich zugezogen hatte.

»Wir haben uns einen Maori gegriffen und ihm 'ne kräftige Abreibung verpasst. Mittlerweile glauben viele von Manzonis Leuten, dass sie die Schuldigen sind.«

»Das sind doch mal gute Nachrichten!« Bessetts Miene hellte sich ein wenig auf.

»Allerdings ist Manzoni nicht überzeugt. Er hat dem Maoribengel geglaubt und uns Strafen angedroht.«

»Das sieht ihm ähnlich. Sie sollten Ihre Bemühungen verstärken.«

»Und wie soll ich das machen? Wir dürfen diese Bastarde

nicht mehr anfassen. Wenn man's genau nimmt, sind sie auch nicht...«

»Hüten Sie Ihre Zunge!«, fuhr Bessett ihn an und blickte sich misstrauisch um. Wer weiß, wer jetzt wieder lange Ohren macht, fuhr ihm durch den Kopf. »Es ist nicht meine Angelegenheit, sich etwas auszudenken, sondern Ihre. Lassen Sie sich gefälligst was einfallen!« Damit verschwand Bessett wieder im Haus.

Der Klavierstimmer Gregory Nolan war ein älterer Herr mit dichtem schneeweißem Haar und dem Gehör eines Luchses.

Kurz nachdem Mary Cantrell die Farm verlassen hatte, war sein Einspänner vorgefahren. Mit altmodischer Höflichkeit hatte er sich Ricarda vorgestellt, und sie hatte ihn ins Haus geleitet.

Fasziniert beobachtete sie nun, wie er die Stimmung ohne ein nennenswertes Hilfsmittel vornahm. Die Stimmgabel hatte er nur ein einziges Mal benutzt, um den ersten Ton festzulegen.

»Mit Klavieren ist es wie mit Frauen«, sinnierte er halblaut bei seiner Arbeit. »Schenkt man ihnen keine Beachtung, reagieren sie verstimmt. Sie sollten das Klavier spielen, so oft Sie können, Miss.«

Sie stimmte ihm zu und beobachtete, wie er die Augen schloss und seine Hände auf die Tasten legte. Zu ihrer großen Überraschung ertönte eine Melodie von Schumann.

Sogleich fühlte sich Ricarda in ihre Kinderzeiten zurückversetzt. Damals hatte sich ihre Mutter ebenfalls von Zeit zu Zeit an den Flügel gesetzt. Ihre Lieblingsmelodien waren die von Schumann gewesen.

Beinahe drohte die Erinnerung und auch das aufkeimende Heimweh Ricarda zu überwältigen. Tränen stiegen in ihre Augen, und ein Kloß schnürte ihr den Hals zu.

Doch dann setzte der Klavierstimmer abrupt ab. »Wenn Sie

es von nun an regelmäßig spielen, werden Sie meine Dienste nicht so schnell wieder benötigen.« Damit klappte er den Deckel zu und verabschiedete sich, ohne ein Honorar zu fordern.

Am Abend setzte sich Ricarda noch einen Moment lang vor den Pavillon. Die Luft war warm und erfüllt von einem vielstimmigen Wispern. Ricarda richtete den Blick auf die Sterne. Sie sahen in diesen Breiten vollkommen anders aus, auch das Band der Milchstraße erschien ihr verändert.

Hufschlag riss sie aus ihrer Betrachtung. Wenig später erschien Jack.

»Ein schöner Abend, nicht wahr?«

Ricarda nickte. »Es ist das erste Mal seit langem, dass ich mir die Sterne bewusst anschaue.«

»Ist Ihnen aufgefallen, dass sie hier auf dem Kopf stehen?«

»Ich habe mir so etwas gedacht.«

»Die Maori haben ganz eigene Namen für die Sternbilder. So nennen sie den Schützen *Marere-o-tonga* und die Gürtelsterne des Orion *Tautoru*.«

»Ich fürchte, ich würde weder das eine noch das andere erkennen«, gab Ricarda ein wenig verlegen zu.

»Wenn Sie möchten, zeige ich sie Ihnen bei Gelegenheit.«

»Das würde mich freuen.«

»Ich habe Ihnen etwas aus der Stadt mitgebracht«, sagte er nach einer kurzen Pause.

Ricarda hob überrascht die Augenbrauen. »Der Klavierstimmer war doch bereits hier!«

»Den meinte ich nicht. Wenn Sie mit reinkommen, gebe ich es Ihnen.«

Im Salon, auf dem blank polierten Holztisch neben dem Klavier, stand eine nagelneue Arzttasche aus braunem Leder.

»Sie wurde frisch aus Wellington geliefert. Ich dachte, ich

kaufe sie für Sie, bevor Ihr Kollege sie Ihnen vor der Nase wegschnappt.«

Ricarda ließ die Finger vorsichtig über den Verschluss gleiten.

»Sie ist wunderschön!«

»Öffnen Sie sie!«, forderte Jack sie auf.

Nun erlebte Ricarda noch eine Überraschung. In der Tasche befanden sich ein paar nagelneue Instrumente.

»Aber das wäre doch nicht nötig gewesen!«

»Ich glaube schon, dass das nötig war«, beharrte Jack lächelnd. »Eine Arzttasche ist doch keine Arzttasche, wenn kein Instrumentarium drin ist!«

Ricarda schüttelte überwältigt den Kopf und fiel Jack unvermittelt um den Hals.

»Es lohnt sich offenbar wirklich, gute Taten zu vollbringen«, bemerkte er scherzhaft, während er ihre Umarmung beinahe schüchtern erwiderte.

»Sie haben die Tasche doch nicht gekauft, damit ich Sie umarme, oder?«

»Aus welchem Grund denn sonst?«

»Aus einem anständigen natürlich.«

Jack antwortete nichts, er sah Ricarda nur innig an.

Sie spürte, dass ihr Herz nun schneller klopfte und eine unendliche Freude in ihr aufstieg. Ich hätte jetzt wirklich nichts dagegen, wenn er mich küssen würde, gestand sie sich ein.

Ein lauter Ruf zerstörte diesen magischen Moment.

»Mr Manzoni!«

Es war Tom Kerrigans Stimme, untermalt von Pferdewiehern.

Alarmiert stürmte Jack aus dem Salon. Ricarda folgte ihm.

Der Vormann war nicht allein gekommen. Zusammengesunken saß Nick Hooper auf einem Pferd, dessen Zügel Kerrigan an seinem Sattel festgemacht hatte.

»Um Himmels willen«, presste Ricarda hervor. Im Licht, das

aus dem Haus fiel, konnte sie nicht genau erkennen, welcher Art seine Verletzung war. Aber sie sah deutlich, dass eines seiner Hosenbeine blutgetränkt war.

»Hooper hat es beim Kontrollritt erwischt«, berichtete Kerrigan. »Als er zu uns kam, konnte er sich nur noch knapp im Sattel halten. Ich habe ihm einen notdürftigen Verband angelegt, aber es ist wohl besser, das Fräulein Doktor schaut mal drauf.«

Ricarda lief zu dem Verletzten. In dessen Hose, die nur so vor Blut glänzte, entdeckte sie einen langen Schnitt. Die Wunde darunter musste bedrohlich groß sein.

»Bringen Sie ihn in die Praxis! Das muss ich vermutlich nähen.«

Kerrigan schwang sich aus dem Sattel. Er und Manzoni halfen Hooper vom Pferd.

»Hooper, können Sie mich hören?«, fragte der Farmer, doch der Verletzte stöhnte nur. Wahrscheinlich stand er kurz vor einer Ohnmacht.

»Schnell, kommen Sie!« Ricarda hatte inzwischen eine Petroleumlampe geholt, mit der sie den Männern den Weg wies.

Da ihre Untersuchungsliege noch nicht repariert war, betteten sie Hooper auf den Boden. Ricarda hatte schnell ein Laken ausgebreitet und entzündete nun weitere Lampen. Jetzt sah sie, dass der Verletzte leichenblass war.

»Er hat viel Blut verloren. Holen Sie mir bitte alles Verbandszeug, das Sie im Haus haben, Jack! Und Sie, Mr Kerrigan, halten bitte diese Lampe, damit ich mir die Wunde ansehen kann.« Mit diesen Worten griff Ricarda nach einer Schere und legte Hoopers Wunde vorsichtig frei.

Entsetzt stellte sie fest, dass sie noch größer war, als sie vermutet hatte. Hoffentlich hat er noch nicht zu viel Blut verloren!, ging ihr durch den Kopf. Doch dann wurde sie ganz ruhig.

»Das war einer von denen«, stöhnte Hooper. »Einer von den Schwarzen.«

Jack, der bereits wieder da war, versagte sich, ihn darauf hinzuweisen, dass dieser Ausdruck falsch war. »Wie ist es passiert?«, fragte er nur.

»Er kam plötzlich aus dem Busch und hat mir einen Hieb versetzt. Ich dachte, er macht mich kalt.«

»Und was haben Sie getan?«

»Natürlich den Revolver gezogen. Ich wollte den Kerl abknallen, aber er war bereits wieder verschwunden.«

Das hörte sich nicht nach einem Maorikrieger an. Die betrachteten einen Rückzug nämlich in der Regel als Schande. Erst recht, wenn sie sich für ein Stammesmitglied oder einen Freund rächen wollten.

»Ich fürchte, Sie müssen die Befragung verschieben«, schaltete sich Ricarda ein und bedeutete Jack, dass er zurücktreten solle.

»Wenn Sie wollen, gebe ich Ihnen etwas Äther«, wandte sie sich an ihren Patienten.

Hooper verneinte. »Ich halt das schon aus, Doc!«

»Wie Sie meinen«, entgegnete Ricarda. »Mr Kerrigan, leuchten Sie mir bitte!«

Als der Vormann die Lampe in Position gebracht hatte, desinfizierte Ricarda die Wunde mit Karbollösung, drückte die Wundränder zusammen, klammerte ein paar Gefäße und setzte mit geschickten Händen eine gerade Naht.

Nachdem Ricarda die Operation beendet hatte, wurde Hooper von den Männern ins Mannschaftsquartier getragen. Ihr Patient hatte die Prozedur tapfer durchgestanden, ohne auch nur einmal Whisky oder Äther zu verlangen, und war vor Erschöpfung eingeschlafen. Bis er den Blutverlust verwunden hatte, würde es eine Weile dauern. Ricarda übertrug einem seiner Kameraden die Fürsorge für den Kranken und schärfte ihm ein, sie sofort zu rufen, sollte er etwas Ungewöhnliches bemerken. Dann kehrte sie mit Jack zum Pavillon zurück.

Jack setzte sich auf einen Stein vor dem Gebäude und blickte in die Sterne.

»Bewundernswert, wie ruhig Sie ihn versorgt haben, Ricarda«, sagte er, als sie neben ihn trat und ihre Glieder reckte, die vom Knien neben dem Patienten ganz lahm geworden waren.

»Ach, das war doch nichts Besonderes. Nick ist ein zäher Bursche. Ich bin sicher, dass er es überstehen wird.«

Jack nickte. »Ich muss etwas unternehmen. Ich kenne Moana schon sehr lange und vertraue ihr. Aber es wäre möglich, dass einige Krieger insgeheim Groll gegen mich hegen.«

»Ich glaube nicht, dass dieser Anschlag Ihnen gegolten hat«, hielt Ricarda dagegen. »Eher haben die Männer, die den jungen Maori verprügelt haben, Hass auf sich gezogen. Hooper war nicht zufällig einer von ihnen?«

Jack nahm einen Schluck aus einer flachen Flasche, die Ricarda erst jetzt bemerkte. »Doch, er war dabei.«

»Sehen Sie!«

»So einfach ist das aber nicht«, entgegnete er. »Gut, es ist möglich, dass ein Krieger Rache für Ripaka nehmen wollte. Aber was ist mit den vorherigen Anschlägen?«

»Dann sollten Sie die Polizei einschalten«, schlug Ricarda vor. »Die Constables haben ganz andere Möglichkeiten zu ermitteln. Außerdem ziehen Sie sich dann keinen unnötigen Groll zu.«

»Die Constables werden sich bedanken!« Jack schnaubte spöttisch, als hätte er schon genügend Erfahrungen mit der örtlichen Polizei gemacht. »Wenn es um die Maori geht, halten die sich gern raus. Sie sind der Meinung, dass wir das selbst klären sollen. Außerdem, wie weit sind die Constables in Ihrem Fall bisher gekommen?«

Ricarda konnte nicht behaupten, dass sie über die stockenden

Ermittlungen erfreut war. Aber da die Constables nur ihre vage Personenbeschreibung hatten, konnte sie ihnen vermutlich nicht mal einen Vorwurf machen.

»Das sagt doch alles!«, fuhr Manzoni beharrlich fort, während sein Blick zornig glühte. »Die Kerle, die Sie beinahe getötet hätten, sind bestimmt über alle Berge. Oder sie halten sich ganz frech in einer anderen Stadt auf der Nordinsel auf, wohl wissend, dass ihnen nichts geschehen wird.«

Wenn sie ehrlich war, teilte sie diese Befürchtung. Und es ärgerte sie ebenfalls, dass die Mistkerle ohne Strafe davonkamen. Aber dennoch vertraute sie immer noch auf das Gesetz.

»Möchten Sie auch?«, fragte Jack plötzlich. Der Flachmann, den er ihr entgegenhielt, verströmte einen starken Whiskygeruch.

»Nein, danke.«

Für eine Weile herrschte Schweigen. Es schien, als müsse Jack die Gedanken einfangen, die bisher wie lose Blätter umhergeflattert waren.

»Ihr Name war Emily«, sagte er unvermittelt.

Dieser plötzliche Themenwechsel erstaunte Ricarda, doch sie stellte keine Fragen. Wahrscheinlich tut der Whisky seine Wirkung, sagte sie sich.

»Ich habe sie in Wellington kennengelernt, wo sie bei Verwandten zu Besuch war. Sie war schön und zart wie eine Orchidee. Ich hätte gewarnt sein müssen. Sie war eben keine Frau für dieses raue Land.«

Bin ich denn eine Frau für dieses raue Land?, fragte sich Ricarda schweigend.

»Wir haben uns verlobt, doch noch vor der Hochzeit wurde sie krank. Der Arzt wusste nicht, was ihr fehlte. Sie wurde immer schwächer, bekam hohes Fieber ...«

»Das klingt nach Leukämie.«

»Soll es laut Aussage des Doktors nicht gewesen sein. Moana

glaubt, dass Emily unter einem Fluch gestanden hat. Vielleicht der Fluch ihres Vaters, der gegen unsere Verbindung war.«

»Das war sicher nicht der Grund«, erklärte Ricarda sanft.

»Sie glauben nicht an Flüche?«

Ricarda schüttelte lachend den Kopf. »Wenn Flüche helfen würden, wäre in meiner Studienzeit einigen Leuten ein Buckel gewachsen.«

»Und was halten Sie davon, wenn ich Ihnen sage, dass der Diebstahl eines heiligen Gegenstandes der Maori einen Fluch von solcher Tragweite auf Sie lädt, dass er sogar Ihre Nachkommen beeinträchtigen kann?«

»Das ist doch nur eine Geschichte, die die Menschen davon abhalten soll, irgendetwas aus dem Tempel zu stehlen, Jack.«

»Aber es darauf anlegen würden Sie nicht?«

»Nein, denn für gewöhnlich stiehlt man nicht. Nirgendwo, weder in Heiligtümern noch woanders.«

Jacks Lächeln verging, während er auf den Flachmann in seiner Hand starrte. »Emily starb, bevor ich sie heiraten konnte. Da war sie gerade mal einundzwanzig. Ihr Vater hat mir die Schuld dafür gegeben und ihren Leichnam nach England überführt. Aus Rache verwehrte er mir den Ort, an dem ich um sie trauern konnte.«

Deshalb können Sie sie auch nicht vergessen, dachte Ricarda und empfand tiefes Mitleid mit Jack. Kein Schmerz brennt schlimmer als der Verlust eines geliebten Menschen.

Gemeinsam blickten sie schweigend in die Dunkelheit, dann erhob er sich.

»Ich denke, wir sollten für heute Schluss machen. Gute Nacht, Ricarda.«

8

Nick Hoopers Zustand war ein paar Tage lang kritisch. Trotz Desinfektion und sauberer Verbände bekam er Fieber. Als kühle Wickel und Sitzbäder nichts mehr ausrichten konnten, ritt Manzoni noch spät nachts in die Stadt und holte Mr Spencer aus den Federn. Dank des Fieberpulvers, das er ihm nach Ricardas Anweisung mischte, sank die Temperatur schließlich, und die Wunde heilte.

Als klar wurde, dass Hooper genesen würde, unternahm Ricarda kleine Ausflüge in die nähere Umgebung. Ihr Ziel war es, Pflanzen zu entdecken, die sie als Arznei gegen Fieber und Infektionen verwenden konnte. Immerhin hatte die Heilerin pflanzliche Medikamente gegen ihre Beschwerden eingesetzt.

Die Fülle und Farbenpracht der hiesigen Pflanzenwelt war überwältigend. Ricarda sammelte zahlreiche Exemplare, wobei sie einige Kräuter frisch untersuchte, andere für ein Herbarium presste.

An einem Vormittag, als Ricarda gerade die trocknenden Pflanzen überprüfte, steckte Jack den Kopf zur Tür herein.

»Störe ich?«, fragte er, da er wieder einmal feststellte, dass sie vollkommen in ihre Arbeit versunken war.

Ricarda sah überrascht auf und lächelte erfreut. »Nein, keineswegs, kommen Sie rein!«

Manzoni beobachtete, wie vorsichtig sie die Finger über eines der Präparate gleiten ließ. Offenbar war es noch nicht trocken genug, denn sie deckte es gleich wieder mit Papier ab.

»Gibt es Neuigkeiten?«, fragte Ricarda, während sie das Papier mit einem dicken Stein beschwerte.

»Bisher nicht«, entgegnete Jack. »Ich möchte Ihnen einen Vorschlag machen.«

»Ich bin ganz Ohr.«

»Nach Ihrem heldenhaften Einsatz in den vergangenen Tagen haben Sie ein wenig Erholung verdient.«

Ricarda blickte ihn überrumpelt an. Habe ich denn so erledigt ausgesehen?, fragte sie sich.

»Vielen Dank für Ihre Fürsorge, aber ich fühle mich keineswegs am Ende meiner Kräfte.«

Er führt irgendwas im Schilde, dachte sie, und ihr Herz begann schneller zu schlagen.

»Dennoch sollten Sie auch mal etwas Erfreuliches erleben.«

»Und was haben Sie da im Sinn?«

»Wussten Sie, dass die Maori um diese Zeit Neujahr feiern?«

Ricarda schüttelte den Kopf.

»Um diese Zeit werden am Sternenhimmel die *Matariki* sichtbar«, erklärte Jack. »Bei den Europäern heißen sie *Plejaden*.« Er verstummte. Es schien, als müsse er sich die Worte für sein Anliegen mühsam zusammenklauben. »Lassen Sie uns heute Nachmittag zum Neujahrsfest gehen!«, schlug er Ricarda schließlich vor.

»Ins Maoridorf?«, fragte Ricarda überrascht.

»Ja, genau«, antwortete Jack, von einer plötzlichen Nervosität übermannt.

Wird sie mir anmerken, dass dieser Besuch kein reiner Freundschaftsbesuch ist, sondern eher meinen Nachforschungen dienen soll?

Entgegen Ricardas Ratschlag hatte er die Polizei nicht eingeschaltet, sondern Kerrigan angewiesen, ein paar vertrauenswürdige Männer in der näheren Umgebung patrouillieren zu lassen.

Bisher war alles ruhig geblieben.

»Wird ihnen das denn recht sein nach den Spannungen der letzten Wochen?« Damit riss Ricarda ihn aus den Gedanken.

»Moana hat mich eingeladen«, antwortete Jack. »Sie möchte, dass wir wieder Vertrauen zueinander fassen. Allerdings müssen Sie vorher das *powhiri* durchstehen.«

»Was ist das?«

»Ein Begrüßungsritual, bei dem man versucht, die wahre Gesinnung eines Gastes herauszufinden. Früher hat man Besucher, die es nicht durchgestanden haben, sofort angegriffen und oftmals getötet.«

Ricarda schnappte erschrocken nach Luft. »Das klingt nicht gerade einladend.«

»Mittlerweile ist dieses Ritual harmlos«, winkte Jack ab. »Damals war das *powhiri* lebenswichtig für den Stamm, aber heutzutage wird niemand mehr getötet. Es ist für die Maori ein Brauch wie bei uns das Händeschütteln oder der Handkuss zur Begrüßung.«

Faszinierend, ging es Ricarda durch den Kopf.

»Man kann die Maori und ihre Kultur nur verstehen, wenn man ihre Bräuche erlebt«, fuhr Jack fort. »Ich bin sicher, dass Sie von einem Besuch profitieren werden.«

Ricarda lächelte ihn an. »Sie haben mich überzeugt. Ich werde mitkommen.«

»Dann werden wir heute gegen drei Uhr aufbrechen. Zu Fuß braucht man eine Weile ins Dorf.«

»Ich werde bereit sein«, entgegnete Ricarda. »Ich wäre allerdings sehr dankbar, wenn Sie mir erklären könnten, was ich dort zu tun habe, Jack.«

»Keine Sorge, das mach ich gern.«

Bevor Jack noch etwas hinzufügen konnte, klopfte es. Als Ricarda sich umwandte, erblickte sie Maggie Simmons in der Tür.

»Entschuldigen Sie, Doktor Bensdorf, ich habe gehört, dass Sie Ihre Praxis jetzt hier haben.«

Offenbar hatte Marys Reklame für diesen Ort bereits gefruchtet.

»Ja, Mrs Simmons, kommen Sie rein. Ich kümmere mich sofort um Sie.«

Jack Manzoni zog sich diskret zurück.

Beflügelt von der leichten Besserung, die sie bei Maggie Simmons festgestellt hatte, und der fortschreitenden Heilung Hoopers, erlaubte sich Ricarda, ihrer Vorfreude auf das Maorifest nachzugeben.

Eine seltsame Aufregung befiel sie – beinahe wie damals in Berlin, als sie auf einem Debütantinnenball ihren ersten Walzer getanzt hatte. Beim *powhiri* erwartete zwar niemand einen vollendeten Auftritt in einer Robe mit Reifrock und eng geschnürtem Mieder, dennoch gab es gewiss einiges, was sie beachten musste, um sich nicht zu blamieren.

Zur geplanten Zeit führte Jack Ricarda auf den Weg zum Dorf. Obwohl sie inzwischen etwas von der Flora und Fauna der Nordinsel gesehen hatte, fand Ricarda den Pfad, den sie beschritten, beinahe mystisch. Es wisperte, knackte und säuselte ringsum, als hielten sich im wuchernden Grün Elfen versteckt, die sich in ihrer Sprache etwas zuraunten. Jack zeigte Ricarda scheue Vögel, Kiwis, die sich unter Farnbüschen duckten. Über ihnen stimmten Keas lautes Geschrei an und flatterten auf.

»Zu Nachtzeiten ist es hier noch aufregender«, erklärte Jack, während er ein paar Lianen beiseitestrich, die von einem Baum herabhingen. »Dann kann man seltene Fledermäuse beobachten und noch manch andere Tiere, die einem Europäer wahrscheinlich einen Riesenschrecken einjagen würden.«

Ricarda genoss es, mit Jack durch diese üppige Natur zu wandern und seinen Erklärungen zu lauschen. Nach einer Stunde erreichten sie das Dorf. Das mit Schnitzereien verzierte Versammlungshaus brachte Ricarda zum Staunen.

»Die Maori sind wahre Künstler.«

»Das sind sie. Die Schnitzkunst ist bei ihnen heilig. Sehen Sie die Figuren dort?«

Jack deutete auf riesige Holzgebilde, die Gesichter darstellten, die dem Betrachter die Zunge rausstreckten. Die Figuren erinnerten Ricarda an Tikis, die sie in einer wissenschaftlichen Zeitschrift gesehen hatte.

»Was haben sie zu bedeuten?«

»Sie sollen böse Geister abschrecken. Und Feinde natürlich. Gewissermaßen sind sie schon ein kleiner Vorgeschmack auf das *powhiri*. Dabei werden Ihnen die Männer auch die Zunge zeigen, also erschrecken Sie nicht.«

»Was muss ich denn tun?«, fragte sie, während das Gefühl sie beschlich, dass sie beobachtet wurden.

»Wenn Ihnen der Krieger einen Zweig vor die Füße wirft, werden Sie ihn aufheben und ihm in die Augen sehen«, erklärte Jack. »Nachdem Sie diese Prüfung bestanden haben, werden Sie gefragt, woher Sie kommen. Nennen Sie ein Meer, das an Ihr Land grenzt, und einen Berg Ihrer Heimat. Da Sie eine *pakeha* sind, wird man von Ihnen nicht erwarten, dass Sie die Gesänge beherrschen. Geben Sie sich interessiert, und schweigen Sie taktvoll. Den Versuch mitzusingen würde man nur als Beleidigung betrachten. Wenn die Zeremonie vorüber ist, beginnen die Feierlichkeiten.«

Ricarda war beeindruckt. Welchen Berg und welches Meer meines Heimatlandes soll ich nennen?, fragte sie sich. In Berlin gibt es kein Gebirge. Die Alpen vielleicht? Und was ist mit dem Meer? Treffender, als die Ost- oder Nordsee zu nennen, wäre es vielleicht, die Spree und die Havel zu erwähnen, aber das waren Flüsse.

Nachdem sie eine Weile an der Dorfgrenze gewartet hatten, erschien Moana. Offenbar hatte sie mit Ricardas Besuch gerechnet.

»*Haere mai*«, grüßte sie und beugte sich vor.

Ricarda blickte unsicher zu Jack, der ihr bedeutete, es ihr gleichzutun. Nachdem sich Stirn und Nasen der beiden Frauen kurz berührt hatten, richtete sich Moana wieder auf.

»*Ariki* mit dir sprechen. Du machen *powhiri*.«

Ariki? War das ein Gott oder ein Dorfbewohner? Doch Ricarda hatte keine Zeit, der Frage nachzugehen. Auf dem *kainga* wurden sie nun von den Dorfbewohnern umringt. Die Männer trugen allesamt Basträcke und Federschmuck. Ihre Gesichter waren zur Hälfte oder sogar ganz tätowiert, und in den Händen hielten sie federgeschmückte Speere, als zögen sie in den Kampf. Die Frauen hielten sich ein wenig im Hintergrund. Auch sie trugen Basträcke und waren mit Blumen geschmückt. Ricarda entdeckte unter ihnen Schönheiten, die Maler auf der ganzen Welt sicher liebend gern auf die Leinwand gebannt hätten.

Besonders die Frauen und Mädchen musterten sie eindringlich. Auch die Männer sahen sie an, aber ihre Mienen wirkten gleichgültig.

Schließlich erschien ein Mann in einem Mantel, der auf den ersten Blick aus einem weichen Fell zu bestehen schien. Bei näherem Hinsehen erkannte Ricarda, dass er aus Federn gefertigt war. Sein Träger war gewiss der Häuptling.

Er musterte Ricarda und Jack, dann griff er nach seinem Speer. Damit führte er eine Drohgebärde aus und streckte die Zunge so weit heraus, dass er den Figuren am Versammlungshaus verblüffend ähnlich sah. Anschließend schleuderte er einen Zweig in Ricardas Richtung.

Mit klopfendem Herzen hob sie ihn auf und blickte dem Häuptling direkt in die Augen. Die bernsteinfarbenen Iris verliehen ihm etwas Unheimliches.

Nachdem Ricarda die Probe der Furchtlosigkeit bestanden hatte, fragte der *ariki* sie etwas, was sie nicht verstand. Jack bat sie, dem Häuptling ihr Meer und ihren Berg zu nennen.

Deutschland ist nicht mehr meine Heimat, dachte Ricarda und antwortete deshalb: »Pazifik und Mount Maunganui.«

Die Maori lachten.

Habe ich etwas Falsches gesagt?, fragte sich Ricarda erschrocken, doch der Häuptling nickte freundlich und zog sich zurück.

»Diesen Teil hätten Sie geschafft«, flüsterte Jack von der Seite. »Jetzt bleiben Sie einfach stehen, und lauschen Sie den Gesängen.«

Ricarda war überwältigt von der Tonvielfalt, die bei diesen Liedern zum Tragen kam. Der Gedanke, dass diese Weisen schon seit vielen Jahrhunderten gesungen und von Generation zu Generation tradiert wurden, verursachte ihr eine Gänsehaut. Schon nach wenigen Augenblicken fühlte sie sich wie in Trance. Sie konnte sich gut vorstellen, warum die ersten Entdecker geglaubt hatten, das hier sei das Paradies.

Nachdem das *powhiri* beendet war, folgten Jack und Ricarda den anderen ins Versammlungshaus. Das Innere des *marae* war mit Blüten geschmückt, die Ricarda auf ihren Wanderungen gesehen hatte. Entgegen ihrer Vermutung wurde hier das Festmahl allerdings nicht eingenommen. Es lagen zwar Kissen bereit, aber in dieser Runde sollte nur gesungen und den Göttern gedankt werden.

Diesmal beeindruckten die Gesänge Ricarda noch stärker. Der Raum verschwamm vor ihren Augen, und eine seltsame Leichtigkeit überkam sie, die erst von ihr abfiel, als die Sänger verstummten.

Zum Essen begaben sich alle Anwesenden in ein anderes Gebäude.

»Dieses Haus dient als Speisesaal«, erklärte Jack ihr leise. »Im Versammlungshaus zu essen würde den Ort entweihen.«

Auch dieser Raum war mit frischen Blüten geschmückt. Die Speisen, die in dessen Mitte auf großen Blättern angerichtet waren, verströmten einen herrlichen Duft und erschienen Ricarda ebenso farbenfroh wie exotisch. Teller und Besteck suchte man hier vergebens. Das Essen wurde mit der Hand eingenommen. Das *hua whenua* kannte Ricarda bereits, ebenso die Süßkartoffel, die hier *kumara* genannt wurde. Bei den anderen Gerichten konnte sie nur raten, worum es sich handelte.

»Was sind das für Vögel?«, fragte Ricarda und deutete auf das Geflügel, das Tauben ähnelte.

»Muttonbirds«, antwortete Jack. »Die Maori sammeln und braten sie. Sie sind überaus köstlich.«

»Sie sammeln sie?«

»Ja, sie nehmen die Jungen aus den Nestern, bevor sie flugfähig sind.«

»Aber dann sind sie ja völlig wehrlos!«, empörte Ricarda sich.

»Das sind die Lämmer, Kälber und Hühner, die wir essen, doch auch«, gab Jack zu bedenken. »Wenn die Maori die Vögel nicht einsammeln, werden sie die Beute von wilden Tieren. Probieren Sie mal, sie sind gut.«

Jack nahm einen der auf ein Holzstäbchen aufgespießten Vögel und reichte ihn an Ricarda weiter. Als sie noch immer zögerte, fügte er hinzu: »Sie wollen unsere Gastgeber doch nicht beleidigen, oder?«

Ricarda griff nach dem Muttonbird und bereute es nicht. Das Fleisch war zart und schmeckte gut.

»Übrigens dürfen nur ausgewählte Maori die Muttonbirds sammeln. Familien niederen Ranges erhalten keine Erlaubnis dazu. Dadurch wird sichergestellt, dass die Art nicht ausgerottet wird.«

Ricarda ließ den Blick über die Versammlung gleiten. An der Kleidung war keine Rangordnung erkennbar. Ein Indiz war vielleicht die Sitzordnung. Außerdem fiel Ricarda auf, dass sich die Tätowierungen unterschieden. Der Häuptling hatte die prachtvollste, alle anderen hatten entweder weniger Muster oder weniger Gesichtstätowierungen.

Keine der Frauen hatte ein vollständig tätowiertes Gesicht. Jene, die eine Verzierung trugen, trugen sie am Kinn wie Moana, wobei es auch dort Unterschiede gab. Moanas Tätowierung bestand aus zarten Blätterranken, andere ähnelten Lilienblüten oder den Spitzen von Enterhaken.

Den Rest des Abends verbrachten sie mit Essen und Gesprächen, wobei die Maoriworte wie exotische Schmetterlinge um sie herumflatterten. Jack versuchte, hier und da zu übersetzen, und Ricarda wurde klar, dass auf diesem Ende der Welt über die gleichen Themen wie in Europa gesprochen wurde: Die Frauen unterhielten sich über Hochzeiten, über die Kinder und die häuslichen Pflichten, während bei den Männern über die Jagd, das öffentliche Ansehen und das Zusammenleben mit den Nachbarn debattiert wurde. Die kriegerischen Zeiten waren vorbei. Ab und an gab es kleinere Konflikte unter den Stämmen, aber da hier die Rechtsprechung des Commonwealth galt, konnte sich ein Krieger nicht mehr das Leben eines Feindes holen, ohne damit selbst den Kopf in die Schlinge zu stecken. Die Ehre und das Recht auf Rache waren für die Maori dennoch weiterhin wichtige Werte. Ricarda fiel der Angriff auf Hooper wieder ein.

Als sie zu Jack hinüberblickte, bemerkte sie, dass er den Blick wachsam über die Gesichter der Männer schweifen ließ. Suchte er nach dem Mann, der Hooper verletzt hatte?

Bevor sie ihn fragen konnte, machte ihr Begleiter sie auf eine schwangere junge Frau aufmerksam, die in der hinteren Reihe saß. Ihr Gesicht war nicht tätowiert, und ihre langen schwarzen Haare flossen seidig über ihre Schultern. Ihre Schwangerschaft, so schätzte Ricarda, war bereits über den siebten Monat hinaus.

»Erinnern Sie sich an den Streit, den ich mit Bessett auf Mary Cantrells Party hatte?«, fragte er.

Ricarda nickte.

»Dieses Mädchen war seine Angestellte. Nur wenige Monate später war es schwanger. Bessett hat es fortgeschickt, als er das erfuhr.«

Ricarda war entsetzt. Offenbar nahmen sich gewisse Männer immer noch unerhörte Rechte heraus.

»Und was wird nun aus ihr? In Deutschland haben es Frauen, denen so etwas widerfährt, sehr schwer.«

»Leicht wird es für Taiko auch nicht werden, aber die Dorfgemeinschaft hat sie wieder aufgenommen. Natürlich hat sie an Ansehen verloren, aber das kann sie zurückgewinnen.«

Während Jack redete, beugte sich ein junger Mann zu Taiko hinunter und reichte ihr eine Schale mit Essen.

»Und wer ist er?«

»Ihr Bruder. Er hat geschworen, Bessett das Fell über die Ohren zu ziehen. Hoffen wir, dass er sich zurückhält. Eigentlich müsste sich Bessett einem *haka* stellen, aber das wird er gewiss nicht tun.«

»Soll das heißen, er braucht sich auch nicht für das Kind zu verantworten?«

»Nach unseren Maßstäben schon, aber er ist ein Spross der englischen Aristokratie. Er wird gewiss Ausflüchte aus dieser Situation finden.«

»Und Bessetts Frau?«

Jack zuckte mit den Schultern. »Ich glaube, sie weiß, was ihr Mann so treibt. Aber sie ist eine englische Lady und sieht vermutlich geflissentlich über die Kapriolen ihres Gatten hinweg. Es würde ihr schon wegen des Skandals bestimmt nie einfallen, sich öffentlich zu beschweren.«

Ricarda fragte sich, ob sie so leben wollte. Andererseits musste sie zugeben, dass die meisten Frauen auf ihre Männer angewiesen waren, weil sie nie einen Beruf erlernt hatten, um ihren Unterhalt selbst zu bestreiten. Ricarda erinnerte sich an ihre Mutter, die sich häufig in Migräneanfälle flüchtete. Gewiss hatte Ricardas Vater sie nie betrogen, aber sie hatte sicher auch eheliche Sorgen, die sie bedrückten.

»Vermutlich ist es für Taiko sogar von Vorteil, wenn Bessett das Kind nicht anerkennt. Schlimmstenfalls könnte er Ansprüche darauf erheben, und ich halte es in jedem Fall für besser, wenn es hier aufwächst.« Damit hob Jack sein Schälchen und nahm einen Schluck von dem Getränk.

Ricarda blickte ihn nachdenklich an. Die Neuseeländerinnen besaßen zwar das Wahlrecht, aber auch hier gab es noch viel zu tun, was ihre Rechte betraf.

Spät in der Nacht führte man Jack und Ricarda ins Ruhehaus und wies ihnen dort inmitten anderer Gäste Plätze zu.

»Machen Sie nie den Fehler, sich auf die Stelle zu setzen, die für den Kopf gedacht ist!«, riet Jack ihr. »Für die Maori ist der Kopf der heiligste Teil des Körpers. Sich mit dem Hintern auf den Platz zu setzen, der für den Kopf vorgesehen ist, wäre ein schwerer Frevel.«

Ricarda musste schmunzeln. Wie oft hatte sie sich in ihrer Studentenbude das Kopfkissen unter den Hintern geschoben, weil sie auf dem harten Stuhl nicht mehr sitzen konnte?

»Zu welchem Ergebnis sind Sie eigentlich gekommen?«, fragte Ricarda, nachdem sie sich auf der zugewiesenen Matte ausgestreckt hatte.

»Wie meinen Sie das?« Jack wirkte ertappt.

»Ich habe beobachtet, wie Sie die Krieger angesehen haben. Haben Sie eine Ahnung, wer Hooper angegriffen haben könnte?«

»Ehrlich gesagt, nein. Die Wunden des Jungen sind gut verheilt, aber er hat gar nicht die Kraft, einen Angriff von solcher Wucht zu verüben.«

»Und seine Brüder? Wenn Taikos Bruder Bessett zur Verantwortung ziehen möchte, dann ist das bei dem Jungen vielleicht auch der Fall.«

»Ripaka hat Brüder, aber die sind angesehene Stammesmitglieder und mit dem *ariki* verwandt. Der mag zwar beim Begrüßungsritual Furcht erregend erscheinen, aber er ist ein vernünftiger Mann, der nichts tun würde, was seinem Dorf schaden könnte. Aus diesem Grund hat sich auch Taikos Bruder bisher zurückgehalten.«

»Und die anderen Männer?«

»Haben eigentlich keinen Grund, mir gegenüber feindselig aufzutreten. Ich habe auch nicht bemerkt, dass mich einer von ihnen anders anschaut als bisher.«

»Dennoch glauben Sie, dass etwas im Busch ist.«

Jack senkte verlegen den Kopf. »Ehrlich gesagt, ja. Und angesichts der Gastfreundschaft, die uns heute zuteil wurde, schäme ich mich dafür.«

»Nun, Ihr Verdacht richtet sich ja nicht gegen das gesamte Dorf. Gewiss würde auch in dieser Gemeinschaft nicht jeder den Angriff billigen.«

»Da haben Sie wohl Recht.«

Jack wollte offensichtlich noch etwas hinzusetzen, aber er legte sich nun ebenfalls hin und wünschte Ricarda nur gute Nacht.

»Danke, Jack!«, flüsterte Ricarda. »Danke für alles!«

Sie fühlte sich plötzlich vollkommen matt. Erst jetzt wurde ihr bewusst, wie sehr all die neuen Eindrücke sie angestrengt hatten. Wie gut, dass Jack ihr beigestanden hatte! Sie kam gar nicht mehr dazu, sich darüber zu wundern, dass sie tatsächlich dicht neben ihm lag und sie nur die Hand ausstrecken müsste, um sein vertrautes Gesicht zu streicheln, denn sie schlief auf der Stelle ein. Deshalb merkte sie auch nicht, dass ihre Hand im Schlaf suchend nach seiner Hand tastete.

Ein tiefes Brummen riss Ricarda aus ihrem tiefen Schlummer. Erschrocken fuhr sie hoch. Wo war sie?

»Keine Angst, das ist nur ein Muschelhorn. Das gehört zum Zeremoniell.«

Jack? Was machte Jack in ihrem Schlafzimmer? Doch schon erkannte Ricarda, wo sie sich befand. Sie hatte tief und fest geschlafen.

Jack war bereits aufgesprungen und reichte Ricarda die Hand. »Kommen Sie, Ricarda. Wir gehen zu den nahen Klippen, an den heiligen Ort des Dorfes. Von dort aus haben wir einen sehr guten Blick auf den Horizont, wo das Siebengestirn jetzt funkeln soll.«

Vor dem Ruhehaus hatten sich die Dorfbewohner bereits versammelt. Der *ariki* ging in seinem Federmantel so dicht an Ricarda vorbei, dass sie nur die Hand hätte ausstrecken müssen, um das Kleidungsstück zu berühren. Aber das war gewiss *tapu*, wie bei den Maori ein Verbot genannt wurde.

Ricarda hielt Ausschau nach Moana, allerdings vergebens. Als ranghöchste Frau des Stammes hatte sie Verpflichtungen auf diesem Fest.

Mit lauten Gesängen setzte sich der Zug nun in Bewegung. Ricarda, noch immer ein wenig schlaftrunken, bemerkte, dass Jack nicht von ihrer Seite wich, und auf einmal überkam sie das Verlangen, sich bei ihm einzuhaken. Aber ob ihm das gefallen würde? Sie unterdrückte den Impuls.

An einer Klippe hielt der Zug schließlich an. Als sie aufs Meer hinausblickte, begriff Ricarda, warum dieser Ort den Maori heilig war.

Ein Meer von Sternen funkelte in dem tiefen, von Morgenrot gesäumten Blau des Firmaments, das sich in der Oberfläche des Ozeans spiegelte. Die Wellen brandeten gegen die Felsen, und der Wind brach sich an den steilen Klippen, wobei sein Brausen mit den Klängen der Muschelhörner konkurrierte, die nun erneut geblasen wurden.

Als der Mond sich zeigte, stimmten die Maori wieder ihre *kairaka* an.

»Sie feiern den Aufgang des ersten Neumondes nach Erscheinen des Siebengestirns«, erklärte Jack im Flüsterton. »Bei den Maori ist das fast so etwas wie Neujahr.«

»Welch ein faszinierender Anblick!«, raunte Ricarda. Sie wusste, dass sie dieses Fest und diese überirdische Schönheit niemals vergessen würde.

Plötzlich wurde es still. Wie gebannt schauten die Dorfbewohner in Richtung Horizont, bis einer der Männer plötzlich rief: »*Anā Matariki!*«

»Das heißt, dass da drüben das Siebengestirn zu sehen ist«, erläuterte Jack.

Ricarda war noch immer zu bewegt, um zu antworten. Sie hielt Ausschau nach dem Gestirn. Und tatsächlich, recht nah an der Horizontlinie war ein Funkeln zu sehen.

Nachdem alle eine Weile andächtig geschwiegen hatten, stimmte Moana einen feierlichen Gesang an. Damit endete das Fest, und die Dorfbewohner kehrten nun zu den Hütten zurück.

»Wünscht man sich hier auch ein gutes neues Jahr?«, fragte Ricarda, als sie sich dem Zug wieder anschlossen.

Jack schüttelte den Kopf. »Die einzigen Worte, die das neue Jahr betreffen, richtet man bei den Maori an die Götter, denn sie bestimmen darüber, wie ertragreich ein Jahr ist. Mit dem neuen Jahr beginnen die Maori wieder in ihren Gärten zu säen, nachdem sie in den vergangenen Wochen geerntet haben.«

»Also ist dies eher ein Erntedankfest.«

»Nicht ganz. Man dankt für die Ernte, aber man gedenkt auch der Toten. Es ist ein Fest des Lebens und des Todes. Es lässt sich mit nichts in Europa vergleichen.«

Bevor Ricarda und Jack den Heimweg antraten, gesellte Moana sich zu ihnen.

»Deine Wunden gut verheilt?«, fragte sie Ricarda mit einem einnehmenden Lächeln.

Ricarda nickte. »Sehr gut. Danke, Moana. Ich habe keine Schmerzen mehr. Deine *rongoa* sind hervorragend.«

Moana neigte geschmeichelt den Kopf. »Ich gern wissen, welche *rongoa* in deinem Land. Du mir zeigen, wenn wieder hier?«

»Mit Vergnügen«, versprach Ricarda.

Die Heilerin lächelte freundlich und verabschiedete sie dann auf traditionelle Weise.

»Ich mit dir sprechen, *kiritopa*«, wandte sie sich an Jack.

Ricarda begriff, dass Moana allein mit Jack sprechen wollte.

Ihr Begleiter warf ihr einen entschuldigenden Blick zu, der diese Vermutung bestätigte, und folgte Moana ein paar Schritte in den Busch.

»Ich spüre, dass du was haben auf Herz«, sagte sie, nachdem die Ärztin außer Hörweite war. »Ganze Zeit dein Blick unruhig wie ein kleiner Vogel.«

»Einer meiner Leute wurde vorgestern angegriffen und schwer verletzt. Er behauptet, dass es ein Maori war.«

Moanas Augen verengten sich zu Schlitzen. Sie sah Jack enttäuscht an. »Männer gestern alle bei Vorbereitungen. Ich nicht gesehen einen verschwinden.«

»Dennoch hat mein Angestellter eine tiefe Wunde im Bein«, entgegnete Jack. Er atmete einmal tief durch, bevor er leise hinzusetzte: »Und er behauptet, dass es ein Krieger dieses Dorfes war.«

Moana wirkte nicht überrascht. Offenbar hatte sie ihm angemerkt, dass es darum ging. Sie setzte auch nicht zu einer Verteidigung an.

»Dass so schwere Zeiten kommen, ich nicht vorausgesehen. Du Polizei von Tauranga holen?«

Jack atmete tief durch. »Ich hatte es eigentlich nicht vor, aber die Angelegenheit muss untersucht werden. Was Ripaka angetan wurde, war schlimm, rechtfertigt aber keinen Mordversuch.«

Moana blickte ihn traurig an. All die Jahre waren sie friedlich miteinander ausgekommen. Nun schien sie deutlich zu spüren, dass Jacks Vertrauen zu ihr schwand.

»Wir beweisen, dass nicht Krieger aus unserem Dorf angegriffen«, sagte sie schließlich. »Vielleicht du dann wieder mehr vertrauen.«

Damit wandte sie sich grußlos ab und kehrte ins Dorf zurück.

Jack blickte ihr nachdenklich hinterher.

Insgeheim wünschte Ricarda sich, die Rückkehr zur Farm möge kein Ende nehmen. Der Busch erschien ihr noch faszinierender als auf dem Hinweg. Nebel hing in den Baumkronen und verlieh ihnen eine magische Aura. Die Spinnweben an den Farnen glitzerten wie Diademe aus Tautropfen, und die samtigen Moose und Baumflechten glänzten feucht. Vogelstimmen und andere Geräusche, die nicht im Geringsten mit dem morgendlichen Erwachen in Berlin oder Zürich zu vergleichen waren, umgaben sie wie ein fein gewebtes Netz aus Tönen.

»Schauen Sie nur!«, flüsterte Jack und deutete auf den Boden. Eine Fledermaus huschte direkt vor ihnen auf einen Baum zu und kletterte hinauf.

»Warum fliegen sie nicht?«, fragte Ricarda, bemüht, dem kleinen Tier, das sich auch auf seinen Pfoten blitzschnell fortbewegte, mit Blicken zu folgen.

»Weil sie es nicht müssen«, antwortete Jack. »Die fetteste Beute finden sie auf der Erde.«

»Haben sie denn keine Feinde?«

»Sicher, aber nicht viele. Die Engländer haben für ihre Fuchsjagden Füchse mitgebracht, und der eine oder andere auf Abwege geratene Jagdhund streunt umher. Aber vor denen können sie auf Bäume flüchten.«

Eine Weile gingen sie schweigend nebeneinander.

Schließlich sagte Jack: »Es war wirklich ein schönes Fest. Ich bin so froh, dass Sie mich begleitet haben.«

»Es war mir ebenfalls ein großes Vergnügen, Jack. Es war ein unvergessliches Erlebnis.«

Ricarda verstummte und blieb stehen. Soll ich ihn fragen, was er mit Moana zu bereden hatte? Sicher drehte sich ihr Gespräch um den Angriff...

»Stimmt etwas nicht, Ricarda?«, fragte Jack, der die kurze Pause nicht zu deuten wusste.

»Nein, alles in Ordnung.«

»Sie fragen sich vermutlich, was ich mit Moana zu bereden hatte.«

Ricarda schwieg ertappt.

»Moana hat gespürt, dass ich mir die Krieger genauer angesehen habe. Natürlich ist sie enttäuscht, dass ich ihr nicht mehr vertraue, aber ich bin sicher, dass sie in meiner Lage ähnlich handeln würde. Ich beschuldige sie ja nicht.«

»Aber Sie verdächtigen ihr Volk. Und Sie wissen genauso gut wie Moana, was das für Folgen haben könnte.«

Jack seufzte. »Ja, das wissen wir beide. Aber Recht muss Recht bleiben. Willkür ist auf keiner Seite angebracht.«

Ricarda nickte. »Durchaus, aber genau genommen haben Sie nichts weiter als einen Verdacht. Und der gründet sich allein auf die Aussage von Hooper.«

»Dann wäre es vielleicht gut, wenn ich ihn mit ins Dorf nähme, damit er mir den Täter zeigt.«

»Das wäre eine Möglichkeit.«

Jack versank in Grübelei. Wenn ich mit Hooper ins Dorf

reite, glaubt man vielleicht, dass ich seine Tat billige, überlegt er. Eigentlich hätte ich ihn nach seiner Prügelattacke gleich entlassen sollen. Zum Teufel mit meiner Nachsicht! Aber jetzt muss ich sehen, dass ich das Beste daraus mache.

9

Zwei Tage später bezog sich der Himmel und heftiger Regen setzte ein. Dicke Tropfen prasselten auf das Farmhaus und bildeten bald große Pfützen auf dem Hof. Das konnte Jack jedoch nicht davon abbringen, in aller Frühe zur Weide zu reiten. Das Attentat auf Hooper machte ihm noch immer zu schaffen. Außerdem hatte ihn nach der Neujahrsfeier das merkwürdige Gefühl beschlichen, dass sich im Hintergrund etwas zusammenbraute. Daher hatte er beschlossen, nach dem Rechten zu sehen.

O nein, nicht schon wieder totes Vieh!, fuhr ihm durch den Kopf, als er merkte, dass sich seine Männer um etwas geschart hatten.

Als er näher kam, erblickte er einen jungen Maori zwischen ihnen. Es war einer der jüngeren Söhne des *ariki*. Zuletzt hatte er ihn auf dem Neujahrsfest gesehen. Er hielt ein längliches Päckchen in der Hand, das in ein fleckiges Stück Stoff eingewickelt war.

Als er seinen Boss bemerkte, wirbelte Kerrigan herum.

»Mr Manzoni! Ich wollte gerade zu Ihnen reiten.«

»Was gibt es denn, Tom?«

»Der Junge da behauptet, etwas gefunden zu haben, was Sie interessieren könnte. Uns wollte er es nicht zeigen, er hat verlangt, mit Ihnen zu sprechen.«

Ein Wunder, dass die Männer dem Jungen nichts angetan haben, dachte Jack. Aber diesmal war ja Tom vor Ort.

Jack bedeutete dem Jungen, zu ihm zu kommen.

Der Maori warf den Männern ringsum misstrauische Blicke zu, dann trat er vor Jack.

»Das gefunden unter Busch.« Damit reichte er ihm das Päckchen, das sich als recht schwer entpuppte.

Gespannt schlug Jack das Tuch auf und blickte auf die blutverschmierte Klinge eines Bowie-Messers.

Plötzlich war ihm, als tobe ein Wirbelsturm durch seine Eingeweide.

»Wer hat dich geschickt?«, presste er atemlos hervor, während sich seine Kehle zusammenzog.

»Moana sagen, das ich sollen dir bringen. Ich gefunden zusammen mit Brüdern.«

»Kannst du mir die Stelle zeigen, an der du das gefunden hast?«

Der Junge nickte.

»Kerrigan, Sie begleiten uns!«

Der Vormann nickte und schloss sich ihnen an.

Den ganzen Weg über schwiegen sie. Jack legte das Messer, das er wieder in den Stoff eingeschlagen hatte, nicht aus der Hand.

Sie passierten den Weidezaun und gingen ein Stück weit in den Busch hinein. Auf den ersten Blick gab es hier nichts Auffälliges zu sehen. Ein paar Zweige waren abgebrochen, ein Farnbusch war niedergedrückt, als habe dort ein Tier geruht.

Rasch huschte der Junge dorthin und deutete unter die Farnwedel.

»Da gelegen haben.«

»Und hier sind Hufspuren«, rief Kerrigan plötzlich, während er auf den Boden deutete.

Jack wirbelte herum und sah sie nun auch. Die einzigen Pferde weit und breit gab es auf seiner Farm. Allerdings könnte auch Bessett oder einer seiner Männer hier herumgeritten sein.

»Es wäre doch möglich, dass der Mann, der Hooper angegriffen hat, kein Maori war«, überlegte Kerrington laut.

Jack wickelte das Messer noch einmal aus und betrachtete es eine Weile. Seine Gedanken wanderten zunächst ziellos umher, bis sein Instinkt sie in eine bestimmte Richtung lenkte. »In der Tat«, antwortete er dann. »Kommen Sie, Tom, wir haben einige Fragen zu klären.«

Wird es denn heute gar nicht mehr hell?, fragte sich Ricarda seufzend, als sie aus dem Fenster blickte. Die grauen Wolken ballten sich immer dichter zusammen. Im Pavillon war es so dunkel, dass sie die Petroleumlampen anzünden musste, um ordentlich sehen zu können.

Da die Patienten bei diesem Wetter offenbar ausblieben und das Suchen nach neuen Pflanzen auch nicht möglich war, nahm Ricarda sich vor, ihre bisher gewonnenen Erkenntnisse aufzuschreiben.

Zuvor schaute sie aber noch einmal nach Nick Hooper. Dank seiner kräftigen Konstitution hatte er den Blutverlust gut verwunden und auch die Heilung der Wunde machte Fortschritte.

»Wie geht es Ihnen, Mr Hooper?«, fragte Ricarda, als sie an das Bett ihres Patienten trat.

Der Schafhirte lächelte sie an. »Schon wieder ganz anständig, Doc. Besonders jetzt, wo Sie bei mir sind.«

Schon seit einigen Tagen machte er ihr Komplimente, wo er nur konnte. Ricarda war das unangenehm. Sie überging die Schmeichelei geflissentlich. »Dann lassen Sie mich mal nach der Wunde sehen.« Damit löste sie den Verband.

»Sie macht mir nachts noch ziemlich zu schaffen«, erklärte der Mann, während Ricarda vorsichtig Karbollösung auf die Verletzung tupfte. »Aber das gibt sich, denke ich.«

Ricarda nickte und setzte ihre Arbeit schweigend fort. Noch nie war ihr aufgefallen, dass der Schafhirte sie geradezu lüstern anstarrte. Wie Nadelstiche spürte sie seine Blicke plötzlich.

Macht er sich etwa Hoffnungen auf mich? Wenn ja, dann muss ich ihn enttäuschen, dachte sie, ließ sich aber nichts anmerken, sondern legte einen neuen Verband.

»Wie sieht's aus, Doc?«, fragte Hooper plötzlich. »Können Sie sich vorstellen, irgendwann mal zu heiraten und Kinder zu kriegen?«

Ricarda hielt inne und blickte ihn überrascht an.

»Ich weiß nicht, ob das für Sie von Interesse sein sollte.«

Hooper grinste sie unverschämt an. »Nun kommen Sie, Doc! Muntern Sie Ihren Patienten doch mal ein wenig auf!«

Ricarda atmete tief durch. »Ich weiß nicht, ob es wirklich aufmunternd für Sie wäre, wenn ich Ihnen meine Meinung zu dem Thema sage.«

»Das heißt also, Sie wollen nie heiraten? Und immer nur arbeiten und für sich selbst sorgen?«

»Was spricht dagegen?«

»Nun, zum Beispiel, wie Mr Manzoni Sie ansieht. Und Sie ihn. Ich denke schon, dass Sie sich tief in Ihrem Herzen danach sehnen, einen Mann zu haben, der für Sie sorgt.«

»Und ich denke, dass Sie sich darüber nicht den Kopf zerbrechen sollten«, entgegnete sie schroff, während sie das Verbandstuch mit einer Sicherheitsnadel zusammensteckte.

Was nimmt sich dieser Kerl bloß heraus? Es geht ihn überhaupt nichts an, wie ich wen ansehe und ob ich jemals heirate.

Glücklicherweise lieferte donnernder Hufschlag ihr den Vorwand, sich ihrem unangenehmen Patienten zu entziehen. Ricarda eilte ans Fenster und blickte in den Hof.

Jack Manzoni und Tom Kerrigan zügelten ihre Pferde und sprangen aus dem Sattel. Pfützenwasser und Matsch spritzte nur so von ihren Stiefeln auf, während sie auf das Mannschaftsquartier zusteuerten.

Ist etwas geschehen?, fragte sich Ricarda, während sie ein leichtes Unwohlsein überkam.

Als die Tür aufgerissen wurde, stützte Hooper sich auf die Ellenbogen. Ricarda wäre Jack zu gern entgegengelaufen, aber sie wollte den Vermutungen des Schafhirten nicht noch mehr Nahrung bieten.

Die beiden Männer traten schnurstracks ein. Sie hatten keinen Blick für Ricarda.

»Was ist geschehen?«, fragte sie, doch Jack wandte sich gleich an ihren Patienten.

»Mr Hooper, ich muss Ihnen ein paar Fragen stellen.«

»Nur zu, Mr Manzoni!«, gab Hooper gut gelaunt zurück.

Jack konnte seine Wut nur schwerlich zügeln. Ein Angeklagter ist so lange unschuldig, bis seine Schuld erwiesen ist, ging es ihm durch den Kopf, aber es fiel ihm schwer, noch an die Unschuld dieses Mannes zu glauben. »Zunächst einmal möchte ich wissen, ob Sie sich sicher sind, dass Sie von einem Maori angegriffen wurden.«

»Natürlich bin ich mir sicher, Sir«, erwiderte der Schafhirte mit fester Stimme.

Jack ließ sich daraufhin das eingewickelte Messer reichen. Nachdem er den Stoff heruntergezogen hatte, zeigte er dem Mann die Klinge.

»Haben Sie diese Waffe schon mal gesehen?«

Hooper schluckte. »Nein, natürlich nicht.«

»Das ist also nicht die Waffe, mit der Sie verletzt wurden?«

Der Schafhirte schwieg. Seine gute Laune war schlagartig verschwunden.

»Dieses Messer wurde in der Nähe der Weide gefunden«, fuhr Manzoni fort. »Sie wurden auf dem Pferd angegriffen, nicht wahr?«

»Das stimmt«, gab Hooper zu.

»Und die Waffe haben Sie nicht gesehen?«

»Na ja.« Hooper kratzte sich am Kopf. »Wenn ich es mir recht überlege, könnte es dieses Messer gewesen sein.«

»In der Hand eines Maori?«

Während der Schafhirte nickte, entging Ricarda nicht, dass er nervös an der Bettdecke zupfte. Eine böse Ahnung überfiel sie.

»Wir haben Erkundigungen über diese Waffe eingezogen«, fuhr Manzoni fort. »Laut Mr Wesson hat er dieses Messer an einen Weißen verkauft. Ich gehe davon aus, dass es der Besitzer dieses Messers war, der Sie angegriffen hat.«

Hooper schluckte. Schweißtropfen perlten über seine Stirn. Unter seinen Augen zuckte es.

»Sie waren ein paar Tage vor dem Angriff in der Stadt, um eine Verwandte abzuholen«, wandte Kerrigan ein, während Jack den Mann nicht aus den Augen ließ. »Vielleicht haben Sie ja die Zeit genutzt, um einzukaufen.«

Hooper schnaubte entrüstet. »Glauben Sie wirklich, ich hätte mich mit dem Messer selbst verletzt?«

»Um die Maori zu diskreditieren?«, fragte Jack zurück und gab auch gleich die Antwort. »Ja, genau das glaube ich. Bei all dem Hass, den Sie auf diese Menschen haben, wäre das doch nicht abwegig, oder?«

Hooper mahlte mit den Kiefern, während Jack das Messer senkte.

»Und wer weiß, vielleicht waren Sie auch derjenige, der meinen Hund und die Schafe getötet hat. Aus genau demselben Grund...«

Unerwartet fuhr der Mann auf und packte Ricarda. Dabei hielt er ihr eine Messerklinge, die er unter dem Hemd getragen haben musste, an den Hals.

»Tretet zurück, sonst schneide ich ihr den Hals durch!«

Jack hatte bereits seinen Revolver gezogen, doch nun ließ er ihn sinken.

»Mach keinen Blödsinn, Nick!«, redete Kerrigan auf ihn ein. »Du reitest dich nur weiter in die Scheiße.«

»Ich töte die Frau!« Die Stimme des Schafhirten überschlug sich. »Lassen Sie mich durch!«

Ricarda gewahrte Jacks erschrockenen Blick. Ihr Herz raste in Todesangst, denn sie hatte keinen Zweifel, dass Hooper seine Drohung wahrmachen würde. Die Erinnerungen an den Überfall in ihrer Praxis stiegen in ihr auf. Doch zugleich löste die Panik eine Flut von Gedanken aus, die sich drehten wie ein Karussell. Ich werde mich nicht darauf verlassen, dass mich jemand rettet!, wirbelte ihr durch den Kopf. Und töten wird mich dieser Mistkerl auch nicht!

Die Klinge war ihrem Hals zwar gefährlich nahe, berührte ihre Haut aber nicht. Einen kleinen Spielraum für eine Bewegung hatte sie also. Ricarda hielt ganz still und konzentrierte sich. Dann warf sie den Kopf abrupt zur Seite und biss Hooper mit aller Kraft ins Handgelenk.

»Verdammtes Miststück!«, schrie der und schleuderte sie in seiner Abwehrbewegung von sich.

Manzoni fackelte nicht lange. Er stürzte sich auf Hooper und riss ihn zu Boden. Der Schafhirte stieß mit dem Messer nach Jack. Die Klinge durchbohrte dessen Jacke und streifte seine Haut, aber in seiner Wut achtete Jack nicht darauf. Er versetzte Hooper einen Fausthieb gegen das Kinn und nutzte dessen Benommenheit, um ihm das Messer zu entwenden. Im nächsten Augenblick war Kerrigan bei ihnen und hielt Hoopers Hände fest.

Der fluchte und schimpfte verzweifelt.

»Ricarda, holen Sie etwas, womit wir ihn fesseln können!«, rief Tom. Ricarda griff kurzerhand nach dem gebrauchten Verbandstuch, das sie neben das Bett geworfen hatte.

Als Hoopers Handgelenke zusammengebunden waren, zog Jack ihn wieder auf die Füße. Ein roter Fleck hatte sich auf dem frischen Verband gebildet. Durch die Rangelei war die Wunde am Bein offenbar wieder aufgerissen.

»Das werden Sie bereuen!«, fauchte Hooper, doch Jack nahm es gelassen.

»Ich denke eher, dass Sie einiges zu bereuen haben. Für diesen Angriff wandern Sie in den Knast. Wer weiß, was Ihnen noch nachgewiesen werden kann!«

Hooper blickte seinen Boss hasserfüllt an. Doch weitere Worte sparte er sich. Jack führte ihn nach draußen, wo Kerrigan bereits mit den Pferden wartete. In den Augen des Vormanns funkelten Wut und Enttäuschung.

»Kann ich nicht wenigstens meine Hose überziehen?«, fragte Hooper, als Kerrigan ihm in den Sattel helfen wollte.

»Deine Hose kannst du im Knast überziehen«, entgegnete der Vormann nur und versetzte Hooper einen unsanften Schubs. Er hielt ihn mit seinem Revolver in Schach, während Jack noch einmal ins Quartier zurückkehrte, um Hoopers Sachen zu holen.

Ricarda saß der Schreck immer noch in den Gliedern.

Jacks Frage, ob mit ihr alles in Ordnung sei, bejahte sie allerdings.

»Sie sind wirklich eine verdammt mutige Frau«, sagte er daraufhin. »Nicht jede hätte sich getraut, einen Mann zu beißen, der ihr ein Messer an die Kehle hält.«

»Mir zittern immer noch die Knie.«

»Kann ich Sie denn allein lassen?«

»Selbstverständlich«, entgegnete Ricarda und streckte sich entschlossen. »Noch jemand wird mich heute wohl nicht bedrohen.«

Jack verabschiedete sich mit einem bewundernden Lächeln.

Zwei Stunden später kehrte er ohne den Vormann zurück. Kerrigan war gleich wieder zur Weide geritten, um den Männern zu berichten, was geschehen war.

Nachdem sie Hooper den Constables übergeben hatten,

hatte Jack eine große Erleichterung überkommen. Der Verdacht gegen die Maori schien jetzt aus der Welt geschafft zu sein.

Ob Moana die Jungen ausgeschickt hatte, um nach Beweisen gegen Hooper zu suchen, oder ob es wirklich nur ein Zufallsfund war, wusste er nicht. Aber das war in diesem Augenblick auch nebensächlich.

Nachdem er vom Pferd gestiegen war, stiefelte er zum Pavillon. Der Himmel hatte zwar etwas aufgeklart, dennoch flackerte in den Fenstern der schwache Lichtschein einer Petroleumlampe.

Als er eintrat, blickte Ricarda von ihren Aufzeichnungen auf. Ihr Lächeln wärmte ihm das Herz.

»Ah, da sind Sie ja wieder. Ist alles glattgegangen?«

Jack nickte, nachdem er sich den Hut vom Kopf gezogen hatte.

»Ja, so weit schon. Die Constables haben Hooper in eine Zelle gesperrt, dort wird er sitzen, bis der Fall aufgeklärt ist.«

»Woher haben Sie gewusst, dass es sein Messer war?«

»Ich wusste es nicht, ich hatte nur den Verdacht.« Jack lächelte hintergründig. »Da Bessett hin und wieder bei unseren Weiden auftaucht, glaubte ich zunächst, dass es einer seiner Männer gewesen sein könnte. Aber diese Geschichte erschien mir dann doch zu unglaubwürdig.«

»Das ist die Version, dass Hooper sich selbst verletzt hat, eigentlich auch.«

»Stimmt, aber ein Mann, der hasst, ist beinahe zu allem fähig. Hooper hat gemerkt, dass ich den Maori vertraue. Also hat er wohl vorgehabt, mein Misstrauen zu wecken. Was ihm ja auch beinahe gelungen wäre.«

»Wie sind Sie eigentlich an die Waffe gekommen?«

»Ein Maorijunge hat sie uns gebracht und mir die Stelle gezeigt, an der er sie gefunden hat. Ich bin sicher, dass er zuvor bei Moana war, um ihr seinen Fund zu zeigen.«

»Dann haben die Maori den Fall also gelöst.«

»Kann man so sagen. Und ich werde mich wohl in aller Form bei ihnen entschuldigen müssen.«

Nach diesen Worten blickten Jack und Ricarda einander einen Moment schweigend an.

»Es tut mir leid, dass Sie in Mitleidenschaft gezogen worden sind«, sagte er dann und schaute verlegen auf seine Stiefelspitzen.

»Mir ist ja nichts passiert.«

»Aber es hätte durchaus anders ausgehen können. Und ich hätte es nicht...« – Jack stockte – »...hätte es nicht ertragen, wenn Ihnen etwas zugestoßen wäre.«

»Das ist sehr freundlich von Ihnen.«

Eine angenehme Wärme breitete sich in Ricarda aus und trieb ihr die Röte ins Gesicht. Hooper hat Recht, dachte sie. Da ist etwas zwischen uns, und offenbar ist es nicht zu übersehen. Wenn wir nur den Mut hätten, uns dazu zu bekennen...

»Wie wird es nun mit ihm weitergehen?«, fragte sie schließlich, denn das Schweigen war ihr unangenehm.

»Zunächst einmal wird er eine Anklage wegen Sachbeschädigung und Freiheitsberaubung bekommen«, antwortete Jack, offenbar froh darüber, dass sie ein Thema anschnitt, bei dem er sicherer war. »Es könnte nicht schaden, wenn Sie eine Aussage machen würden, Ricarda. Die Fahrt in die Stadt könnten Sie gleich nutzen, um Ihre Vorräte ein wenig aufzustocken.«

»Aber der Mann hat mir doch nichts getan. Eher sind Sie der Geschädigte mit dem getöteten Vieh.«

»Er wollte Ihnen aber etwas antun. Ich habe dem Constable bereits davon berichtet, sonst hätte er Hooper womöglich laufen lassen.«

Ricarda war mulmig zumute. Vielleicht hat Hooper Freunde, die sich dafür am mir rächen werden, überlegte sie. Eigentlich habe ich allmählich genug von solchen Zwischenfällen. Andererseits... »Also gut, wenn es sein muss, mache ich meine Aussage«, erklärte sie dennoch.

Jack strahlte. »Bestens! Ricarda, gestern Abend ist mir eine Idee gekommen.«

»Lassen Sie hören!«

»Ich dachte, dass Sie nach dem Schrecken ein wenig Erholung gebrauchen könnten. Und Sie wollen Ihre neue Heimat doch bestimmt ein wenig näher kennenlernen, oder?«

Ricarda nickte.

»Dann würde ich einen Ausflug zu den Wairere Falls vorschlagen. Wir könnten morgen in aller Frühe aufbrechen. Ich bin sicher, dass Ihnen der Anblick gefallen wird.«

Ricarda schoss nur ein Gedanke durch den Kopf: Dort draußen habe ich ihn für mich allein.

Ein Schauder der Erregung erfasste sie. Ihre Wangen begannen zu glühen, denn sie fürchtete, dass Jack spürte, was in ihr vorging.

»Was meinen Sie zu meinem Vorschlag?«

»Ich kann mir nichts Schöneres vorstellen. Wie lange werden wir denn unterwegs sein?«

»Zwei bis drei Tage, je nachdem, wie schnell wir vorankommen. Bis zu den Falls ist es ein ziemliches Stück. Doch Sie müssen sie unbedingt gesehen haben. Wenn Ihre Praxis erst wieder brummt, werden Sie wohl so schnell nicht mehr dorthin kommen. Der Arzt, der sich um meine Eltern gekümmert hat, ist sogar an Sonn- und Feiertagen zu uns rausgefahren, als es ihnen besonders schlecht ging.«

»Doch nicht etwa Doherty?«

Jack schüttelte den Kopf. »Sein Name war Fraser. Er hat die Praxis an ihn übergeben. Das war vor etwa zehn Jahren. Doherty war damals auch schon in der Stadt, hat aber wegen des alten Arztes nur wenige Patienten gehabt.«

»Jetzt kann ich verstehen, warum er so vehement gegen mich kämpft. Er erinnert sich noch gut an seine Not. Allerdings ist er jetzt derjenige mit der Villa und den vielen Patienten.«

»Spätestens seit Sie Ingram Bessett wieder zum Leben erweckt haben, weiß Doherty, was er von Ihnen zu erwarten hat. Vielleicht fürchtet er sich davor, wieder abzusinken.«

»Aber Tauranga expandiert doch, und ich denke nicht, dass die Einwandererflut von heute auf morgen abebben wird«, hielt Ricarda dagegen. »Im Gegenteil. Wenn sich die Zustände in Europa nicht ändern, werden sich noch mehr Menschen hier niederlassen. Bestimmt wird Tauranga sich eines Tages über die Landzunge hinaus ausbreiten.«

»Dann befindet sich meine Farm irgendwann in der Mitte der Stadt«, gab Jack schmunzelnd zurück, aber er schien nicht daran zu glauben. »Ich weiß nicht, ob ich mir das wünschen soll. Wenn sich die Stadt ausdehnt, wird der Platz für die Maori auch geringer. Und eines Tages werden sie nichts anderes mehr sein als eine Attraktion für Reisende. Davor fürchte ich mich.«

Ricarda dachte an die fröhlich plaudernden und singenden Menschen zurück und stimmte ihm zu.

In diesem Moment rollte eine Kutsche auf den Farmhof. Ein Mann stieg aus und strebte auf sie zu.

»Sehen Sie, da geht es schon los«, raunte Jack. »Ich wette, der Herr will zu Ihnen. Packen Sie heute Abend ein paar Sachen für die Reise zusammen; morgen reiten wir.«

»Einverstanden.«

Während Ricarda dem Besucher gespannt entgegensah, zog Jack sich ins Farmhaus zurück.

»Mein Name ist Johnston«, stellte sich der ältere Herr mit dem weißen Vollbart vor. »Meine Frau möchte gern zu Doktor Bensdorf.«

Ricarda lächelte freundlich. »Ich bin Doktor Bensdorf. Bringen Sie Ihre Frau zu mir, ich bin sofort für sie da.«

Während sich Ricarda um ihre Patientin kümmerte, holte Jack sein Pferd aus dem Stall und machte sich auf den Weg zum Maoridorf.

Er wollte sich unbedingt bei Moana entschuldigen. Und gleichzeitig auch bedanken. Ohne ihre weise Einschätzung wäre er Hooper nicht auf die Schliche gekommen. Was hat sich der Kerl eigentlich dabei gedacht, fragte sich Jack, während er durch den Busch ritt. Kann der Hass auf die Maori so tief in ihm sitzen? Oder hat jemand nachgeholfen? Da fiel ihm wieder ein, dass Bessett von den Schafläusen erfahren hatte, obwohl er unter seinen Leuten Stillschweigen angeordnet hatte.

Ob Bessett Hooper bestochen hatte? Je näher er seinem Ziel kam, desto klarer fügten sich die einzelnen Puzzleteile zusammen. Es würde zu Bessett passen, einen Spion bei mir einzuschleusen. Einen Saboteur, der nicht nur meiner Farm schadet, sondern auch den Hass auf die Maori schürt.

Beweise hatte er natürlich nicht. Sofern Hooper nicht gestand, dass der Adlige etwas mit der Sache zu tun hatte, würde Bessett ungeschoren davonkommen. Und andernfalls würde es nur auf Schadensersatz hinauslaufen, was den wohlhabenden Mann kaum treffen würde.

Aber Kerle wie du kriegen ihre Strafe, Bessett!, dachte Jack und lenkte seinen Schimmel ins Dorf.

Als Jack Moanas Hütte betrat, bemerkte er, dass die Heilerin nicht allein war. Sie stand über Taiko gebeugt, strich über deren Bauch und summte eine beschwörende Melodie. Offenbar stand die Geburt des Kindes kurz bevor.

Jack wollte sich diskret zurückziehen, doch die Heilerin hatte ihn bereits bemerkt.

»Du bleiben, *kiritopa*. Ich fertig mit Taiko.«

Sie lächelte der jungen Frau aufmunternd zu und reichte ihr

ein paar Kräuter. Taiko warf Jack einen schüchternen Blick zu und verließ dann die Hütte.

»Mani mir sagen, dass du Messer mitgenommen«, begann Moana, während sie Jack bedeutete, dass er Platz nehmen solle.

»Und nicht nur das. Ich weiß jetzt auch, wer Hooper angegriffen hat.«

Die Heilerin setzte ein wissendes Lächeln auf.

»Er war es selbst. Und wahrscheinlich haben wir ihm auch die toten Schafe und den Hund zuzuschreiben.«

»Du sehen, *papa* und *rangi* sorgen, dass Wahrheit ans Licht kommen.«

»Ich möchte mich bei dir und deinem Dorf dafür entschuldigen, dass ich so misstrauisch war.«

Moana legte die Hände auf seine. »Wenn Wahrheit sich verstecken, Mann fallen schwer, zu vertrauen. Wenn Wahrheit hervortreten, dann Mann wissen, wer seine Freunde.«

Jack konnte dazu nur nicken. Dennoch schämte er sich, weil er beinahe in Hoopers Falle getappt war.

»Ich verspreche, ich werde nie wieder an dir zweifeln.«

»Das du nicht tun sollen, *kiritopa*. Du nur trauen deinem Herzen und nicht urteilen zu schnell.«

Moana zog die Hände wieder zurück. »Was geschehen mit Mann?«

»Wir haben ihn zur Polizei gebracht. Er hat Dr. Bensdorf angegriffen und wollte sie als Geisel nehmen. Er wird seine gerechte Strafe bekommen, dafür sorge ich schon. Und er wird auch keinen Fuß mehr auf mein Land setzen.«

Die Heilerin wirkte zufrieden. »Dann wir dich bald wiedersehen mit *wahine*?«

Jack lächelte. »Ja, das werdet ihr.«

10

Am nächsten Morgen waren die Regenwolken verschwunden. Tiefrot leuchtete die Sonne über dem Buschland. Heller Vogelgesang erfüllte die feuchtwarme Luft.

Ricarda hatte sich so bequem wie möglich angezogen und nur das Nötigste für den Ausflug eingepackt. Dazu zählten auch ein paar Dinge aus ihrer Arzttasche, die sie in eine Instrumentenrolle aus Segelstoff eingewickelt hatte. Sie wollte für Stürze und andere Unglücksfälle gerüstet sein.

Als sie aus dem Pavillon trat, führte Jacks Stallknecht die Pferde auf den Hof. Ricarda war überrascht, dass das Packpferd so schwer beladen war. Habe ich vielleicht doch zu wenig mitgenommen?

Mit ihrer Tasche ging sie zum Haus. Jack Manzoni trat gerade auf die Veranda.

»Sind Sie bereit, Ricarda?«, rief er und winkte ihr zu.

Auf der Veranda war ein Frühstück hergerichtet. Der heiße Dampf des Kaffees kringelte sich bereits über den Tassen.

Im Haus rumorte es. Offenbar war die Haushälterin da. Ricarda hatte Margaret inzwischen kennengelernt und schätzte sie als freundlich und umsichtig. Sie war angenehm zurückhaltend und erinnerte Ricarda an die Köchin ihrer Eltern.

»Ja, ich bin bereit. Ich wundere mich nur, dass wir Ihren gesamten Hausrat mitnehmen.«

»Keine Sorge, etwas habe ich Margaret zum Bewachen übrig gelassen!«, gab Jack lachend zurück und nahm einen Schluck

Kaffee. »Es sind nur Schlafmatten und Decken, ein Zelt, unser Proviant mitsamt Kochgerätschaften und ein Buschmesser für den Fall, dass wir irgendwo stecken bleiben. Außerdem ein Gewehr mitsamt Munition.«

»Aha.«

»Während unserer Abwesenheit wird Margaret hier wohnen und nach dem Rechten sehen«, erklärte Jack, während sie ihre Mahlzeit beendeten. »Ich habe sie angewiesen, auch nach Ihrer Praxis zu sehen. Nicht, dass sich dort Unholde einnisten.«

»Das ist sehr aufmerksam von Ihnen, Jack.« Ricarda trank ihren Kaffee aus und folgte ihm zu den Pferden.

»Ich hoffe, Sie können reiten.« Jack nahm die Zügel des Rappen, der für sie bestimmt war. Der Hengst hatte eine dolchförmige Blesse auf der Stirn.

Ricarda schüttelte den Kopf. »Nicht besonders gut. Meine Mutter hat mir stets eingebläut, dass Reiten für Damen unschicklich ist.«

»Dann haben Sie jetzt Gelegenheit zu üben!« Damit führte er das Tier zu ihr. »Leider habe ich keinen Damensattel für Sie, denn meine Mutter hat auch nichts von Ausritten gehalten. Aber ich denke ohnehin, dass eine Frau besser in einem Herrensattel sitzt.«

Mutter würde in Ohnmacht fallen, wenn sie mich im Sattel sähe, dachte Ricarda. »Ich habe ohnehin nie verstanden, warum Frauen überhaupt in Damensätteln sitzen sollen«, pflichtete sie Jack bei, der sogleich eine Antwort parat hatte.

»Um die Männer nicht in Versuchung zu führen. Immerhin könnten sie beim Reiten ihre Beine zeigen.«

»Auch im Damensattel kann der Rock hochwehen!«, wandte Ricarda ein, während sie ihr Pferd musterte.

Es schien ganz gutmütig zu sein, und seine Augen wirkten treu und klug.

»Brauchen Sie Hilfe, oder wollen Sie allein aufsitzen?«

»Ich versuch's erst mal allein!«

Ricarda stellte den linken Fuß in den Steigbügel und zog sich am Sattelhorn hoch. Das ging besser, als sie erwartet hatte.

»Offenbar haben Sie nichts verlernt!«

»Warten Sie ab, bis sich das Pferd in Bewegung setzt!«

Obwohl Ricarda zum letzten Mal als Kind allein auf einem Pferd gesessen hatte, fühlte sie sich im Sattel nicht fremd. Freudige Erregung befiel sie. Sie dachte wieder an das Neujahrsfest und die Wanderung mit Jack durch den Busch. Die Aussicht auf ein ähnliches Abenteuer, allerdings ganz ohne zeremonielle Verpflichtungen und vor allem ohne Beobachter, ließ ihr Herz höher schlagen.

»Hauptsächlich kommt es beim Reiten darauf an, sich festzuhalten und sich den Bewegungen des Pferdes anzupassen«, erklärte Jack nun und verscheuchte ihre Gedanken.

»Wenn ich runterfalle, können Sie ja versuchen mich aufzufangen.«

»Das werde ich. Aber ich glaube, es wird nicht nötig sein.«

Er saß auf und überprüfte noch einmal die Leine des Packpferdes, die am Sattel seines Schimmels befestigt war.

»Auf geht's!« Mit diesen Worten gab er seinem Pferd die Sporen.

Der Ritt durch den Busch war faszinierend für Ricarda. Nicht nur ein Mal meinte sie, die Bewegung eines Tiers aus dem Augenwinkel heraus wahrzunehmen, doch als sie sich umschaute, war es schon wieder verschwunden. Überall wisperte und raschelte es.

Die Route, die Jack einschlug, war recht unwegsam, sodass Ricarda sich gut festhalten musste. Mehrmals klatschte ihr tief hängendes Blätterwerk ins Gesicht und benetzte ihre Haut mit Morgentau. Ihre Waden wurden von hohen Farnen gepeitscht, aber auch das störte sie nicht. All die Eindrücke schärften ihre Sinne, und sie spürte den eigenen Körper mit ungeahnter Intensität. Sie fühlte sich glücklich und frei.

Schon rings um Jacks Farm war die Natur beeindruckend gewesen, doch hier war die Vegetation wieder ein wenig anders. Ricarda glaubte, dass dieser Teil der Landschaft noch nicht einmal von den Maori durchquert worden war. Das Unterholz war dichter, und nach einer Weile musste Jack zu seinem Buschmesser greifen, um ihnen eine Schneise durch das nahezu undurchdringliche Grün zu schlagen.

Einmal war es Ricarda, als hätte sie in den Baumkronen Eichhörnchen entdeckt, doch bei näherem Hinsehen entpuppte sich das Hörnchen als Kaka, ein Verwandter der Keas, die Ricarda hier schon öfter bewundert hatte. Ihr graues Gefieder war mit leuchtend roten Federn durchsetzt.

Weitere Vögel wie Kakapos und Kiwis kreuzten ihren Weg. Wenn sie Rast machten, fertigte Ricarda Skizzen an. Nicht nur die Tiere hielt sie mit schneller Hand fest, sie sammelte auch Pflanzen, die sie zwischen den Blättern ihres Zeichenblockes presste.

Einmal brachte Jack ihr ein seltsam geformtes Insekt mit sechs Beinen. Es ähnelte einer riesigen Heuschrecke, nur dass es einen dickeren, gestreiften Leib besaß. Und einen Stachel und lange Fühler. »Das ist ein Weta«, erklärte er. »Genau genommen ein Baum-Weta. Ein Weibchen. Das, was Sie vielleicht für einen Stachel halten, ist eine Röhre zur Eiablage.«

»Schade, dass wir keines mitnehmen können«, sagte Ricarda, während sie sich das Tier reichen ließ. Es fühlte sich wie ein großer Käfer an.

»Zum Glück können wir keines mitnehmen«, entgegnete Jack. »Was meinen Sie, wenn das Mädchen hier dazu kommt, Eier zu legen. Dann können Sie sich vor Wetas nicht mehr retten.«

»Woher kommt der Name?«

»Von den Maori. Ich bin kein Biologe, aber die Weißen würden das Tier wohl als Schrecke bezeichnen. Weta kommt vom Maoriwort *wtāpunga*, was so viel heißt wie ›Gott der hässlichen Dinge‹.«

»So hässlich sieht es gar nicht aus.« Ricarda betrachtete das kuriose Insekt noch eine Weile, bis es mit einem Satz von ihrer Hand sprang.

Als es dunkelte, suchte Jack eine Stelle, an der sie ihr Lager aufschlagen konnten. Dass sich zu dieser Stunde viele nachtaktive Tiere auf die Jagd begaben, kannte Ricarda bereits von ihrem Ausflug ins Maoridorf. Dennoch erschien ihr das Rascheln in der Finsternis unheimlich.

»Glauben Sie wirklich, dass diese Stelle geeignet ist?«, fragte sie, während sie ihren Blick aufmerksam über den Boden schweifen ließ, der mit Laub und kleinen Zweigen bedeckt war.

»Ich denke schon«, entgegnete Jack. »Falls Sie Bedenken wegen der Tiere haben, ich dichte das Zelt so gut ab, dass wir von unangenehmen Überraschungen verschont bleiben. Angst vor Schlangen brauchen Sie nicht zu haben, die gibt es in Neuseeland nicht. Allenfalls verirrt sich ein Weta oder eine Fledermaus in unsere Behausung.«

So possierlich Ricarda Fledermäuse auch fand, wenn sie über den Boden huschten, Auge in Auge mit einer von ihnen aufzuwachen, wünschte sie sich nicht. Doch sie behielt das für sich, denn sie war ja hier, um Neues zu erleben. Wie sie aus Erfahrung wusste, musste eine Forscherin auch Unbilden ertragen.

»Haben Sie schon mal draußen übernachtet?«, fragte Jack, während er das Zelt mit Decken abdichtete. »Ich meine, in einem Zelt.«

»Nein, bisher noch nicht.«

»Dann wird das eine völlig neue Erfahrung für Sie.«

»Und wenn ich es mit der Angst zu tun kriege?«, fragte Ricarda, doch ihr Lächeln verriet, dass sie es nicht allzu ernst meinte.

»Dann dürfen Sie sich jederzeit an meine starke Schulter lehnen oder mich um Hilfe anflehen.«

Jack lächelte und schaute sie unverwandt an.

Ricarda wurde plötzlich ganz heiß.

Doch dann zog er sich hastig zurück und ging zu seinem Pferd, um den Proviant zu holen.

Ihre Mahlzeit, die sie im Schein zweier Petroleumlampen einnahmen, bestand aus Brot, Dosenfleisch und Käse, dazu gab es noch einige Früchte, die Jack unterwegs gepflückt hatte.

»Es ist nicht gerade ein Festmahl«, meinte er entschuldigend. »Aber wir werden immerhin nicht mit knurrendem Magen einschlafen müssen.«

»Ich habe auch kein Restaurant erwartet, Mr Manzoni«, entgegnete Ricarda und griff zu. »Aus meiner Studienzeit bin ich es gewöhnt, mit dem zufrieden zu sein, was ich habe. Glauben Sie mir, auch Zürich war kein Schlaraffenland.«

Als sie schließlich satt waren und schweigend die Schönheit der Nacht betrachteten, überkam Ricarda eine tiefgreifende Zufriedenheit, die sie so noch nie gespürt hatte. Jacks Atemzüge und seine Nähe gaben ihr ein Gefühl der Geborgenheit, von dem sie sich wünschte, dass es nie vorübergehen möge.

»Ich denke, wir sollten uns jetzt schlafen legen«, sagte Jack schließlich. »Wenn wir morgen in aller Frühe aufbrechen, erreichen wir die Wairere Falls noch vor Einbruch der Dunkelheit.«

Die Beherrschung in seiner Stimme war für Ricarda unüberhörbar. Offenbar waren in ihm Gefühle erwacht, die er ihr gegenüber nicht zu zeigen wagte. Vielleicht aus Angst, dass sie ihn zurückweisen könnte.

Dabei bräuchte er sich gar nicht zurückzuhalten, dachte sie.

Gleichzeitig fragte sie sich, was wohl ihre Mutter zu diesem Gedanken und der Tatsache gesagt hätte, dass sie mit einem Mann allein in der Wildnis unterwegs war. Wahrscheinlich wäre sie höchst schockiert.

Ricarda freute sich einmal mehr, dass sie die Fesseln ihrer konservativen Erziehung mühelos abgestreift hatte.

Dass die Nacht im Zelt eine neue Erfahrung war, konnte Ricarda nur bestätigen. Während Jacks Atemzüge nach einer Weile flach und gleichmäßig wurden, starrte sie mit offenen Augen an die Plane über ihr. Der Mond, der über den Wald hinwegwanderte, zauberte groteske Schatten auf den Stoff. Die Geräusche ringsherum schienen immer stärker zu werden. Schließlich vernahm sie ein Kratzen an der Zeltplane, das sie zusammenzucken ließ.

Was hat er noch mal gesagt? Ich darf mich an seine Schulter lehnen?

Ihr Blick schweifte über sein Gesicht und zeichnete seine Konturen fasziniert nach. Sie fand es fast schon rührend, wie ruhig er schlafen konnte, als gäbe es ringsherum keine Wildnis und als wären die Zeltbahnen feste Mauern.

Sehnsucht stieg in ihr auf, und da sie sicher war, dass er tief und fest schlief, rückte sie nun tatsächlich ein wenig näher an ihn heran. Wenn er wach wird und sich darüber wundert, kann ich mich ja immer noch schlafend stellen.

Als ihr Körper Jacks Körper spürte, entzündete sich in ihrem Inneren ein Feuer. Es brannte so hell, dass es die unheimlichen Schatten verbannte. Ricarda merkte, dass sie ruhiger wurde, während ihr sein Geruch in die Nase stieg. Ihr Herzschlag vertrieb die Geräusche ringsherum, und obwohl an Schlaf noch immer nicht zu denken war, fühlte sie sich nun wirklich geborgen, als hätte selbst der schlafende Jack an ihrer Seite die Macht, sie zu beschützen.

Am nächsten Morgen erhob sich Ricarda schon in aller Frühe. Sie steckte den Kopf aus dem Zelt und sah auf zu dem Baumdach über ihnen, in dem wie ein Schleier der Nebel hing. Das Licht war noch fahl, doch schon bald brachte die höher steigende Sonne das Buschland zum Erwachen. Während die Nachtjäger in ihre Unterschlüpfe zurückkehrten, beendeten die Geschöpfe des Tages ihren Schlaf und erfüllten die Luft mit vielen fremdartigen Geräuschen.

Über Nacht hatte sich Tau auf die Farne und die Blätter am Boden gelegt. Wie mag es wohl sein, ihn an den Füßen zu spüren?, fragte sie sich und lief mit nackten Füßen aus dem Zelt.

Die kühle Nässe war Ricarda zunächst unangenehm, doch schnell gewöhnte sie sich daran und stellte fest, dass es ihre Sinne klärte. Während die Luft erfrischend in ihre Lungen strömte, breitete sie die Arme aus und fühlte sich inmitten des Zwitscherns und Raschelns ringsherum wie eine Feenkönigin, die von ihren Untertanen begrüßt wurde.

Eine Waschgelegenheit gab es hier nicht, aber da sie ohnehin zu einem Wasserfall ritten, beschloss Ricarda, mit einem Teil ihrer Wasserration eine Katzenwäsche zu machen. Später würde sie ihre Flasche wieder auffüllen.

Sie ging zu den Pferden hinüber, die schnaubend den Kopf drehten, als sie sie witterten. »Ruhig, ich tue euch nichts!«, redete sie sanft auf die Tiere ein und tätschelte ihre Mähne. Dann öffnete sie eine der Satteltaschen.

Nachdem sie sich noch einmal zum Zelt umgeschaut hatte, knöpfte sie ihre Bluse auf. Das Wasser, das sie der großen Feldflasche entnahm, war kühl auf ihrer Haut, doch es vertrieb den letzten Rest Müdigkeit.

»Guten Morgen, Ricarda, haben Sie gut geschlafen?«

Jacks Stimme ließ sie zusammenschrecken. Rasch raffte sie ihre Bluse vor der Brust zusammen.

»Himmel, Mr Manzoni, haben Sie mich erschreckt!«

»Tut mir leid, war keine Absicht«, entgegnete er mit einem schelmischen Lächeln. »Als ich gemerkt habe, dass Sie nicht mehr bei mir sind, wollte ich nachschauen, ob Sie jemand entführt hat.«

»Wer sollte mich hier entführen?«, fragte Ricarda in scherzhaftem Ton und verschloss die Flasche wieder.

»Vielleicht die Geister der Maoriahnen. Ich habe mir sagen lassen, dass sie ein Faible für schöne Frauen haben.«

»Ich habe bislang keine Ahnengeister gesehen«, gab Ricarda zurück, während sie sich die Haare im Nacken zusammenband. »Aber vielleicht verstecken sie sich im Nebel.«

»Durchaus möglich. An Ihrer Stelle wäre ich vorsichtig.«

»Sie würden mir doch sicher zu Hilfe eilen, wenn ich in Not geriete, oder?«

Ricarda strebte nun wieder dem Zelt zu.

»Selbstverständlich!« Jack stand davor, ihre Stiefeletten in der Hand. Er reichte sie ihr.

»Danke, das ist ...« Ricarda verstummte, als seine Finger ihre Hand berührten.

Einen Moment lang blickten sie sich in die Augen, und der Wunsch, ihn zu küssen, wurde beinahe übermächtig. Warum tust du es nicht einfach?, fragte Ricarda sich.

Doch da zog er sich wieder zurück und schlug beinahe scheu die Augen nieder. »Ich werde ein Feuer machen, damit wir Kaffee bekommen«, sagte er und stiefelte, die Hosenträger über die Schultern ziehend, in Richtung Pferde.

Ricarda drückte die Stiefeletten an sich und wünschte sich inständig mehr Mut für die nächste Gelegenheit.

Nach dem Frühstück brachen sie ihr Lager ab und setzten ihre Reise fort. Nachdem sie die folgenden Stunden durchgeritten waren, ertönte am Nachmittag aus der Ferne ein leises Donnern. Ricarda blickte bereits besorgt zum Himmel, der an diesem Nachmittag erneut bezogen war und zum Greifen nah schien.

»Die Wasserfälle sind ganz in der Nähe«, erklärte Jack, während er nach Westen deutete. »Wir werden sie noch vor Sonnenuntergang erreichen.«

Tatsächlich wurde der Lärm ohrenbetäubend, und wenig später tauchten die Wairere Falls vor ihnen auf. Von einem atemberaubend hohen Felsen stürzten die Wassermassen sich in die Tiefe, direkt in ein Bassin, von dem sich ein zweiter, kleinerer Wasserlauf über schwarzes Gestein abwärts ergoss.

Ricarda fragte sich, wie viele Liter Wasser dort gleichzeitig hinunterstürzten. Ein feuchter Nebel wehte ihnen entgegen und legte sich in feinen Tropfen auf ihre Haut. Als das Sonnenlicht hinter einer Wolke hervorbrach, erschien ein Regenbogen. Stundenlang hätte sie hier ausharren und dieses Naturwunder beobachten können. Das Geräusch beruhigte sie und klärte ihre Gedanken.

»Wollen wir da hochklettern?«, fragte Jack plötzlich. »Wir könnten uns auf einen der Felsen setzen und die Beine im Wasser baumeln lassen.«

»Ist das nicht zu gefährlich?« Zweifelnd blickte Ricarda zu den glänzenden, rund geschliffenen Steinen auf.

»Nicht, wenn wir uns vorsehen. Wir brauchen ja nicht bis direkt unter den Fall zu laufen.« Jack streckte die Hand nach ihr aus. »Kommen Sie, das Erlebnis ist einmalig.«

Schwindel erfasste Ricarda angesichts der Höhe. Ein mulmiges Gefühl ballte sich in ihrem Magen zusammen. Aber dann siegte ihre Unternehmungslust. Verzagt am Fuße eines Berges haltzumachen war etwas für Frauen, die ihre Fesseln nicht abzustreifen wagten. Du musst deine Furcht überwinden, Ricarda!, ermahnte sie sich.

Sie ergriff Jacks Hand und ließ sich auf den ersten Felsen helfen. Dessen Oberfläche war so glatt, dass sie abzurutschen drohte. Aber Jacks Hand hielt Ricarda fest und zog sie mit sich fort.

Stein um Stein brachten sie hinter sich, bis sie schließlich einen Felsen erreichten, der sich ganz in der Nähe des unteren Wasserlaufes befand. Den größeren Wasserfall konnte man von dort aus nicht sehen, dafür wirkte der kleinere nun riesig. Das Wasser ergoss sich auf schwarze Steinbrocken und schäumte auf, als es über eine Felskante floss.

Das Donnern der niederstürzenden Wassermassen war hier körperlich zu spüren. Ricardas Magen vibrierte. Schließlich deutete Jack auf einen flachen Stein in der Nähe, der wie eine Ruheinsel in dem Getöse wirkte.

Sie kletterten dorthin, setzten sich und zogen die Stiefel aus. Jack krempelte sich die Hosenbeine hoch, und Ricarda raffte ihren Rock. Das Wasser, das bald ihre Beine umspülte, war so eisig, dass sie vor Schreck laut prustete. Der alte Kneipp hätte an diesem Wassertreten seine helle Freude, dachte sie.

»Herrlich, nicht wahr?« Jack lachte. Er konnte die Augen von Ricarda kaum abwenden.

»Ja, Jack.« Zwar war ihr aufgrund der Höhe noch immer leicht unwohl, aber der Aufstieg hatte sich gelohnt. Die Aussicht war wirklich prächtig.

»Dies ist einer der schönsten Wasserfälle, die ich kenne«, erklärte Jack. »Auf der Südinsel soll es allerdings auch einige imposante Fälle geben.«

»Waren Sie jemals da?«

»Einmal, um Jungschafe zu kaufen. Die Schafzüchter auf der Südinsel haben wesentlich bessere Weideflächen als wir. Dort haben es einige Männer in den Rang von Schafbaronen gebracht. Der Einzige, der bei uns diese Bezeichnung verdient hätte, ist Bessett.«

»Aber Ihre Farm scheint auch ganz gut zu laufen.«

»Ich kann mich nicht beklagen. Mit Bessett tauschen möchte

ich um keinen Preis. Er muss Gesellschaften geben und hetzt selbst von Empfang zu Empfang. Da lob ich mir die Ruhe auf meinem Anwesen und die Gesellschaft einer interessanten Frau.«

Ricarda freute sich über das Kompliment, aber alles, was sie darauf hätte erwidern können, erschien ihr so lächerlich, dass sie es vorzog, zu schweigen und in das glitzernde Wasser zu starren, das die untergehende Sonne nun in ein rotes Licht tauchte. Wenn hier nicht das Paradies ist, wo dann?, ging ihr durch den Kopf.

»Wir sollten wieder hinabklettern und etwas abseits vom Wasserfall unser Nachtlager aufschlagen«, schlug Jack vor. »Nachts kommen sehr viele Tiere hierher, vielleicht können wir die eine oder andere Entdeckung machen.«

Ricarda freute sich darauf, auch wenn sie wie in der ersten Nacht kein Auge zutun würde.

Der Abstieg gestaltete sich schwieriger als der Aufstieg, denn aufgrund der Dämmerung war der Untergrund schlechter zu erkennen. Sie hatten erst die Hälfte der Strecke hinter sich gebracht, als Ricarda plötzlich fehltrat und den Halt verlor. Mit einem lauten Aufschrei kippte sie nach hinten und drohte, den Wasserfall hinunterzustürzen. Doch Jack reagierte blitzschnell. Er packte ihren Arm und zog sie an sich. Vor Schreck zitternd, schmiegte Ricarda sich an ihn. Ihr Herz raste, ihre Knie waren weich wie Butter, und sie atmete stoßweise. Dass ihr Rock zur Hälfte durchnässt war, bemerkte sie nicht.

»Danke ... danke, Jack!«, stammelte sie. »Vielleicht hätte ich anderes Schuhwerk anziehen sollen.«

»Ihr Schuhwerk ist schon richtig, aber auf den schlüpfrigen Felsen rutscht man leicht aus, wenn man das Klettern nicht gewöhnt ist. Kommen Sie weiter, ich halte Sie!«

Mit Jacks Unterstützung verlief der Rest des Abstiegs reibungslos.

»Sie sollten sich umziehen«, schlug Jack vor, als er Holz für eine Feuerstelle aufschichtete und beobachtete, dass Ricarda zähneklappernd ihren nassen Rock auszuwringen versuchte. »Die Nächte werden kühl, und ich möchte nicht, dass Sie sich den Tod holen.«

»Aber ich habe keine Ersatzkleidung mit.«

»Ich schon.« Jack ging zu seinem Pferd, nestelte an der Satteltasche herum und zog tatsächlich trockene Sachen hervor.

»Ich hoffe, Sie haben nichts gegen eine Hose.«

Ricarda griff dankbar nach dem Bündel. »Natürlich nicht!«

Sie verschwand mit der Hose hinter einem der mächtigen Kauribäume, die ihren Rastplatz umstanden. Rasch vertauschte sie ihren Rock gegen Jacks Ersatzhose und hängte ihn zum Trocknen an einen Ast in der Nähe des mittlerweile lodernden Feuers.

Als beide es sich bequem gemacht hatten, musterte Jack sie lächelnd. »Ich hoffe, die Hose ist bequem.«

»Sehr sogar. Ich könnte mich daran gewöhnen«, sagte sie, worauf er ihr Brot und Schinken aus dem Reiseproviant reichte.

»Was halten Sie davon, wenn wir morgen noch ein Stückchen weiter ins Land reiten? Oder vielleicht zurück zur Küste?«

»Das wäre wunderbar!« Wo auch immer es hingeht, dachte Ricarda, ich kann mir gar nichts Schöneres vorstellen, als an Jacks Seite durch diese zauberhafte Natur zu reiten. Sie blickte ihn zufrieden an. So lässt es sich aushalten: unterwegs zu sein mit einem wundervollen Mann, allein wie Adam und Eva im Paradies. Wieder durchflutete eine Welle von Verlangen ihren Körper. Zu gern hätte sie sich an ihn gelehnt und einfach nur seine Wärme gespürt und seinen Duft eingeatmet.

Da ihre Gefühle übermächtig wurden, versuchte sie sich abzulenken. »Erzählen Sie mir von den Sternen«, bat sie. »Welche Namen haben die Maori für sie?«

Jack schien diese Frage zu verwundern. Nach kurzem Zögern

antwortete er: »Den Gürtel des Orion nennen die Maori zum Beispiel *Tautoru*. Den Hundsstern Sirius nennen sie *Takura* und das Kreuz des Südens...« Seine Stimme war plötzlich ganz rau, und er verstummte.

Beiden sahen einander an. Die Geräusche des Wasserfalls schienen sich zurückzuziehen. Nichts außer Jacks eindringlichem Blick nahm Ricarda noch wahr. Ein Blick, der sie bannte. Ein wohliger Schauer rann ihr über den Rücken. Ihr Schoß wurde heiß. Es war so weit. Die Erinnerung an die Blicke, die flüchtigen Berührungen und das Lächeln, das sie einander geschenkt hatten, und die Nähe, die sie in diesem Moment spürten, waren zu einem Magneten geworden, der sie unweigerlich anzog. Was auch immer geschehen würde, es war unabwendbar und bereitete Ricarda schon jetzt, noch bevor überhaupt etwas passiert war, höchstes Glück.

Zunächst fanden ihre Lippen zueinander, sanft und zögerlich, dann fielen sie sich in die Arme, und die Küsse wurden fordernder.

»Du weißt gar nicht, wie lange ich mich schon danach gesehnt habe, Liebste!«, gestand er. »In all den Nächten habe ich mir vorgestellt, wie es sein könnte, dich zu küssen, dir ganz nahe zu sein. Doch ich wollte dich nicht überrumpeln, und ständig haben mich Zweifel geplagt, ob du genauso empfindest wie ich.«

Wenn du wüsstest, wie sehr ich dich begehre!, dachte Ricarda. »Ich sehne mich nach dir, Jack«, flüsterte sie, »schon lange sehne ich mich so, aber ich hätte nie gewagt... Ich dachte...«

Jacks ungestümer Kuss verschloss ihre Lippen. Behutsam drückte er Ricarda in das weiche Moos. Ihr Herz raste, und ihre Glieder begannen zu zittern, als Jack den ersten Knopf ihrer Bluse, dann ihr Mieder öffnete. Vorsichtig fuhren seine Fingerspitzen in die kleine Kuhle an ihrem Hals, tasteten sich über jedes Fleckchen ihrer zarten Haut und erzeugten dort mit jeder

Berührung kleine, lang ersehnte Explosionen der Lust, die Ricarda näher an die Ekstase brachten.

Das Moos streichelte ihren Rücken, während Jack Ricardas Brüste mit sanften Küssen bedeckte. Unter seinen Berührungen fühlte Ricarda eine nie gekannte Hitze in sich aufsteigen, und zwischen ihren Schenkeln wurde es feucht. Vor Verlangen zitternd, streifte Ricarda ihre Hosen ab und erlaubte Jack, ihre Schenkel zu streicheln. Einen Moment verharrten sie so, küssend, einer umfangen von der Wärme des anderen. Dann half sie ihm, ebenfalls die Kleider abzulegen.

»Liebe mich!«, flüsterte sie in sein Ohr, streichelte seinen Rücken bis hinunter zu seinem festen Gesäß und bot sich ihm dar.

Als er in sie eindrang, keuchend vor Verlangen, spürte Ricarda einen jähen Schmerz, gefolgt von einem Lodern, das sie alles um sich herum vergessen ließ. Sie schlang die Beine um Jacks Hüften, während er sich langsam zu bewegen begann.

Alles verschwamm nun in dem süßen Rausch, der ihren Körper erfasste, bis sich ihre grenzenlose Lust in einem Feuerwerk von Empfindungen entlud. Ich schwebe, dachte Ricarda, ich gleite fort in das funkelnde Firmament, ich bin eins mit ihm und mit der Erde. Erst als sie wie aus weiter Ferne Jacks Stöhnen vernahm, mit dem auch er den Höhepunkt erreichte, fand sie allmählich zurück. Ricarda schloss die Augen und schlang die Arme fest um Jack. Sie genoss die Last seines Gewichtes, als er sich erschöpft auf sie sinken ließ, den Duft seiner Haut, das Pochen seines Herzens, das nur für sie zu schlagen schien. Das war das Glück.

Erschöpft glitt Jack von ihr herab und schmiegte sich neben sie. Nur langsam kehrten die Geräusche der Umgebung zu ihnen zurück: der Ruf einer Eule, das Rauschen der Blätter und das Donnern des Wasserfalls. Überglücklich schauten sie hinauf zu den Sternen. Das Kreuz des Südens stand über ihnen zwischen den Baumkronen, als wolle es sie beschützen und auf ihren Wegen leiten.

»Wie heißt das Kreuz des Südens denn bei den Maori?«, fragte sie lächelnd, während sie ihm tief in die Augen schaute.

»*Māhutonga.*«

Verträumt wiederholte Ricarda den Namen.

»Weißt du, wie die Maori die Sterne nennen?«, fragte Jack, während er sanft ihre Brüste streichelte.

Ricarda schüttelte den Kopf.

»Kinder des Lichts.«

»Ein schöner Name.«

»Und auch eine schöne Geschichte«, fuhr er fort, nachdem er ihren Scheitel geküsst hatte. »Willst du sie hören?«

»Ja.«

»Einst waren Papa und Rangi, die Erde und der Himmel, vereint. Sie hielten sich fest umschlungen und waren nicht gewillt, sich voneinander zu lösen. Doch ihre Söhne, darunter auch Tane, der Urvater der Maori, drohten aufgrund dieser Nähe zu ersticken, also beschlossen sie, die beiden zu trennen.«

»Wie grausam!«

»Nur für Papa und Rangi. Für ihre Kinder bedeutete es das Leben. Rangi trauerte seiner Frau nach und weinte dicke Tränen, die wir seither als Regen sehen. Sie netzten den Leib seiner Geliebten und machten ihn fruchtbar. Tane setzte die Gestirne an den Himmel, damit sie seinen Nachkommen leuchten. Der Halbgott Maui fischte Aotearoa, das Land der großen weißen Wolke, aus dem Wasser, und die Menschen siedelten sich hier an.«

»Eine schöne Geschichte«, entgegnete Ricarda verträumt. »Schade, dass unsere Schöpfungsmythen nicht so fantasievoll sind.«

»Im Grunde genommen ist der Unterschied gar nicht so groß.« Jack blickte Ricarda unverwandt an. »*Kei te aroha au ki a koe*«, sagte er schließlich zärtlich.

»Was heißt das?«, fragte Ricarda überrascht.

Jack lächelte. »So sagt man auf Maori, wenn man jemanden liebt.«

»Du liebst mich, Jack?«

»Ja, das tue ich. Von ganzem Herzen. Eigentlich schon von dem Augenblick an, als du das erste Mal neben mir auf dem Kutschbock gesessen hast. Da wusste ich es nur noch nicht, weil mich Emilys Schatten noch auf Schritt und Tritt begleitete. Aber du hast ihn vertrieben und gewissermaßen auch ihr Frieden geschenkt.«

Ricarda schwieg ergriffen. Schließlich flüsterte auch sie: »*Kei te aroha au ki a koe.*«

Jack schlang die Arme um sie und küsste sie ungestüm.

Das Gewitter würde kommen, das wusste Doherty. Es war ein Naturgesetz in dieser Gegend. Und wenn der Regen erst einmal fiel, würde er nicht mehr aufhören, bis er das Land beinahe ertränkt hätte.

Donnergrollen hallte auch durch seine Seele. Er hatte geglaubt, dass sich das Problem Bensdorf durch den Weggang dieses Frauenzimmers erledigen würde. Doch er hatte sich geirrt.

Zunächst hatte er es nur für Gerede gehalten, dass sie ihre Praxis wieder eröffnet hatte. Aber dann war es zur Gewissheit geworden. Ricarda Bensdorf hatte nicht aufgegeben. Sie hatte eine neue Praxis auf der Farm von Jack Manzoni eröffnet. Und dem Vernehmen nach scheuten sich die Menschen nicht, aus der Stadt hinauszufahren, um ihre Dienste in Anspruch zu nehmen. Also beschloss Doherty zu handeln.

Er löste sich vom Fenster, zog seinen Gehrock über und griff nach seiner Arzttasche. Nachdem er den Schwestern noch ein paar Anweisungen erteilt hatte, verließ er das Hospital.

Schon lange fand er nichts mehr daran, ins Bordell zu gehen.

Man bewunderte ihn sogar dafür, dass er sich um die Mädchen dort kümmerte. Bordens Einnahmen waren seither wieder gestiegen. Auch an diesem späten Nachmittag war das Lokal voll.

Der Barkeeper begrüßte den Arzt mit einem Nicken.

Doherty, der immer aus dem gleichen Grund herkam, verschwand ohne Aufforderung sofort im Hinterzimmer. Wenig später erschien Borden.

»Doktor Doherty, ist es mal wieder Zeit für die Untersuchung?«, rief er gut gelaunt, während er die Arme ausbreitete, als begrüße er einen alten Freund.

»Ich muss mit Ihnen reden«, entgegnete der Arzt sachlich.

Borden trat an die Anrichte und füllte zwei Gläser mit Whisky. Eines davon reichte er Doherty, aus dem anderen nahm er einen kräftigen Schluck.

»Bensdorf hat nicht aufgegeben«, sagte der Arzt, während er das Glas zwischen seinen Fingern hin und her drehte. »Sie hat eine neue Praxis eröffnet. Auf dem Grundstück von Jack Manzoni.«

Borden verschluckte sich an seinem Whisky. »Das Miststück ist zäh«, presste er zwischen zwei Hustenanfällen hervor.

»Das kann man wohl sagen. Es wird nur eine Frage der Zeit sein, bis sie die Leute wieder gegen Sie aufhetzt.«

Borden zwang sich zur Ruhe. Die Frau interessierte ihn nicht mehr. Manzoni hingegen schon. Der Kerl hatte ihn in aller Öffentlichkeit angegriffen, was er ihm noch immer verübelte. Leider hatte er bisher nicht die Gelegenheit gehabt, es ihm heimzuzahlen.

»Warum sollte sie das tun?«, fragte der Bordellbesitzer. »Sie sorgen doch für die Gesundheit meiner Mädchen, Doc. Oder muss ich an Ihrem Können zweifeln?«

»Nein, aber ich bin sicher, dass sie mittlerweile ahnt, wer hinter dem Überfall steckt. Sie muss ja nicht unbedingt zur Polizei gehen, um Ihnen zu schaden.«

Borden presste die Lippen zusammen. Sein Blick wurde finster. Der Doktor konnte mit seiner Vermutung Recht haben. Immerhin hatte Manzoni ihn kurz nach dem Brand angegriffen. Schließlich kam ihm eine Idee. »Ich glaube, ich habe die Lösung des Problems.«

»Und welche?«

»Wenn es Manzoni ist, der diese Frau schützt und sie an diesem Flecken hält, so werden wir dafür sorgen müssen, dass sich das ändert.«

Doherty weitete die Augen. »Sie wollen doch nicht etwa...«

»Ich?« Borden lachte grimmig auf. »Ich will gar nichts. Und es ist wirklich besser, wenn Sie sich darüber keine Gedanken machen, Doktor. Es wird sich alles zu unseren Gunsten fügen, das verspreche ich Ihnen.«

11

Zwei Tage verbrachten Jack und Ricarda noch draußen im Busch. Sie folgten einem Fluss, schlugen sich durch dichtes Unterholz und saßen abends eng beieinander am Feuer und rösteten Süßkartoffeln. Die Nächte verbrachten sie in leidenschaftlicher Umarmung, bis die Erschöpfung ihren Tribut verlangte.

An einem wolkenverhangenen Nachmittag, der erneut Regen ankündigte, kehrten sie zurück.

Als sie durch das Tor ritten, stürzte ihnen ein Maorimädchen entgegen. Ricarda glaubte, es beim *powhiri* und der Neujahrsfeier gesehen zu haben.

Die Maori zerrte an Jacks Kleidern und redete eindringlich in ihrer Sprache auf ihn ein. Ricarda verstand kein Wort, ahnte aber, dass etwas Schreckliches im Gange war.

Um Himmels willen, Margaret wird doch nichts passiert sein?, schoss ihr durch den Kopf.

»Was ist los?«, fragte sie, nachdem das Mädchen verstummt war.

»Sie sagt, dass Taiko ihr Kind bekommt, aber es will nicht raus. Moana bittet dich um Hilfe.«

Guter Gott, steh mir bei!, dachte Ricarda, als sie aus dem Sattel sprang und zum Nebengelass rannte. Mit ihrer Arzttasche schwang sie sich dann wieder aufs Pferd.

»Reiten wir.«

Jack hob das Mädchen vor sich auf das Pferd und gab dem Tier die Sporen.

Das Gelände war nichts für einen schnellen Ritt, dennoch verlangsamte Ricarda nicht. Wer weiß, wie lange das Mädchen schon auf uns gewartet hat. Hoffentlich ist es nicht bereits zu spät.

Am *kainga* saß Ricarda ab und folgte dem Mädchen in Moanas Hütte. Begrüßungsrituale gab es diesmal nicht.

Die Kreißende war von einigen Frauen umringt, die hilflos die rituellen Gesänge angestimmt hatten.

Ricarda machte sich unverzüglich an die Untersuchung. Eine Steißlage! Kein Wunder, dass das Kind nicht kommen wollte. Ein Blick auf die werdende Mutter sagte ihr, dass diese am Ende ihrer Kräfte war. Auch das Fruchtwasser war weitgehend abgegangen. Wenn sie nicht schnell handelte, würden beide sterben, Taiko und das Kind.

Während sie sich ihrer Arzttasche zuwandte, erwog Ricarda ihre Möglichkeiten. Sie konnte versuchen, das Kind im Mutterleib zu drehen, aber dazu blieb kaum noch Zeit. Die andere Option war weitaus gefährlicher, aber dennoch erschien sie Ricarda als die einzig richtige. Wenn ich den Schnitt schnell setze und möglichst klein mache, hält sich der Blutverlust vielleicht in Maßen, dachte sie und holte Skalpell, Nadel und Faden hervor. Aber bevor sie anfing, musste das Mädchen betäubt werden. Gewiss kannten die Maori Rauschdrogen, die ähnlich wirkten wie Morphium.

»Moana, hast du *rongoa*, damit Taiko einschläft?«, wandte sie sich an die Heilerin. »Ich muss ihren Bauch aufschneiden, um das Kind zu holen.« Sie verdeutlichte ihre Worte mit einer anschaulichen Geste.

Moana blickte sie erschrocken an, bejahte jedoch.

Die anderen Frauen sahen Ricarda furchtsam an. Auch sie hatten verstanden, was sie plante. Am liebsten hätte sie sie aus der Hütte geschickt, aber das wäre wohl unhöflich gewesen.

Nachdem Moana der Gebärenden ein paar Blätter unter die

Zunge gelegt hatte, desinfizierte Ricarda ihre Instrumente, untersuchte noch einmal den Bauch der Frau und kontrollierte den Muttermund.

Die Heilerin sprach mit Taiko, bis ihre Antworten schleppend kamen und ihr Blick sich in der Ferne verlor. »*Papa* und *rangi* dir helfen«, erklärte Moana.

Ricarda deutete es als Aufforderung anzufangen. Selten war sie so nervös gewesen wie in diesem Augenblick. Ihr Herz schien gegen den Brustkorb zu donnern, sodass sie sich ganz beklommen fühlte, ihre Kehle war trocken, und ihre Schläfen pochten vor Anspannung. Sie rieb sich die kalten Hände und flehte stumm, die Götter mögen ihr gewogen sein.

Sie atmete einmal tief durch, kontrollierte Taikos Pupillen und griff nach dem Skalpell. Mit zwei Fingern spannte sie die Haut oberhalb der Scham des Mädchens. Gott steh mir bei!, betete sie und setzte den ersten Schnitt.

In den folgenden Minuten kämpfte sie wie nie zuvor mit ihrer Angst, während sie sich die Seiten ihres Lehrbuches wieder vor Augen führte, in denen der Kaiserschnitt beschrieben wurde. Hautschicht um Hautschicht durchtrennte sie, bis sie schließlich die Gebärmutter erreicht hatte.

Du willst das Kind und die Mutter retten, beschwor sie sich. Du darfst nicht versagen! Blut floss über ihre Hände und auf ihren Rock, doch das bemerkte sie nicht. Das Pochen in ihren Adern ignorierend, konzentrierte Ricarda sich ganz auf den Eingriff.

Die Drogen, die Moana Taiko eingeflößt hatten, wirkten offenbar recht gut, wenngleich sie das Schmerzempfinden nicht vollständig blockieren konnten. Die Schwangere stöhnte.

Ich muss mich beeilen!, dachte Ricarda. Schließlich schaffte sie es, die Hand in die Gebärmutter zu schieben und den Kopf des Kindes zu fassen. Vorsichtig, aber dennoch zügig zog sie es hervor.

Ein Mädchen! Eine neue Tochter Tanes.

Aber es war ganz blau! Großer Gott, nein! Das darf nicht sein. Eilig legte sie die Atemwege des Neugeborenen frei. Sie klopfte ihm auf den Rücken, doch noch immer atmete es nicht. Ganz vorsichtig blies sie ihm Atem in die Nase. Die Wunde!, ging ihr dabei durch den Kopf. Du musst die Wunde schließen, sonst verblutet Taiko.

Da hustete das Kind. Mit einem lauten Schrei tat es seinen ersten Atemzug. Seine blaue Farbe hellte sich auf und wurde schließlich krebsrot, als das Mädchen aus Leibeskräften schrie.

Ein bewunderndes Raunen ging durch den Raum, und Ricarda schluchzte vor Erleichterung auf. Aber dann besann sie sich wieder auf die Wunde. Sie durchtrennte die Nabelschnur und reichte den Säugling an Moana weiter. Nachdem sie die Nachgeburt entfernt hatte, verschloss sie die Wunde Schicht für Schicht. Als sie den letzten Stich der Naht gesetzt und sich vergewissert hatte, dass der Puls der Mutter stabil war, sank sie auf die Knie. Tränen schossen ihr in die Augen, während sie am ganzen Körper vor Erschöpfung zitterte. Sie hatte es geschafft! Jetzt konnte sie nur noch hoffen, dass Taiko den Blutverlust überlebte.

Das Kind wimmerte im Hintergrund, während Moana es wusch.

Ricarda, die sich inzwischen wieder ein wenig gefangen hatte, beugte sich über die Mutter und strich ihr über die Stirn. »Wie lange wirken *rongoa*?«, fragte sie Moana, die das Kind auf eine Decke gelegt hatte, damit die Frauen es betrachten konnten.

»Manchmal halben Tag, manchmal kürzer.«

Da Taiko gleichmäßig atmete und ihr Herz beim Abhören kräftig schlug, schöpfte Ricarda Hoffnung. Nachdem sie noch einmal die Naht kontrolliert hatte, verließ sie die Hütte. Tief durchatmend lehnte sie sich gegen die Außenwand und schloss die Augen.

Das hätte auch schiefgehen können, dachte sie.

Eine sanfte Berührung ihrer Wange veranlasste Ricarda, die Augen zu öffnen. Sie lächelte schwach. »Kein schöner Anblick, nicht wahr?«

»Du siehst aus, als hättest du ein Schaf geschlachtet«, antwortete Jack. »Aber so, wie es sich angehört hat, ist alles gut gegangen.«

Ricarda nickte. »Taiko hat eine Tochter.«

»Schätze mal, dass die Maori dich jetzt in ihren Stamm aufnehmen.«

»Wir hatten sehr großes Glück«, erklärte Ricarda. Trotz Erschöpfung konnte sie ihren Stolz nicht verhehlen. »Einen Kaiserschnitt ohne Anästhesie durchzuführen ist praktisch Wahnsinn. Mein Professor in Zürich hätte mich sofort aus dem Operationssaal gejagt, wenn ich etwas Derartiges versucht hätte.«

»Du bist hier nicht in Zürich.«

»Ich weiß. Gerade deshalb war es ja so riskant. Ich konnte die Instrumente nur flüchtig mit Karbol desinfizieren, und die Wunde...«

Jack zog sie in die Arme, küsste ihre Stirn und brachte sie so zum Verstummen. »Mach dir nicht zu viele Gedanken, Ricarda! Überlass den Göttern den Rest.«

»Aber wenn es nach den Göttern gegangen wäre...«

Bevor sie fortfahren konnte, küsste Jack sie auf den Mund.

Ricardas Anspannung löste sich unter der Berührung seiner Lippen. Sie vergaß für einen Moment sogar, dass sie sich inmitten des Maoridorfes befanden. Dann jedoch machte ihr ein Kichern klar, dass alle auf dem *kainga* sie beobachteten.

»Meinst du nicht, dass es die anderen beschämen könnte, wenn wir...«, fragte sie zurückweichend.

Bevor sie weiterreden konnte, küsste Jack sie erneut.

»Nein«, sagte er dann. »Für die Maori ist es keineswegs beschämend, einem Paar beim Küssen zuzusehen.«

»Dennoch sollten wir es nicht übertreiben, sonst richtet Moana noch die Hochzeit für uns aus.«

Jack lächelte breit. Ich könnte mir nichts Schöneres vorstellen, als mit Ricarda ein Hochzeitsfest nach Maoritradition zu feiern, dachte er. Aber da er glaubte, dass Ricarda noch nicht so weit war, verschwieg er ihr das lieber.

Plötzlich versteifte sich Ricarda in seinen Armen.

»Was ist?«, fragte Jack verwundert.

»Dieser junge Mann dort – Taikos Bruder, wenn ich mich recht entsinne.«

»Was ist mit ihm?«

»Er blickt so finster drein. Ob ich mal rübergehe und ihm erzähle, dass er Onkel geworden ist?«

»Überlass das besser Moana! Wenn er dich genauer ansieht, könnte er glauben, du hättest seiner Schwester etwas angetan.«

In dem Augenblick trat Moana aus der Hütte. Ehrfurcht spiegelte sich in ihrem Gesicht. Sie streckte die Hände nach Ricarda aus.

Ricarda erwiderte diese Geste lächelnd.

»Du hast gerettet Taiko. Du sein große *tohunga*. Ich werde zeigen Pflanzen, und wir machen *rongoa*.«

»Das ist sehr freundlich von dir, Moana.«

»*Haere ra.*«

»*Harea ra*, Moana.«

Die beiden Frauen sahen einander noch einen Moment an, dann wandte sich die Heilerin um und ging gemessenen Schrittes in ihre Hütte zurück.

»Hab ich's dir nicht gesagt? Sie werden dich in ihr Dorf aufnehmen«, prophezeite Jack, als sie zu den Pferden zurückkehrten.

»Woraus schließt du das? Moana möchte mir doch nur ihre Medizin zeigen.«

»Das hat sie noch nie getan!«, erklärte Jack stolz. »Wenn sie dir ihre Medizin zeigen möchte, heißt das, du gehörst bereits zu ihrer Familie.«

In dieser Nacht liebten sie sich erneut. Es war für Ricarda erstaunlich, wie etwas, was sie vorher nicht einmal vermisst hatte, unverzichtbar werden konnte. Sie erkundeten ihre Körper, neckten sich spielerisch, und wenn sie sich vereinigten, lauschte jeder den Lauten des anderen und ließ sich mitreißen von den Wogen der Lust.

Gegen Morgen lagen sie erschöpft, aber überglücklich beieinander und beobachteten durch das Fenster die rot gefärbten Wolken, die über die Farm hinwegzogen. Während Ricarda Jack versonnen die Brust streichelte, spielte er mit ihrem Haar.

»Worüber denkst du nach?«, fragte er.

»Über uns. Über diesen Ort. Vielleicht sollten wir ihm einen Namen geben.«

»Und welchen schlägst du vor?«

Ricarda überlegte einen Moment lang, dann fielen ihr die Bäume ein. »Die Kauris sehen aus wie zwei Liebende, die nicht mehr voneinander lassen wollen.«

»Dann würde ich *Te Aroha* als Name vorschlagen«, meinte Jack und zog sie fest an sich.

»Und was bedeutet das?«

»Die Liebe. Und wenn du mich fragst, ist das der einzig richtige Name. Ich liebe die Farm, und vor allem liebe ich dich.«

Ricarda wusste nicht, was sie sagen sollte. Einmal mehr war sie überwältigt von ihren Gefühlen für Jack. Niemals hätte sie sich träumen lassen, dass ihr ausgerechnet in dieser rauen Umgebung ein so empfindsamer Mann begegnen würde. Wohlig schmiegte sie sich in seine Arme.

So gern sie es auch wollten, leider konnten sie nicht tagelang beieinander im Bett liegen bleiben. Jack musste nach seiner Herde sehen, und auf sie warteten gewiss wieder Patienten.

»Und was hat meine hübsche Frau Doktor heute vor?«, fragte Jack, während er ihren Scheitel küsste.

»Ich werde erst in die Praxis und später ins Dorf gehen, um nach der jungen Mutter zu sehen«, antwortete Ricarda. »Und du?«

»Ich habe große Lust, Bessett aufzusuchen und ihm wegen Hooper auf den Zahn zu fühlen. Mir ist da so ein Gedanke gekommen.«

»Und welcher?«

»Dass Hooper von Bessett angestiftet worden sein könnte.«

»Bessett wird das ganz sicher nicht zugeben.«

»Ich weiß, aber vielleicht sollte ich ihn dennoch zu einem Gespräch fordern.«

»Dann könntest du ihm auch gleich verraten, dass er eine Tochter bekommen hat.«

»Das werde ich nicht tun!«, gab Jack zurück. »Für das Mädchen wird es besser sein, wenn es im Dorf aufwächst. Außerdem würde Bessett sich ohnehin keinen Deut um die Kleine scheren.«

»Vielleicht entdeckt er ja Vatergefühle.«

Jack schüttelte den Kopf. »Da, wo andere Menschen ein Herz haben, trägt Ingram Bessett einen Stein mit sich herum. Taiko und ihr Kind werden besser ohne ihn leben. Außerdem hätte es fatale Folgen, wenn er sich im Dorf blicken ließe. Du erinnerst dich doch noch an Taikos Bruder, oder?«

Ricarda nickte.

»Er würde Bessett für die Entehrung seiner Schwester bestrafen. Nein, es ist besser, wenn er es nicht weiß.«

Damit küsste Jack Ricarda noch einmal und erhob sich aus dem Bett.

Da es am Vormittag in der Praxis sehr ruhig gewesen war, beschloss Ricarda, ihren Besuch im Dorf vorzuverlegen. Sie packte alles, was sie für eine Wundversorgung brauchte, in ihre Tasche und machte sich dann auf den Weg. Zu Fuß dauerte es zwar ein wenig länger, aber sie genoss die Bewegung.

Eine Stunde später tauchte das Dorf vor ihr auf. Da die Wächter sie inzwischen kannten, ließen sie sie ohne Beanstandung durch.

Die Frauen hatten sich auf dem Dorfplatz versammelt. Offenbar waren sie gerade dabei, das Mittagessen zuzubereiten.

Moana war nicht bei ihnen. Wahrscheinlich hielt sie sich in ihrer Hütte auf.

Die Frauen musterten sie neugierig, während ein Mädchen sich von den anderen löste und zu Moanas Behausung lief.

Wenig später erschien die *tohunga* und neigte den Kopf zum *hongi*.

»Was dich herführen, Ricarda?«, fragte sie dann.

»Ich möchte nach Taiko sehen. Ich hoffe, es geht ihr gut.«

»Komm!«, bat Moana und führte Ricarda zu der Hütte, in der Taiko mit ihrem Bruder lebte.

Mit dem jungen Mann wechselte Moana ein paar Worte, worauf er die Behausung mit einem ehrfürchtigen Gruß für Ricarda verließ. Offenbar hatte Moana ihm erzählt, dass sie seine Schwester gerettet hatte.

Taiko lag auf einer Matte, während das kleine Mädchen in einer Art Hängematte aus Tüchern tief und fest schlief.

Ricarda hockte sich neben die junge Mutter. »Wie geht es Ihnen?«

Taiko wirkte von den Strapazen der Operation noch geschwächt. Sicher würde es eine Weile dauern, bis sie sich ganz erholt hatte. Doch wenn es so weit war, würde sie wieder in voller Schönheit strahlen. Vielleicht würde eines Tages ein Mann darüber hinwegsehen, dass sie ein Kind von einem *pakeha* hatte.

»Die Wunde schmerzt«, antwortete die junge Frau. »Aber Moana gibt mir *rongoa*. Ich kann noch nicht aufstehen und auch nicht sitzen.«

»Das kommt von dem Schnitt«, entgegnete Ricarda. »Wenn er verheilt ist, verschwinden die Schmerzen und Sie können wieder alles tun.«

»Auch weitere Kinder kriegen? Moana sagt, du hast tief in mich hineingeschnitten.«

»Ja, auch Kinder bekommen.« Ricarda erinnerte sich an Berichte über Kaiserschnittpatientinnen, die weitere Kinder sogar auf dem natürlichen Weg geboren hatten, und gestattete sich diese Zuversicht.

»Im Haus von Mr Bessett hat mich niemand so förmlich angesprochen«, sagte sie lächelnd. »Sag Taiko zu mir.«

»Dann sag du Ricarda zu mir.«

Die beiden Frauen lächelten einander an.

»Erlaubst du, dass ich deine Wunde untersuche?«, fragte Ricarda.

Taiko nickte und hob ihr Gewand. Die Wunde hatte einen roten Rand, aber das war nichts Ungewöhnliches. Professor Pfannenstiel wäre stolz auf mich, dachte Ricarda, während sie versuchte, Taikos Temperatur zu erfühlen. Auch die schien normal zu sein.

»Wie geht es dem Kind?«, fragte Ricarda, nachdem sie Taiko einen neuen Verband angelegt hatte. »Hast du schon einen Namen für sie?«

Taikos Miene verfinsterte sich.

Ricarda blickte zu Moana, die sich im Hintergrund gehalten hatte. Habe ich etwas falsch gemacht?, fragte sie sich insgeheim.

Doch dann entspannte sich die Miene der jungen Frau wieder. »Nein, noch hat sie keinen Namen. Aber ich habe Zeit, um darüber nachzudenken«, antwortete Taiko schließlich. »Was bedeutet Ricarda in deiner Sprache?«

Ricarda war überrumpelt. Noch nie hatte eine Frau in Erwägung gezogen, ein Kind nach ihr zu benennen.

Die Bedeutung ihres Namens kannte sie allerdings. Ihr Vater hatte sie ihr genannt, als sie nachgefragt hatte.

»Ricarda bedeutet ›die wohlhabende Starke‹.«

»Stark soll meine Tochter auch sein.«

Moana spürte Ricardas Verlegenheit. »Du noch Zeit haben für Name. Erst gesund werden«, erklärte sie.

Aber Taiko schien ihre Entscheidung bereits getroffen zu haben, auch wenn sie nicht laut darauf beharrte.

Nachdem Ricarda auch das Kind untersucht hatte und feststellte, dass es völlig gesund war, verabschiedete sie sich von Taiko und verließ zusammen mit Moana die Hütte.

»Du haben Zeit, *rongoa* machen zu lernen?«, fragte die Heilerin eingedenk ihres Versprechens.

»Ja, ich habe Zeit«, antwortete Ricarda erfreut. »Und ich würde sehr gern von dir lernen.«

Borden saß am Schreibtisch und zählte die Einnahmen des vergangenen Tages. Wie sehr sein Job doch dem eines gewöhnlichen Kaufmanns glich! Er seufzte, als ihm bewusst wurde, dass er dennoch nie die Achtung erfahren würde, die den Pfeffersäcken zuteil wurde. Er tröstete sich damit, dass sein Gewerbe im Gegensatz zu manch anderem krisensicher war.

Seit Ricarda Bensdorf aus der Stadt verschwunden war, besuchten wieder mehr Kunden sein Lokal. Die Bedenken der Ärztin hatte er allerdings nicht vergessen. Aber solange sie keine direkte Bedrohung bedeutete, würde er sie in Ruhe lassen. Seine Rachepläne galten ohnehin eher Manzoni. Wenn sich die Gelegenheit ergab, würde er es dem italienischen Bastard heimzahlen, dass er ihn in aller Öffentlichkeit der Lächerlichkeit preisgegeben hatte.

Der Gedanke an diesen Kerl trieb ihn von seinem Platz hoch und ans Fenster, von dem aus er die gesamte Straße und Teile des Strands überblicken konnte.

In diesem Augenblick ritt der Farmer seelenruhig an seinem Etablissement vorbei. Borden war davon zunächst überrascht, doch dann ballte sich eine unheimliche Wut in ihm zusammen. Plötzlich hatte er die erlittene Schmach wieder ganz deutlich vor Augen. Noch Wochen später hatten ihn Leute gefragt, was denn da los gewesen sei. Borden würde Manzoni am liebsten das Genick umdrehen. Aber der Farmer gehörte leider nicht zu seinen Kunden, und den Mut, sich auf dessen Anwesen zu begeben, fehlte ihm.

Und jetzt tauchte der Italiener hier auf.

Ist das ein Zeichen?, fragte er sich. Ich sollte ihn mir gleich vorknöpfen. Dann wäre meine Ehre endlich reingewaschen.

Borden entschied sich innerhalb weniger Sekunden. Er ließ alles stehen und liegen, nahm seinen Revolver an sich und verließ sein Arbeitszimmer. Er stürmte die Treppe hinunter und strebte dem Hinterausgang des Lokals zu, ohne dem Barkeeper eine Erklärung zu geben. Wenig später saß er auf seinem Lieblingspferd und folgte Manzonis Fährte.

Als er in die Spring Street einbog, konnte er den Farmer gerade noch entdecken. Nach einer Weile wurde klar, dass Manzonis Ziel nicht direkt in der Stadt lag. Er ritt über *The Elms* hinaus, dann zum Anwesen von Ingram Bessett. Seine Mädchen hatten ihm Geschichten über das Verhältnis der beiden Männer erzählt. Die beiden bekriegten sich, wo sie nur konnten, es ging sogar das Gerücht, Manzoni sei schuld am Herzinfarkt des Schafbarons. Vielleicht wäre es doch möglich, dass Bessett...

Ein teuflisches Lächeln huschte über Bordens Gesicht.

Nachdem sie ihr die wichtigsten Heilpflanzen der Maori erklärt hatte, führte Moana Ricarda zu dem heiligen Ort, an dem bereits das Matariki-Fest stattgefunden hatte.

Die beiden Frauen erklommen die Klippe, suchten sich einen sicheren Ort zum Sitzen und blickten dann auf das Meer und den Mount Maunganui, über dem gerade ein Schwarm Sturmtaucher kreiste.

»*Pakeha* haben nur Blick für Häuser und Besitz, sehen nicht Natur ringsherum«, erklärte Moana. »Doch Götter sein hier, in Boden, Steinen und Himmel. Alles Kinder von Papa und Rangi. Wenn du Augen schließen, du sie spüren.«

Da sie dies als Aufforderung verstand, schloss Ricarda die Augen. Tatsächlich meinte sie, den Wind und das Rauschen des Meeres anders wahrzunehmen. »*Ariki* dich will ehren mit Bild für Rettung von Taiko.«

Ricarda öffnete überrascht die Augen. »Was für ein Bild?«

Moana deutete daraufhin auf ihr Kinn und ihren Arm, die mit einer Tätowierung verziert waren. »Große Ehre, wenn tragen solches Bild.«

Ricarda wusste nicht, was sie dazu sagen wollte. Sie fühlte sich geehrt, war aber auch ein wenig erschrocken.

»Muss das Bild im Gesicht gemacht werden?«

Moana lächelte schelmisch. »*Pakeha* nicht mögen *moko*?«

Ricarda versuchte sich vorzustellen, was Jack wohl sagen würde, wenn sie mit einer Tätowierung im Gesicht heimkam.

»Nicht machen *moko* auf Gesicht. Auf Arm Bild auch viel *mana*!«

Ricarda bewunderte die Zeichnungen, die die Maori auf dem Körper trugen. Aber niemals hätte sie erwogen, selbst eine Tätowierung zu tragen. Wenn du diese Kultur wirklich verstehen willst, dann solltest du dich nicht davor drücken, raunte ihre innere Stimme. »Dann nehme ich es gern an«, antwortete sie deshalb und kehrte mit Moana ins *kainga* zurück.

Nach einer kurzen Vorbereitungszeremonie, bei der man sie in ein traditionelles Gewand kleidete, wurde Ricarda in eines der Gebäude auf dem *marae* geführt, wo bereits ein paar Stammesmitglieder, der Häuptling und ein paar Frauen warteten.

Der Mann in der Mitte, der auf einer Matte hockte und neben sich einige Tiegel, einen kleinen Hammer und verschiedene Nadelkämme liegen hatte, musste wohl der Tätowierer sein.

Ricarda überfiel die Sorge, dass die Prozedur schmerzhaft sein würde, aber zurückweichen wollte sie nicht. Auf Moanas Zeichen hin kniete sie sich vor dem Tätowiermeister auf den Boden.

Während der *ariki* etwas in seiner Muttersprache sagte, musterte der Tätowierer sie genau.

Ricarda wünschte sich für einen Moment Jack an ihre Seite, doch er war nicht hier. Sie musste das Ritual allein durchstehen.

Die Frauen umringten sie nun und brachten sie dazu, sich hinzulegen. Der Tätowierer kniete sich neben ihren linken Arm und begann mit seiner Arbeit. Die feinen Nadeln bohrten sich in die Haut ihres linken Oberarms. Ricarda schossen angesichts des Schmerzes Tränen in die Augen.

Halte durch!, sprach sie sich selbst Mut zu. Moana hat gehört, was dein Name bedeutet. Du willst doch keine Schwäche zeigen.

Millimeter für Millimeter wuchs das Bild. Die Schmerzen wurden allmählich erträglicher. Ricarda konzentrierte sich einfach auf die rituellen Gesänge, die die Anwesenden angestimmt hatten.

Neugierde brachte Ricarda dazu, die Arbeit des Mannes zu beobachten. Unter dem Blut, das aus den feinen Einstichen floss, war das Muster nur schlecht zu erkennen, aber offenbar hatte der Tätowierer ihr eine Ranke aus Blättern zugedacht, ähnlich der, die Moana trug.

Ist das die Tätowierung für Medizinfrauen?, fragte sie sich, während sie die Augen wieder schloss und die Gesänge sie wie eine Decke einhüllten.

Donnergrollen ertönte aus der Ferne, als Jack der Villa zustrebte. Es roch nach Regen. Vor dem hohen Tor machte er Halt und blickte hinüber zu Bessetts Haus. Eine Ewigkeit war vergangen, seit er das letzte Mal hier gewesen war. Der Besuch damals hatte einen ebenso unerfreulichen Anlass wie der jetzige. Dennoch musste er ihn hinter sich bringen.

Da meinte er, eine Bewegung neben dem Haus zu erkennen. Jemand schlich durch das Gebüsch. Vielleicht der Gärtner? Im nächsten Augenblick sah er nackte, tätowierte Haut.

Dieselbe Tätowierung, die Taikos Bruder trug! Um Himmels willen, er wird doch wohl nicht vorhaben, Bessett etwas anzutun?

Bevor Jack den Maori rufen konnte, krachte hinter ihm ein Schuss. Die Kugel traf Jack im Rücken, und er fiel so überraschend nach vorn, dass er beinahe den Halt verlor. Nur die instinktive Bewegung des Pferdes verhinderte das.

Das Tier tänzelte, und Jack erhaschte einen Blick auf den Mann, der die Kugel auf ihn abgefeuert hatte. Er stand grinsend hinter einem der mächtigen Bäume und ließ gerade die Waffe sinken. Doch Jack kam nicht dazu, Zorn darüber zu empfinden, denn plötzlich erfasste der Schmerz ihn und sein Herz begann in Todesangst zu jagen.

Ricarda! Ich will sie nicht alleinlassen, war sein einziger Gedanke, bevor alles schwarz um ihn herum wurde und er bewusstlos über dem Hals des Pferdes zusammensackte, das daraufhin davonpreschte.

Vom Krachen des Schusses alarmiert, sprang Bessett von seinem Stuhl auf. »Was zum Teufel ist da los?«, brummte er, während er ans Fenster trat. Zu sehen war nichts, doch es war möglich, dass sich Wilderer in der Nähe herumtrieben.

Seit neue Einwanderer angekommen waren, geschah es zuweilen, dass sich Leute in der Nähe seines Grundstücks herumtrieben in der Hoffnung, Wild zu finden. Das würde er nicht dulden!

Seit seinem Herzinfarkt hatte Dr. Doherty ihm zwar geraten, jede Aufregung zu meiden, weil ein zweiter Infarkt nicht ausgeschlossen werden könne, aber das kümmerte Bessett nicht.

»Na wartet, euch Gesindel werde ich schon lehren, was es heißt, sich auf meinem Grundstück herumzudrücken!«, schimpfte er lautstark vor sich hin, holte sein Gewehr aus dem Waffenschrank und eilte nach unten.

Im Salon spielte seine Frau Klavier.

Offenbar hast du deinen Migräneanfall überwunden, dachte Bessett spöttisch.

Seit seinem Zusammenbruch hatte er nicht nur Ruhe verordnet bekommen, auch was die Frauen anging, sollte er sich zurückhalten. Manchmal erinnerte er sich an Taiko und verspürte das vertraute Sehnen. Doch sie war nicht mehr hier, und da die anderen Mädchen nicht gerade Schönheiten waren, konnte er sich beherrschen.

An der Tür angekommen, stürmte Bessett nach draußen.

»Wildererpack!«, rief er, während er sich umsah. »Wenn ich euch in die Finger kriege!«

Plötzlich trat ihm ein Mann entgegen. Er war nur mit kurzen Hosen bekleidet und am gesamten Oberkörper und den Armen tätowiert. In seiner Hand hielt er einen Speer.

Bessett erschrak. Noch nie zuvor hatte sich ein Maori auf sein Grundstück gewagt. »Was suchst du hier?«, fuhr er ihn an.

»*Ka mate!*«, entgegnete der Maori zornig und deutete mit dem Zeigefinger auf ihn. »Du meine Schwester entehrt!«

Panik erfasste den Adligen. War dieser Mann etwa Taikos Bruder?

Bessett wusste, dass die Männer viel auf Ehre gaben und diese auch bis zum Tod verteidigten.

»Verschwinde von hier, du Mistkerl!«, brüllte Bessett und riss seine Waffe hoch. Er hatte die Grußworte nicht verstanden.

Doch bevor Bessett sein Gewehr abfeuern konnte, zog ein stechender Schmerz durch seine Brust. Er schnappte nach Luft, doch das Stechen ließ nicht nach. Es war, als hätte ihm der Maori seinen Speer in die Brust gestoßen. Aber sein Gegenüber hielt die Waffe noch immer in der Hand.

Er hat mich verflucht!, dachte Bessett entsetzt, während ihm der kalte Schweiß ausbrach. Diese verdammten Wilden haben sicher Flüche, mit denen sie den Gegner bezwingen können. Plötzlich verschwamm seine Sicht. Bessett kam es wie eine Ewigkeit vor, während der Schmerz immer heftiger durch seinen Körper brandete. Schließlich sank er auf die Knie. Verzweifelt versuchte er, gegen den Schmerz anzuatmen, aber es nützte nichts. Seine Muskeln erlahmten, und ihm wurde schwarz vor Augen. Das Letzte, was er hörte, war der Aufschrei seiner Frau hinter ihm.

Preston Doherty richtete sich auf einen frühen Feierabend ein. Die wenigen Patienten in seinem Hospital waren alle auf dem Wege der Besserung. Und von seinen Patienten in der Stadt hatte noch niemand nach ihm geschickt. Ich werde mir eine Tasse Tee gönnen und endlich die medizinischen Journale lesen, die sich auf meinem Schreibtisch stapeln, dachte er, als er den Kittel an den Haken hängte.

Seine Gedanken schweiften ab zu Ricarda Bensdorf. Wie mochte sie sich fortbilden? Doch er verbot sich die Spekulationen über seine Rivalin unverzüglich. Wenn er nur an sie dachte, schnellte sein Blutdruck bereits in die Höhe.

Plötzlich ertönte draußen lautes Getöse. Es klang, als wolle jemand die Tür einschlagen.

Doherty stürmte aus dem Behandlungszimmer. Ein paar Männer aus der Stadt trugen jemanden auf einer Plane ins Hospital.

Hatte es ein Unglück gegeben? »Was ist passiert?«, fragte der Arzt und traute seinen Augen nicht, als er Jack Manzoni erkannte.

»Wir haben ihn am Stadtrand gefunden. Er ist angeschossen worden.«

Borden hat davon gesprochen, dass er sich um den Italiener kümmern wird! Du meine Güte, er hatte doch nicht etwa..., durchfuhr es Doherty siedendheiß.

»Bereiten Sie alles für eine Operation vor!«, wies er Schwester Clothilde an, die vor den Hereinkommenden erschrocken zurückgewichen war.

Die Versuchung, Manzoni einfach sterben zu lassen, um Ricarda Bensdorf einen empfindlichen Schlag zu versetzen, ereilte Doherty für einen Moment. Doch würde sie das aufhalten? Außerdem war er dem hippokratischen Eid verpflichtet.

»Schaffen Sie ihn in das Behandlungszimmer!«, sagte er zu den Männern, die sich ihm und der Schwester, die bereits vorausgeeilt war, anschlossen.

Sie legten Manzoni auf der Untersuchungsliege ab und drehten ihn auf Geheiß des Arztes auf den Bauch. Schmutzwasser troff aus seinen Kleidern. Doherty sah darüber hinweg, als er den Puls des Bewusstlosen prüfte und sich das Einschussloch ansah. Die Kugel war offenbar zwischen den Rippen stecken geblieben. Da der Verletzte rasselnd atmete, schien die Lunge nicht verletzt zu sein.

»Schwester, bereiten Sie den Ätherverdampfer vor«, befahl er Clothilde, die eine weitere Schwester herbeigeholt hatte. »Und Sie, Schwester Anne, schicken die Leute raus und legen die Instrumente bereit!«

Die beiden Frauen gehorchten.

Doherty tauchte seine Hände in Karbol. Wenn ich ihn rette, kann ich ihn vielleicht davon überzeugen, seine Unterstützung für Ricarda Bensdorf aufzugeben. Mit diesem Gedanken griff er zum Skalpell.

Als Ricarda das Dorf wieder verließ, zog der Abend bereits herauf und mit ihm ein Unwetter. Drohend verdichteten sich die Wolken oberhalb der Baumkronen. Die Vögel waren verstummt.

Während sie sich beeilte, zur Farm zurückzukehren, spürte Ricarda das dumpfe Pochen der Tätowierung auf ihrem Arm. Sie war sehr hübsch geworden. Die Blätterranke, gemischt mit spiralförmigen Mustern, zog sich wie ein Reif um ihren Oberarm. Für den Fall, dass der Arm anschwoll, hatte Moana ihr Heilkräuter mitgegeben; dennoch wollte sie die Stelle zu Hause noch einmal mit Karbol desinfizieren.

Auf halber Strecke setzte der Regen ein. Baumkronen und Farne bogen sich im Wind. Triefende Blätter klatschten gegen Ricardas Wangen und Beine. Binnen weniger Augenblicke waren ihre Kleider und Haare vollkommen durchnässt.

Als sie das Kauri-Tor durchquerte, bemerkte sie Pferde vor dem Haus. Sie vermutete, dass Jack zurück war. Freudig rannte sie über den Hof. Mal sehen, was Jack zu meiner Tätowierung sagt, dachte sie. Vielleicht kann ich ihm diesmal etwas von den Maori erzählen, was selbst er noch nicht weiß. Sie stürmte auf die Veranda, als einer der Farmarbeiter die Haustür aufriss.

»Es hat einen Zwischenfall gegeben«, eröffnete er ihr ohne Umschweife. »Mr Manzoni...«

Sein Stocken nahm Ricarda den Atem. »Was denn? Was ist mit ihm?«, stieß sie mühsam hervor. Es war, als habe jemand ihr die Kehle zugedrückt.

»Er ist am Stadtrand niedergeschossen worden«, erklärte der Mann. »Man hat ihn ins Hospital gebracht.«

Diese Worte trafen Ricarda wie ein Faustschlag. Schon schlimm genug, dass Jack verletzt war, aber nun war er auch noch in Dohertys Händen!

Eine unfassbare Panik überfiel sie. Sie presste die Hand vor den Mund und begann auf der Veranda auf- und abzugehen.

Da trat Kerrigan aus der Tür. »Doktor Bensdorf!«

Ricarda unterbrach ihren Marsch.

»Miller hat Ihnen erzählt, was passiert ist?«

Sie nickte. Mit einem Mal wusste sie, was sie tun musste.

»Ich werde ihn nicht allein bei Doherty lassen!«, sagte sie, während sie entschlossen die Fäuste ballte. »Begleiten Sie mich?«

Kerrigan nickte und wandte sich dann an seine Leute, die sich in der Eingangshalle versammelt hatten.

»Ihr habt es gehört, Jungs! Macht den Wagen fertig, und dann rauf auf die Pferde!«

Die wenigen Passanten, die mit Regenpelerinen durch Tauranga unterwegs waren, wichen zurück, als eine Reiterhorde, gefolgt von einem Leiterwagen, an ihnen vorbeipreschte. Wasser und Schlamm spritzten im hohen Bogen auf.

Ricarda saß wie betäubt im Sattel und spürte den Regen, der auf sie niederprasselte, nicht mehr. Ihre Gedanken drehten sich ausschließlich um Jack.

Hoffentlich ist er nicht unter Dohertys Händen gestorben! Gewiss hat er ihn schon operiert.

In ihrem Magen wütete ein furchtbares Brennen. Die Furcht, dass er tot sein könne, war beinahe unerträglich. Der Weg erschien ihr unendlich lang, und als das Hospital schließlich in Sichtweite kam, raste ihr Herz, als wolle es zerspringen.

Als sie auf dem Hof Halt machten, schloss Ricarda für einen Moment die Augen. Was erwartet mich da drinnen? Jacks Leiche? Doherty, der mich rauswerfen will, wie er es angedroht hat?

Nein, das wird er nicht!, sagte sie sich entschlossen und sprang aus dem Sattel.

»Sollen wir hier draußen warten?«, fragte der Vormann, worauf Ricarda den Kopf schüttelte.

»Nein, Mr Kerrigan, kommen Sie mit. Und alle anderen auch. Ich brauche Sie. Sie müssen mir helfen, Mr Manzoni zu tragen.«

Damit rannte sie zur Tür.

Wie sie es erwartet hatte, stürmte ihr eine Krankenschwester entgegen. Ricarda erkannte die Französin, die sie so abschätzig behandelt hatte.

»Was wollen Sie hier?«, fragte sie und baute sich vor ihnen auf, als wolle sie ihren Doktor notfalls mit ihrem Leben verteidigen.

»Ich will zu Jack Manzoni«, antwortete Ricarda, während sie sich zur Ruhe zwang.

»Bedauere, aber der Doktor ...«

Weiter kam sie nicht, denn nun riss Ricarda der Geduldsfaden. »Mich kümmert es nicht, was Doherty gesagt hat!«, schrie sie. »Gehen Sie mir aus dem Weg, sonst vergesse ich mich!«

Tatsächlich sprang die Französin überrascht zur Seite.

Ricarda und ihre Begleiter strebten dem Zimmer zu, in dem sie das Freudenmädchen behandelt hatte.

Ricarda riss die Tür auf – und fand die Behandlungsliege leer vor. Eine Schwester räumte gerade auf. Auf dem Fußboden waren schmutzige Fußabdrücke zu sehen, an den Tüchern auf dem Instrumententisch klebte Blut. Kein Zweifel, hier war operiert worden.

»Wo ist Mr Manzoni?«, fuhr Ricarda die Schwester an, die erschrocken zurückprallte.

»Im Aufwachzimmer, den Gang runter.«

»Danke!« Ricarda warf die Tür ins Schloss.

Als sie in besagtes Zimmer stürmte, schreckte Doherty hoch und starrte Ricarda an, als habe er eine Erscheinung.

»Verdammt, habe ich Ihnen nicht gesagt...«

»Ich weiß, dass Sie mir Hausverbot erteilt haben, Doktor!«, kam sie ihm zuvor. »Aber darum schere ich mich nicht. Ich bin hier, um Mr Manzoni abzuholen.«

Jack lag im Krankenbett neben Doherty. Sein Gesicht war leichenblass, Schweißtropfen standen ihm auf der Stirn.

»Das können Sie nicht!«, fuhr Doherty sie an. »Dies hier ist mein Patient! Ich habe ihn operiert, und ich werde ihn weiterbehandeln. Scheren Sie sich aus meinem Haus!«

»Wirklich?«, fragte Ricarda mit einem eisigen Lächeln. »Wollen Sie mir wirklich sagen, dass ich mich rausscheren soll?«

Bevor Doherty darauf antworten konnte, bauten sich Kerrigan und die anderen Männer hinter ihr auf.

»Sie hatten keine Skrupel, mir meine Patientin abzunehmen, nachdem ich die Erstversorgung vorgenommen hatte. Sie schulden mir also einen Patienten, Herr Kollege! Ich werde Mr Manzoni mitnehmen.«

»Dazu haben Sie kein Recht!«, bellte der Arzt. »Ich werde dafür sorgen, dass Sie Ihre Zulassung verlieren, wenn Sie diesen Mann anfassen.«

»Keine Sorge, sie wird ihn nicht anfassen«, erklärte Kerrigan und trat mit drei anderen Männern vor. »Und sie gibt auch nicht den Befehl dazu. Ich glaub nicht, dass sie ihre Zulassung verlieren wird.« Damit gab er seinen Männern einen Wink. »Los, Jungs, hebt ihn samt Laken hoch!«

Angesichts der vier kräftigen Farmarbeiter blieb Doherty nichts anderes übrig, als zur Seite zu springen.

»Sie werden ihn umbringen damit!«, fauchte er und blickte Ricarda vorwurfsvoll an.

Ihre Hände waren kalt, und innerlich zitterte sie wie Espenlaub. Aber sie erwiderte seinen Blick fest.

»Sie hatten doch auch keine Skrupel, Emma Cooper zu entlassen«, entgegnete sie. »Warum denn jetzt so gewissenhaft, Doktor? Gibt es einen bestimmten Grund, warum er hierbleiben soll?«

Ricarda musste sich zwingen, die Vorwürfe zurückzuhalten, die ihr durch den Kopf schossen. »Bitte bringen Sie ihn zum Wagen, und sorgen Sie dafür, dass er weich liegt, Tom!«

Doherty wirkte, als wolle er Ricarda jeden Augenblick anspringen. Doch er wusste auch, dass es angesichts der Farmarbeiter ein Fehler gewesen wäre. Im Stillen hoffte er, dass eine der Schwestern die Polizei gerufen hatte, damit die dieses Frauenzimmer entfernte.

»Ich werde Sie verklagen und beim Bürgermeister dafür sorgen, dass Sie sich in Tauranga nicht mehr blicken lassen können!«, drohte er weiter.

Ricarda war sich dessen bewusst, dass sie großen Ärger bekommen konnte. Aber das kümmerte sie nicht.

»Das Laken bringe ich Ihnen wieder, das Nachthemd ebenso«, versprach sie, ohne auf seine Drohung einzugehen. »Ich stehle Ihnen nichts, keine Sorge!«

»Sie machen einen Fehler!«, zeterte Doherty weiter, als die Männer Manzoni hinaustrugen.

»Vielleicht!«, entgegnete sie. »Aber dafür habe ich geradezustehen. Nur ich, Herr Kollege!«

Einen Moment lang schauten sie einander hasserfüllt an, bevor Ricarda herumwirbelte und den Männern nach draußen folgte.

Nachdem Kerrigan und seine Leute Jack auf den Wagen gehoben und mit einer Plane gegen den Regen geschützt hatten, fuhren sie zur Farm zurück. Ricarda saß neben Jack und überwachte seinen Zustand.

Obwohl die Operation schon eine Weile her sein musste, wachte er auch unterwegs nicht auf. Ricarda beschlich der Verdacht, dass Doherty Jack zu viel Äther verabreicht haben könnte, aber vielleicht war die tiefe Ohnmacht auch nur durch die Strapazen bedingt, die er durchmachen musste.

Auf der Farm brachten die Männer Jack auf Ricardas Geheiß ins Haus. Sie legten ihn ins Bett, wo Ricarda sogleich die Wunde überprüfte. Äußerlich war nichts daran auszusetzen, Doherty hatte sauber gearbeitet. Aber was war mit dem Ätherrausch?

»Können wir noch etwas tun?«, fragte Kerrigan, der an der Tür stehen geblieben war.

Ricarda schüttelte den Kopf. »Sie haben für heute schon genug getan. Danke, dass Sie mich gegen Doherty unterstützt haben.«

»Das war Ehrensache. Außerdem haben Sie sich um Mr Manzoni geschlagen wie'n Pumaweibchen um seine Jungen. Selbst mir haben Sie damit Respekt eingejagt.«

Ricarda lächelte schief. »Ich weiß nicht, ob ich mich darüber freuen soll. Ich werde sicher Ärger kriegen. Ein Wunder, dass der Polizeichef noch nicht hier ist.«

»Der kommt nicht, Doc. Hat Besseres zu tun, als sich um die lächerlichen Beschwerden eines Arztes zu kümmern. Außerdem hat keiner von uns Doherty angefasst. Außerdem hatten Sie ja ein Recht dazu.«

Ricarda zog die Augenbrauen hoch. »Meinen Sie?«

»Na ja, wir alle haben ja mitgekriegt, dass Sie und Mr Manzoni ... Ich meine ... Ich red mich vielleicht grad um Kopf und Kragen, aber ich bleib dabei, wenn einer das Recht hatte, ihn da wegzuholen, dann Sie.«

Ricarda lächelte nun wieder und blickte auf Jack. »Mag sein. Ich hoffe nur, wir haben das Richtige getan.«

»Ich werde alle Götter, dich ich kenne, darum bitten«, entgegnete Kerrigan und zog sich zurück.

Die ganze Nacht wachte Ricarda an Jacks Krankenbett. Noch immer war er nicht zu sich gekommen. Sein Gesicht war sehr blass, und auf seiner Stirn standen noch immer Schweißtropfen. Seine Lippen waren rissig, weshalb Ricarda sie immer wieder sanft mit einem feuchten Tuch betupfte.

Die Ohnmacht war tief, sein Zustand beinahe komatös, was ihr Angst einjagte.

Normalerweise erwachten Patienten nach wenigen Stunden aus einem Ätherrausch. Manchmal gingen sie auch von der Narkose in den Schlaf über, aber aus diesem konnten sie geweckt werden.

Nachdem sie noch einmal Jacks Puls geprüft hatte, erhob sie sich seufzend und trat auf die Veranda. Der Regen hatte sich inzwischen verzogen. Die Luft roch frisch und grün, und geheimnisvolle Geräusche drangen aus dem nahen Busch zu ihr herüber. Doch dafür hatte Ricarda im Moment keinen Sinn. Neben der Furcht um Jack quälte sie die Frage nach dem Schützen.

Jack wollte zu Bessett reiten, um ihn mit seinem Verdacht zu konfrontieren. Ist es zwischen den beiden zum Streit gekommen? Hat Bessett geschossen? Ich muss wissen, was in der Stadt los war!, grübelte sie.

Obwohl es noch früh am Tag war, stapfte Ricarda mit langen Schritten zum Mannschaftsquartier. Den Gedanken, dass den Männern ihr Besuch unangenehm sein könnte, schob sie beiseite, als sie den Schlafraum betrat. Mehrstimmiges Schnarchen tönte ihr entgegen. Die Männer lagen auf schmalen Pritschen oder in Hängematten, von denen lange Deckenzipfel herabhingen.

Ricarda fragte sich gerade, wie sie Kerrigan ausfindig machen sollte, da sprach sie von der Seite eine Männerstimme an. »Was gibt's, Doc?«

Ricarda wirbelte erschrocken herum und erkannte den Vormann, der auf seiner Pritsche saß.

»Kann ich mit Ihnen sprechen?«, fragte Ricarda. »Am besten draußen.«

Der Vormann erhob sich und verließ mit Ricarda das Quartier. »Es ist doch nichts passiert mit unserem Boss?«, fragte er, als sie sich ein Stück vom Mannschaftsquartier entfernt hatten.

»Nein, es ist alles unverändert, Tom. Ich würde nur gern erfahren, was gestern in der Stadt los war. Was geredet wurde und so weiter.«

»Sie wollen wissen, wer auf Mr Manzoni geschossen hat.«
Ricarda nickte.

»Das wird nicht einfach sein.«

»Mr Manzoni wollte wegen der Sache mit Hooper zu Bessett. Es wäre doch möglich, dass er ...«

»Bessett soll ihn angeschossen haben?«

»Wäre das so abwegig?«

»Nein, aber ich glaube nicht, dass er zu so etwas fähig wäre.«

»Menschen sind zu allem fähig, wenn sie zornig oder hasserfüllt sind. Finden Sie so viel wie möglich heraus, damit wir zur Polizei gehen können.«

Kerrigan konnte sich weder ihrem Blick noch ihrer Bitte entziehen.

»In Ordnung, ich werde mich umhören und unseren Leuten auftragen, dass sie dasselbe tun sollen.«

Ricarda legte ihre Hand auf seinen Arm. »Ich danke Ihnen.«

Kerrigan nickte. »Was meinen Sie, wie lange wird es dauern, bis Mr Manzoni wieder auf den Beinen ist?«

Ricardas Blick schweifte sorgenvoll zum Farmhaus. Sie konnte nicht verhindern, dass ihr Tränen in die Augen traten, aber zeigen wollte sie das dem Vormann nicht. »Das weiß ich nicht. Es kann sein, dass er jeden Augenblick zu sich kommt. Aber es kann auch sein...«

»Das wird nicht passieren«, sagte der Vormann, als er den Grund für ihr Stocken erriet. »Sollte Bessett etwas mit der Sache zu tun haben, dann Gnade ihm Gott!«

12

Jack blieb auch am folgenden Tag bewusstlos. Die Wunde wirkte leicht entzündet, sein Puls war schwach, und Ricarda spürte, dass er Fieber bekam. Geschichten von vergifteten Pistolenkugeln kamen ihr in den Sinn. Ob die Kugel vergiftet war? Dazu kam die Sorge, dass die Dosis Äther, die Doherty Jack verabreicht hatte, zu groß gewesen war. Das Risiko, Hirnschäden von einer Äthernarkose davonzutragen, bestand durchaus. Normalerweise setzte in solch einem Fall die Atmung plötzlich aus, was Ricarda veranlasste, Jack ununterbrochen im Auge zu behalten.

Bitte, Jack, komm zu mir zurück!, flehte sie verzweifelt.

Gegen Abend trat Kerrigan in die Schlafstube. Der Vormann blickte sie ein wenig erschrocken an.

Ricarda wusste selbst, dass sie todmüde aussah. Aber trotz aller Erschöpfung brachte sie es nicht über sich, sich hinzulegen.

»Bringen Sie Neuigkeiten?«, fragte sie, während sie den Blick wieder auf Jack richtete.

»Bessett ist zusammengebrochen«, antwortete der Vormann. »Er hat einen weiteren Infarkt erlitten.«

Mein Gott, es ist wahr!, dachte Ricarda erschrocken. Jack und er haben sich gestritten.

»Man hat sein Gewehr neben ihm gefunden.«

Ricarda schloss die Augen und atmete zitternd durch.

»Das bedeutet nicht, dass er geschossen hat«, sagte Kerrigan. »Niemand weiß etwas von einem Streit zwischen ihm und Mr Manzoni. Die Dienstboten hätten sicher darüber geplaudert.«

»Trotzdem können sie aneinandergeraten sein«, entgegnete Ricarda, während sie zitternd ihre Schultern umklammerte. Auf einmal fror sie, als habe man sie mit Eiswasser übergossen.

Kerrigan senkte den Kopf. Er musste zugeben, es fiel schwer, angesichts der Fakten etwas anderes zu vermuten.

»Was ist mit Bessett?«, erkundigte sich Ricarda. Wenn er geschossen hatte, musste er zur Rechenschaft gezogen werden. »Ist er im Hospital?«

»Er ist tot, Doktor.«

»Was sagen Sie da?«, fragte Ricarda entsetzt.

»Er hat den Infarkt nicht überlebt. Wenn er wirklich auf Mr Manzoni geschossen hat, hat Gottes gerechte Strafe ihn ereilt.«

»Aber Sie glauben nicht daran, dass er es war, oder?«

»Ich werde mich auf jeden Fall weiter umhören«, gab der Vormann ausweichend zurück. »Sie sollten sich zwischendurch eine kleine Pause gönnen, Doc. Wenn Sie wollen, übernehme ich jetzt die Wache.«

»Danke für das freundliche Angebot, Tom. Aber noch halte ich mich auf den Beinen.«

Als auch am nächsten Tag keine Besserung in Sicht war, beschloss Ricarda, Moana um Hilfe zu bitten. Aus schulmedizinischer Sicht war mit ihm bis auf die Bewusstlosigkeit alles in Ordnung. Vielleicht konnte die Medizin der Maori weiterhelfen.

Nachdem sie Kerrigan aufgetragen hatte, auf Jack zu achten, ritt sie ins Dorf.

Moana vermutete zunächst, dass ihre Besucherin Probleme mit ihrer Tätowierung hätte. Ricarda schüttelte den Kopf. Die zarte Blütenranke war unauffällig abgeheilt, wahrscheinlich auch deshalb, weil Ricarda gar keine Zeit gehabt hatte, darauf zu achten.

»Es geht um Jack«, entgegnete sie und schilderte kurz, was geschehen war.

Moana hörte mit besorgter Miene zu, dann verschwand sie in ihrer Hütte und kehrte mit einer Tuchtasche zurück. Die Heilerin schwang sich hinter Ricarda aufs Pferd.

Auf der Farm warteten einige Patienten aus der Stadt auf Ricarda. Sie bat sie um Geduld und führte Moana zu Jack.

»Du sehen nach deinen Leuten, ich bei *kiritopa*«, erklärte Moana.

Widerwillig stimmte Ricarda zu. Sie versorgte ihre Patienten so schnell wie möglich und eilte zurück zu Jack.

Moana hockte neben dem Bett, die rechte Hand auf seine Brust gelegt, als wolle sie seinen Herzschlag fühlen. Als Ricarda eintrat, erhob sie sich.

»Böse Geist hält Seele von *kiritopa* gefangen. Ich werde singen *karakia*, aber vorher wir ihm geben *rongoa*.«

Moana schlug die Tuchtasche auf. Einige der Pflanzen und Medikamente, die sie dabei hatte, kannte Ricarda, andere waren ihr fremd. Dass ein böser Geist von Jack Besitz ergriffen haben könnte, erschien Ricarda merkwürdig. Doch Moana schien fest daran zu glauben.

Du siehst ja, wie weit du mit deiner Schulmedizin gekommen bist, dachte Ricarda. Moana wird schon ihre Gründe haben. Und jemand anderen, den du um Hilfe bitten könntest, hast du nicht. Doch die Zweifel zerrten und nagten an ihr wie Raubtiere an ihrer Beute. Ich hätte ihn vielleicht bei Doherty lassen sollen. Vielleicht wäre er dann schon wieder wach.

»Kann ich helfen?«, fragte sie schließlich.

Moana nickte und deutete dann auf den Platz gegenüber. »Du wirst da sein für Körper. Ich für Geist.«

Ricarda hockte sich neben Jack und griff nach seinem Handgelenk, um nach seinem Puls zu fühlen. Noch immer keine Veränderung. Sein Herz schlug regelmäßig, aber schwach.

Dank ihrer Infusionen mit Kochsalzlösung würde er nicht austrocknen, dennoch konnte er in diesem Zustand nicht mehr allzu lange bleiben.

Moana gelang es nicht, ihm ihre Medikamente einzuflößen.

Ricarda kam die Trichtermethode in den Sinn, mit der man in einigen Irrenanstalten Menschen zwangsernährte. Das wollte sie Jack allerdings nicht antun.

Da er nicht schlucken konnte, legte ihm Moana schließlich einige Blätter, die sie zuvor mit den Fingernägeln angeritzt hatte, unter die Zunge. »*Rongoa* wird helfen, Geist frei zu machen für *karakia*«, erklärte sie.

Während die Heilerin ihre Gesänge anstimmte, blieb Ricarda starr neben Jack sitzen.

Sie fühlte sich wie damals im Versammlungshaus. Die Gesänge versetzten sie in einen tranceähnlichen Zustand, in dem sämtliche Sorgen von ihr abfielen. Erst als die Weisen verklungen waren, kehrte Ricarda in die Gegenwart zurück.

Gespannt blickte sie auf Jack, doch er lag noch immer reglos und unverändert da.

Ja, hast du wirklich ein Wunder erwartet?, schalt sie sich im Stillen.

Moana ließ sich nicht beirren.

»Ich zurückgehen und holen andere *rongoa*. Böse Geister sehr stark, aber ich vertreiben.«

Ricarda nickte betäubt. Ihre Verzweiflung war unermesslich. Wozu die langen Studienjahre, wenn ich mit all meinem Wissen nicht mal dem Mann helfen kann, den ich liebe?, fragte sie sich. Doch dann schalt sie sich insgeheim dafür, und ihr starker Wille drängte die Mutlosigkeit zurück. Noch schlägt sein Herz, sagte sie sich. Und solange das der Fall ist, werde ich hoffen und ihn keinesfalls aufgeben.

Am Abend kehrte das Gewitter zurück, diesmal mit einer Heftigkeit, wie sie es zuvor noch nie erlebt hatte. Der Donner hallte über das Land hinweg und fand sein Echo am Mount Maunganui. Blitze zuckten gleißend weiß, dann wieder violettrot über die tief hängenden Wolken.

Ricarda bereitete ein einfaches Abendessen aus Brot, Schafskäse und Früchten zu und empfing dann Moana, die mit einem Bündel durch den strömenden Regen zum Farmhaus gelaufen war. Sie aßen schweigend und begaben sich dann wieder an das Bett des Kranken.

Ricarda kontrollierte die Wunde und wechselte den Verband unter den interessierten Blicken Moanas.

»Wenn Wunde bekommen Feuer, dann nehmen *kowhai* oder *harakeke*«, riet die Heilerin.

Beide Pflanzen waren Ricarda mittlerweile bekannt.

Beim *kowhai* handelte es sich um einen Baum, dessen Holz die Maori für Umzäunungen benutzten. Mit dem Farbstoff seiner gelben Blüten ließen sich Stoffe einfärben. Und bei Prellungen, infizierter Haut und Wunden setzten die Maori die Rinde als Heilmittel ein.

Harakeke hingegen war der Mainame für ein Liliengewächs, dessen Pflanzenfasern wie Flachs verarbeitet wurden. Daraus fertigten die Maori nicht nur Kleidung, Matratzen, Netze, Angelschnüre und Körbe, sondern sie kurierten mit dem Pflanzensaft auch Entzündungen und setzten Teile der Wurzel gegen Zahnschmerzen ein.

Ricarda nickte auf den Ratschlag hin. Noch zeigte der Einschuss keine Zeichen von Wundbrand, doch wenn sie den Verdacht hatte, würde sie diese Heilpflanzen anwenden.

Moana setzte ihre Rituale fort. Sie entzündete ein paar gemahlene Blätter in einer Schale und schwenkte diese wie einen Weihrauchkegel über seinem Kopf. Dabei sang sie erneut.

Vor dem Hintergrund des Regens, der wie Tausende von Fingern gegen die Fensterscheiben trommelte, wirkten die Melodien beinahe gespenstisch.

Nach einer Weile holte Moana ein seltsames Instrument aus ihrem Bündel hervor. Das Mundstück war in Form eines Gesichtes geschnitzt, am hinteren Ende war ein großes Gehäuse einer Meeresschnecke angebracht. Schneeweiße Federn baumelten an Perlensträngen von dem Instrument herab.

»Was ist das?«, fragte Ricarda. Ähnliche Muschelhörner hatte sie schon bei dem Ritual auf der Matariki-Feier gesehen.

»*Putatara*«, erklärte Moana. »Ich Tane bitten, zu helfen, Geister fortzuschicken.«

Sie setzte das Instrument an die Lippen, schob die rechte Hand ein wenig in das Schneckengehäuse und begann zu spielen.

Der Klang war zunächst überraschend hell, doch Moana modellierte ihn mit ihrer Stimme so, dass er anschwoll und wieder abflachte. Auch die Tonhöhe veränderte sie mit ihrer Stimme. Manche Klänge konnte Ricarda förmlich unter ihrer Schädeldecke oder hinter den Augen spüren. Einige Töne und Tonwellen setzten sich hinter ihrer Stirn fest und brachten dort scheinbar etwas zum Schwingen. Ricarda verspürte den Zwang, die Augen zu schließen.

Immer tiefer versank sie in den Klängen, bis sie über einer grünen Landschaft zu schweben glaubte, die Wairere Falls hinauf. Ein schmerzvolles Stöhnen riss sie jedoch aus ihrer Vision. Ricarda fuhr zusammen.

Jack erwachte! Schnell ertastete sie seinen Puls. Sein Herz schlug wieder kraftvoller!

Als der Kranke zu husten begann, legte Ricarda die Arme um seine Schultern. Auf seinem Nachthemd erschien ein Blutfleck; offenbar hatte sich durch die Anstrengung die Wunde wieder geöffnet. Darauf achtete Ricarda aber nicht.

»Jack, liebster Jack, bitte wach auf!«, beschwor sie ihn, während sie ihn immer noch in den Armen hielt. »Komm zu mir zurück!«

Nachdem es so ausgesehen hatte, als kämpfe sich sein Bewusstsein zurück ins Licht, fiel sein Körper plötzlich wieder zusammen.

Ricarda schrie verzweifelt auf. Sie schmiegte den Kopf an seine Brust, um seinem Herzschlag zu lauschen – doch noch ehe sie den vernahm, hörte sie über sich ein Flüstern.

»Ricarda.«

Ein Seufzer der Erleichterung kam über ihre Lippen und ging in ein Schluchzen über. Jack war aufgewacht. Er würde leben! Dankbar sank Ricarda neben dem Bett auf die Knie. Die Tränen strömten ihr über die Wangen und verschleierten die Sicht auf Jack, denn sie weinte die Anspannung der vergangenen Tage aus sich heraus, während Moana ihr Spiel noch eine Weile fortführte.

»Fluch war mächtig«, behauptete Moana, als Ricarda sie schließlich nach draußen begleitete. »Jemand nicht nur Kugel geschickt, sondern auch großen Zorn. Das ihn gehalten in Geisterwelt. Aber jetzt vorbei.«

Bessetts Zorn?, fragte sich Ricarda in Erinnerung an Kerrigans Erzählung.

Kann es sein, dass sein Geist im Tode Jack besessen hatte?

Nein, daran wollte sie nicht glauben.

Wichtig war in diesem Moment nur, dass der Klang der *putatara* Jack aus seiner Bewusstlosigkeit geholt hatte. Wahrscheinlich gab es eine ganz natürliche Erklärung dafür. Wenn das Instrument schon auf sie und ihre Empfindungen eine solch starke Wirkung ausgeübt hatte, war es doch auch möglich, dass die Schallwellen etwas in Jacks Gehirn bewirkt hatten.

Ricarda nahm sich vor, es eines Tages herauszufinden. Vielleicht könnte auch sie eine Art Klangtherapie in ihr Repertoire aufnehmen.

Aber nun verabschiedete sie sich erst einmal voller Dankbarkeit von Moana. Sie versprach der Heilerin, in den nächsten Tagen wieder nach Taiko zu sehen. Anschließend kehrte sie ins Schlafzimmer zurück.

Jack war zunächst zu sich gekommen, dann aber in einen normalen Schlaf hinübergeglitten. Seine Atemzüge tönten ruhig durch den Raum.

Ricarda legte sich neben ihn auf das Bett und betrachtete voller Zärtlichkeit sein Gesicht. Dann riss sie sich los und stand auf.

Noch immer stand sie ganz unter dem Eindruck des Wunders, das Moana bewirkt hatte. Wenn die Götter wirklich gnädig auf die Heiler und Heilerinnen herabsahen, dann hatte Moana es verdient. Kein Wunder, dass sie ein hohes Ansehen, *mana*, in ihrem Stamm genoss.

Auch ich möchte einmal so viel Ansehen genießen, dachte Ricarda, während sie den Ärmel ihres Kleides so weit hochkrempelte, dass die Tätowierung sichtbar wurde. Nachdem die Rötung abgeklungen war, wirkte das Muster, als sei es in ihre Haut geschnitzt worden.

In dieser Nacht schlief Ricarda wie ein Stein. Obwohl sie sich vorgenommen hatte, zwischendurch nach Jack zu sehen, wachte sie nicht auf.

Am nächsten Morgen klopfte Kerrigan nach dem Frühstück an die Tür. »Wie geht es ihm?«, fragte er.

»Er ist gestern kurz aufgewacht und schläft sich nun aus«, erklärte Ricarda.

Ein erleichterter Ausdruck trat auf Kerrigans Gesicht. »Das haben wir wohl der Zauberin zu verdanken, was?«

Ricarda nickte ernst. »Man sollte die Heiler der Maori nicht unterschätzen.«

»Da sagen Sie was, Doc! In meiner Heimat gibt's auch Medizinmänner, die einem sogar Krankheiten aus den Knochen ziehen, die die gelehrten Doktoren nicht mal kennen.«

Vielleicht ist es dann an der Zeit, dass ich diese Krankheiten ebenfalls behandeln lerne, ging es Ricarda durch den Sinn.

Am späten Vormittag wachte Jack auf. Ricarda hatte wieder neben seinem Bett Platz genommen und wollte sich gerade davonstehlen, um nachzusehen, ob sich Patienten für sie eingefunden hatten.

»Bleib noch ein bisschen bei mir.«

Ricarda war bereits an der Tür und blieb wie angewurzelt stehen.

»Jack«, hauchte sie, lief zurück zu seinem Bett und küsste ihn sanft. »Ich bin so froh, dass du wieder bei mir bist.«

»Ich war doch nie fort!«

»Doch, das warst du. Deine Seele war fort. Moana glaubt, dass es ein Fluch war.«

»Wer sollte mich schon verfluchen wollen?«

Bessett zum Beispiel, hätte sie beinahe geantwortet, doch dann beschloss sie, ihn noch nicht mit der Todesnachricht zu konfrontieren.

»Doherty hat dich übrigens operiert. Ich habe dich anschließend hergeholt.«

Jack streckte seine gesunde Hand nach ihr aus und strich ihr über die Wangen. »Du hast dich tatsächlich in die Höhle des Löwen gewagt?«

»Ich wollte nicht, dass er dich weiter behandelt. Das wird mir wahrscheinlich noch Ärger einbringen, aber das ist mir egal.«

Jack zog sie vorsichtig an sich. Die Wunde schmerzte ihn, aber das hielt ihn nicht davon ab, Ricarda zu küssen.

»Ich habe übrigens eine Überraschung«, sagte sie, als sich ihre Lippen wieder voneinander lösten. Sie öffnete ihr Kleid, schob es von der Schulter und zeigte ihm die Tätowierung.

Jack schmunzelte. »Jetzt werden dich in Europa alle entweder für einen Seemann oder für ein Freudenmädchen halten.«

»Ich habe nicht vor, dorthin zurückzukehren«, entgegnete sie. »Trotz aller Widrigkeiten ist dieses Land jetzt meine Heimat. Und das liegt vorrangig an dir.«

Damit küsste sie ihn erneut und erhob sich vom Bett.

»Es war Borden«, sagte Jack unvermittelt, als sei er plötzlich von einer Erinnerung übermannt worden.

Ricarda wirbelte verwundert herum. Bevor sie fragen konnte, gab er ihr auch schon die Antwort.

»Er hat auf mich geschossen.«

»Warum sollte er das tun?«

»Ich hab es dir nie erzählt...«, begann er.

Seine Stimme klang noch immer schwach. Ricarda wollte ihm schon raten, besser nichts zu sagen, doch er hätte sich gewiss nicht abhalten lassen.

»Kurz nachdem ich dich hergebracht hatte, war ich in der Stadt. Ich habe deine Sachen abgeholt und bin auf Borden getroffen. Da ich davon überzeugt war, dass er hinter dem Brand deiner Praxis steckt, bin ich auf ihn losgegangen und habe ihn ins Wasser befördert.«

»Du hast was?« Ricardas Frage war kaum mehr als ein Flüstern. Entsetzt schlug sie die Hand vor den Mund.

»Ich hab ihm 'ne Tracht Prügel verpasst. Ich habe mir gedacht, wenn er schon keine andere Strafe kriegt, soll er wenigstens wie ein nasser Hund nach Hause kriechen. Aber anstatt sich ehrlich mit mir auseinanderzusetzen, schießt er mir feige in den Rücken. Ich wollte gerade zu Bessett.«

Mit dem letzten Wort sank er in die Kissen zurück.

Ricarda rang mit sich.

Soll ich es ihm erzählen oder nicht? Wahrscheinlich würde er es mir übel nehmen, wenn ich es nicht tue.

»Du hast also nicht mit Bessett gesprochen.«

Jack schüttelte den Kopf. »Als ich durch das Tor ritt, sah ich eine Gestalt, die sich ums Haus herumdrückte. Ich hätte schwören können, dass es Taikos Bruder war. Ich wollte ihn gerade rufen, da krachte der Schuss.«

Taikos Bruder, hallte es in Ricardas Verstand nach. Bevor sie eine Schlussfolgerung ziehen konnte, fragte Jack: »Was ist plötzlich mit dir?«

»Bessett ist tot. Er ist einem Herzinfarkt erlegen.«

»Was?«

Jacks Augen weiteten sich erschrocken.

»Kerrigan hat es mir erzählt. Sie haben ihn vor seinem Haus gefunden, neben sich ein Gewehr. Ich dachte zunächst, er hätte auf dich geschossen.«

Sprachlosigkeit überkam Jack. Er konnte nicht glauben, was er da hörte.

Hat der junge Krieger ihn dermaßen erschreckt? Wollte der Bursche ihm von seinem Kind berichten? Hat er es letztlich doch erfahren und darüber einen Infarkt erlitten?

»Weiß man schon Näheres?«, fragte er schließlich, während er versuchte, diese Nachricht zu verdauen.

»Kerrigan will sich umhören. Bis jetzt dachten wir beide, dass Bessett der Schütze war.«

Sie machte eine kurze Pause, dann setzte sie hinzu: »Ich werde zur Polizei gehen. Für das, was Borden getan hat, darf er nicht ungeschoren davonkommen.«

»Warte lieber, bis die Männer wieder da sind«, wandte Jack ein und griff nach ihrem Handgelenk. »Kerrigan kann zur Polizei reiten.«

»Nein, Jack. Ich muss es tun, und du weißt auch, warum. Man kann Borden vielleicht nicht nachweisen, dass er die Schläger angeheuert hat, die meine Praxis in Brand gesetzt haben, aber für die Kugel, die er dir in den Rücken gejagt hat, wird er bezahlen!«

Damit beugte sie sich über Jack und küsste ihn.

Während der Regen erneut das Land peitschte, ritt Ricarda nach Tauranga. Zuvor hatte sie ein Frühstück für Jack vorbereitet und Tom gebeten, ihm dabei Gesellschaft zu leisten.

Als sie schließlich in der Stadt eintraf, war sie von Kopf bis Fuß durchnässt. Ihr Kleid klebte wie eine zweite Haut an ihrem Körper. Doch das kümmerte sie nicht. Der Weg zum Polizeigebäude führte sie auch an Bordens Saloon vorbei. Sie ließ den Blick über die Fassade und die Öllampen schweifen, die hinter den Fenstern flackerten und ein trübes Licht verbreiteten. Für einen Moment gewahrte sie schemenhaft das Gesicht eines Mannes hinter einer der Fensterscheiben, der sich hastig zurückzog.

Getrieben von heißem Zorn, ritt Ricarda weiter. Dieser Kerl hatte den Mann angegriffen, den sie liebte! Sie würde dafür sorgen, dass er dafür büßen musste. Der Gedanke tröstete sie und verlieh ihr Zuversicht.

Der Duft von frisch gebrühtem Kaffee strömte Ricarda entgegen, als sie in der Monmouth Street die Polizeiwache betrat. Die Constables hatten sich an einem kleinen Tisch zusammengefunden, der sich hinter dem Empfangstresen befand. Ihre Uniformjacken hingen über den Stuhllehnen.

Als sie Ricarda sahen, erhob sich einer von ihnen, griff nach seiner Jacke und zog sie sich über.

»Guten Tag, Madam, was kann ich für Sie tun?«

»Ich würde gern Ihren Chef sprechen. Es ist wichtig.«

»Den Chief Inspector?«, wunderte sich der Constable.

Ricarda nickte. »Die Angelegenheit duldet keinen Aufschub.«

Der Mann musterte sie von Kopf bis Fuß, als frage er sich, was sie wohl wollen könne, bevor er antwortete: »Warten Sie bitte einen Moment.«

Nach einer Weile erschien ein großer, dunkelhaariger Mann, der einen tadellosen grauen Anzug trug. Das Hemd war gestärkt und blütenweiß, und an seiner Weste baumelte eine Uhrkette.

»Ich bin Chief Inspector Emmerson«, stellte er sich vor.

»Doktor Ricarda Bensdorf.«

Der Name sagte Emmerson offensichtlich etwas. »Sie sind die Ärztin, deren Praxis abgebrannt ist, nicht wahr?«

Ricarda nickte. Sie erinnerte sich noch gut an den Constable, der an ihrem Krankenbett ihre Aussage aufgenommen hatte. Er war allerdings nicht unter den Männern, die am Tisch saßen.

»Kommen Sie in dieser Angelegenheit? Wenn ja, dann muss ich Ihnen leider mitteilen, dass unsere Ermittlungen noch nicht zu einem Ergebnis geführt haben.«

»Ich habe ein anderes Anliegen.«

»Gut, dann gehen wir doch in mein Büro.«

Der Chief Inspector öffnete die Klappe, die den Durchlass hinter den Tresen versperrte, und führte sie durch einen Gang zu einer offenstehenden Tür.

»Schreckliches Wetter, finden Sie nicht?«, fragte er im Plauderton. »Man könnte fast meinen, die Regenzeit bricht an. Solange die Sonne vom Himmel brennt, sehnt man sich nach Regen, und wenn's dann endlich so weit ist, wünscht man sich die Sonne. Der Mensch ist ziemlich schwer zufriedenzustellen.«

Ricarda antwortete nicht, wenngleich sie ihm insgeheim Recht gab.

»Was kann ich für Sie tun?«, fragte Emmerson, als er die Tür hinter ihr geschlossen hatte.

»Mr Manzoni ist in der Stadt niedergeschossen worden. Wie er selbst sagt, von Mr Borden.«

Emmerson zog die Augenbrauen hoch. »Eine Schießerei in der Stadt?«

»Außerhalb Taurangas, vor dem Bessett-Anwesen. Schon vor ein paar Tagen.«

»Und das melden Sie erst jetzt?«

»Ich wusste vorher nicht, wie sich alles abgespielt hat. Mr Manzoni war lange bewusstlos. Erst als er wieder zu sich gekommen war, konnte er mir mitteilen, dass Borden ihn niedergeschossen hat.«

»Ist Mr Manzoni vernehmungsfähig?«, fragte Emmerson und sprang vom Stuhl auf.

»Als seine behandelnde Ärztin würde ich sagen, ja. Allerdings sollten Sie ihn nicht überanstrengen.«

»Ich verspreche, das werde ich nicht. Ich gebe meinen Männern nur Bescheid, dass sie Mr Borden unter Arrest stellen sollen, dann werde ich Mr Manzoni aufsuchen.«

Borden hatte das Gefühl, als habe der flammende Blick der Reiterin ihn durchbohrt. Kein Zweifel, es war Ricarda Bensdorf. Was wollte sie hier? Dem Totengräber Bescheid sagen, dass er Manzoni holen sollte?

Borden war zu Ohren gekommen, was sie sich gegenüber Doherty herausgenommen hatte. Abgesehen davon, dass sie damit vielleicht das Todesurteil des Italieners unterschrieben hatte, hatte sie sich gewiss in der gesamten Stadt unmöglich gemacht. Allerdings hätte Borden erwartet, dass Manzoni noch in derselben Nacht sterben würde. Der Schuss hatte gut gesessen, davon war er überzeugt.

Doch nun überfiel ihn die Unsicherheit. Er erinnerte sich gut an den Blick, den Manzoni ihm zugeworfen hatte, bevor er gegen den Pferdehals sank. *Ob er sich an mich erinnert hat, falls er tatsächlich noch lebt?*

Bordens Handflächen wurden schweißnass. Der Funke der Erkenntnis, dass es besser gewesen wäre, Ricarda Bensdorf in Frieden zu lassen, kam ihm allerdings zu spät.

Schritte polterten die Treppe hinauf.

Es ist sicher nur eines meiner Mädchen mit einem Freier. Oder der Barmann.

Doch die Schritte kamen näher, direkt auf seine Tür zu. Dann klopfte es.

»Mr Borden?«, fragte eine Stimme.

Borden wandte sich um, und sein Blick brannte sich förmlich in die Tür. »Wer ist da?«

»Die Polizei!«

13

Die Abendbrise streifte mild über den Mount Maunganui und ließ die Bäume, die seine Oberfläche wie ein Teppich bedeckten, verheißungsvoll rauschen. Das Meer brandete gegen die Felsen, und einige Sturmtaucher, die auf dem Berg nisteten, flogen kreischend über den bewachsenen Vulkankrater.

Während der Tag in einem letzten roten Glühen am Horizont verging, leuchtete am Himmel ein Stern nach dem anderen auf. Mit zunehmender Dunkelheit gewann ihr Licht an Kraft, und schon bald schien es, als hätte *rangi* einen diamantbesetzten Mantel angezogen, um seiner geliebten *papa* zu gefallen.

»Wie mögen die Sterne wohl vom Mount Maunganui aus aussehen?«, hatte Ricarda Jack einmal gefragt, als sie ihn an seinem Krankenlager besucht hatte. Und er hatte ihr mit einem vielsagenden Lächeln geantwortet: »Schauen wir sie uns doch an!«

Aufgrund seiner Verletzung war er allerdings nicht imstande gewesen, dieses Vorhaben gleich in die Tat umzusetzen. Seine Genesung war zwar gut vorangeschritten, aber es hatte drei Wochen gedauert, bis die Wunde verheilt und er wieder ganz der Alte war.

Doch nun hatten sie es endlich geschafft. Seite an Seite standen sie auf einem kleinen Plateau nahe des Gipfels, umgeben vom Meeresrauschen, das wie das Wispern tausender Stimmen klang. Der Duft der Bäume und Blumen mischte sich mit den Aromen des Meeres, und über ihnen leuchtete die Milchstraße, während sich am Horizont ein sattgelber Vollmond aus dem

Dunst schob. Kein Maler hätte dieses Bild vollkommener gestalten können.

»Nun, wie gefallen dir die Sterne hier oben?«, fragte Jack, während er seinen Arm beschützend um ihre Schulter legte.

Ricarda, die sich in diesem Augenblick wie im Paradies fühlte, schmiegte sich lächelnd an ihn. »Sie sind wunderschön! Ich wünschte, wir hätten hier oben eine kleine Hütte, in die wir uns hin und wieder zurückziehen könnten.«

»Eine Hütte brauchen wir dazu nicht«, entgegnete Jack und küsste ihren Scheitel. »Nur ein Zelt. Und ist der Himmel über uns nicht das schönste Zelt?«

»Und wenn wir eines Tages zu alt dafür sind, hier hinaufzuklettern?«, fragte Ricarda, während sie sich ausmalte, wie es wohl wäre, wenn sie hier oben leben würden, frei von Zwängen und allem Übel, das es in der Welt gab.

Aber diese Vorstellung hielt sich nicht lange. Ich bin hier, um Übel und Leiden aus der Welt zu schaffen, dachte sie. Ich kann mich nicht einfach zurückziehen.

Genauso schien es Jack zu sehen. »Die Sterne leuchten überall gleich. Und noch sind wir jung genug, sie von jedem Ort aus zu betrachten.«

Aber werden wir in nächster Zeit auch Gelegenheit dazu finden?, fragte sich Ricarda still, während sie den Arm um seine Hüfte schlang und seine Wärme genoss.

Bordens Verhaftung hatte weite Kreise in der Stadt gezogen. Nachdem er bei seiner Vernehmung Doherty belastet hatte, war auch er in Haft genommen worden. Das Hospital hatte somit keinen Leiter mehr, was Bürgermeister Clarke dazu veranlasst hatte, noch am selben Abend zur Farm zu kommen und Ricarda zu bitten, sich um Dohertys Patienten zu kümmern.

Natürlich hatte sie sich sofort dazu bereit erklärt, zumal Clarke zunächst gemeint hatte, dass es nur vorübergehend sein solle. Doch mittlerweile hatte er eingesehen, dass es eigentlich keinen besseren Kandidaten für die Leitung des Hospitals gab als Ricarda.

»Hast du schon darüber nachgedacht, ob du die Leitung des Hospitals nun für immer übernehmen wirst?«, fragte Jack, als hätte er gespürt, dass sie dieser Gedanke erneut beschäftigte.

»Natürlich. Aber irgendwie hänge ich an dem Pavillon. Er ist etwas Besonderes.«

»Das bleibt er auch, selbst wenn du deine Praxis verlegst. Ich rate dir, nimm die Stelle an. Ich kenne keine Person, die geeigneter für diesen Job ist als du. Die Stadt braucht dich.«

Ricardas Lächeln verriet nun, dass sie genau das vorhatte.

»Dohertys Freunde werden das anders sehen. Und wie ich mitbekommen habe, gibt es in der Stadt immer noch einige Leute, die sich nicht von einer Frau behandeln lassen wollen.«

»Nach den Schwierigkeiten, die du bereits überwunden hast, ist das doch eine Kleinigkeit.« Jack griff in die Innentasche seiner Jacke, während er fortfuhr: »Du kannst nicht erwarten, dass dich jeder Bewohner Taurangas mag. Aber die meisten werden es tun, und ich bin sicher, dass du dir auch den Respekt deiner schärfsten Kritiker erwerben wirst.«

»Das werde ich!«, gab Ricarda entschlossen zurück. »Und ich fange gleich bei den Krankenschwestern an.«

»Das ist der Kampfgeist, den ich an dir schätze!« Jack hielt ein Kästchen in der Hand.

Was sie wohl dazu sagen wird?, fuhr ihm in den Sinn, während sein Puls in die Höhe schnellte. Hoffentlich erschrecke ich sie nicht.

»Mary wird es sich bestimmt nicht nehmen lassen, diese Nachricht groß und breit bei dem Empfang nächste Woche bekannt zu geben«, plapperte Ricarda munter weiter. Aber als sie Jack ansah, verstummte sie. Da lag so ein seltsamer Ausdruck in seinen Augen. Was ist nur mit ihm?, fragte sie sich plötzlich. Warum dieses ernste Gesicht? Und weshalb ist er bloß so unruhig?

»Wenn das so ist, hat sie vielleicht noch etwas zu verkünden.« Unvermittelt sank Jack vor ihr auf die Knie.

Ricarda blickte ihn zunächst verwirrt an, dann überkam sie eine Ahnung, bei der ihr Herz zugleich still stand und flatterte wie ein Kolibri.

»Meine Lebensretterin«, sagte Jack sanft, während er ihre rechte Hand so behutsam nahm, als könne er ihr wehtun. »Auch wenn du jetzt in der Stadt arbeiten und aus dem Hospital das beste der gesamten Nordinsel machen wirst, will ich dich auf keinen Fall ganz von der Farm fortziehen lassen. Mein Haus und insbesondere mein Herz verlangen nach dir, liebste Ricarda. Nach deiner Schönheit, deiner Güte und deiner Liebenswürdigkeit.«

Dann ließ er ihre Hand fahren und öffnete die Faust, in der ein Kästchen zutage trat. Er hob den Deckel und zog einen Goldring mit einem kleinen Diamanten hervor. Ein letzter Lichtstrahl fing sich in den Facetten des Steins und ließ ihn funkeln.

»Es ist zwar kein echter Stern, den ich für dich vom Himmel geholt habe, aber ich schwöre, im Tageslicht glitzert er wie der hellste aller Sterne. Wenn du willst, ist es unser Kind des Lichts.« Er atmete tief durch, damit seine Stimme nicht allzu sehr zitterte. »Ich liebe dich, Ricarda Bensdorf. Willst du meine Frau werden?«

Ricarda sog atemlos die Luft ein, während ihr Tränen unbeschreiblichen Glücks in die Augen stiegen. Ihre Hände waren auf einmal eiskalt, und selbst die Schläge einer Trommel hätten nicht heftiger sein können als das Pochen ihren Herzens. Alles rings um sie drehte sich plötzlich, doch Jacks starke Hände hielten sie fest und streiften ihr behutsam den Sternenring über.

Vor Freude schluchzend, fiel Ricarda ihm um den Hals und küsste ihn. »Ich liebe dich auch, Jack Manzoni! Ja, Jack, ich will.«

Epilog

Obwohl der März bereits begonnen hatte, regierte in Berlin noch immer der Winter mit eiserner Hand. Ein stahlgrauer Himmel, der nur selten einen Sonnenstrahl durchließ, überspannte die Stadt. Schneehaufen türmten sich neben den Gehsteigen, die mit Kies gestreut worden waren.

Trotz der überfrierenden Nässe lenkte Johann die Kutsche sicher über das glänzende Pflaster, während sein Passagier, Heinrich Bensdorf, gedankenverloren die Häuser betrachtete, an denen sie vorüberfuhren.

Er kam gerade von einer Unterredung in der Charité, wo er sich für den Abend mit Dr. Koch verabredet hatte. Im Gegensatz zu der trockenen Besprechung freute er sich auf das Treffen mit seinem Freund, denn es war eine willkommene Ablenkung von den Gedanken, die ihn schon mehr als ein Jahr marterten.

Zunächst war er über Ricardas Flucht einfach nur wütend gewesen. Ich werde dich verheiraten, Ricarda, auch wenn du dich noch so sehr dagegen sträubst!, hatte er ihr geschworen.

Um sie wiederzufinden, hatte er eigens einen Detektiv engagiert – jedoch ohne Erfolg. Neuseeland war ein raues, wildes Land, in dem die Menschen noch untertauchen konnten. Vielleicht hatte Ricarda ja sogar einen neuen Namen angenommen... Mit der Zeit war sein Zorn jedoch verraucht und von der Sorge um die Tochter verdrängt worden.

Hätte ich sie nicht besser unterstützen sollen, als auf eine Heirat zu drängen?

Diese Frage raubte ihm in so mancher Nacht den Schlaf. Und

auch jetzt, wo die Alltagssorgen allmählich von ihm abfielen, kehrten die Zweifel und Selbstvorwürfe wieder zurück und erfüllten ihn mit Unruhe.

Während dieselben Fragen und Szenarien durch seinen Kopf wirbelten, ging ein Ruck durch die Kutsche, weil eines der Räder in ein Schlagloch geraten war.

»Johann, nun rasen Sie doch nicht so!«, rief Bensdorf, doch der Ärger in seiner Stimme galt eigentlich sich selbst.

Ich hätte erkennen müssen, was sie vorhatte. Ich hätte sie nicht gehen lassen dürfen.

Zu Hause angekommen, eilte der Arzt in sein Arbeitszimmer. Auf dem Schreibtisch fand er den üblichen Poststapel. Darunter war auch ein Umschlag aus gelbem Papier, der sich durch seine außergewöhnliche Größe von den anderen abhob. Auf der Suche nach einem Absender drehte Bensdorf ihn hin und her, aber er konnte keinen finden. Dafür fiel ihm der Poststempel der Royal Mail of New Zealand auf.

Post aus Neuseeland! Mit zitternder Hand griff er nach dem Brieföffner.

Nachdem er das Kuvert hastig aufgeschlitzt und dabei beinahe zerrissen hatte, zog er einen Zeitungsausschnitt hervor.

Tauranga News. Die dicken Lettern schrien Heinrich Bensdorf förmlich an. Beim Anblick der Schlagzeile und der Abbildung darunter erstarrte er. Während seine Augen hektisch über die Buchstaben flogen, schnappte er aufgeregt nach Luft. Sein Puls rauschte auf einmal in seinen Ohren, als stünde er unter einem Wasserfall.

Mein Gott, ist das denn möglich?

Nur einen Augenblick später stürmte der Hausherr aus dem Raum und stieß dabei fast mit Rosa zusammen, die ihm gerade Tee servieren wollte. Erschrocken wich das Dienstmädchen zurück und verschüttete dabei etwas Flüssigkeit über seine Schürze.

»Stellen Sie das ins Arbeitszimmer!«, rief Bensdorf ihr zu und war auch schon an ihr vorbei.

Hinter der Iristür des Salons war es still, dennoch wusste Heinrich, dass er seine Gattin dort antreffen würde.

Als er die Tür heftiger als nötig aufschob, blickte Susanne Bensdorf überrascht von ihrer Stickarbeit auf. Angesichts der Tränen, die über die Wangen ihres Gatten flossen, erschrak sie so sehr, dass sie den Stickrahmen fallen ließ.

»Heinrich, was um Himmels willen ...«

»Das habe ich eben in der Post gefunden«, sagte er mit bebender Stimme und hielt den Umschlag samt Zeitungsartikel in die Höhe. Susannes Lippen wurden zu einem schmalen Strich. Sie krallte die Hände in ihren Rock, um das unkontrollierte Zittern zu unterdrücken, das sie aufgrund ihrer Ahnung überfiel.

»Bitte lies vor!«

Heinrich Bensdorf atmete tief durch und wischte sich mit einer fahrigen Handbewegung über die Augen.

»Rauschendes Hochzeitsfest bezaubert die Gesellschaft von Tauranga«, übersetzte er seiner Frau ins Deutsche. »Am 12. Februar 1895 gingen die neue Direktorin des Tauranga Hospital, Doktor Ricarda Bensdorf, und der höchst angesehene Farmer Mr Jack Manzoni den heiligen Bund der Ehe ein. Zu dem Fest, das mit Fug und Recht zu einem der größten Ereignisse der Stadt gezählt werden darf, waren bedeutende Persönlichkeiten der Stadt geladen, die dem jungen Paar ihre Segenswünsche überbrachten. Doktor Bensdorf hat sich durch ihr Engagement für die Krankenversorgung in Tauranga weit über die Stadtgrenzen hinaus einen Namen gemacht. Wir hoffen, dass ihr und ihrem Gemahl, der sich aktiv für die Verständigung zwischen Maori und weißen Inselbewohnern einsetzt, zahlreiche Jahre des Eheglücks vergönnt sein werden ...«

Heinrich Bensdorf brach ab und blickte seine Frau an, deren Augen und Wangen nun ebenfalls tränenüberströmt waren.

Sagen konnte in diesem Augenblick keiner von ihnen etwas.

Als der Arzt den Umschlag sinken ließ, fiel eine Visitenkarte heraus. Den Aufdruck der Klinikadresse ignorierend, drehte Heinrich Bensdorf sie um und las laut, was er auf der Rückseite entdeckte:

»Ein kleiner Gruß aus Neuseeland von Eurer Euch liebenden Tochter Ricarda. Ich habe mein Glück gefunden.«